FIEL A SÍ MISMA

DANIELLE STEEL

FIEL A SÍ MISMA

Traducción de
Nieves Nueno

Título original: *Honor Thyself*

Primera edición en U.S.A.: diciembre, 2010

Printed in Spain – Impreso en España

ISBN: 978-0-307-88217-2

Distributed by Random House, Inc.

BD 82172

A mi madre, Norma,
que, aunque jamás leyó mis libros,
confío en que estuviese orgullosa de mí.
A las relaciones difíciles
entre madres e hijas menos afortunadas,
a las oportunidades perdidas,
a las buenas intenciones que no dan su fruto, y al final
al amor que te sostiene,
fuesen cuales fuesen las apariencias.
De todas las formas que me importaban,
perdí a mi madre cuando tenía seis años,
cuando dejó de estar allí para peinarme
e impedir que hiciese el ridículo en la escuela.
Nos conocimos mejor de adultas,
dos mujeres completamente diferentes,
con visiones de la vida muy distintas.
Nos decepcionamos a menudo una a otra
y apenas nos comprendimos,
pero reconozco que ambas lo intentamos y aguantamos hasta el fin.
Dedico este libro a la madre que me habría gustado tener,
esa que yo esperaba cuando nos veíamos,
esa que preparaba crepes y albóndigas suecas
cuando yo era pequeña, antes de marcharse,
a la madre que sin duda intentó ser incluso después de irse,
y, por último, con amor, compasión y perdón
para la madre que fue.
A su manera, me enseñó a ser la madre que soy.
Que Dios te sonría y te abrace con fuerza,
que encuentres alegría y paz.
Te quiero, mamá

D. S.

Si te haces entero,
todo vendrá a ti.

Tao Te Ching

1

En una tranquila y soleada mañana de noviembre, Carole Barber levantó la vista del ordenador y se quedó mirando el jardín de su casa de Bel-Air. Era una gran mansión laberíntica de piedra en la que llevaba viviendo quince años. Desde la soleada habitación acristalada que utilizaba como estudio se veían los rosales que había plantado, la fuente y el estanque que reflejaba el cielo. La vista era sosegada y la casa se hallaba en silencio. Sus manos apenas se habían movido sobre el teclado durante la última hora. Resultaba más que frustrante. Después de una larga carrera de éxitos en el cine, Carole trataba de escribir su primera novela. Aunque llevaba años escribiendo relatos breves, nunca había publicado ninguno. Una vez incluso intentó escribir un guión. A lo largo de su matrimonio, ella y su difunto marido, Sean, habían hablado de hacer una película juntos, pero nunca encontraron tiempo para ello. Sus campos de actividad principales les ocupaban demasiado.

Sean era productor y director y ella era actriz. En realidad, Carole Barber era una estrella de primer orden desde los dieciocho años, y hacía dos meses que había cumplido los cincuenta. Por decisión propia, llevaba tres años sin participar en ninguna película. A su edad, pese a poseer una belleza aún extraordinaria, los buenos papeles escaseaban.

Carole dejó de trabajar cuando Sean cayó enfermo, y en los dos años transcurridos desde su muerte se había dedicado a viajar para visitar a sus hijos en Londres y Nueva York. Su defensa de diversas causas, relacionadas sobre todo con los derechos infantiles y de la mujer, la había llevado a Europa varias veces, a China y a países subdesarrollados de todo el mundo. Le preocupaban mucho la injusticia, la pobreza, la persecución política y los crímenes contra los inocentes y los indefensos. Llevaba diarios de todos sus viajes, y había escrito uno muy conmovedor en los meses previos a la muerte de Sean. En los últimos días de la vida de Sean, ambos hablaron de la posibilidad de que ella escribiese un libro. Él pensaba que era una idea estupenda y la animó a iniciar el proyecto. Para hacerlo, Carole había esperado dos años, y en ese momento llevaba un año lidiando con la escritura. El libro le daría la oportunidad de hablar abiertamente de las cosas que más le importaban y ahondar en sí misma de una forma que la interpretación nunca le permitió. Ansiaba terminar el libro, pero no lograba ponerlo en marcha. Algo la detenía y no tenía ni idea de lo que era. Era un caso clásico de bloqueo mental, pero Carole se negaba a rendirse. Se sentía como un perro con un hueso. Quería volver a su profesión de actriz, pero no antes de escribir el libro. Sentía que le debía eso a Sean, y que también se lo debía a sí misma.

En agosto había rechazado un papel que parecía bueno en una película importante. El director era excelente y el guionista había ganado varios Premios de la Academia por colaboraciones anteriores. Habría sido interesante trabajar con los demás actores. Sin embargo, cuando leyó el guion no le dijo nada en absoluto. No sintió ninguna atracción por él. Carole no quería volver a actuar si el papel no le encantaba. Vivía obsesionada por el libro, aún en su fase inicial, y ello le impedía volver al trabajo. En lo más hondo de su corazón sabía que antes tenía que escribirlo. Esa novela era la voz de su alma.

Cuando Carole comenzó por fin el libro, insistió en que no

trataba de sí misma. Solo al implicarse más en él se dio cuenta de que en realidad era así, pues la protagonista compartía muchas facetas con Carole. Cuanto más se enredaba esta con el libro, más difícil le resultaba escribirlo, como si no pudiese soportar enfrentarse a sí misma. Llevaba semanas bloqueada de nuevo. La historia versaba sobre una mujer madura que hacía balance de su existencia. Ahora se daba cuenta de que el libro tenía mucho que ver con ella y con su vida, con los hombres que había amado y las decisiones que tomó. Cada vez que se sentaba a escribir se quedaba con la mirada perdida, soñando con el pasado, y la pantalla del ordenador permanecía en blanco. La asaltaban ecos de su vida anterior y sabía que, mientras no llegase a aceptarlos, no podría ahondar en su novela ni resolver los problemas que planteaba. Antes necesitaba la llave para abrir aquellas puertas y no la encontraba. Todas las preguntas y dudas que siempre tuvo sobre sí misma habían vuelto de un salto a su mente al empezar a escribir. De pronto se cuestionaba todos sus pasos. ¿Por qué? ¿Cuándo? ¿Cómo? ¿Hizo bien o mal? ¿Las personas de su vida eran de verdad tal como ella las veía? ¿Había sido injusta? No dejaba de hacerse las mismas preguntas, sin saber por qué importaban tanto ahora. No podría llegar a ninguna parte con el libro hasta encontrar las respuestas acerca de su propia vida. Se estaba volviendo loca. Era como si al tomar la decisión de escribir ese libro se viese obligada a enfrentarse a sí misma como nunca había hecho, como había evitado hacer durante años. Pero ya no podía seguir escondiéndose. Las personas que conoció flotaban en su mente por las noches, tanto si permanecía en vela como si se dormía y soñaba. Por la mañana se despertaba agotada.

El rostro que más acudía a su mente era el de Sean. Él era la única persona de la que estaba segura. Sabía con certeza quién era y qué significaba para ella. La relación entre ellos había sido muy franca y limpia. Las demás no lo fueron tanto. Albergaba dudas sobre todas sus relaciones, menos sobre su relación con Sean. Él deseaba tanto que Carole escribiese el libro del que habían hablado que esta creía debérselo como un último regalo. Además, quería demostrarse a sí misma que podía hacerlo. Aun así, se sentía paralizada por el miedo a no ser capaz. Ya hacía más de tres años que soñaba con el libro, y necesitaba saber si lo tenía o no en su interior.

La primera palabra que acudía a su mente al pensar en Sean era «paz». Él era un hombre amable, tierno, sensato y cariñoso que siempre se portó muy bien con ella. Al principio había aportado orden a su vida, y juntos construyeron una sólida base para la convivencia. Jamás trató de ser su dueño ni de agobiarla. Sus vidas nunca se entrelazaron ni enredaron; viajaron uno junto a otro, a un paso cómodo para ambos, hasta el final. Por la forma de ser de Sean, incluso su muerte de cáncer fue una desaparición serena, una especie de evolución natural hacia otra dimensión en la que Carole ya no podía verle. Aun así, debido a la importancia que tuvo en la vida de ella, siempre le sentía cerca. Sean aceptó la muerte como un paso más en el viaje de la vida, una transición que tenía que hacer en algún momento, una oportunidad maravillosa. Él aprendía de todo lo que hacía y aceptaba de buena gana aquello que encontraba en su camino. Con su actitud, enseñó a Carole otra valiosa lección sobre la vida.

Dos años después de su fallecimiento, aunque seguía echando de menos su risa, el sonido de su voz, su genialidad, su compañía y los largos paseos serenos que daban por la playa, Carole siempre tenía la sensación de que se hallaba cerca, ocupándose de sus propios asuntos, prosiguiendo su viaje y compartiendo con ella aquella especie de bendición que él poseía, como cuando estaba vivo. Conocerle y amarle había sido lo mejor que le había pasado en la vida. Antes de morir, Sean le recordó que todavía tenía mucho que hacer y la animó a volver al trabajo. Quería que hiciese más películas y escribiese el libro. A Sean le encantaban sus ensayos y relatos breves. Además, a lo largo de los años Carole le había escrito docenas de poemas que él apreciaba de verdad. Ella los encuadernó todos en una carpeta de cuero varios meses antes de la muerte de Sean, que se pasaba horas leyéndolos una y otra vez.

Carole no tuvo tiempo de comenzar el libro antes de que él muriese. Estaba demasiado ocupada cuidando de él. Se había tomado un año de descanso para dedicarle su tiempo y atenderle ella misma cuando empeoró, sobre todo después de la quimioterapia y en los últimos meses de la enfermedad. Sean fue valiente hasta el final. La víspera de su muerte fueron juntos a dar un paseo. No pudieron ir muy lejos y hablaron muy poco. Caminaron uno junto a otro, de la mano, sentándose cada vez que él se cansaba, y contemplaron entre lágrimas la puesta de sol. Ambos sabían que el final estaba cerca. Tuvo una muerte serena la noche siguiente, entre los brazos de ella. Le dedicó una última y larga mirada, suspiró con una tierna sonrisa, cerró los ojos y se fue.

Debido a la forma en que murió, con una elegante aceptación, a Carole le era imposible sentirse abrumada por la pena al pensar en él. Dentro de lo que cabía, estaba preparada. Ambos lo estaban. Lo que sintió con su ausencia fue un vacío que aún sentía, y quería llenar ese vacío con una mejor comprensión de sí misma. Era consciente de que el libro la ayudaría a hacerlo, si alguna vez lograba escribirlo. Quería intentar al menos estar a la altura de Sean y de la fe que tenía en ella. Su marido había sido una fuente de inspiración constante para ella, en la vida y en el trabajo. Le había aportado calma y alegría, serenidad y equilibrio.

En muchos aspectos, había sido un alivio no hacer películas en los últimos tres años. Había trabajado tanto y durante tanto tiempo que antes incluso de que Sean cayese enfermo era consciente de necesitar un descanso. También sabía que si disponía de tiempo libre para la introspección sus interpretaciones adquirirían un significado más profundo. A lo largo de los años había hecho varias películas importantes y había participado en algunos grandes éxitos comerciales. Sin embargo, ahora deseaba algo más. Quería aportar algo nuevo a su trabajo, la clase de profundidad que solo llegaba con la sabiduría, la madurez y el tiempo. A sus cincuenta años no era vieja, pero el tiempo transcurrido desde la enfermedad y la muerte de Sean le había dado una profundidad que nunca hubiese experimentado de otro modo, y sabía que esa profundidad se notaría en la pantalla. Y sin duda también en su libro, si llegaba a hacerse con él. Ese libro era para ella el símbolo definitivo de haber alcanzado la edad adulta y la libertad respecto a los últimos fantasmas de su pasado. Llevaba muchos años fingiendo ser otras personas a través de sus interpretaciones y aparentando ser lo que el mundo esperaba que fuese. Ahora quería desembarazarse de las expectativas de otros y ser por fin ella misma. Ya no pertenecía a nadie. Era libre para ser quien quisiera ser.

Sus años de pertenecer a un hombre habían terminado mucho antes de conocer a Sean. Ellos fueron dos almas libres que vivieron una junto a otra, disfrutando una de otra con amor y respeto mutuo. Sus vidas fueron paralelas, en perfecta simetría y equilibrio, pero nunca se enredaron. Cuando se casaron, lo único que Carole temía era que las cosas se complicasen, que él tratase de ser su dueño y que de algún modo se sofocasen uno a otro, pero eso nunca sucedió. Él le había asegurado que no sucedería y mantuvo su promesa. Ella sabía que sus ocho años con Sean eran algo que solo se daba una vez en la vida. No esperaba encontrarlo con nadie más. Sean era único.

No imaginaba enamorarse ni casarse de nuevo. En los dos últimos años había echado de menos a Sean, pero no había llorado su muerte. Su amor la había saciado tanto que ahora se sentía cómoda incluso sin él. No hubo angustia ni dolor en su mutuo amor, aunque, como todas las parejas, tenían de vez en cuando sonadas discusiones que luego les hacían reír. Ni Sean ni Carole eran la clase de persona aficionada a guardar rencor y no había ni pizca de malicia en ellos, ni siquiera en sus peleas. Además de amarse, eran buenos amigos.

Se conocieron cuando Carole tenía cuarenta años y Sean treinta y cinco. Aunque él tenía cinco menos que ella, le había dado ejemplo en muchos aspectos, sobre todo con su visión de la vida. La carrera de Carole seguía funcionando muy bien y en ese momento ella hacía más películas de las que quería. Durante mucho tiempo se había visto forzada a seguir los dictados de una carrera cada vez más exigente. Cuando se conocieron, hacía cinco años que ella había regresado de Francia para instalarse en Los Ángeles. Carole trataba de pasar más tiempo con sus hijos, debatiéndose siempre entre ellos y unos papeles cinematográficos cada vez más atractivos. Tras su regreso de Francia no había tenido una relación seria con un hombre. Le faltaba tiempo y deseo. Había salido con varios hombres, por lo general durante poco tiempo, algunos de ellos del mundo del cine, sobre todo directores o guionistas; otros, pertenecientes a campos creativos diferentes, como el arte, la arquitectura o la música. Eran hombres interesantes, pero jamás se enamoró de ninguno y estaba convencida de que nunca volvería a enamorarse. Hasta que llegó Sean.

Se conocieron en una conferencia acerca de los derechos de los actores en Hollywood. Juntos participaban en un debate sobre el papel cambiante de las mujeres en el cine. Nunca les importó que él tuviese cinco años menos que ella. Eso resultaba del todo irrelevante para ambos. Eran almas gemelas, fuera cual fuese su edad. Un mes después de conocerse se fueron juntos a México a pasar un fin de semana. Él se fue a vivir con Carole tres meses después y nunca se marchó. A los seis meses se casaron, a pesar de las reticencias y aprensión de Carole. Sean la convenció de que era lo más conveniente para ambos. Tenía toda la razón, aunque al principio Carole insistió en que no quería volver a casarse. Estaba convencida de que sus respectivas carreras interferirían, causarían conflictos entre ellos y repercutirían en su matrimonio. Sin embargo, tal como Sean le había prometido, sus temores resultaron infundados. Su unión parecía bendecida por los dioses.

Por aquel entonces los hijos de Carole eran jóvenes y aún vivían en casa, lo cual suponía una preocupación añadida para ella. Sean no tenía hijos propios, y tampoco los tuvieron juntos. Él adoraba a los dos hijos de ella y, además, las múltiples ocupaciones de ambos no les dejaban tiempo para otro hijo. En lugar de eso cuidaban uno de otro y alimentaban su matrimonio. Tanto Anthony como Chloe iban al instituto cuando Sean y ella se casaron, y en parte ello influyó en su decisión de casarse con él. A ella no le gustaba dar el ejemplo de limitarse a convivir sin más compromisos y sus hijos se entusiasmaron ante la idea del matrimonio. Querían que Sean se quedase, pues él había demostrado ser un buen amigo y padrastro para ambos. Y ahora, muy a su pesar, sus dos hijos eran mayores e independientes.

Tras licenciarse en la Universidad de Stanford, Chloe desempeñaba su primer empleo como ayudante del director adjunto de la sección de complementos para una revista de moda de Londres. El empleo le ofrecía sobre todo prestigio y diversión. Consistía en ayudar con el diseño, organizar sesiones fotográficas y hacer recados, a cambio de un salario ínfimo y de la ilusión de trabajar para la edición británica de *Vogue*. A Chloe le encantaba. Poseía una belleza similar a la de su madre y podría haber sido modelo, pero prefería trabajar en el campo editorial y, además, en Londres se lo pasaba en grande. Era una chica alegre y extravertida, y estaba entusiasmada con la gente que conocía gracias a su trabajo. Carole y ella hablaban mucho por teléfono.

Anthony seguía los pasos de su padre en Wall Street, en el mundo de las finanzas, tras conseguir en Harvard un máster en administración de empresas. Era un joven serio y responsable y siempre se habían sentido orgullosos de él. Era tan guapo como Chloe, aunque siempre fue un poco tímido. Salía con muchas chicas listas y atractivas, pero aún no había hallado a ninguna especial. Su vida social le interesaba menos que su trabajo en la oficina. Se esmeraba mucho en su carrera y nunca perdía de vista sus objetivos. De hecho, no se detenía ante casi nada y cuando Carole le llamaba al teléfono móvil a altas horas de la noche solía encontrarle trabajando.

Ambos hijos sentían un gran cariño por su madre y por Sean. Siempre habían sido sanos, sensatos y afectuosos, a pesar de alguna que otra trifulca entre Chloe y Carole. Chloe siempre necesitó el tiempo y la atención de su madre más que su hermano y se quejaba amargamente si esta debía participar en un rodaje, sobre todo cuando iba al instituto y quería que Carole estuviese cerca de ella como las demás madres. Sus quejas hacían que Carole se sintiese culpable, aunque se las arreglaba para que sus hijos fuesen a visitarla al plató cuando era posible y volvía a casa durante los descansos para estar con ellos. Anthony había sido fácil de llevar y Chloe no tanto, al menos para Carole. Chloe creía que su padre era perfecto, pero estaba más que dispuesta a recalcar los defectos de su madre, quien se consolaba pensando que así solían ser las relaciones entre madre e hija. Resultaba más fácil ser madre de un hijo devoto.

Y ahora que sus hijos eran mayores, independientes y felices con su propia vida, Carole estaba decidida a abordar a solas la novela que durante tanto tiempo se había prometido escribir. En las últimas semanas se había desanimado mucho. Empezaba a dudar que alguna vez fuese a conseguirlo y se preguntaba si habría hecho mal en rechazar el papel que le ofrecieron en agosto. Quizá debía renunciar a escribir y volver al cine. Su representante, Mike Appelsohn, comenzaba a enfadarse. Estaba disgustado por los papeles que no dejaba de rechazar y harto de oír hablar del libro que nunca escribía.

No conseguía pulir el argumento, los personajes todavía estaban mal definidos, el desenlace y el desarrollo formaban un nudo en su cabeza. Todo era un lío gigantesco, como un ovillo de lana con el que ha jugado un gato. Hiciera lo que hiciese y por más vueltas que le diese, no lograba aclarar sus ideas. Aquello era muy frustrante.

Había dos Oscar apoyados en un estante sobre su escritorio, además de un Globo de Oro que ganó justo antes de tomarse un descanso cuando Sean cayó enfermo. Hollywood no la había olvidado, pero Mike Appelsohn le aseguraba que al final la dejarían por imposible si no volvía a trabajar. A Carole se le habían agotado las excusas y se había concedido hasta finales de año para comenzar el libro. Le quedaban dos meses y no avanzaba. Empezaba a entrarle el pánico cada vez que se sentaba ante el ordenador.

Oyó que una puerta se abría suavemente a su espalda y se volvió con una mirada inquieta. No le importó la interrupción; en realidad le venía muy bien. La víspera había reorganizado los armarios del cuarto de baño en lugar de trabajar en el libro. Al volverse, vio a Stephanie Morrow, su asistente, de pie en el umbral de su estudio con gesto vacilante. Era una mujer guapa, maestra de profesión, que Carole contrató para el verano quince años atrás, nada más volver de París. Carole había comprado la casa en Bel-Air, aceptado papeles en dos películas ese primer año y firmado un contrato de un año en Broadway. Comenzó a defender la causa de los derechos de la mujer y tuvo que hacer la promoción de las películas, por lo que necesitaba ayuda para organizar a sus hijos y al servicio doméstico. Stephanie había llegado para ayudarla durante dos meses y ya llevaba quince años. Ahora tenía treinta y nueve. Vivía con un hombre que viajaba mucho y comprendía las exigencias de su trabajo. Stephanie seguía sin saber con certeza si quería casarse alguna vez, aunque tenía claro que no quería hijos. Decía en broma que Carole era su bebé. Carole correspondía diciendo que Stephanie era su niñera. Era una asistente fabulosa, llevaba muy bien a la prensa y era capaz de manejar cualquier situación hablando. Podía con todo.

Cuando Sean estaba enfermo, Stephanie hizo todo lo que pudo por Carole. Estuvo allí para los chicos, para Sean y para ella. Incluso ayudó a Carole a organizar el funeral y elegir el ataúd. Con los años, Stephanie había llegado a ser más que una simple empleada. A pesar de los once años que las separaban, las dos mujeres se habían hecho amigas íntimas. Sentían un profundo afecto y respeto mutuo. No había ni un ápice de envidia en Stevie, como la llamaba Carole. Se alegraba de los triunfos de Carole, lloraba sus tragedias, amaba su trabajo y afrontaba cada día con paciencia y buen humor.

Carole sentía un gran cariño por Stephanie y reconocía de buena gana que sin ella estaría perdida. Era la asistente perfecta y, como suele ocurrir con ese tipo de puestos, eso significaba poner la vida de Carole en primer término y la suya en segundo, y a veces incluso no tener vida en absoluto. Stevie adoraba a Carole y su empleo, y no le importaba. La vida de Carole era mucho más emocionante que la suya propia.

Stevie medía más de un metro ochenta de estatura. Tenía el pelo negro y liso y unos grandes ojos castaños, y ese día se había puesto vaqueros y una camiseta de manga corta.

—¿Té? —susurró, desde el umbral del estudio de Carole.

—No, arsénico —dijo Carole con un gemido mientras giraba en la silla—. No puedo escribir este dichoso libro. Algo me detiene y no sé qué es. Puede que solo sea terror. Puede que sepa que no puedo hacerlo. No sé por qué creí que podría.

Desesperada, miró a Stevie con el ceño fruncido.

—Sí que puedes —dijo Stephanie con calma—. Date tiempo. Dicen que lo más difícil es el principio. Solo tienes que sentarte ahí el tiempo suficiente. Quizá necesites tomarte un descanso.

Durante la semana anterior, Stevie le había ayudado a reorganizar todos sus armarios, a rediseñar el jardín y a limpiar el garaje de arriba abajo. Además, habían decidido rehacer la cocina. Una vez más, Carole había encontrado todas las distracciones y excusas posibles para no empezar el libro. Llevaba meses así.

—Últimamente toda mi vida es un descanso —gimió Carole—. Tarde o temprano tengo que volver al trabajo haciendo una película o escribiendo este libro. Mike me matará si rechazo otro guión.

Mike Appelsohn era productor y llevaba treinta y dos años haciendo de representante suyo, desde que la descubrió a los dieciocho, un millón de años atrás. Entonces Carole solo era una chica de campo de Mississippi, con el pelo largo y rubio y enormes ojos verdes, que llegó a Hollywood más llevada por la curiosidad que por una verdadera ambición. Mike Appelsohn la había convertido en lo que era hoy. Él y su propio talento. Su primera prueba de cámara a los dieciocho años dejó alucinado a todo el mundo. El resto era historia. Su historia. Ahora era una de las actrices más famosas del mundo, con un éxito que superaba sus más locos sueños. Entonces, ¿qué hacía tratando de escribir un libro? No podía evitar preguntarse lo mismo una y otra vez, aunque conocía la respuesta, al igual que Stevie. Buscaba una pieza de sí misma, una pieza que había escondido en algún cajón, una parte de sí que quería y necesitaba encontrar, a fin de que el resto de su vida cobrase sentido.

Su último cumpleaños la había afectado mucho. Cumplir los cincuenta había sido un hito importante para ella, sobre todo ahora que estaba sola. No podía ignorarlo. Había decidido entretejer todas sus piezas como nunca había hecho, soldarlas en un todo en lugar de tener pedazos de sí misma vagando por el espacio. Quería que su vida tuviese sentido, al menos para ella. Quería volver al principio y resolverlo todo.

Muchas cosas le habían sucedido por accidente, sobre todo en los primeros años, o al menos eso le parecía a ella. Tuvo buena y mala suerte, aunque más buena que mala, por lo menos en la profesión y con sus hijos. No obstante, no quería que toda su existencia pareciese fruto de la casualidad. Muchas de las cosas que hizo fueron reacciones a las circunstancias o a otras personas y no decisiones tomadas de forma activa. Ahora parecía importante saber si esas reacciones habían sido acertadas. ¿Y luego qué? No dejaba de preguntarse de qué serviría eso. El pasado no cambiaría. No obstante, podría alterar el curso de su vida durante los años que le quedaban. Ahora que Sean había desaparecido, le parecía más importante tomar decisiones y no limitarse a esperar que le sucediesen las cosas. ¿Qué quería ella? Quería escribir un libro. Eso era lo único que sabía. Y tal vez a continuación viniese lo demás. Tal vez entonces entendiese mejor qué papeles quería interpretar en el cine, qué impacto deseaba tener en el mundo, qué causas quería apoyar y quién quería ser durante el resto de su vida. Sus hijos habían crecido. Ahora le tocaba a ella.

Stevie desapareció y regresó con una taza de té. Té descafeinado de vainilla. Stevie lo encargaba para ella en Mariage Frères de París. Carole se había aficionado a él cuando vivía en la capital francesa y seguía siendo su favorito. Agradecía las tazas humeantes que Stevie le llevaba. El té la reconfortaba. Con la mirada perdida, Carole se llevó la taza a los labios y dio un sorbo.

—Puede que tengas razón —dijo con aire pensativo, echándole un vistazo a la mujer que llevaba años acompañándola.

Viajaban juntas, puesto que Carole la llevaba al plató cuando participaba en una película. A Stevie le gustaba encargarse de todo y hacer que la vida de Carole discurriese con suavidad. Le encantaba su empleo y acudir cada día a trabajar. Cada jornada suponía un reto distinto. Además, después de todos aquellos años aún le hacía ilusión trabajar para Carole Barber.

—¿En qué tengo razón? —preguntó Stevie, apoyando sus largos brazos en la cómoda butaca de cuero de la habitación.

Pasaban muchas horas juntas en esa habitación, hablando y haciendo planes. Carole siempre estaba dispuesta a escuchar las opiniones de Stevie, aunque al final hiciese algo diferente. Sin embargo, los consejos de su asistente solían parecerle sensatos y valiosos. Para Stevie, Carole no era solo una jefa, sino que más bien parecía su tía. Las dos mujeres compartían opiniones acerca de la vida y a menudo veían las cosas de la misma forma, sobre todo en cuestión de hombres.

—Puede que necesite un viaje.

En este caso Carole no pretendía evitar el libro, sino tal vez resolverlo, como si fuese una cáscara dura que se resistiese y solo pudiese abrirse con un golpe.

—Podrías ir a visitar a los chicos —sugirió Stevie.

A Carole le encantaba visitar a sus hijos, puesto que ya no iban mucho a verla. A Anthony le resultaba difícil escaparse de la oficina, aunque siempre encontraba tiempo para quedar por la noche cuando ella viajaba a Nueva York, por muy ocupado que estuviese. Quería a su madre, al igual que Chloe, que lo dejaba todo para ir con ella de compras por Londres. La muchacha se impregnaba del amor y el tiempo de su madre como una flor bajo la lluvia.

—Lo hice hace solo unas semanas. No sé... Creo que necesito hacer algo muy distinto... Ir a algún sitio donde nunca haya estado, como Praga o algo así... o Rumanía... Suecia...

No quedaban muchos lugares en el planeta que no hubiese visitado. Había dado conferencias sobre la mujer en la India, Pakistán y Pekín. Había conocido a jefes de Estado de todo el mundo, había trabajado con UNICEF y se había dirigido al Senado estadounidense.

Stevie dudaba si debía decir lo obvio. París. Sabía cuánto significaba la ciudad para ella. Carole había vivido en París durante dos años y medio y solo había regresado dos veces. Decía que allí ya no había nada que le interesase. Llevó a Sean a París poco después de su boda, pero a él no le caían bien los franceses y prefería ir a Londres. Stevie sabía que hacía unos diez años que ella no visitaba la ciudad y que solo había estado en París una vez en los cinco años transcurridos antes de que conociera a Sean, cuando vendió la casa que tenía en la rue Jacob o, mejor dicho, en un estrecho callejón situado detrás de esta. Stevie fue con ella para cerrar la casa, que le encantó. Sin embargo, para entonces Carole, cuya vida había vuelto a establecerse en Los Ángeles, decía que no tenía sentido mantener una casa en París, aunque le resultó duro cerrarla. No regresó allí hasta su viaje con Sean, en el que se alojaron en el Ritz. Sean no paró de quejarse. Le encantaban Italia e Inglaterra, pero Francia no.

—Tal vez sea hora de que vuelvas a París —dijo Stevie con prudencia.

Sabía que allí persistían fantasmas para ella, pero, quince años después y tras vivir ocho años con Sean, suponía que ya no afectarían a Carole. Fuera lo que fuese lo que le sucedió a Carole en París, se había curado hacía mucho y de vez en cuando aún hablaba con cariño de la ciudad.

—No lo sé —dijo Carole, pensando en ello—. Llueve mucho en noviembre. Aquí hace muy buen tiempo.

—No parece que el buen tiempo te ayude a escribir el libro, pero puedes pensar en otro sitio. Viena, Milán, Venecia, Buenos Aires, Ciudad de México... Hawai... Puede que necesites pasar unas semanas en la playa, si buscas buen tiempo.

Pero ambas sabían que la meteorología no era el problema.

—Ya veremos —dijo Carole con un suspiro mientras se levantaba de la silla—. Lo pensaré.

Carole era alta, aunque no tanto como su asistente. Era delgada, ágil y conservaba una bonita figura. Hacía ejercicio, pero no lo suficiente para justificar su apariencia. Tenía unos genes estupendos, una buena estructura ósea, un cuerpo que desafiaba sus años y un rostro que mentía acerca de su edad, y no había recurrido a la cirugía.

Carole Barber era una mujer hermosa. Su cabello seguía

siendo rubio y lo llevaba largo y liso, a menudo recogido en una cola de caballo o un moño. Desde que tenía dieciocho años, los peluqueros del plató se lo pasaban en grande con su sedoso pelo rubio. Sus ojos eran enormes y verdes; sus pómulos, altos; sus rasgos, delicados y perfectos. Tenía el rostro y la figura de una modelo. Además, su porte expresaba confianza, aplomo y gracia. No era arrogante; simplemente estaba cómoda consigo misma y se movía con la elegancia de una bailarina clásica. El primer estudio que la contrató la obligó a tomar clases de ballet. Ahora seguía moviéndose como una bailarina, con una postura perfecta. Era una mujer espectacular que no solía llevar maquillaje. Tenía una sencillez de estilo que la hacía aún más deslumbrante. Stevie se sentía intimidada cuando empezó a trabajar para ella. Entonces Carole tenía solo treinta y cinco años y ahora que tenía cincuenta resulta difícil creerlo, pues aparentaba diez años menos. Aunque contaba cinco años menos que ella, Sean siempre pareció mayor. Era atractivo pero calvo y tenía tendencia a engordar. Carole seguía teniendo la misma figura que a los veinte años. Cuidaba su alimentación, pero sobre todo era afortunada. Había sido bendecida por los dioses al nacer.

—Salgo a hacer unos recados —le dijo a Stevie al cabo de unos minutos.

Se había puesto un suéter blanco de cachemira sobre los hombros y llevaba un bolso de cocodrilo beis de Hermès. Le gustaba la ropa sencilla pero buena, sobre todo si era francesa. A sus cincuenta años, Carole tenía algo que te recordaba a Grace Kelly a los veinte. Poseía la misma elegancia aristocrática, aunque Carole parecía más cálida. Carole no tenía nada de austero y, habida cuenta de quién era y de la fama de que había disfrutado durante toda su vida adulta, era sorprendentemente humilde. Como a todo el mundo, a Stevie le encantaba ese aspecto de ella. Carole no se lo tenía nada creído.

—¿Quieres que haga algo por ti? —se ofreció Stevie.

—Sí, escribe el libro mientras estoy fuera. Mañana se lo enviaré a mi agente.

Carole había contactado con una agente literaria, pero no tenía nada que enviarle.

—Hecho —le respondió Stevie con una sonrisa—. Me quedaré al cargo del fuerte. Tú vete a Rodeo Drive.

—No pienso ir a Rodeo —dijo Carole en tono remilgado—. Quiero mirar unas sillas nuevas. Creo que el comedor necesita un lavado de cara. Ahora que lo pienso, yo también necesitaría unos arreglillos, pero soy demasiado miedica para hacérmelos. No quiero despertar por la mañana y parecer otra persona. He tardado cincuenta años en acostumbrarme a la cara que tengo. No me gustaría quedarme sin ella.

—No necesitas un *lifting* —dijo Stevie con la intención de tranquilizarla.

—Gracias, pero he visto en el espejo los estragos del tiempo.

—Yo tengo más arrugas que tú —dijo Stevie.

Era cierto. Tenía una fina piel irlandesa que, muy a su pesar, no envejecía tan bien como la de su jefa.

Cinco minutos más tarde, Carole se fue en su ranchera. Llevaba seis años conduciendo el mismo coche. A diferencia de otras estrellas de Hollywood, no sentía la necesidad de que la viesen en un Rolls o un Bentley. Tenía bastante con la ranchera. Las únicas joyas que llevaba eran un par de pendientes de diamantes y, cuando Sean estaba vivo, su sencillo anillo de casada, que por fin se había quitado ese verano. Consideraba innecesaria cualquier otra cosa, y los productores pedían joyas prestadas para ella cuando tenía que hacer la promoción de una película. En su vida privada la joya más exótica que llevaba Carole era un sencillo reloj de oro. Lo más deslumbrante de Carole era ella misma.

Volvió dos horas más tarde y encontró a Stevie comiendo un bocadillo en la cocina. Había un pequeño despacho en el que trabajaba y su principal queja era que estaba muy cerca de la nevera, que visitaba con demasiada frecuencia. Hacía ejercicio en el gimnasio cada noche para compensar lo que comía en el trabajo.

—¿Ya has acabado el libro? —preguntó Carole al entrar, mucho más animada que cuando se marchó.

—Casi. Voy por el último capítulo. Dame media hora más y estaré lista. ¿Qué tal las sillas?

—No pegaban con la mesa. El tamaño no era el apropiado, a menos que compre una mesa nueva.

Carole no paraba de buscar nuevos proyectos, pero ambas sabían que tenía que volver a trabajar o escribir el libro. La indolencia no era propia de ella. Después de trabajar sin parar durante toda la vida, y ahora que Sean había desaparecido, Carole necesitaba ocupaciones.

—He decidido seguir tu consejo —añadió, sentándose con gesto solemne ante la mesa de la cocina, frente a Stevie.

—¿Qué consejo?

Stevie ya no recordaba qué había dicho.

—Lo de hacer un viaje. Necesito marcharme de aquí. Me llevaré el ordenador. Tal vez sentada en una habitación de hotel pueda empezar de nuevo con el libro. Ni siquiera me gusta lo que tengo hasta ahora.

—A mí sí. Los dos primeros capítulos están muy bien. Solo tienes que seguir avanzando a partir de eso y continuar adelante. Es como escalar una montaña. No mires hacia abajo ni te pares hasta llegar a la cima.

Era un buen consejo.

—Tal vez, ya veremos. De todas formas, necesito despejarme —dijo con un suspiro—. Resérvame un vuelo a París para pasado mañana. No tengo nada que hacer aquí y aún faltan tres semanas y media para el día de Acción de Gracias. Más vale que me marche antes de que vengan los chicos a celebrarlo. Es el momento perfecto.

Había estado pensándolo de camino a casa y se había decidido. Ya se sentía mejor.

Stevie se abstuvo de hacer comentarios. Estaba convencida de que a Carole le vendría bien marcharse, sobre todo tratándose de un lugar que le encantaba.

—Creo que estoy preparada para volver —dijo Carole con voz suave y mirada pensativa—. Puedes reservarme una habitación en el Ritz. A Sean no le gustaba, pero a mí me encanta.

—¿Cuánto tiempo quieres quedarte?

—No lo sé. Mejor que reserves la habitación para dos semanas. He decidido utilizar París como base. La verdad es que quiero ir a Praga, y tampoco he estado nunca en Budapest. Quiero pasear un poco y ver cómo me siento cuando esté allí. Soy libre como el viento, así que más vale que lo aproveche. Tal vez me inspire si veo algo nuevo. Si quiero volver a casa antes puedo hacerlo. Además, de regreso me detendré un par de días en Londres para ver a Chloe. Si falta poco para el día de Acción de Gracias, puede que mi hija quiera volver conmigo en el avión. Podría ser divertido. Anthony también viene a pasar el día de Acción de Gracias, por lo que no hace falta que pare en Nueva York a la vuelta.

Siempre trataba de ver a sus hijos cuando iba a alguna parte, si había tiempo. Sin embargo, aquel viaje era para ella.

Stevie le sonrió mientras anotaba los detalles.

—Será divertido ir a París. No he estado allí desde que cerraste la casa. Han pasado catorce años.

Entonces Carole pareció un poco violenta. No se había expresado con claridad.

—Vas a pensar que soy una borde. Me encanta que viajemos juntas, pero quiero hacer este viaje sola. No sé por qué, pero creo que necesito entrar en mi propia mente. Si te llevo, me pasaría el tiempo hablando contigo en vez de profundizar en mí misma. Busco algo y ni siquiera sé con certeza qué es. Yo misma, creo.

Tenía la profunda convicción de que las respuestas a su futuro y al libro estaban enterradas en el pasado. Quería volver para desenterrar todo lo que dejó atrás y trató de olvidar hacía tiempo.

Stevie pareció sorprenderse, pero sonrió.

—Me parece perfecto. Lo único que pasa es que me preocupo por ti cuando viajas sola.

Carole no lo hacía a menudo y a Stevie no le gustaba demasiado la idea.

—Yo también me preocupo —confesó Carole—. Además, soy tremendamente perezosa. Me tienes mimada. Detesto tratar con los conserjes y pedir mi propio té, pero puede que me vaya bien. Por otra parte, ¿hasta qué punto puede ser dura la vida en el Ritz?

—¿Y si vas a la Europa del Este? ¿Quieres que alguien te acompañe allí? Podría contratar a alguien en París, a través del departamento de seguridad del Ritz.

A lo largo de los años había recibido amenazas, aunque ninguna reciente. La gente la reconocía en casi todos los países, pero, incluso en el caso de que no la reconociesen, era una mujer hermosa que viajaba sola. ¿Y si caía enferma? Carole siempre sacaba a la madre que había dentro de Stevie. A esta le encantaba cuidar de ella y protegerla de la vida real. Era su trabajo y su misión en la vida.

—No necesito seguridad. No me pasará nada. Además, aunque me reconozcan, ¿qué más da? Como decía Katharine Hepburn, mantendré la cabeza gacha y evitaré el contacto visual.

Era sorprendente lo bien que funcionaba esa estrategia. Cuando Carole no establecía contacto visual con la gente en la calle, la reconocían mucho menos. Era un viejo truco de Hollywood, aunque no siempre funcionaba.

—Siempre puedo acudir si cambias de opinión —se ofreció Stevie.

Carole sonrió. Sabía que su asistente no iba a la caza de un viaje. Solo se preocupaba por ella, cosa que la conmovía. Stevie era la perfecta asistente personal en todos los sentidos, siempre esforzándose por facilitar la vida de Carole y adelantarse a los problemas antes de que pudiesen surgir.

—Prometo llamar si tengo algún tropiezo y me siento sola o rara —le aseguró Carole—. ¿Quién sabe? Puede que decida volver a casa a los pocos días. Es bastante divertido marcharse sin planes concretos.

Había hecho un millón de viajes para promocionar o rodar películas. No estaba acostumbrada a irse de aquella manera, pero a Stevie le parecía una buena idea, aunque fuese insólita en ella.

—Tendré encendido el teléfono móvil para que puedas llamarme, incluso por la noche o cuando vaya al gimnasio. Siempre puedo hacer una escapada —prometió Stevie.

No obstante, Carole nunca la llamaba por la noche. A lo largo de los años ambas habían establecido firmes límites. Carole respetaba la vida privada de Stevie y esta respetaba la suya. Eso les había ayudado mucho a trabajar juntas.

—Llamaré a la compañía aérea y al Ritz —dijo Stevie antes de acabarse el bocadillo e ir a meter el plato en el lavavajillas.

Hacía mucho que Carole había reducido el personal doméstico a una sola mujer, que acudía por las mañanas cinco días por semana. Ahora que Sean y los chicos ya no estaban allí, no necesitaba ni quería demasiado servicio. La propia Carole revolvía en la nevera y ya no tenía cocinera. Además, prefería conducir ella misma. Le gustaba vivir como una persona normal, sin la parafernalia de una estrella.

—Voy a hacer la maleta —dijo Carole mientras salía de la cocina.

Dos horas más tarde había terminado. Se llevaba muy poco. Varios pantalones de vestir, algún vaquero, una falda, jerséis, zapatos cómodos para caminar y un par de tacones. Metió en la maleta una americana y un impermeable y sacó una abrigada chaqueta de lana con capucha para el avión. Lo más importante que se llevaba era el ordenador portátil, aunque tal vez ni siquiera lo utilizase si no se le ocurría nada durante el viaje.

Acababa de cerrar la maleta cuando Stevie entró en el dormitorio para decirle que había hecho las reservas. Salía hacia París dos días después y el Ritz le guardaba una suite en la parte del edificio que daba a la place Vendôme. Stevie dijo que la acompañaría al aeropuerto. Carole estaba preparada para su odisea de encontrarse a sí misma, en París o en cualquier otro lugar al que fuese. Si decidía viajar a otras ciudades, podía hacer las reservas una vez que estuviese en Europa. Carole se sentía ilusionada ante la perspectiva de marcharse. Sería maravilloso estar en París al cabo de tantos años.

Quería pasar por delante de su vieja casa cerca de la rue Jacob, en la Rive Gauche, y rendir homenaje a los dos años y medio que había pasado allí. Parecía que hubiese transcurrido toda una vida. Cuando se marchó de París era más joven que Stevie. Su hijo, Anthony, que entonces tenía once años, se alegró mucho de volver a Estados Unidos. En cambio Chloe, de siete, se sintió triste al abandonar París y a las amigas que tenía allí. La niña hablaba un francés perfecto. Sus hijos tenían ocho y cuatro años respectivamente la primera vez que fueron a París, cuando Carole rodó allí una película durante ocho meses. Se quedaron durante dos años más. Entonces parecía mucho tiempo, sobre todo para unas vidas tan cortas, e incluso para ella. Y ahora volvía, en una especie de peregrinación. No sabía lo que encontraría allí ni cómo se sentiría. Sin embargo, estaba preparada. Tenía unas ganas enormes de marcharse. Ahora se daba cuenta de que era un paso importante para escribir el libro. Volver tal vez la liberase y abriese esas puertas que estaban tan bien cerradas. Sentada ante su ordenador en Bel-Air, no podía forzarlas. Sin embargo, tal vez las puertas se abriesen allí de par en par por sí solas. Al menos eso esperaba.

Solo con saber que se iba a París, Carole pudo escribir varias horas esa noche. Se sentó ante el ordenador después de que Stevie se fuese, y ya volvía a estar allí a la mañana siguiente cuando esta llegó.

Dictó varias cartas, pagó sus facturas e hizo los últimos recados. Al día siguiente, cuando salieron de casa, Carole estaba lista. Charló animadamente con Stevie de camino al aeropuerto, recordando los últimos detalles sobre lo que había que decirle al jardinero y sobre unos encargos que llegarían mientras estaba fuera.

—¿Qué les digo a los chicos si llaman? —preguntó Stevie tras llegar al aeropuerto mientras sacaba de la ranchera la maleta de Carole, que viajaba con poco equipaje para poder manejarse ella sola con más facilidad.

—Diles simplemente que estoy fuera —dijo Carole con desenvoltura.

—¿En París?

Stevie siempre se mostraba discreta y solo contaba lo que Carole la autorizaba a decir, incluso a sus hijos.

—Puedes decírselo. No es un secreto. Seguramente les telefonearé yo misma en algún momento. Llamaré a Chloe antes de ir a Londres al final. Primero quiero ver qué decido hacer.

Le encantaba la sensación de libertad que le producía disponerse a viajar sola y decidir día a día a qué lugar quería ir. No estaba acostumbrada a actuar con tanta espontaneidad y hacer lo que deseaba. Aquella oportunidad parecía un verdadero regalo.

—No te olvides de decirme lo que haces —le insistió Stevie—. Me preocupo por ti.

Aunque sus hijos la querían, a veces no mostraban tanto interés. En ocasiones, Stevie se mostraba casi maternal hacia ella. Conocía el aspecto vulnerable de Carole que otros no veían, el aspecto frágil, el que dolía. Ante los demás, Carole se mostraba tranquila y fuerte, aunque en el fondo no siempre se sintiera así.

—Te mandaré un correo electrónico cuando llegue al Ritz. No te preocupes si después no tienes noticias mías. Si voy a

Praga, a Viena o a cualquier otra parte, seguramente dejaré el ordenador en París. No quiero tener que contestar un montón de correos mientras estoy fuera. A veces es divertido escribir en blocs normales. Puede que el cambio me vaya bien. Llamaré si necesito ayuda.

—Más te vale. Que te diviertas —dijo Stevie mientras la abrazaba.

—Cuídate y disfruta del descanso —dijo Carole sonriendo mientras un mozo de equipaje cogía su maleta y la registraba.

Carole viajaba en primera clase. El hombre reaccionó un instante después de mirarla y sonrió al reconocerla.

—Vaya... Hola, señora Barber. ¿Cómo está?

El empleado se sentía entusiasmado de ver a la estrella cara a cara.

—Muy bien, gracias —respondió ella, devolviéndole la sonrisa.

Sus grandes ojos verdes iluminaban su rostro.

—¿Se va a París? —preguntó él, deslumbrado. Estaba tan guapa como en la pantalla, y parecía simpática, cálida y real.

—Sí, voy a París.

El simple hecho de decirlo hizo que se sintiera bien, como si París la estuviese esperando. Le dio una buena propina y él la saludó con la gorra mientras otros dos mozos de equipaje se apresuraban a pedirle autógrafos. Los firmó, le dijo adiós con la mano a Stevie por última vez y desapareció en la terminal con sus vaqueros, su gruesa chaqueta de color gris oscuro y una gran bolsa de viaje en el brazo. Llevaba el pelo rubio, liso y brillante, recogido en una cola de caballo y, al entrar, se puso unas gafas oscuras. Nadie se fijó en ella. Solo era una mujer más que se acercaba a toda prisa a los controles de seguridad, de camino a un avión. Viajaba con Air France. Pese a los quince años transcurridos, todavía se sentía a gusto hablando francés. Tendría la oportunidad de practicar en el avión.

El avión despegó del aeropuerto internacional de Los Ángeles a la hora prevista y ella se puso a leer el libro que había llevado. A medio camino se durmió y, tal como había solicitado, la despertaron cuarenta minutos antes de la llegada, con lo que tuvo tiempo de lavarse los dientes y la cara, peinarse y tomar un té de vainilla. Mientras aterrizaban miró por la ventanilla. Era un día lluvioso de noviembre en París y el corazón le dio un vuelco al volver a ver la ciudad. Por razones que ni siquiera conocía con certeza, efectuaba una peregrinación en el tiempo y, después de tantos años, sentía que volvía a casa.

2

La suite del Ritz era tan bonita como Carole esperaba. Todas las telas eran de seda y satén; los colores, azul celeste y oro. Carole tenía un salón y un dormitorio, además de un escritorio Luis XV en el que conectó su ordenador. Le envió a Stevie un correo electrónico diez minutos después de llegar, mientras esperaba unos cruasanes y una tetera llena de agua caliente. Había traído reservas de su propio té de vainilla para tres semanas. Parecía absurdo, ya que se lo enviaban desde París, pero así no tendría que salir a comprarlo. Stevie se lo había metido en la maleta.

Carole decía en su correo electrónico que había llegado bien, que la suite era magnífica y que el vuelo había sido perfecto. Comentaba que en París llovía, pero que no le importaba. Mencionaba que apagaría el ordenador y no volvería a escribir en unos días. Si tenía algún problema telefonearía al móvil de su secretaria. A continuación pensó en llamar a sus hijos, pero al final decidió no hacerlo. Aunque le encantaba hablar con ellos, ya tenían su propia vida. Además, aquel viaje era solo suyo. Era algo que necesitaba hacer por sí misma. Aún no deseaba compartirlo con ellos. Además, sabía que les resultaría un tanto raro que se pusiese a vagar por Europa ella sola. Les parecería patético, como si no tuviese nada que hacer ni nadie con quien estar, cosa que no dejaba de ser cierta.

Sin embargo, le apetecía mucho hacer ese viaje. Ahora percibía que la clave del libro que trataba de escribir estaba allí, o al menos una de sus claves. Sus hijos se preocuparían si se enteraban de que viajaba sola. En ocasiones ellos y Stevie eran más conscientes de su fama que Carole. A ella le gustaba ignorarla.

Un camarero con librea vino a traerle los cruasanes y el té. El empleado dejó la bandeja de plata sobre la mesa de centro, en la que ya había pastelillos, una caja de bombones y un frutero lleno, así como una botella de champán enviada por cortesía del director del establecimiento. En el Ritz la cuidaban bien. Aquel hotel le encantaba. Nada había cambiado, pero estaba más bonito que nunca. Se acercó a las alargadas cristaleras que daban a la place Vendôme, bajo la lluvia. El avión había aterrizado a las once de la mañana. Carole había pasado directamente por la aduana y llegó al hotel a las doce y media. Ahora era la una. Disponía de toda la tarde para pasear bajo la lluvia y ver los monumentos. Aún no sabía adónde iría después de París, pero por el momento se sentía feliz. Empezaba a pensar que no iría a ninguna parte; se quedaría y disfrutaría de la ciudad. No había nada mejor. Seguía pensando que París era la ciudad más bonita del mundo.

Sacó de la maleta la poca ropa que llevaba y la colgó en el armario. Se dio un baño en la enorme bañera, se deleitó secándose con las gruesas toallas de color rosa y después se vistió con prendas abrigadas. A las dos y media cruzaba el vestíbulo con un puñado de euros en el bolsillo. Dejó la llave en recepción, pues la placa de latón pesaba mucho y ella nunca llevaba bolso cuando salía a caminar. Los bolsos le estorbaban. Se metió las manos en los bolsillos, se echó la capucha, bajó la cabeza y salió discretamente por la puerta giratoria. En cuanto estuvo en la calle se puso unas gafas oscuras. Para entonces la lluvia se había convertido en una llovizna que caía con suavidad. Bajó los peldaños del Ritz y salió a la place Vendôme. Nadie le prestó atención. Solo era una mujer anónima que salía a dar un paseo por la ciudad. Se dirigió a pie a la place de la Concorde, desde donde tenía pensado dirigirse a la Rive Gauche. Aunque era una larga caminata, Carole estaba preparada. Por primera vez en muchos años podía hacer lo que quisiera en París e ir a donde le apeteciese. No tenía que escuchar las quejas de Sean ni que entretener a sus hijos. No tenía que complacer a nadie que no fuese ella misma. Comprendió que ir a París había sido una decisión muy acertada. Ni siquiera le importaba la ligera lluvia de noviembre ni el aire frío. Su gruesa chaqueta la abrigaba y los zapatos con suela de goma mantenían sus pies secos sobre el suelo mojado. Entonces alzó la mirada al cielo, respiró hondo y sonrió. No había ciudad más espectacular que París, fueran cuales fuesen las condiciones meteorológicas. Para ella, el cielo de aquella ciudad era el más bonito del mundo. Ahora, más allá de los tejados, parecía una luminosa perla gris.

Pasó frente al hotel Crillon y llegó a la place de la Concorde, con sus fuentes y estatuas, y el tráfico que pasaba zumbando junto a ellas. Se quedó allí un buen rato, impregnándose de nuevo del alma de la ciudad, y luego siguió a pie hacia la Rive Gauche con las manos en los bolsillos. Se alegraba de haber dejado el bolso en la habitación. Habría sido un fastidio llevarlo encima. Así se sentía más libre. Solo necesitaba dinero suficiente para pagar un taxi de regreso si se alejaba en exceso del hotel y estaba demasiado cansada para volver a pie.

A Carole le encantaba vagar por París. Siempre le había encantado, incluso cuando sus hijos eran pequeños. Les llevaba de paseo por toda la ciudad, a todos los monumentos y museos, y también a jugar al Bois de Boulogne, las Tullerías, Bagatelle y los Jardines de Luxemburgo. Allí habían sido felices, aunque Chloe recordaba muy poco de aquel tiempo y Anthony se alegró de volver a casa. El niño echaba de menos el béisbol, las hamburguesas y los batidos, la televisión estadounidense y la Super Bowl. Al final, resultó difícil convencerle de que la vida era más emocionante en París. Para Anthony no lo era, aunque tanto él como su hermana habían aprendido francés, igual que Carole. Anthony todavía lo hablaba un poco, pero Chloe lo había perdido, y en el avión Carole había comprobado con alegría que aún podía arreglárselas bastante bien. Pocas veces tenía la oportunidad de practicarlo. Cuando vivían allí se esforzó y llegó a hablarlo con mucha soltura. Aún se defendía muy bien, aunque con la confusión entre *le* y *la* típica de los estadounidenses. Para cualquier persona que no hubiese crecido entre francófonos era difícil hablarlo a la perfección. Sin embargo, cuando vivían allí Carole había estado muy cerca de dominar el idioma, y dejaba impresionados a todos sus amigos franceses.

Cruzó hasta la Rive Gauche por el puente de Alejandro III, en dirección a los Inválidos, y luego subió por los muelles, pasando junto a todos los anticuarios que aún recordaba. Bajó por la rue des Saint Pères y con paso lento puso rumbo a la rue Jacob. Había vuelto allí como una paloma mensajera, y se metió por el corto callejón en el que estaba su casa. Durante los ocho primeros meses que pasó en París con sus hijos, vivieron en un piso que el estudio alquiló para ellos, pero que para ella, los dos niños, una secretaria y una niñera resultaba pequeño y al final se trasladaron a un hotel durante unas pocas semanas. Carole matriculó a los niños en un colegio estadounidense y, cuando terminó la película y decidió quedarse con su familia en París, encontró esa casa, justo detrás de la rue Jacob. La vivienda era una pequeña joya que daba a un patio particular y contaba con un jardín precioso en su parte trasera. La casa poseía las dimensiones adecuadas y tenía mucho encanto. Las habitaciones de los niños y la niñera, con ventanas *oeil de boeuf* y mansarda, estaban en el último piso. Su habitación en el piso inferior era digna de María Antonieta, con techos muy altos, cristaleras alargadas que daban al jardín, suelos del siglo XVIII y *boiseries*, y una chimenea de mármol rosado que aún funcionaba. Carole tenía un despacho y un vestidor junto a su dormitorio, y una enorme bañera donde se daba baños de burbujas con Chloe o se relajaba a solas. En la planta principal había un gran salón, un comedor y una cocina, así como una salida al jardín, donde solían comer en primavera y verano. La casa, construida en el siglo XVIII para algún cortesano, era una auténtica belleza. Nunca averiguó toda su historia, pero resultaba fácil imaginar que era muy romántica. Y para ella también lo fue.

Reconoció la casa sin dificultades y entró en el patio, ya que las puertas estaban abiertas. Se quedó mirando las ventanas de su antiguo dormitorio y se preguntó quiénes vivirían allí ahora, si serían felices, si aquel sería un buen hogar para ellos, si sus sueños se habrían hecho realidad en aquella casa. Ella vivió contenta allí durante dos años, aunque el final fue triste. Abandonó París embargada por la pena. Al recordar aquel tiempo volvió a sentirla. Era como abrir una puerta que había mantenido sellada durante quince años y recordar los olores, sonidos y sensaciones, la ilusión de estar allí con sus hijos y descubrir nuevas cosas, el inicio de una nueva vida y luego su marcha final para volver a Estados Unidos. Había sido una decisión difícil y triste. En ocasiones todavía se preguntaba si había tomado la decisión adecuada, si las cosas habrían sido distintas de haberse quedado en París. Sin embargo, estando allí ahora, sentía que había hecho lo correcto, al menos para sus hijos, y tal vez incluso para sí misma. Resultaba difícil saberlo pese a los quince años transcurridos.

Ahora se daba cuenta de que había regresado para resolver el problema de una vez por todas, para estar segura de que había actuado bien. Cuando albergase esa certeza en su corazón tendría algunas de las respuestas que necesitaba para escribir el libro. Viajaba hacia atrás en el mapa de su vida con la finalidad de saber qué había ocurrido. Aunque su libro fuese de ficción, necesitaba conocer la verdad antes de poder tejer con ella una historia. Era consciente de haber evitado esas respuestas durante mucho tiempo, pero ahora se sentía más valiente.

Salió despacio del patio con la cabeza gacha y tropezó con un hombre que cruzaba las puertas. Al verla, el hombre pareció sobresaltado y ella se disculpó en francés. Él asintió y siguió adelante.

A continuación Carole paseó por la Rive Gauche mirando tiendas de antigüedades. Se detuvo en la panadería a la que solía llevar a sus hijos y compró unos pastelitos. Se los pusieron en una bolsita y fue comiéndoselos mientras caminaba. El barrio estaba lleno de recuerdos agridulces que la cubrían como un océano cubre la orilla durante la marea alta, pero la sensación no era desagradable. Pasear por aquellas calles le recordaba muchas cosas y, de pronto, le entraron ganas de volver al hotel y ponerse a escribir. Ahora sabía qué dirección debía tomar el libro y por dónde debía empezar. Mientras pensaba en reescribir el principio, paró un taxi. Llevaba casi tres horas caminando y ya había oscurecido.

Le dio al taxista la dirección del Ritz y se dirigieron hacia la Rive Droite. Cómodamente sentada en el taxi, Carole pensaba en su antigua casa y en todo lo que había visto aquella tarde. Desde su marcha de París, era la primera vez que paseaba por la ciudad y se permitía pensar en el pasado. Las cosas fueron diferentes cuando vino con Sean, y desde luego cuando vino con Stevie a cerrar la casa. Aquel día se sintió asaltada por una avalancha de dolor. No le gustaba nada renunciar a aquella casa, pero no tenía sentido conservarla. Los Ángeles estaba demasiado lejos, ella no paraba de hacer películas y ya no tenía ningún motivo para viajar a París. Aquella etapa había quedado atrás. Así pues, vendió la casa un año después de marcharse. Pasó dos días en la ciudad, dio a Stevie las instrucciones pertinentes y regresó a Los Ángeles. En aquella ocasión no se entretuvo, pero ahora tenía todo el tiempo del mundo. Además, los recuerdos ya no la asustaban. Al cabo de quince años, quedaban demasiado lejos para hacerle daño alguno. O tal vez ahora, sencillamente, estuviese preparada. Tras perder a Sean podía afrontar otras pérdidas en su vida. Sean le había enseñado aquello con su actitud ante la muerte.

Se hallaba absorta en sus pensamientos cuando entraron en el túnel situado justo delante del Louvre y se vieron atrapados en un atasco. A Carole no le importó. No tenía prisa por ir a ninguna parte. Acusaba el cansancio del viaje, la diferencia horaria y la larga caminata. Pensaba cenar temprano en su habitación y trabajar un poco en el libro antes de acostarse.

Mientras pensaba en el libro avanzaron unos cuantos metros en el túnel antes de detenerse por completo. Era hora punta, el momento en que muchos volvían a casa y otros muchos acudían al centro. A esas horas el tráfico parisino siempre era malo. Echó un vistazo al coche situado junto al taxi y vio a dos jóvenes en los asientos delanteros que tocaban la bocina entre risas histéricas. Otro joven sacó la cabeza por la ventanilla del coche que les precedía y les saludó agitando las manos. Carole tuvo la sensación de que se lo pasaban en grande y les miró sonriente. Parecían magrebíes, pues tenían la piel de un bonito color café con leche. En el asiento trasero del coche situado junto al taxi había un chico de dieciocho o diecinueve años que no compartía sus risas. Daba la impresión de estar nervioso y preocupado y su mirada se cruzó con la de Carole durante unos instantes. En cierto modo parecía asustado y a ella le dio pena. Mientras el tráfico del carril del taxi permanecía parado, los vehículos del carril contiguo reanudaron la marcha. Los muchachos del asiento delantero seguían riéndose y, cuando ya se alejaban, el adolescente saltó del coche y echó a correr. Carole le observó fascinada mientras corría hacia la entrada del túnel y desaparecía. Justo en ese momento oyó que un camión petardeaba más adelante. Entonces vio que los coches de los jóvenes se convertían en bolas de fuego mientras en el túnel se producía una cadena de explosiones y un muro de fuego avanzaba hacia el taxi. Su mente le ordenó que saliese del coche y corriese, pero antes de que pudiese hacer nada la puerta del taxi se abrió de golpe y Carole sintió que volaba sobre los coches, como si de pronto le hubiesen crecido alas. Solo veía fuego a su alrededor. Su taxi había desaparecido, pulverizado junto con otros vehículos cercanos. Le pareció estar soñando. Vio desaparecer coches y seres humanos. Otras personas volaban igual que ella. Luego bajó flotando a la deriva, hasta hundirse en la oscuridad más absoluta.

3

Horas después todavía quedaban docenas de coches de bomberos en la salida del túnel cercano al Louvre. Las autoridades habían convocado a los CRS, los antidisturbios, que estaban allí con su uniforme de combate completo, con escudos, cascos y ametralladoras. Habían cerrado la calle. En la zona se apiñaban las ambulancias, el SAMU y montones de auxiliares sanitarios. La policía controlaba a los curiosos y peatones mientras las brigadas de explosivos buscaban más bombas. Dentro del túnel se desataba un incendio pavoroso. Los coches continuaban explotando por el fuego y resultaba casi imposible sacar a las víctimas. El suelo del túnel estaba sembrado de cadáveres. Los supervivientes gemían y los que estaban en condiciones de caminar o arrastrarse salían, muchos de ellos con el cabello y la ropa en llamas. Aquello era una auténtica pesadilla. Los servicios informativos acudían al lugar del siniestro para entrevistar a los supervivientes, que en su mayoría se hallaban en estado de shock. Por el momento ningún grupo terrorista conocido se había responsabilizado del atentado, pero las declaraciones de los testigos dejaban muy claro que había estallado una bomba, y tal vez más de una.

Después de la medianoche los bomberos y la policía informaron a los periodistas que creían haber sacado del túnel a todos los supervivientes. Pasarían varias horas más antes de que pudiesen apagar el fuego y sacar los cadáveres atrapados dentro de los vehículos y entre los escombros. Dos bomberos habían muerto por la explosión de otros coches mientras trataban de rescatar a las víctimas, y los gases y las llamas habían hecho flaquear a varios miembros de los equipos de rescate, así como a los auxiliares sanitarios que intentaban ayudar a la gente o atenderla en el lugar donde había quedado atrapada. Habían muerto hombres, mujeres y niños. Era un espectáculo dantesco. Muchas de las víctimas salían vivas pero inconscientes y las enviaban a cuatro hospitales distintos que habían dotado con personal médico adicional. Dos centros de quemados se hallaban desbordados y derivaban a la gente con quemaduras menos graves a una unidad especial situada en las afueras de París. Las tareas de rescate habían estado coordinadas de modo impresionante, como dijo uno de los locutores de los informativos. Tras un atentado terrorista de esa naturaleza no se podía hacer más. La fuerza de las bombas utilizadas había arrancado varias secciones de las paredes del túnel. Viendo la feroz negrura del humo y el incendio que aún se extendía con furia en el túnel era difícil creer que hubiese habido supervivientes.

Carole había acabado aterrizando en un pequeño hueco del túnel, que, por pura suerte, la había protegido a medida que avanzaba el fuego. Fue una de las primeras víctimas encontradas por los bomberos. Tenía una profunda herida en una mejilla, un brazo roto, quemaduras en ambos brazos y en la cara, así como una grave lesión craneal. Se encontraba inconsciente cuando la sacaron en camilla y la dejaron en manos de los médicos y auxiliares sanitarios del SAMU. Evaluaron rápidamente sus lesiones, la intubaron para que no dejase de respirar y la enviaron al hospital de La Pitié Salpêtrière, donde se hacían cargo de los peores casos. Sus quemaduras no revestían demasiada gravedad. Sin embargo, la lesión craneal podía ocasionarle la muerte. Estaba en coma profundo.

Comprobaron si llevaba algún documento que la identificase, pero no lo encontraron. No tenía nada en los bolsillos, ni siquiera dinero, aunque seguramente se le debían de haber vaciado al volar por los aires. Y si hubiese llevado bolso lo habría perdido cuando salió despedida del vehículo en el que viajaba. Era una víctima no identificada de un atentado terrorista. No llevaba absolutamente nada que pudiese servir para identificarla, ni siquiera la llave de su habitación del Ritz. Incluso su pasaporte estaba sobre su escritorio, en el hotel.

Carole abandonó la escena en una ambulancia con otro superviviente inconsciente que había salido del túnel desnudo y con quemaduras de tercer grado en todo el cuerpo. Los auxiliares sanitarios atendieron a ambos pacientes, aunque parecía poco probable que ninguno de ellos llegase vivo a La Pitié. La víctima quemada murió en la ambulancia. Carole estaba moribunda cuando la metieron a toda prisa en el hospital para llevarla a la unidad de traumatología. Había un equipo preparado, en espera de que llegasen los heridos. Las dos primeras ambulancias ya habían aparecido con cadáveres.

La doctora responsable del servicio de traumatología examinó a Carole con gesto sombrío. La herida de la mejilla era muy fea y las quemaduras de los brazos eran de segundo grado, aunque la de la cara parecía menor comparada con el resto de sus lesiones. Llamaron a un ortopedista para que le recompusiera el brazo, pero tuvo que esperar a que evaluasen los daños de la cabeza. Había que hacer varios escáneres urgentes y el corazón de Carole se paró antes de que pudiesen comenzar. El equipo cardíaco se puso a reanimarla a un ritmo frenético y consiguió que el corazón volviese a latir, pero luego la presión sanguínea cayó en picado. Había once personas trabajando con ella mientras traían a otras víctimas, aunque por el momento Carole era una de las más graves. Llegó un neurocirujano para examinarla y por fin pudieron hacer los escáneres. El doctor decidió aplazar la intervención, pues la paciente no estaba lo bastante estable para aguantarla. Le limpiaron las quemaduras y le recompusieron el brazo. Dejó de respirar y la conectaron a un respirador. Por la mañana se calmaron un poco las cosas en la unidad de traumatología, y el neurocirujano volvió a evaluarla. La principal preocupación del equipo médico era la inflamación cerebral. Resultaba difícil valorar con cuánta fuerza había chocado contra el muro del túnel y cuáles serían las secuelas en caso de que sobreviviese. El neurocirujano seguía sin querer operar y la jefa del servicio de traumatología estaba de acuerdo con él. Si podía evitarse la intervención, ambos lo preferían para no empeorar su estado. La vida de Carole pendía de un hilo.

—¿Está aquí su familia? —preguntó el doctor con cara seria.

Suponía que sus parientes querrían que le diesen la extremaunción, como la mayoría de las familias.

—No hay familia. No está identificada —explicó la jefa del servicio de traumatología.

El neurocirujano asintió. Había en La Pitié varios pacientes sin identificar. Tarde o temprano sus familias o amigos les buscarían y se conocería su identidad. En ese momento resultaba irrelevante. Estaban recibiendo la mejor atención posible, fueran quienes fuesen. Eran cuerpos destrozados por una bomba. Esa noche ya habían muerto tres niños allí poco después de que los trajesen, irreconocibles por las quemaduras. Los terroristas habían cometido un acto malvado. El neurocirujano dijo que volvería al cabo de una hora para comprobar cómo estaba Carole. Mientras tanto, ella permaneció en la zona de reanimación de la unidad de traumatología, atendida por un equipo que intentaba desesperadamente mantenerla viva y con las constantes vitales estables. Se debatía literalmente entre la vida y la muerte. Lo único que parecía haberla salvado era el hueco al que había salido despedida, que le había proporcionado una bolsa de aire y una protección contra el fuego. De no haber sido así, como tantos otros, se habría quemado viva.

A mediodía el neurocirujano se fue a dormir un poco en una camilla, dentro de una pequeña habitación. Estaban tratando a cuarenta y dos víctimas del atentado del túnel. En total, la policía que acudió al lugar de los hechos había dado parte de noventa y ocho heridos y hasta el momento se habían rescatado setenta y un cadáveres, aunque aún quedaban más en el interior. Había sido una noche larga y terrible.

Cuando el doctor volvió cuatro horas más tarde, se sorprendió de encontrar a Carole aún con vida. Su estado era el mismo, el respirador seguía respirando por ella, pero otro TAC mostraba que la inflamación cerebral no había empeorado, lo que suponía una ventaja importante. Sus peores lesiones parecían localizarse en el tronco del encéfalo. Había sufrido un daño axonal difuso, con desgarros leves causados por las fuertes sacudidas cerebrales. No había forma de evaluar aún cuáles serían las secuelas a largo plazo. Su cerebro también había resultado afectado, cosa que podía poner en peligro sobre todo la función muscular y la memoria.

Le habían suturado la herida de la mejilla y, cuando el neurocirujano la miró, le comentó al médico que comprobaba sus constantes vitales que era una mujer guapa. Nunca la había visto, pero su cara le resultaba familiar. Supuso que debía de tener unos cuarenta o cuarenta y cinco años como máximo. Le sorprendía que nadie hubiese venido a buscarla. Aún era pronto. Si vivía sola, podían pasar varios días antes de que alguien se percatase de su desaparición. Sin embargo, las personas no permanecían toda la vida sin identificar.

El día siguiente era sábado y los equipos de la unidad de traumatología continuaron trabajando sin descanso. Pudieron cambiar a algunos pacientes a otras unidades del hospital, y varios fueron trasladados en ambulancia a centros especiales de quemados. Carole permaneció incluida en la lista de los pacientes heridos cuyo caso revestía mayor gravedad, junto con otros como ella que se hallaban en otros hospitales de París.

El domingo empeoró su estado, ya que empezó a tener fiebre, cosa que cabía esperar. Su organismo se hallaba en estado de shock y seguía luchando con la muerte.

La fiebre duró hasta el martes y luego remitió por fin. Su inflamación cerebral mejoró ligeramente mientras continuaba en observación. Sin embargo, no estaba más cerca de recuperar la conciencia que cuando ingresó. Tenía la cabeza y los brazos vendados, y el brazo izquierdo escayolado. La herida de la mejilla se estaba curando, aunque dejaría una cicatriz. La principal preocupación del equipo médico continuaba siendo el cerebro. La mantenían sedada debido al respirador, pero, incluso sin sedación, seguía en coma profundo. No había forma de evaluar qué daños cerebrales sufriría a largo plazo o si tan siquiera sobreviviría. De ninguna manera estaba aún fuera de peligro. Todo lo contrario.

El miércoles y el jueves nada cambió y Carole continuó con la vida pendiente de un hilo. El viernes, una semana entera después de su ingreso, los nuevos escáneres mostraron una ligera mejoría, lo cual era alentador. La jefa del servicio de traumatología comentó entonces que era la única víctima que aún no había sido identificada. Nadie había acudido a reclamarla, cosa que parecía extraña. Para entonces, todos los demás, muertos o vivos, habían sido identificados.

Ese mismo viernes la camarera de día que limpiaba su habitación le hizo un comentario a la gobernanta del Ritz. Dijo que la mujer que se alojaba en la suite de Carole no había dormido allí en toda la semana. Su bolso y su pasaporte estaban en la habitación, al igual que su ropa, pero la cama nunca se había utilizado. Era evidente que la clienta se había desvanecido después de registrarse. A la gobernanta no le pareció raro; los huéspedes hacían a veces cosas extrañas, como reservar una habitación o una suite para tener una aventura clandestina y aparecer solo esporádicamente, raras veces o nunca, si las cosas no salían como estaba previsto. Lo único que le extrañaba era que el bolso estuviese allí y que el pasaporte se hallase sobre el escritorio. Estaba claro que la huésped no había tocado nada desde que se registró. Como simple formalidad, informó de ello en recepción. Allí tomaron nota, aunque Carole había reservado la habitación para dos semanas y tenían una tarjeta de crédito que garantizaba la reserva. Después de su fecha de reserva, se habrían preocupado. Sabían muy bien quién era y tal vez nunca pretendió utilizar la habitación, sino tenerla disponible con algún fin desconocido. Las estrellas de cine hacían cosas extrañas. Tal vez se alojase en otra parte. No había ningún motivo para relacionarla con el atentado terrorista en el túnel. Sin embargo, en su cuenta escribieron una nota que decía: «La clienta no ha utilizado la habitación desde que se registró». Por supuesto, esa información no debía compartirse con la prensa ni, de hecho, con nadie. Nunca se les hubiese ocurrido. Además, su desaparición, si eso era, bien podía tener que ver con su vida amorosa y una necesidad de discreción que era sagrada para ellos. Como todos los buenos hoteles, guardaban muchos secretos, y sus clientes sabían agradecérselo.

El lunes siguiente Jason Waterman llamó a Stevie. Era el primer marido de Carole y el padre de sus hijos. Ambos se llevaban bien, pero no hablaban con frecuencia. Le dijo a Stevie que hacía una semana que trataba de comunicarse con Carole llamando a su teléfono móvil y que ella no había respondido sus mensajes. No había tenido mejor suerte cuando intentó llamar a su casa durante el fin de semana.

—Está de viaje —explicó Stevie.

Le había visto varias veces y él siempre se mostraba agradable con ella. Stevie sabía que Carole había mantenido una buena relación con él por sus hijos. Llevaban dieciocho años divorciados, aunque Stevie no conocía los detalles. Ese era uno de los escasos temas de los que Carole no quería hablar con ella. Solo sabía que se divorciaron mientras Carole rodaba una película en París, dieciocho años atrás, y que en los dos años siguientes ella se quedó en París con los niños.

—Lleva el teléfono móvil, pero no funciona en el extranjero. Se marchó hace casi dos semanas. No creo que tarde en tener noticias suyas.

Stevie tampoco había tenido noticias suyas desde la mañana en que llegó a París, diez días antes, pero Carole le había advertido que no se pondría en contacto con ella. Stevie suponía que debía de estar viajando por ahí o escribiendo y que no quería que la molestasen. A Stevie nunca se le pasaría por la cabeza la idea de importunarla. Esperaría a que Carole contactase con ella cuando le apeteciese.

—¿Sabe dónde está? —preguntó él preocupado.

—La verdad es que no lo sé. Primero fue a París, pero iba a viajar un poco por su cuenta.

A él le dio la impresión de que tenía un nuevo amor, pero no quiso preguntar.

—¿Ocurre algo? —preguntó Stevie.

De pronto se inquietó por los chicos. Si les había ocurrido algo, Carole querría saberlo de inmediato.

—No es nada importante. Estoy intentando organizar las Navidades. Sé que nuestros hijos tienen previsto pasar el día de Acción de Gracias con Carole, pero ignoro qué planes tiene ella para las Navidades. He hablado con Anthony y Chloe, pero ellos tampoco saben nada. Me han ofrecido una casa en Saint Bart para pasar el Año Nuevo y no quería estropear los planes de Carole.

Sobre todo ahora que Sean había muerto, las vacaciones con sus hijos significaban mucho para ella. Jason siempre se había portado bien en ese sentido. Stevie sabía que se había vuelto a casar, aunque el matrimonio duró poco, y que tenía dos hijas más que ahora vivían en Hong Kong con su madre y eran adolescentes. Carole había mencionado que él no las veía a menudo, solo un par de veces al año. Mantenía una relación mucho más estrecha con los hijos de Carole y con ella misma.

—Le diré que le llame en cuanto tenga noticias de ella. Ya no creo que tarde mucho. Espero recibir su llamada cualquier día de estos.

—Confío en que no estuviese en París cuando estallaron esas bombas en el túnel. ¡Menudo desastre!

El atentado también había sido noticia en Estados Unidos. Un grupo fundamentalista extremista se había responsabilizado finalmente de él, cosa que también había causado protestas en el mundo árabe, que no quería en modo alguno verse relacionado con los terroristas.

—Fue horroroso. Lo vi en las noticias. Al principio me preocupé, pero fue el día en que llegó. Estoy segura de que estaba bien cómoda en el hotel descansando del vuelo y que ni se le pasó por la cabeza acercarse por allí.

Los viajes largos la agotaban y el día de llegada solía quedarse durmiendo en la habitación.

—¿Ha intentado enviarle un correo electrónico? —preguntó Jason.

—Tiene el ordenador desconectado. La verdad es que quería pasar un tiempo sola —respondió Stevie en tono impasible.

—¿Dónde se aloja? —preguntó él inquieto.

Stevie también empezaba a intranquilizarse. Había pensado en la posibilidad de que le hubiese ocurrido algo, pero se había dicho que era ridículo inquietarse. Estaba segura de que Carole se encontraba bien, pero la preocupación de Jason resultaba contagiosa.

—En el Ritz —dijo Stevie rápidamente.

—La llamaré y le dejaré un mensaje.

—Puede que ella esté de viaje y que no tenga respuesta en un par de días. Todavía no me preocupa demasiado.

—No estará de más que le deje un mensaje. Además, necesito saber si puedo reservar la casa y no quiero compremeterme si los chicos no quieren venir. Podría ser divertido para ellos.

—Muy bien, se lo haré saber si me llama —le aseguró Stevie.

—Veré si puedo encontrarla en el Ritz. Gracias.

Jason colgó y Stevie se sentó ante la mesa de su despacho, reflexionando. Estaba decidida a no preocuparse. Parecía muy poco probable que le hubiese ocurrido algo a Carole. ¿Cuáles eran las probabilidades de que estuviese en el lugar del atentado terrorista? Una entre cien millones. Stevie se obligó a dejar de pensar en ello mientras volvía a trabajar en el proyecto del que se estaba ocupando, consistente en reunir información para la labor de Carole a favor de los derechos de las mujeres. Estaba documentándose para un discurso que Carole tenía previsto pronunciar ante las Naciones Unidas. La ausencia de Carole le ofrecía a Stevie la oportunidad de ponerse al día.

En cuanto colgó, Jason llamó al Ritz de París y pidió que le comunicaran con la habitación de Carole. Le pusieron en espera mientras telefoneaban para anunciar la llamada. Carole siempre pedía que le filtrasen las llamadas. Cuando el telefonista volvió a ponerse, le dijo que no estaba en su habitación y que le pasaba con recepción, algo nada habitual. Jason decidió esperar a ver qué tenían que decirle. Un recepcionista le pidió que aguardase un momento. Entonces se puso al teléfono el subdirector, que le preguntó a Jason con acento británico quién era. La llamada se estaba volviendo cada vez más extraña y a Jason no le gustó.

—Me llamo Jason Waterman y soy el ex marido de la señora Barber. También soy un antiguo cliente del Ritz. ¿Ocurre algo? ¿La señora Barber se encuentra bien?

Sin saber por qué, empezaba a tener una sensación desagradable en la boca del estómago.

—Estoy seguro de que así es, señor. Es bastante raro, pero la gobernanta nos ha dejado una nota sobre su habitación.

Estas cosas pasan. Puede que esté de viaje o que en realidad se aloje en otro establecimiento, aunque lo cierto es que no ha utilizado su habitación desde que se registró. En condiciones normales no lo mencionaría, pero la gobernanta estaba preocupada. Al parecer, todas sus cosas están ahí, incluso su bolso, y dejó el pasaporte sobre el escritorio. Hace casi dos semanas que no hay señales de actividad en la habitación de la señora —dijo en voz baja, como si divulgase un secreto.

—¡Mierda! —soltó Jason—. ¿La ha visto alguien?

—No que yo sepa, señor. ¿Le gustaría que llamásemos a alguien?

Aquello era muy raro. Los hoteles como el Ritz no decían a las personas que llamaban que el huésped por el que preguntaban llevaba dos semanas sin utilizar su habitación. Jason comprendió que también debían de estar preocupados.

—Sí —respondió Jason a su pregunta—. Puede que esto le parezca una locura, pero quisiera que hablase con la policía o con los hospitales a los que llevaron a las víctimas del atentado en el túnel y simplemente se asegurase de que no hay víctimas sin identificar, vivas o muertas. ¿Le importaría hacer unas llamadas? —preguntó al subdirector, quien prometió hacerlo.

Decirlo le ponía enfermo, pero de pronto estaba preocupado por ella. Aún la quería. Siempre la había querido. Era la madre de sus hijos y eran buenos amigos. Esperaba que no hubiese sucedido nada terrible. Si no era por el atentado del túnel, Jason no tenía ni idea de dónde demonios estaba. Stevie debía de estar mejor informada que él, aunque no querría divulgar sus secretos. Tal vez se hubiese reunido con algún tipo en París o en otro lugar de Europa. Al fin y al cabo, volvía a ser soltera desde la muerte de Sean. Pero, entonces, ¿por qué no había utilizado su habitación o al menos cogido su pasaporte y su bolso? Esas cosas no pasaban, se dijo. Pero a veces sí. Esperaba que estuviese liada con un nuevo amor y no en un hospital, o peor.

—¿Sería tan amable de dejarme su número, señor?

Jason se lo dio. Era la una de la tarde en Nueva York y las siete en París. No esperaba tener noticias suyas hasta el día siguiente. Colgó intranquilo y se sentó ante su escritorio, donde permaneció largo rato pensando en ella y mirando fijamente el teléfono. Veinte minutos más tarde su secretaria le dijo que le llamaban del hotel Ritz de París. Era la misma voz británica y entrecortada con la que había hablado antes.

—¿Sí? ¿Ha podido averiguar algo? —preguntó Jason en tono tenso.

—Eso creo, señor, aunque puede que no sea ella. En el hospital de La Pitié Salpêtrière hay una víctima del atentado que aún no ha sido identificada. Es una mujer rubia de entre cuarenta y cuarenta y cinco años aproximadamente. Nadie la ha reclamado.

Sonaba como si fuese una maleta perdida y la voz de Jason era un gruñido cuando habló.

—¿Está viva?

Le aterraba oír la respuesta.

—Está en estado crítico en la unidad de cuidados intensivos. Sufre una herida en la cabeza. Es la única víctima del atentado que les queda por identificar. También tiene un brazo roto y quemaduras de segundo grado. Está en coma y por eso no han podido identificarla. No hay motivos para creer que sea la señora Barber, señor. Yo diría que alguien la habría reconocido incluso aquí en Francia, ya que es famosa en todo el mundo. Esa mujer debe de ser francesa.

Jason se estaba poniendo enfermo.

—No tiene por qué. Puede que tenga la cara quemada o que sencillamente no esperen verla allí. O puede que no sea ella. Ojalá no lo sea —respondió Jason al borde de las lágrimas.

—Así lo espero —dijo el subdirector con voz suave—. ¿Qué quiere que haga, señor? ¿Envío a alguien del hotel a echar un vistazo?

—Ya me ocupo yo. Puedo coger el vuelo de las seis. Llegaré a París a las siete de la mañana, más o menos, y al hospital a las ocho y media. ¿Podría reservarme una habitación?

Su mente funcionaba a toda velocidad. Deseó poder llegar allí antes, pero sabía que ese era el primer vuelo. Viajaba a París a menudo y siempre cogía el mismo vuelo.

—Me encargaré de ello, señor. Confío sinceramente en que no sea la señora Barber.

—Gracias. Nos vemos mañana.

Sentado ante su mesa, Jason se había quedado atónito. No podía ser. Aquello no podía haberle ocurrido a ella. Pensarlo resultaba insoportable. No sabía qué hacer, así que llamó a Stevie a Los Ángeles y le contó lo que le había dicho el subdirector del Ritz.

—¡Dios mío! Por el amor de Dios, dígame que no es Carole —dijo Stevie con voz ahogada.

—Ojalá no lo sea. Voy a comprobarlo yo mismo. Llámeme si tiene noticias suyas, y no les cuente nada a los chicos si llaman. Le diré a Anthony que me voy a Chicago, a Boston o algo así. No quiero explicarles nada hasta que lo sepamos —le dijo Jason con firmeza.

—Yo también iré —dijo Stevie, fuera de sí.

El último sitio en el que quería estar en ese momento era Los Ángeles. Por otra parte, si Carole estaba bien, iba a pensar que estaban chiflados cuando volviese al Ritz desde Budapest, Viena o dondequiera que hubiese estado y se encontrase con Jason y con ella. Debía de estar perfectamente en algún lugar de Europa, pasándolo bien y sin tener ni idea de que se preocupaban por ella.

—¿Por qué no espera hasta que averigüe algo allí? El tipo del hotel tiene razón, puede que no sea ella. Si lo fuese, probablemente la habrían reconocido.

—No lo sé. Tiene un aspecto muy sencillo sin maquillaje y con el pelo recogido. Además, seguramente no esperan que una estrella de cine estadounidense aparezca en una unidad de traumatología de París. Puede que no se les haya ocurrido.

Stevie también se preguntó si se le habría quemado la cara, cosa que explicaría que no la reconociesen.

—¡No pueden ser tan estúpidos, por el amor de Dios! Es una de las actrices más famosas del planeta, incluso en Francia —le espetó Jason.

—Supongo que tiene razón —dijo Stevie, poco convencida.

Pero, por otra parte, él tampoco estaba convencido, o no iría hasta allí. Solo trataban de tranquilizarse mutuamente, sin demasiado éxito.

—No llegaré a París hasta las diez de esta noche, hora de Los Ángeles —le dijo Jason a Stevie—, y no creo que sepa nada hasta que pasen un par de horas más. Iré directamente al hospital desde el aeropuerto y la veré en cuanto pueda. Pero para entonces ya será medianoche en Los Ángeles.

—Llámeme de todos modos. Me quedaré despierta y, si me duermo, tendré en la mano el teléfono móvil.

Le dio el número y él lo anotó. Prometió llamarla cuando llegase al hospital de París. A continuación, le pidió a su secretaria que cancelase sus citas para la tarde y el día siguiente. Le dijo lo que se disponía a hacer, pero le advirtió que no se lo mencionase a sus hijos. La versión oficial era que tenía que ir a una reunión de urgencia en Chicago. Cinco minutos más tarde salió de su despacho y paró un taxi. Veinte minutos después estaba en su piso del Upper East Side, donde echó sus cosas en una maleta. Eran las dos de la tarde y tenía que salir de la ciudad a las tres para coger el avión de las seis.

Esperar a marcharse durante la siguiente hora fue un martirio. Y fue peor una vez que llegó al aeropuerto. La situación le parecía surrealista. Iba a ver a una mujer en coma en un hospital de París, rezando para que no fuese su ex esposa. Llevaban dieciocho años separados, y sabía desde hacía catorce que divorciarse de ella había sido el mayor error de su vida. La había dejado por una modelo rusa de veintiún años que resultó ser la mayor cazafortunas del planeta. En aquel momento estaba locamente enamorado de ella. Carole estaba en la cumbre de su carrera, haciendo dos y tres películas al año. Siempre estaba rodando en alguna parte o haciendo la promoción de una película. Él era entonces la joven promesa de Wall Street, pero su éxito resultaba insignificante comparado con el de ella. Carole había ganado dos Oscar en los dos últimos años y eso a él le fastidiaba. Había sido una buena esposa, pero Jason se dio cuenta más tarde de que su ego era demasiado frágil para sobrevivir a esa clase de competencia. Él mismo necesitaba sentirse un personaje y, frente a la fama de Carole, nunca lo conseguía. Así que se enamoró de Natalya, que parecía adorarle, y luego le desplumó y le dejó por otro.

La modelo rusa era lo peor que les había ocurrido a ambos, y desde luego a él. Era bellísima y se quedó embarazada pocas semanas después de que iniciasen su relación. Jason dejó a Carole por Natalya y se casó con esta antes de que se secara la tinta en los papeles del divorcio. Natalya tuvo otro bebé al año siguiente y luego le dejó por un hombre con mucho más dinero del que tenía Jason en aquel momento. Desde entonces había tenido dos maridos, y ahora vivía en Hong Kong, casada con uno de los financieros más importantes del mundo. Jason apenas conocía a sus dos hijas. Eran tan guapas como su madre y casi unas extrañas para él, a pesar de que las visitaba dos veces al año. Natalya no les dejaba viajar a Estados Unidos para verle, y los tribunales de Nueva York no tenían jurisdicción alguna sobre ella. Era una auténtica arpía que le sacó hasta el último centavo cuando se divorciaron, un año después de que Carole y los niños volviesen de París y se mudasen a Los Ángeles. Aunque Carole había vivido en Nueva York con él mientras estuvieron casados, decidió irse a Los Ángeles. Su trabajo estaba allí, y después de París era como empezar de nuevo. Cuando Natalya se fue, Jason intentó volver con Carole. Pero ya no había nada que hacer. Para entonces ella no quería tener nada que ver con él. Cuando Jason se enamoró de Natalya tenía cuarenta y un años y sufría alguna clase de demencial crisis de los cuarenta. A los cuarenta y cinco, cuando comprendió el error que había cometido y cómo había destrozado su vida y la de Carole, era demasiado tarde. Ella le dijo que todo había terminado entre ellos.

Carole había tardado varios años en perdonarle y no volvieron a hacerse realmente amigos hasta después de que se casara con Sean. Por fin era feliz. Jason nunca había vuelto a casarse. A sus cincuenta y nueve años, tenía éxito y estaba solo, y consideraba a Carole una de sus mejores amigas. Nunca en su vida olvidaría la expresión de su rostro cuando, dieciocho años atrás, le dijo que la abandonaba. Parecía que le hubiese pegado un tiro. Desde entonces había revivido ese momento mil veces y sabía que nunca se perdonaría a sí mismo. Todo lo que quería ahora era saber que estaba sana y salva, y no herida en un hospital de París. Al subir al avión esa noche supo que la quería más que nunca. Durante el vuelo llegó incluso a rezar, algo que no hacía desde que era niño. Estaba dispuesto a hacer cualquier trato que pudiese con Dios con tal de que la mujer del hospital de París no fuese Carole. Y, si lo era, con tal de que sobreviviese.

Jason se pasó todo el vuelo despierto, pensando en ella. Recordando el día en que nació Anthony, y luego Chloe... el día en que la conoció... lo guapa que era a los veintidós años e incluso ahora, veintiocho años más tarde. Habían vivido juntos diez años maravillosos, hasta que él lo jorobó todo con Natalya. Ni siquiera podía imaginarse cómo debió de sentirse Carole. Cuando fue a decírselo estaba trabajando en una película importante en París. Había sido un vuelo como el de aquella noche; entonces tenía una misión, la de poner fin a su matrimonio para poder casarse con Natalya. Ahora rezaba por su vida. Estaba demacrado y angustiado cuando el avión aterrizó bajo la lluvia en el aeropuerto Charles de Gaulle de París justo antes de las siete de la mañana, hora de París. El vuelo había llegado con unos minutos de antelación. Jason llevaba el pasaporte en la mano cuando aterrizaron. Ya no podía seguir soportando la incertidumbre. Todo lo que quería era llegar al hospital lo antes posible y ver por sí mismo a la víctima del atentado sin identificar.

4

Jason solo se llevó a París su maletín y una pequeña bolsa de viaje. Esperaba distraerse trabajando en el avión, pero no llegó a abrir el maletín; no habría podido concentrarse en los papeles. Esa noche solamente pensó en su ex esposa.

El avión aterrizó en París a las 6.51 de la mañana, hora local, y estacionó en una pista apartada. Los pasajeros bajaron las escaleras bajo una lluvia torrencial y subieron a un autobús que aguardaba. A continuación se dirigieron despacio y dando bandazos hacia la terminal. Jason, impaciente, se moría de ganas de llegar a la ciudad. Como no había facturado equipaje, estaba en un taxi a las siete y media y pidió al taxista, en un francés vacilante, que le llevase al hospital de La Pitié Salpêtrière, donde se hallaba la mujer sin identificar. Jason sabía que estaba en el boulevard de l'Hôpital, en el distrito 13, y lo había anotado para evitar errores. Entregó la hoja de papel al taxista, que asintió.

—Bien. Entiendo —dijo en un inglés con mucho acento, ni mejor ni peor que el francés de Jason.

Tardaron casi una hora en llegar al hospital. Nervioso en el asiento trasero, Jason se decía que la mujer que estaba a punto de ver no debía de ser Carole, que acabaría desayunando en el Ritz y que tropezaría con ella a su regreso. Sabía lo independiente que era ahora. Siempre lo había sido, pero aún más desde la muerte de Sean. Jason sabía que viajaba con frecuencia a conferencias mundiales sobre los derechos de la mujer y que había participado en varias misiones de la ONU. Sin embargo, no tenía ni idea de lo que hacía en Francia. Fuera lo que fuese, esperaba que no estuviese cerca del túnel cuando se produjo el atentado terrorista. Con un poco de suerte, estaría en otra parte. Pero, en ese caso, ¿qué hacían su pasaporte y su bolso en el Ritz? ¿Por qué había salido sin ellos? Si le ocurría algo, nadie sabría quién era.

Jason sabía que a Carole le encantaba su anonimato y la posibilidad de vagar libremente sin que los fans la reconociesen. Le resultaba más fácil en París, aunque no demasiado. Carole Barber era conocida en el mundo entero y eso animaba a Jason a creer que la mujer del hospital de La Pitié Salpêtrière no podía ser ella. ¿Cómo podían no reconocer ese rostro? Era impensable, a menos que hubiese quedado desfigurado. Mil pensamientos aterradores atravesaban su mente cuando el vehículo se detuvo por fin delante del hospital. Jason pagó la tarifa con una generosa propina y bajó del taxi. Parecía exactamente lo que era, un distinguido hombre de negocios norteamericano. Llevaba un traje inglés gris, un sobretodo de cachemira azul marino y un reloj de oro carísimo. A sus cincuenta y nueve años continuaba siendo un hombre atractivo.

—*Merci!* —le gritó el taxista desde la ventanilla, levantando el dedo pulgar por la buena propina—. *Bonne chance!*

Le deseaba suerte. La expresión de Jason Waterman le indicaba que la necesitaría. La gente no iba directamente del aeropuerto a un hospital, sobre todo aquel, si no había ocurrido nada malo. El taxista había llegado a esa conclusión, y los ojos y el rostro agotado de Jason le dijeron lo demás. Necesitaba afeitarse, ducharse y descansar un poco. Pero aún no.

Jason entró a grandes zancadas en el hospital con su bolsa en la mano, confiando en que alguien hablase el inglés suficiente para ayudarle. El subdirector del Ritz le había dado el nombre de la jefa del servicio de traumatología. Jason se paró a hablar con la joven de recepción y le mostró la hoja de papel en que lo llevaba escrito. Ella respondió deprisa en francés y Jason le dio a entender que no comprendía ni hablaba el idioma. La joven señaló hacia el ascensor que se hallaba a sus espaldas y levantó tres dedos mientras pronunciaba las palabras *«troisième étage»*. Tercera planta. *«Réanimation»*, añadió. Aquello no le sonó bien. Era el término francés que indicaba la UCI. Jason le dio las gracias y se dirigió a toda prisa hacia el ascensor. Tenía ganas de acabar con aquello. Se sentía sumamente estresado y sufría palpitaciones. No había nadie en el ascensor, y cuando llegó a la tercera planta miró desorientado a su alrededor. Un cartel indicaba *«Réanimation»*. Se dirigió hacia el cartel, recordando que esa era la palabra que había pronunciado la chica de la planta baja, y se encontró ante la recepción de una ajetreada unidad. El personal médico corría de acá para allá y se veían varios cubículos con pacientes de aspecto apagado en su interior. Los aparatos zumbaban y silbaban, los monitores pitaban, los enfermos gemían y el olor de hospital le revolvió el estómago tras el largo vuelo.

—¿Hay alguien aquí que hable inglés? —preguntó con voz firme, aunque la recepcionista no dio muestras de entenderle—. *Anglais. Parlez-vous anglais?*

—*Engleesh... one minute...*

La mujer, que hablaba una mezcla de inglés y francés, fue a buscar a alguien. Apareció una doctora con bata blanca, pantalones de hospital, un gorro de ducha en la cabeza y un estetoscopio en torno al cuello. Tenía más o menos la edad de Jason y su inglés era bueno, lo que supuso un alivio para él, pues temía que nadie entendiese sus palabras y, lo que era peor, que él no entendiese lo que le decían.

—¿En qué puedo ayudarle? —le preguntó la doctora en voz alta y clara.

Él preguntó por la jefa del servicio de traumatología y la

doctora le dijo que no estaba, aunque a cambio ofreció su ayuda. Jason explicó por qué estaba allí y se olvidó de añadir el «ex» delante de la palabra «esposa».

Ella le miró con atención. El hombre iba bien vestido y parecía respetable. También parecía muerto de preocupación. Él pensó que debía de parecer un loco y explicó que acababa de llegar en el vuelo de Nueva York. Pero ella pareció entenderlo. Jason explicó que su esposa había desaparecido del hotel y que temía que pudiese ser la víctima no identificada.

—¿Cuánto tiempo hace?

—No estoy seguro. Yo estaba en Nueva York. Ella llegó el día del atentado terrorista en el túnel. Nadie la ha visto desde entonces y no ha vuelto al hotel.

—Han pasado casi dos semanas —dijo ella.

La doctora parecía preguntarse por qué había tardado tanto en averiguar que su esposa había desaparecido. Era demasiado tarde para explicarle que estaban divorciados, puesto que se había referido a ella como su esposa, y tal vez fuese mejor así. No sabía qué clase de derechos tendrían los ex maridos en Francia en esos casos; seguramente ninguno, como en cualquier otra parte.

—Mi esposa estaba de viaje; puede que no sea ella. Espero que no. He venido para comprobarlo.

La doctora asintió con gesto de aprobación y luego le dijo algo a la enfermera de recepción, que señaló una habitación con la puerta cerrada.

La mujer le indicó que la siguiera y abrió la puerta de la habitación. Jason no podía ver a la paciente que estaba en la cama, rodeada de máquinas. Había dos enfermeras de pie junto a ella que no le dejaban ver. Oyó el zumbido del respirador y el runrún de las máquinas. La doctora le hizo pasar. Había una tonelada de aparatos en el interior. De pronto Jason se sentía como un intruso, un mirón. Se disponía a ver a una mujer que tal vez fuese una desconocida. Sin embargo, tenía que verla para asegurarse de que no era Carole. Se lo debía a ella y a sus hijos, aunque pareciese una locura. Incluso a él le parecía estar cerca de la paranoia, o tal vez simplemente del sentimiento de culpa. Siguió a la doctora y vio una figura inmóvil tendida en la cama, con un respirador en la boca, la nariz cerrada con cinta adhesiva y la cabeza inclinada hacia atrás. Estaba completamente inmóvil y su rostro tenía una palidez mortecina. El vendaje de la cabeza parecía enorme; tenía otro en la cara y una escayola en el brazo. Desde el ángulo en que se aproximaba a ella, era difícil verle la cara. Dio otro paso adelante para ver mejor. Entonces se quedó sin aliento y los ojos se le llenaron de lágrimas. Era Carole.

Su peor pesadilla acababa de hacerse realidad. Se acercó y tocó los dedos ennegrecidos que sobresalían de la escayola. No sucedió nada. Carole se hallaba en otro mundo, lejos de allí, y parecía que nunca fuese a regresar. La miró mientras las lágrimas corrían por sus mejillas. Lo peor había ocurrido. Ella era la víctima no identificada del atentado del túnel. La mujer a la que una vez amó y todavía amaba se debatía entre la vida y la muerte en París, y llevaba sola en aquel hospital casi dos semanas, mientras todos los que la querían ignoraban por completo lo sucedido. Jason se volvió consternado hacia la doctora.

—Es ella —susurró.

Las enfermeras le miraban fijamente. Todas habían comprendido que la había identificado.

—Lo siento —dijo la doctora con voz suave antes de indicarle con un gesto que la siguiera al exterior—. ¿Es su esposa? —preguntó, aunque ya no necesitaba confirmación. Las lágrimas de Jason hablaban por sí mismas. El hombre parecía deshecho—. No teníamos forma de identificarla. No llevaba documentos, nada que tuviera su nombre.

—Ya lo sé. Dejó el bolso y el pasaporte en el hotel. Lo hace de vez en cuando.

Carole siempre salía sin bolso, con un billete de diez dólares en el bolsillo. Ya lo hacía años atrás, cuando vivían en

Nueva York, aunque él siempre le decía que llevase su documentación. Esta vez había sucedido lo peor y nadie sabía quién era, cosa que aún le resultaba difícil de creer.

—Mi esposa es actriz, una famosa estrella de cine —añadió Jason al cabo de unos momentos.

Sin embargo, eso ya no importaba. Era una mujer en la UCI con una grave lesión craneal, nada más. La doctora parecía atónita e intrigada por lo que él había dicho.

—¿Es una estrella de cine?

—Carole Barber —dijo él, consciente del impacto que tendrían sus palabras.

La doctora se sorprendió.

—¿Carole Barber? No lo sabíamos —respondió visiblemente impresionada.

—Sería preferible que la prensa no lo descubriese. Mis hijos no lo saben todavía y no quiero que se enteren así. Quisiera llamarles primero.

—Por supuesto —dijo la doctora, cayendo en la cuenta de lo que iba a ocurrirles.

No la habrían cuidado de forma distinta, pero ahora, cuando se supiese que estaba allí, se verían asediados por la prensa. Eso iba a dificultarles la vida. Había sido mucho más fácil mientras solo era la víctima desconocida de un atentado. Tener a una de las principales estrellas de cine de Estados Unidos en su unidad de *réanimation* iba a amargarles la vida a todos.

—Cuando se sepa, será difícil mantener alejada a la prensa —añadió la doctora, preocupada—. Tal vez podamos utilizar su apellido de casada.

—Waterman —dijo él—. Carole Waterman.

Hubo un tiempo en que esa fue la verdad. Carole nunca había adoptado el apellido de Sean, que era Clarke. Habrían podido utilizar también este último y Jason comprendió que ella tal vez lo habría preferido. Pero ¿qué importaba ahora? Lo único que importaba era que sobreviviese.

—¿Va a... va a... se pondrá bien?

No pudo pronunciar las palabras y preguntar si iba a morir. Sin embargo, parecía muy probable. Carole tenía muy mal aspecto; parecía casi muerta.

—Lo ignoramos. Las lesiones cerebrales son difíciles de pronosticar. Ha experimentado una mejoría y las gammagrafías cerebrales son buenas. La inflamación está remitiendo. Sin embargo, mientras no despierte no podemos saber qué daños sufrirá. Si continúa mejorando pronto le quitaremos el respirador. Entonces debe respirar por sí misma y despertar del coma. Hasta entonces no podemos saber cuáles son los daños ni los efectos a largo plazo. Necesitará rehabilitación, pero nos queda un largo camino por delante. Todavía está en peligro. Existe riesgo de infección y de complicaciones, y el cerebro podría volver a inflamarse. Recibió un golpe muy fuerte en la cabeza. Tuvo mucha suerte de no sufrir quemaduras peores, y el brazo se curará. La cabeza es nuestra principal preocupación.

Jason ni siquiera podía imaginar cómo se lo diría a los chicos, pero tenían que saberlo. Chloe tenía que venir de Londres y Anthony, de Nueva York. Tenían derecho a ver a su madre y Jason sabía que querrían estar con ella. ¿Y si moría? No podía soportar la idea.

—¿Debería estar en algún otro sitio? —preguntó, mirando a la doctora a los ojos—. ¿Puede hacerse algo más?

La doctora pareció ofendida.

—Lo hemos hecho todo, antes incluso de saber quién era. Eso no significa nada para nosotros. Ahora debemos esperar. El tiempo nos dirá lo que necesitamos saber, si sobrevive.

Quería recordarle que su supervivencia aún no estaba garantizada. No deseaba darle falsas esperanzas.

—¿La han operado?

La doctora volvió a negar con la cabeza.

—No. Decidimos que era preferible no traumatizarla más,

y la inflamación remitió por sí sola. Adoptamos un enfoque prudente y creo que era lo mejor para ella.

Jason asintió aliviado. Al menos no le habían abierto el cerebro. Eso le daba esperanzas de que volviese a ser ella misma algún día. Era todo lo que cabía esperar por ahora, y de no ser así lo afrontarían cuando llegase el momento, como afrontarían su muerte si se producía. Era un pensamiento abrumador.

—¿Qué piensan hacer ahora? —preguntó deseoso de actuar. Quedarse sentado no era lo suyo.

—Esperar. No podemos hacer nada más. Sabremos algo en los próximos días.

Él asintió, mirando a su alrededor lo sombrío que resultaba el hospital. Había oído hablar del hospital Americano de París y se preguntó si podrían trasladarla allí, pero el subdirector del hotel le había dicho que La Pitié Salpêtrière era el mejor sitio en el que podía estar, si realmente era ella. Su unidad de traumatología era excelente y recibiría la mejor asistencia médica posible para un caso tan grave como el suyo.

—Me voy al hotel a telefonear a mis hijos. Volveré esta tarde. Si pasa algo llámeme al Ritz.

Le dio también su número internacional de teléfono móvil y lo pusieron en las gráficas de evolución de Carole, con su nombre. Carole ya tenía un marido, unos hijos y un nombre, aunque no fuese el verdadero. Carole Waterman. Pero también tenía una identidad famosa que sin duda se filtraría. La doctora dijo que solo le diría a la jefa de la sección de traumatología quién era realmente Carole, pero ambos sabían que solo era cuestión de tiempo antes de que se enterase la prensa. Siempre se enteraban de las cosas así. Era increíble que nadie la hubiese reconocido hasta entonces. Pero si alguien hablaba, llegaría una nube de periodistas que les amargarían la vida a todos.

—Haremos lo posible para mantenerlo en secreto —le aseguró ella.

—Yo también. Volveré esta tarde... y... gracias... por todo lo que han hecho hasta ahora.

La habían mantenido con vida. Ya era algo. Ni siquiera podía imaginarse cómo habría sido verla en un depósito de cadáveres de París y tener que identificar su cuerpo. Por lo que había dicho la doctora, poco había faltado. Al fin y al cabo, había tenido suerte.

—¿Puedo volver a verla? —preguntó.

Esta vez fue solo a la habitación. Las enfermeras seguían allí y se apartaron para que pudiese aproximarse a la cama. La miró, y esta vez le tocó la mejilla. Los tubos del respirador le tapaban la cara. Vio el vendaje de la mejilla y se preguntó lo graves que serían los daños. La leve quemadura que había junto al vendaje estaba sanando ya, y el brazo estaba cubierto de ungüento.

—Te quiero, Carole —susurró—. Vas a ponerte bien. Te quiero. Chloe y Anthony te quieren. Tienes que despertar pronto.

Carole no dio señales de vida, y las enfermeras miraron hacia otro lado con discreción. Les resultaba duro ver todo aquel dolor en los ojos de Jason. Entonces este se inclinó para darle un beso en la mejilla y recordó la suavidad familiar de su cara. A pesar de los años transcurridos, eso no había cambiado. El pelo de Carole estaba extendido detrás de ella sobre la cama, bajo el vendaje. Una de las enfermeras se lo había cepillado y comentó que era tan bonito como una pieza de seda amarillo claro.

Al verla le asaltaban muchos recuerdos, todos ellos buenos. Los malos llevaban mucho tiempo olvidados, al menos por su parte. Carole y él nunca hablaban del pasado. Solo se referían a los chicos o a sus vidas actuales. Él se había mostrado muy amable con ella cuando murió Sean; lo sentía por ella. Fue un duro golpe para Carole. El hombre con el que se casó, que contaba cinco años menos que ella, había muerto joven. Jason había asistido al entierro y les había apoyado mucho a ella y a los chicos. Y allí estaba ahora, dos años después del fallecimiento de Sean, luchando por su propia vida. La vida era extraña, y a veces cruel. Pero aún estaba viva. Tenía una oportunidad. Esa era la mejor noticia que podía darles a sus hijos. La idea de decírselo le aterraba.

—Volveré luego —le susurró a Carole antes de besarla de nuevo—. Te quiero, Carole. Vas a ponerte bien —dijo en tono decidido.

El respirador respiraba rítmicamente por ella. A continuación, Jason salió conteniendo las lágrimas. Fueran cuales fuesen sus sentimientos, debía ser fuerte por Carole, Anthony y Chloe.

Abandonó el hospital y caminó hasta la cercana estación de tren de Austerlitz bajo una lluvia torrencial. Estaba empapado cuando encontró un taxi y le dio al taxista la dirección del Ritz. Tenía la cara larga, como si hubiese envejecido cien años en un día. Nadie merecía lo que le había ocurrido a Carole, pero ella menos que nadie. Era una buena mujer, una persona agradable y una madre estupenda, y había sido una buena esposa para dos hombres. Uno la había dejado por una fulana y el otro había muerto. Y ahora se debatía entre la vida y la muerte tras un atentado terrorista. De haberse atrevido, Jason habría estado furioso con Dios, pero no se atrevió. Ahora le necesitaba demasiado, y mientras circulaban hacia la place Vendôme, en el distrito 1, le suplicó su ayuda para decírselo a los chicos. Ni siquiera podía imaginarse qué palabras emplearía. Y entonces recordó que tenía que hacer otra llamada. Sacó el teléfono móvil y marcó un número de Los Ángeles. Era casi medianoche para Stevie, pero Jason había prometido llamarla en cuanto supiera algo.

Stevie respondió tan pronto como el teléfono empezó a sonar. Estaba completamente despierta y esperaba su llamada. En su opinión tardaba demasiado, siempre que el avión no se hubiese retrasado. Si no era Carole, ya debería tener noticias suyas. Llevaba una hora muerta de miedo y su voz tembló al decir «diga».

—Es ella —dijo Jason sin identificarse siquiera.

—¡Dios mío! ¿Está muy grave? —preguntó Stevie, echándose a llorar.

—Mucho. Está conectada a un respirador, pero viva. Está en coma debido a una lesión craneal. No la han operado, pero recibió un golpe tremendo. Aún está en peligro y no se sabe qué secuelas le pueden quedar —le dijo sin rodeos.

Jason pensaba ser más sutil con sus hijos, pero Stevie tenía derecho a saber toda la verdad y no se habría conformado con menos.

—¡Mierda! Tomaré el primer avión.

Sin embargo, era un vuelo de diez horas en el mejor de los casos, con los vientos a favor, y una diferencia horaria de nueve horas. No estaría allí hasta el día siguiente.

—¿Se lo ha dicho a los chicos? —añadió.

—Aún no. Voy de camino hacia el hotel. No hay nada que usted pueda hacer. No sé si tiene mucho sentido que venga. No hay nada que podamos hacer ninguno de nosotros —dijo, de nuevo con un temblor en la voz.

Carole no necesitaba una secretaria en ese momento, y tal vez nunca volviese a necesitarla. Pero Stevie también era su amiga. Llevaba años siendo una presencia constante en su familia, y sus hijos también la querían, como ella les quería a ellos.

—No podría estar en ninguna otra parte —le dijo Stevie con sencillez.

—Yo tampoco. Le reservaré una habitación en el Ritz.

Le dio el nombre del hospital y le dijo que se verían en París al día siguiente.

—Puedo alojarme en la habitación de Carole —dijo Stevie en tono práctico; no tenía sentido pagar otra habitación—. A menos que piense alojarse usted en ella —añadió con prudencia, sin querer entrometerse.

—He reservado mi propia habitación y reservaré otras para los chicos. Intentaré que me las den cerca de la habitación de Carole para que podamos estar juntos. Nos esperan tiempos duros, igual que a ella. Esto va a ser un camino largo, si se recupera. No puedo imaginarme cómo serán las cosas si no es así. Nos vemos mañana. Que tenga buen viaje —dijo agotado, antes de colgar.

Le sorprendió darse cuenta de que quería que sobreviviera aunque sufriese graves lesiones cerebrales. No le importaba que al final quedase como un vegetal; no quería que muriese, ni por sí mismo ni por sus hijos. La querían fuera cual fuese su estado, y Jason supo que Stevie también.

Aunque para su secretaria eran las tres de la mañana, la llamó a su casa y le pidió que, sin decírselo a su hijo, cancelase todas las citas y reuniones que tenía previstas.

—Estaré algún tiempo fuera.

Se disculpó por llamarla en plena noche, pero ella dijo que no le importaba.

—Entonces, ¿se trata de la señora Barber? —preguntó su secretaria, desolada.

Era una gran admiradora de Carole, como persona y como actriz. Cuando hablaban por teléfono, Carole siempre se mostraba encantadora con ella.

—Sí —respondió él con voz sombría—. Llamaré a Anthony dentro de unas horas. No se ponga en contacto con él hasta entonces. Cuando la prensa se entere vamos a estar metidos en un lío de mil demonios. Acabo de registrarla en el hospital con mi apellido, pero eso no durará. Tarde o temprano se sabrá, y ya sabe cómo es eso.

—Lo siento, señor Waterman —dijo con lágrimas en los ojos—. Si hay algo que pueda hacer, hágamelo saber.

Personas de todo el mundo se sentirían abatidas por Carole y rezarían por ella. Tal vez sirviese de ayuda.

—Gracias —dijo él antes de colgar cuando ya llegaban al Ritz.

Al llegar a recepción miró al subdirector con el que había hablado. El hombre, que llevaba el serio uniforme del hotel, recibió a Jason con expresión grave.

—Espero que tenga buenas noticias —dijo con prudencia, aunque Jason llevaba lo contrario escrito en la cara.

—No las tengo. Era ella. Dentro de lo posible tenemos que mantener esto en secreto —dijo, deslizando doscientos euros en la mano del hombre, un gesto innecesario dadas las circunstancias, pero que fue agradecido de todos modos.

—Comprendo —dijo el subdirector.

A continuación le aseguró a Jason que le daría una suite de tres dormitorios situada enfrente de la de Carole. Jason le informó que Stevie llegaría a París al día siguiente y se alojaría en la habitación de Carole.

Jason siguió al subdirector arriba. No tuvo coraje para ver la habitación de Carole. Quería evitar comprobar lo viva que había estado tan recientemente. Ahora le parecía casi muerta. Entró en su propia suite detrás del subdirector y se derrumbó en una butaca.

—¿Quiere que le traiga algo, señor?

Jason negó con la cabeza y el joven inglés se marchó en silencio mientras él se quedaba mirando tristemente el teléfono situado sobre el escritorio. Contaba con una breve tregua, pero sabía que en pocas horas debería llamar a Anthony y Chloe. Tenían que saberlo. Tal vez su madre no sobreviviese hasta la llegada de ambos. Debía llamarles lo antes posible. No quería llamar a Chloe hasta que Anthony se despertase en Nueva York. Esperó hasta las siete de la mañana, hora de Nueva York. Mientras tanto se duchó y caminó por la habitación. No pudo comer.

A la una de la tarde, hora de París, fue hasta el escritorio con paso pesado y llamó primero a su hijo. Anthony estaba levantado y a punto de salir hacia la oficina para una reunión matinal. Jason le cogió justo a tiempo.

—¿Qué tal te va por Chicago, papá?

La voz de Anthony sonaba joven y llena de vida. Era un gran chico y a Jason le encantaba que trabajase para él. Era responsable, inteligente y amable. Se parecía mucho a Carole, aunque poseía la mente penetrante de su padre para las finanzas. Algún día sería un gran ángel de los negocios y aprendía deprisa.

—No sé qué tal está Chicago —dijo Jason con sinceridad—. Estoy en París, y no está demasiado bien.

—¿Qué estás haciendo ahí? —preguntó Anthony sorprendido, sin sospechar nada.

Ni siquiera sabía que su madre se había ido. Carole había tomado la decisión de marcharse justo después de la última vez que habló con él, así que Anthony no tenía ni idea. En los últimos once días había estado demasiado ocupado para llamarla, cosa que era rara en él. Pero sabía que ella lo entendería. Tenía pensado llamarla ese día.

—Anthony... —empezó sin saber cómo seguir e inspiró hondo—. Se ha producido un accidente. Mamá está aquí.

Anthony se temió lo peor.

—¿Se encuentra bien?

—No. Hace dos semanas hubo aquí un atentado en un túnel. No he sabido hasta hace un par de horas que ella fue una de las víctimas. Ha permanecido sin identificar hasta ahora. Vine anoche para comprobarlo. Desapareció del Ritz el día en que ocurrió.

—¡Dios mío! —exclamó Anthony; su voz sonaba como si le acabase de caer un edificio encima—. ¿Está muy grave?

—Bastante. Sufre una lesión cerebral y está en coma.

—¿Se pondrá bien? —preguntó Anthony, conteniendo las lágrimas y sintiéndose como si tuviese unos cuatro años.

—Eso esperamos. Ha conseguido aguantar hasta ahora, pero aún no está fuera de peligro. Está conectada a un respirador.

No quería que su hijo se quedase conmocionado cuando la viese. Impresionaba mucho verla conectada al respirador.

—¡Mierda, papá!... ¿Cómo ha podido suceder?

Jason oyó que su hijo lloraba. Ambos lo hacían.

—Mala pata. Estaba en el lugar y momento equivocados. Me pasé el viaje rogando que no fuese ella. Me extraña que no la reconociesen.

—¿Tiene la cara estropeada?

De no ser así, no podía imaginarse que hubiese alguien incapaz de reconocer a su madre.

—La verdad es que no. Tiene un corte y una pequeña quemadura en un lado de la cara. Nada que no pueda arreglar un buen cirujano plástico. El problema es la lesión craneal. Vamos a tener que aguantar hasta ver qué ocurre.

—Voy para allá. ¿Se lo has dicho a Chloe?

—Te he llamado a ti primero. Ahora voy a llamarla a ella. A las seis en punto sale un avión desde Kennedy, si puedes conseguir una plaza. Llegarás aquí mañana por la mañana, hora de París.

La espera iba a ser angustiosa para Anthony.

—Subiré a ese avión. Ahora mismo hago la maleta. Saldré desde la oficina. Nos vemos mañana, papá... Oye, papá... te quiero... y dile a mamá que también la quiero —dijo con voz entrecortada.

Para entonces ambos lloraban sin disimulo.

—Ya se lo he dicho, pero mañana podrás decírselo tú mismo. Mamá nos necesita ahora. Es un momento difícil para ella... Yo también te quiero —dijo Jason, y ambos colgaron.

Ninguno de los dos podía hablar. La perspectiva de lo que podía ocurrir era demasiado terrible.

Su siguiente llamada fue para Chloe y resultó infinitamente peor. Ella se echó a llorar y se puso histérica en cuanto se lo dijo. La buena noticia era que solo se hallaba a una hora de viaje. Cuando por fin dejó de llorar, dijo que cogería el siguiente avión. Todo lo que quería ahora era ver a su madre.

A las cinco en punto de la tarde Jason recogía a su hija en el aeropuerto. Tan pronto como salió por la puerta, la muchacha se arrojó en sus brazos sollozando. Fueron juntos al hospital. Al ver a su madre, Chloe se agarró llorando al brazo de su padre. La situación resultaba demoledora, pero al menos se tenían el uno al otro. A las nueve de la noche regresaron al hotel después de hablar de nuevo con la doctora. No había cambios en el estado de Carole, pero resistía. Ya era algo.

Cuando llegaron al hotel, Chloe continuó llorando. Al cabo de varias horas Jason pudo acostarla por fin. Cuando su hija se durmió, él fue hasta el minibar y se sirvió un whisky. Se sentó a beberlo en silencio, pensando en Carole y en sus hijos. Aquello era lo peor que jamás les había sucedido, aunque Jason confiaba en que Carole sobreviviese.

Esa noche se durmió sobre la cama completamente vestido y no despertó hasta las seis de la mañana siguiente. Tras levantarse, se duchó, se afeitó y se vistió. Estaba sentado en silencio en el salón de la suite cuando Chloe se despertó y fue a buscarle con los ojos hinchados. Jason se dio cuenta de que se sentía aún peor de lo que aparentaba. La muchacha seguía sin poder creer lo que le había ocurrido a su madre.

Fueron a buscar a Anthony al aeropuerto a las siete, recogieron su equipaje y volvieron al hotel para desayunar. Anthony tenía un aspecto sombrío y agotado. Llevaba unos vaqueros y un suéter grueso. Necesitaba afeitarse, pero no tenía ganas. Los tres mataron el tiempo rondando por la habitación hasta que Stevie llegó al Ritz a las doce y media.

Jason pidió un bocadillo para ella y a la una salieron juntos hacia el hospital. Anthony luchó con valor, pero se derrumbó en cuanto la vio. Chloe lloró en silencio con el brazo de Stevie en torno a los hombros, y cuando salieron de la habitación los cuatro lloraban. El único consuelo que tuvieron fue saber que el estado de Carole había mejorado un poco durante la noche. Al anochecer le quitarían el respirador para comprobar si podía respirar por sí misma. Aquello resultaba alentador, pero también presentaba un riesgo. Si no respiraba sin el respirador volverían a intubarla, pero no sería un buen presagio. El cerebro tenía que estar lo bastante vivo para ordenarle al cuerpo que respirase, y eso estaba por ver. Cuando el médico se lo explicó, Jason palideció mientras a sus dos hijos les entraba el pánico. Stevie murmuró que estaría allí cuando le quitasen el respirador, y los hijos de Carole dijeron lo mismo. Jason asintió y estuvo de acuerdo. Iba a ser un momento crucial para Carole. Verían si podía respirar por sí sola.

Cenaron en el hotel, aunque ninguno de ellos pudo tomar nada. Estaban agotados, afectados por el desfase horario, asustados y extremadamente preocupados. Stevie se sentó con ellos mientras miraban sus platos sin tocar la comida y luego volvieron al hospital para otra prueba durísima más en la pesadilla que era la lucha de Carole por la supervivencia.

Mientras regresaban a La Pitié, el silencio en el vehículo era absoluto. Cada cual estaba perdido en sus propios pensamientos y sus recuerdos particulares de Carole. El médico les había explicado que la parte dañada del tronco del encéfalo controlaba la capacidad respiratoria. Que respirase o no por sí misma les indicaría si el cerebro se estaba reparando. Cuando los tubos saliesen de su boca y los médicos apagasen el respirador para ver qué pasaba, todos ellos iban a vivir un momento aterrador.

Chloe miraba por la ventanilla del vehículo llorando en silencio. Su hermano la agarraba fuerte de la mano.

—Se pondrá bien —le susurró en voz baja.

Ella negó con la cabeza y le volvió la espalda. Ya nada estaba bien en el mundo de Anthony y Chloe, y resultaba difícil creer que volviera a estarlo alguna vez. Su madre había sido una fuerza vital en sus vidas y el centro de su existencia. Fueran cuales fuesen las diferencias de Chloe con ella, ya no importaban. Ahora solo quería a su madre. Y Anthony sentía lo mismo. Verla tan disminuida y en peligro hacía que ambos se sintiesen como niños vulnerables y asustados. Ni Anthony ni Chloe podían imaginar la vida sin su madre. Y Jason tampoco.

—Se recuperará, chicos. —Su padre intentó tranquilizarles, tratando de mostrar una confianza que en realidad no sentía.

—¿Y si no lo hace? —susurró Chloe mientras se aproximaban al hospital y pasaban junto a la ya familiar estación de tren de Austerlitz.

—Entonces volverán a conectarla al respirador hasta que esté preparada.

Chloe no tuvo coraje para llevar más lejos su línea de pensamiento, al menos no en voz alta; sabía que los demás estaban igual de preocupados que ella. A todos les aterraba el momento en que el médico apagase el respirador. Con solo pensarlo, a Chloe le entraban ganas de gritar.

Bajaron del vehículo al llegar al hospital y Stevie les siguió en silencio. Ya había vivido una experiencia similar, cuando operaron a su padre a corazón abierto. El momento crucial fue inquietante, pero sobrevivió. El caso de Carole parecía más delicado, pues tanto el alcance de la lesión cerebral como sus efectos a largo plazo eran desconocidos. Quizá nunca pudiese respirar por sí sola. Los cuatro, pálidos y con los ojos muy abiertos, subieron en el ascensor hasta la planta de Carole y entraron en su habitación sin hacer ruido para esperar la llegada del médico.

Carole estaba más o menos igual. Tenía los ojos cerrados y respiraba rítmicamente con ayuda de la máquina. El médico entró al cabo de unos minutos. Todos sabían por qué estaban allí. Les habían explicado el procedimiento aquella tarde y observaron aterrorizados mientras una enfermera retiraba la cinta adhesiva de la nariz de Carole. Hasta entonces solo podía respirar a través del tubo de la boca. Pero ahora la nariz estaba abierta y, tras preguntarles si estaban listos, el médico le hizo un gesto a la enfermera para que sacase el tubo de la boca de Carole y a la vez apagó la máquina. Hubo un larguísimo silencio mientras todos clavaban su mirada en Carole. No había señales de respiración. El médico dio un paso hacia ella tras lanzarle una ojeada a la enfermera. Entonces Carole empezó a respirar por sí sola. Chloe soltó un grito de alivio y se echó a llorar mientras las lágrimas corrían por las mejillas de Jason, y Anthony ahogaba un sollozo. Chloe se arrojó a los brazos de Stevie llevada por un impulso. La secretaria de Carole reía y lloraba al mismo tiempo mientras abrazaba a Chloe. Hasta el médico sonrió.

—Es una excelente señal —dijo con expresión tranquilizadora—. El cerebro está diciendo a los pulmones qué deben hacer.

Por un instante había pensado que la paciente no lo conseguiría, pero justo cuando a todos les estaba entrando el pánico lo consiguió. También sabían que era posible que permaneciese en coma para siempre, pese a la capacidad de respirar por sí sola. Sin embargo, si no hubiese podido, sus posibilidades de recuperación habrían sido aún más pequeñas de lo que eran ahora. Era un primer paso de vuelta hacia la vida.

El médico dijo que permanecería en observación durante la noche para tener la seguridad de que continuaba respirando sin asistencia, pero no había motivos para pensar que su respiración independiente fuese a detenerse de nuevo. Su estado resultaba más estable con cada momento que pasaba. La silueta inmóvil de la cama no daba señales de movimiento, pero todos pudieron ver que su pecho subía y bajaba despacio con cada respiración. Aún había esperanza.

Después se quedaron todos alrededor de la cama durante más de una hora, disfrutando de la victoria que habían compartido esa noche. Finalmente, Jason sugirió que volviesen al hotel. Todos habían tenido suficiente tensión para un día y se daba cuenta de que sus hijos necesitaban descansar. Contemplar cómo apagaban el respirador había sido traumático para ellos. Salieron en silencio y Stevie fue la última en abandonar la habitación. Se detuvo un momento junto a la cama y tocó los dedos de Carole. Esta seguía en coma profundo y tenía los dedos fríos. Su cara resultaba más familiar sin el tubo del respirador en la boca y la cinta sobre la nariz. Era la cara que Stevie había visto tantas veces y la que todos sus fans conocían y amaban. Sin embargo, para ella era más que eso; era la cara de la mujer a la que tanto admiraba y a la que había sido leal durante tantos años.

—Eso ha estado bien, Carole —dijo Stevie en voz baja mientras se inclinaba para besarla en la mejilla—. Ahora sé buena, haz otro pequeño esfuerzo e intenta despertar. Te echamos de menos —dijo, llorando de alivio.

La mujer salió de la habitación para reunirse con los demás. Bien mirado, había sido una noche excelente, aunque dura.

5

Dos días después de que se reuniesen todos en París sucedió lo inevitable. Alguien del hotel o del hospital avisó a la prensa. A las pocas horas había docenas de fotógrafos en la puerta del hospital; media docena de los más emprendedores subieron las escaleras a escondidas y fueron detenidos en la puerta de la habitación de Carole. Stevie salió al pasillo y, con un lenguaje propio de un marinero, les paró los pies e hizo que les echasen a la calle. Pero a partir de entonces se armó un tremendo alboroto.

El hospital trasladó a Carole a otra habitación y puso a un guardia de seguridad en la puerta. Sin embargo, las cosas se complicaron para el personal y se hicieron aún más difíciles para la familia. Los fotógrafos les esperaban tanto en el hotel como en la puerta del hospital. Había cámaras de televisión en ambos lugares, y los flashes les deslumbraban cada vez que entraban o salían. Era una escena familiar para todos ellos, aunque Carole siempre había protegido a sus hijos de la curiosidad del público. Sin embargo, Carole Barber en coma, víctima de un atentado terrorista, era una noticia mundial. Esta vez no podían esconderse de la prensa. Simplemente tenían que vivir con ello y arreglárselas como pudiesen. La buena noticia era que Carole respiraba por sí sola. Seguía inconsciente, pero le habían retirado la sedación y los médicos esperaban que diera pronto señales de vida. De no ser así, habría unas implicaciones a largo plazo que nadie quería afrontar aún. Mientras tanto, la prensa les perseguía sin parar. Carole ocupaba las portadas de los periódicos de todo el mundo, incluyendo *Le Monde*, *Le Figaro* y el *Herald Tribune* en París.

—Siempre me encantó esa foto suya —dijo Stevie al día siguiente, tratando de restarle importancia mientras todos leían los periódicos durante el desayuno.

Llevaban tres días en París.

—A mí también —dijo Anthony mientras cogía otro *pain au chocolat*.

Su apetito había mejorado. Se estaban acostumbrando a ir al hospital juntos cada día, hablar con los médicos y pasar con Carole tanto tiempo como podían. Después volvían al hotel y se sentaban en el salón de la suite a la espera de noticias. Se desaconsejaban las visitas nocturnas, y además ella seguía durmiendo profundamente. Mientras tanto, personas de todo el mundo leían periódicos y revistas que hablaban de su estado y rezaban por ella. En la puerta del hospital habían empezado a reunirse admiradores que levantaban pancartas cuando llegaba la familia. Era una visión conmovedora.

Aquella mañana, mientras salían hacia el hospital, en un piso de la rue du Bac de París un hombre se sirvió su *café au lait*, puso jamón sobre una tostada y se sentó a leer el periódico de la mañana. Lo abrió como siempre hacía, alisó las arrugas y echó un vistazo a la portada. Las manos le temblaron al mirar la fotografía. Era una imagen de Carole tomada años atrás, cuando rodaba una película en Francia. El hombre que la miraba lo supo al instante; aquel día estaba con ella, presenciando el rodaje. Se le saltaron las lágrimas mientras leía el artículo y, tan pronto como acabó de leer, se levantó y llamó a La Pitié Salpêtrière. Le pusieron con la unidad de *réanimation* y preguntó por Carole. Le dijeron que su situación era estable, pero que no estaban autorizados a dar más información por teléfono. Pensó en llamar al director del hospital, pero luego decidió acudir en persona a La Pitié.

Era un hombre alto y de aspecto distinguido. Tenía el pelo blanco y tras sus gafas los ojos eran de un azul brillante. Aunque ya no era joven, seguía siendo un hombre atractivo. Se movía y hablaba como alguien acostumbrado a mandar. Tenía un aire de autoridad. Se llamaba Matthieu de Billancourt y había sido ministro del Interior de Francia.

Se puso un sobretodo y a los veinte minutos de leer el artículo del periódico subía a su coche. Se sentía conmocionado por lo que había leído. Sus recuerdos de Carole seguían siendo muy claros, como si la hubiese visto el día anterior, cuando en realidad habían pasado quince años desde la última vez que la vio, cuando se marchó de París, y catorce años desde que habló con ella. No había tenido noticias suyas desde entonces, excepto lo que leía en la prensa. Supo que había vuelto a casarse, con un productor de Hollywood, y sintió una punzada de celos incluso entonces, aunque se alegraba por ella. Dieciocho años atrás, Carole Barber había sido el amor de su vida.

Al llegar al hospital, Matthieu de Billancourt aparcó el coche en la calle. Entró en el vestíbulo con paso ágil y preguntó en recepción por la habitación de Carole. La recepcionista le dijo que no podía pasar, que no se informaba acerca de su estado y no se permitían visitas en su habitación. Matthieu le entregó su tarjeta y pidió ver al director del hospital. La recepcionista echó un vistazo a la tarjeta, vio su nombre y desapareció enseguida.

Al cabo de tres minutos apareció el director del hospital y se quedó mirando a Matthieu para comprobar que el nombre de la tarjeta era real. Era la tarjeta del bufete de abogados familiar, donde trabajaba desde que abandonó el gobierno diez años atrás. Contaba sesenta y ocho años, pero tenía el aspecto y el paso de un hombre más joven.

—*Monsieur le ministre?* —preguntó el director del hospital, retorciéndose las manos en un gesto nervioso—. ¿En qué puedo ayudarle, señor?

No tenía ni idea de qué le traía por allí, pero el nombre y la reputación de Matthieu fueron legendarios mientras fue ministro del Interior, y seguía apareciendo en la prensa de vez en cuando. Le consultaban con frecuencia y le citaban a menudo. Había sido un hombre poderoso durante treinta años. Tenía una expresión de indiscutible autoridad. La mirada de Matthieu casi daba miedo. Parecía muy preocupado y trastornado.

—He venido a ver a una vieja amiga —dijo con voz sombría—. Era amiga de mi esposa.

No quería llamar la atención con su visita, aunque al preguntar por el director del hospital resultaría inevitable. Esperaba que el hombre fuese discreto. Matthieu no quería acabar saliendo en la prensa, pero en ese momento lo habría arriesgado casi todo con tal de volver a verla. Sabía que podía ser su última oportunidad. El periódico decía que seguía en estado crítico y con riesgo de perder la vida tras el atentado terrorista.

—Me han dicho que no puede recibir visitas —explicó Matthieu—. Su familia y la mía estaban muy unidas.

El director de La Pitié Salpêtrière adivinó al instante quién era la paciente. Matthieu parecía desesperado y sombrío, cosa que no le pasó desapercibida al hombre bajo y de aspecto diligente.

—Estoy seguro de que podemos hacer una excepción con usted, señor. ¿Quiere que le acompañe a su habitación? Estamos hablando de la señora Waterman... la señora Barber... ¿no es así?

—Así es. Y sí, le agradecería que me llevase a su habitación.

Sin añadir más, el director del hospital le guió hasta el ascensor, el cual acudió casi al instante lleno de médicos, enfermeras y visitas. Cuando sus ocupantes salieron, Matthieu y el director entraron. El director pulsó el botón y al cabo de un momento estaban en la planta de Carole. A Matthieu se le aceleró el corazón. No sabía lo que vería al entrar en la habitación ni quién estaría allí. Le parecía poco probable que los hijos de ella le recordasen; en aquella época eran muy pequeños. Supuso que su actual marido estaría allí con ella. Confiaba en que estuvieran fuera, descansando.

El director se detuvo ante el mostrador de enfermería y le susurró unas palabras a la enfermera jefe. Ella asintió, miró a Matthieu con interés y señaló una puerta situada al fondo del pasillo, que era la habitación de Carole. Matthieu le siguió sin mediar palabra. Angustiado, afligido y preocupado, a la luz desolada del hospital aparentaba la edad que tenía. El director se detuvo ante la puerta que había señalado la enfermera, la abrió e indicó a Matthieu que entrase. Este vaciló y murmuró:

—¿Está su familia? Si no es buen momento no quiero molestar.

De pronto había caído en la cuenta de que podía verse en una situación embarazosa. Por un momento, había olvidado que ella ya no le pertenecía.

—¿Quiere que le anuncie si están con ella? —preguntó el director.

Matthieu negó con la cabeza sin dar más explicaciones, pero el director lo comprendió.

—Lo comprobaré.

El hombre entró en la habitación. Matthieu esperó fuera mientras la puerta se cerraba con un zumbido. No había podido ver nada del interior de la habitación. El director salió al cabo de un momento.

—Su familia está con ella —confirmó—. ¿Quiere usted aguardar en la sala de espera?

Matthieu pareció aliviado.

—Pues sí. Esto debe de ser muy duro para ellos —dijo.

El director volvió a acompañarle de vuelta por el pasillo hasta una pequeña sala de estar privada que solía utilizarse cuando había demasiadas visitas o personas muy afligidas que necesitaban intimidad. Era perfecta para Matthieu, que quería evitar las miradas indiscretas y prefería estar solo mientras esperaba para verla. No tenía ni idea de cuánto tiempo estaría su familia con ella, pero estaba dispuesto a quedarse todo el día e incluso parte de la noche. Tenía que verla.

El director del hospital indicó una silla e invitó a Matthieu a sentarse.

—¿Le apetece tomar algo, señor? ¿Tal vez una taza de café?

—No, gracias —dijo Matthieu, tendiendo la mano—. Agradezco su ayuda. Me he quedado conmocionado al conocer la noticia.

—Nos sucedió a todos —comentó el director del hospital en tono reservado—. Pasó aquí dos semanas sin que supiésemos quién era. Ha sido algo tremendo.

—¿Se pondrá bien? —preguntó Matthieu con una mirada llena de dolor.

—Creo que es demasiado pronto para saberlo. Las lesiones craneales son traicioneras y de difícil pronóstico. Sigue en coma, aunque respira por sí sola, lo cual es buena señal. Pero aún no está fuera de peligro. Volveré más tarde a ver cómo está —prometió el director—, y las enfermeras le traerán cualquier cosa que le apetezca.

Matthieu volvió a darle las gracias y el director se marchó. El hombre que había sido ministro del Interior de Francia se sentó con tanta tristeza como cualquier otra visita, pensando en un ser querido, absorto en sus pensamientos. Matthieu de Billancourt seguía siendo uno de los hombres más respetados y en otro tiempo poderosos de Francia, pero estaba tan asustado como cualquier otra persona que visitase la planta de *réanimation*. Estaba aterrado por ella y por sí mismo. El simple hecho de saber que se encontraba allí, tan cerca, hacía que su corazón despertase después de tantos años.

Jason, Stevie, Anthony y Chloe llevaban ya horas con Carole. Se turnaban para sentarse junto a ella, acariciarle la mano o hablarle.

Chloe besó los dedos azulados que sobresalían de la escayola.

—Vamos, mami, por favor... queremos que te despiertes.

Parecía una niña, y al final se quedó allí sentada sollozando, hasta que Stevie le pasó el brazo por los hombros y le dio un vaso de agua.

Anthony ocupó su lugar junto a la cama. Intentaba ser valiente, pero no pudo decir más que unas pocas palabras antes de derrumbarse. Jason, desconsolado, se hallaba de pie detrás de ellos. No dejaban de hablarle, porque siempre existía la remota posibilidad de que pudiese oírles, y rogaban que eso le hiciese volver. Hasta el momento nada había dado resultado. Sus hijos y Jason se sentían agotados, afectados por el desfase horario y afligidos, y Stevie trataba de animarles con valor, aunque no se encontraba en mejores condiciones que ellos. Sin embargo, estaba decidida a ayudar en lo posible, por el bien de Carole y por el de sus hijos, aunque en el fondo, estaba tan destrozada como ellos. Carole era para ella una amiga muy querida.

—Vamos, Carole, tienes que escribir un libro. No es momento de aflojar —dijo cuando le llegó el turno de sentarse en la silla, como si su jefa pudiese oírla.

Jason esbozó una sonrisa. Stevie le caía bien. Era una mujer de recursos y se estaba portando de maravilla con todos ellos. Se notaba cuánto quería a Carole.

—¿Sabes? Lo cierto es que estás llevando al extremo el concepto del bloqueo mental, ¿no crees? ¿Has pensado en el libro? La verdad, creo que deberías hacerlo. Los chicos también están aquí. Chloe está fantástica; se ha cortado el pelo y lleva una tonelada de accesorios nuevos. ¡Ya verás cuando recibas la factura! —dijo, y los demás se echaron a reír—. Eso debería despertarla —comentó Stevie.

Había sido una tarde larga y resultaba evidente que nada había cambiado. Anhelaban que sucediese algo. Era angustioso contemplar la silueta inmóvil y la cara mortalmente pálida de Carole.

—Tal vez deberíamos regresar al hotel —sugirió Stevie por fin.

Jason, lívido, parecía a punto de desmayarse. Ninguno de ellos había comido desde esa mañana, y apenas habían desayunado. Por su parte, Chloe lloraba cada vez más. Anthony no tenía mucho mejor aspecto y la propia Stevie se sentía débil.

—Creo que todos necesitamos comida. Nos llamarán si ocurre algo, y podemos volver esta noche —dijo en tono práctico.

Jason asintió. Necesitaba una copa, aunque no solía beber. Pero al menos en ese momento supondría cierto alivio.

—No quiero irme —dijo Chloe, sentándose entre sollozos.

—Vamos, Clo. —Anthony le dio un abrazo—. Mamá no querría que estuviésemos así. Además, tenemos que conservar las fuerzas.

Hacía un rato Stevie había sugerido un chapuzón en la piscina del hotel cuando volviesen y a él le había parecido buena idea. Necesitaba ejercicio para hacer frente a la tensión a la que estaban sometidos. La propia Stevie deseaba relajarse un rato en la piscina.

Consiguió sacarlos de la habitación tras saludar a la enfermera con un gesto. Fue una gran proeza moverles, ya que en realidad no querían separarse de Carole. Tampoco Stevie, pero sabía que tenían que mantener la moral tan alta como pudiesen. No había manera de saber cuánto duraría aquello y no podían permitirse el desánimo. Stevie sabía que en ese caso de nada le servirían a Carole, así que decidió cuidar de ellos. Tardaron una eternidad en llegar al ascensor. Chloe se había olvidado el suéter y Anthony, el abrigo. Volvieron de la habitación y entraron por fin en el ascensor, prometiéndose regresar al cabo de pocas horas. No soportaban tener que dejarla sola.

Matthieu les vio marcharse desde su asiento en la sala de estar privada. No reconoció a ningún miembro del grupo, pero supo quiénes eran. Les oyó hablar entre sí con acento estadounidense. Había dos mujeres y dos hombres. En cuanto se cerraron las puertas del ascensor, volvió a dirigirse a la enfermera jefe. En condiciones normales estaban prohibidas todas las visitas, pero él era Matthieu de Billancourt, venerado ex ministro del Interior, y el director del hospital le había dicho que hiciese todo lo que Matthieu desease. Era evidente que las normas no eran válidas para él, ni esperaba que lo fueran. Sin decir ni una palabra, la enfermera jefe le acompañó a la habitación de Carole. Ella yacía allí como una princesa durmiente, conectada a un gotero. Una enfermera la vigilaba y comprobaba los monitores. Matthieu vio que Carole yacía inmóvil y mortalmente pálida, y le acarició la cara. Todo lo que antaño sintió por ella estaba en sus ojos. La enfermera se quedó en la habitación, pero se volvió hacia otro lado con discreción. Intuía que estaba asistiendo a un momento de gran intimidad.

Matthieu se quedó contemplándola un buen rato, como si esperase a que abriese los ojos, y luego, con la cabeza gacha y los ojos húmedos, salió de la habitación. Carole era tan hermosa como él la recordaba. Parecía que los años no hubiesen pasado por ella. Incluso su pelo seguía siendo igual. Le habían quitado el vendaje de la cabeza y Chloe le había cepillado el pelo antes de marcharse.

El ex ministro del Interior de Francia se quedó sentado en su coche durante mucho tiempo. Luego se cubrió la cara con las manos y lloró como un niño, recordando todo lo que había ocurrido, todo lo que le había prometido y nunca le dio. Se le partía el alma al pensar en lo que pudo haber sido. Aquella fue la única vez en su vida que incumplió su palabra. Lo había lamentado amargamente durante todos los años transcurridos desde entonces y, sin embargo, incluso ahora sabía que no había habido otra opción. Ella también lo supo y por eso se fue. No le reprochaba que le hubiese abandonado, y nunca lo había hecho. Él tenía demasiadas responsabilidades en aquella época. Solo deseaba poder hablarlo con ella ahora, mientras yacía en su profundo sueño. Cuando se marchó se llevó su corazón consigo, y aún lo poseía. La idea de que muriese le resultaba casi insoportable. Y mientras se alejaba lo único que sabía era que, pasara lo que pasase, tenía que volver a verla. A pesar de los quince años transcurridos desde la última vez que la vio y de todo lo que les había ocurrido a ambos desde entonces, seguía siendo adicto a ella. Una mirada a su rostro había vuelto a embriagarle.

6

Cinco días después de la llegada de la familia de Carole a París, Jason pidió una reunión con todos sus médicos para que les aclarasen su situación. Seguía en coma y, aparte de que ya no estaba conectada a un respirador y ahora respiraba por sí misma, nada había cambiado. No estaba más cerca de la conciencia que en las últimas tres semanas. La posibilidad de que nunca volviese a despertar aterraba a todos.

Los médicos se mostraron amables pero francos. Si no recuperaba la conciencia pronto, sufriría lesiones cerebrales irreversibles. Incluso en ese momento era una posibilidad cada vez mayor. Las posibilidades de recuperación se reducían con cada hora que pasaba. Sus preocupaciones por ella expresaban con palabras los peores temores de Jason. Desde el punto de vista médico nada podía hacerse para alterar su situación. Estaba en manos de Dios. Otros pacientes habían despertado de comas aún más prolongados, aunque con el tiempo disminuían las posibilidades de que Carole recuperase un funcionamiento cerebral normal. Todo el grupo lloraba cuando los médicos salieron de la sala de espera en la que se habían reunido. Chloe sollozaba y Anthony la abrazaba mientras las lágrimas corrían por sus mejillas. Jason permanecía sentado, llorando en silencio, y Stevie se secó los ojos y respiró hondo.

—Muy bien, chicos. Carole nunca ha sido de las que abandonan. Nosotros tampoco podemos serlo. Ya sabéis cómo es ella. Hace las cosas a su propio ritmo. Lo conseguirá. No podemos perder ahora la fe. ¿Y si os marcháis hoy a alguna parte? Os vendría muy bien un descanso.

Los demás la miraron como si hubiera perdido el juicio.

—¿Adónde, por ejemplo? ¿De compras quizá? —preguntó Chloe indignada.

Los dos hombres estaban consternados. Llevaban días sin hacer otra cosa que no fuese ir y venir entre el hospital y el hotel, y su tristeza era intensa en ambos lugares. Lo mismo le ocurría a Stevie, pero trataba de elevar el ánimo del grupo.

—Lo que sea. Al cine. Al Louvre. A comer en alguna parte. A Versalles. A Notre Dame. Voto por divertirnos un poco. Estamos en París. Pensemos en lo que ella querría que hiciésemos. No querría que estuvierais todos sentados aquí así, día tras día.

Al principio su sugerencia fue acogida con una total falta de entusiasmo.

—No podemos dejarla aquí y olvidarnos de ella —dijo Jason en tono severo.

—Yo me quedaré. Vosotros haced alguna otra cosa durante un par de horas. Y sí, Chloe, tal vez ir de compras. ¿Qué haría tu mamá?

—Hacerse la manicura y comprar zapatos —dijo Chloe en tono irreverente—. Y depilarse las piernas —añadió entre risas.

—Perfecto —convino Stevie—. Quiero que hoy te compres al menos tres pares de zapatos. Tu mamá nunca compra menos. Si son más, está bien. Te pediré hora para una manicura en el hotel. Manicura, pedicura, cera y un masaje. Por cierto, un masaje también les vendría bien a ustedes, caballeros. ¿Y si reservamos una pista de squash en el gimnasio del Ritz?

Stevie sabía que a ambos les encantaba jugar.

—¿No es raro? —preguntó Anthony con cara de culpabilidad, aunque tenía que reconocer que llevaba toda la semana anhelando ejercicio. Allí sentado se sentía como un animal enjaulado.

—No, no lo es. Y vosotros dos podéis ir a nadar después de jugar. ¿Por qué no coméis todos en la piscina? Los chicos juegan a squash, Chloe se hace la manicura y luego todos os dais un masaje. Puedo reservar los masajes en la habitación, si lo preferís.

Jason le sonrió agradecido. No pudo evitar que le gustase la idea.

—¿Y usted?

—Yo me dedico a esto —dijo ella con desenvoltura—. Espero horas sentada y lo organizo todo. No pasará nada si os tomáis unas horas libres. Os vendrán muy bien. Yo me quedaré.

Había hecho lo mismo por Carole cuando Sean estaba enfermo y ella se pasaba los días junto a su cabecera, sobre todo después de la quimioterapia.

Todos se sentían culpables cada vez que dejaban a Carole sola en el hospital. ¿Y si despertaba mientras estaban fuera? Por desgracia, no parecía una posibilidad inminente. Stevie llamó al hotel para reservarles las citas y le ordenó literalmente a Chloe que parase en Saint-Honoré de camino al hotel. Allí había muchos zapatos, e incluso tiendas para los hombres. Como si fueran niños, les echó del hospital al cabo de veinte minutos. Cuando se fueron le estaban agradecidos. Stevie volvió para sentarse tranquilamente en la habitación de Carole. La enfermera de turno la saludó con un gesto. No hablaban el mismo idioma, pero ya estaban familiarizadas una con otra. La enfermera tenía más o menos la misma edad que Stevie. A esta le habría gustado hablar con ella, pero en lugar de eso se aproximó a la silueta inmóvil de la cama.

—Bueno, nena. Ya está bien. Ponte las pilas. Los médicos se están mosqueando. Es hora de despertar. Necesitas una manicura y llevas el pelo hecho un asco. Los muebles de este sitio son una porquería. Tienes que volver al Ritz. Además, tienes que escribir un libro. No te queda más remedio que despertar —dijo Stevie con voz desesperada. Solo faltaban unos días para el día de Acción de Gracias—. Esto no es justo para los chicos ni para nadie. Tú no eres de las que se rinden, Carole. Ya has dormido bastante. ¡Despierta ya!

Era la clase de cosas que le había dicho en los días oscuros que siguieron a la muerte de Sean. Sin embargo, entonces Carole se recuperó enseguida, porque sabía que Sean quería que lo hiciese. Esta vez Stevie no mencionó su nombre, solo el de los chicos.

—Me estoy hartando de esto —añadió más tarde—. Estoy segura de que tú también. ¡Esto es muy aburrido! La verdad, esto de la Bella Durmiente se está haciendo muy pesado.

No se oyó nada, ningún movimiento, y Stevie se preguntó hasta qué punto tendrían razón quienes afirmaban que las personas que estaban en coma oían hablar a sus seres queridos. Stevie confiaba en que hubiese algo de verdad en ello. Se sentó y habló con su jefa toda la tarde, en voz normal, sobre cosas corrientes, como si Carole pudiese oírla. La enfermera se dedicaba a sus cosas, pero sentía lástima por ella. Todo el personal del hospital había perdido la esperanza. Había pasado demasiado tiempo desde el atentado. La posibilidad de que se recuperase disminuía con cada hora que pasaba. Stevie era muy consciente de ello, pero se negaba a desanimarse.

A las seis, después de ocho horas junto a su cabecera, Stevie la dejó para volver al hotel y comprobar cómo estaban los demás. Llevaban todo el día fuera y esperaba que les hubiese ido bien.

—Bueno, me voy ya —dijo Stevie, igual que hacía cuando salía de trabajar en Los Ángeles—. Mañana te quiero ver despierta, Carole. Vale ya. Hoy te he dado el día libre. Pero ya está. Mañana te quiero en pie de nuevo. Te levantas, miras a tu alrededor y desayunas. Escribiremos unas cartas. Tienes que hacer un montón de llamadas. Mike ha estado telefoneando cada día. Se me han agotado las excusas para explicarle por qué no hablas con él. Debes llamarle tú misma.

Sabía que parecía una chalada, pero lo cierto es que se sentía mejor hablándole como si Carole estuviese escuchando lo que decía. Y era verdad, el amigo y agente de Carole, Mike Appelsohn, llamaba cada día. Desde que la prensa había divulgado la noticia telefoneaba dos veces al día. Estaba destrozado. La conocía desde que era una cría. La había descubierto él mismo en una tienda de Nueva Orleans. Él entró a comprar un tubo de pasta de dientes y su vida cambió para siempre. Era como un padre para ella. Ese año había cumplido los setenta y todavía estaba en forma. Y ahora había ocurrido esto. No tenía hijos propios, solo a ella. Había suplicado que le dejasen ir a París, pero Jason le pidió que esperase al menos unos días más. Aquello ya era bastante duro sin que vinieran otras personas, por buenas que fueran sus intenciones. La presencia de Stevie no les estorbaba; al contrario, les era de gran ayuda. Como Carole, habrían estado perdidos sin ella. Stevie era así. Carole también tenía otros amigos, en Hollywood, pero debido a la cantidad de tiempo que habían pasado juntas y las cosas que habían vivido durante los últimos quince años, Carole tenía más confianza con ella que con cualquiera de sus amistades.

—Bueno, ¿te has enterado? Hoy ha sido el último día de sueño. Se acabó eso de pasarte la vida ahí tumbada, como una diva. Eres una chica trabajadora. Tienes que despertarte y escribir tu maldito libro. No voy a hacerlo por ti. Tendrás que escribirlo tú misma. ¡Basta de hacer el vago! Esta noche duerme bien y mañana ponte las pilas. Ya está. ¡Se acabó el tiempo! ¡Estas vacaciones se han terminado! Las hemos terminado. Y, si quieres saber mi opinión, como vacaciones han sido una porquería.

La enfermera se habría reído si la hubiese entendido. Cuando Stevie se marchó, la despidió con una sonrisa. Ella misma salía de trabajar al cabo de una hora y volvería a su casa, donde la esperaban un marido y tres hijos. Stevie solo tenía un novio y la mujer en coma que yacía en la cama, a la que quería muchísimo. Cuando se fue se sentía totalmente exhausta. Llevaba todo el día hablándole a Carole. No se había atrevido a hacerlo cuando estaban los demás, aparte de unas pocas palabras tiernas aquí y allá. No lo tenía planeado, pero cuando se fueron decidió probar. No se perdía nada por intentarlo.

Stevie cerró los ojos y echó la cabeza hacia atrás mientras el taxi la llevaba al hotel. Como siempre, los paparazzi estaban en la puerta del Ritz con la esperanza de conseguir fotos de los hijos de Carole, y Harrison Ford y su familia acababan de llegar de Estados Unidos. Se esperaba a Madonna para el día siguiente. Por alguna razón, ambos famosos pasarían el día de Acción de Gracias en París. También lo haría la familia de Carole, y eso les deprimía, dada la trágica razón de su presencia allí. Stevie ya había hablado con el jefe de cocina para que organizase una auténtica cena de Acción de Gracias para ellos en un comedor privado. Era lo menos que podía hacer. Las nubes de golosina para el pastel de boniatos eran imposibles de encontrar allí. Le había pedido a su novio, Alan, que se las enviase por transporte aéreo desde Estados Unidos. Le llamaba cada día para mantenerle informado y, como todos los demás, el hombre le deseaba a Carole lo mejor y decía que rezaba por ella. Era un buen tipo; simplemente Stevie no se imaginaba casada con él ni con ningún otro. Estaba casada con su trabajo y con Carole, más que nunca en aquel momento de necesidad extrema y grandes riesgos.

Esa noche los demás estaban mucho más animados y cenaron abajo, en el Espadon, el principal restaurante del hotel. Era luminoso, alegre y concurrido, y la comida era fabulosa. Stevie no les acompañó. Se dio un masaje, encargó una sopa al servicio de habitaciones y se acostó. Todos le agradecieron las actividades que había planeado para ellos ese día. Volvían a sentirse seres humanos. En un arranque de energía nerviosa, Chloe se había comprado seis pares de zapatos y un vestido en Saint Laurent. Jason no podía creerlo, pero se había comprado dos pares de John Lobb en Hermès mientras la esperaba y, aunque Anthony detestaba ir de tiendas, se quedó cuatro camisas. Ambos hombres habían comprado algunas prendas de ropa, sobre todo jerséis y vaqueros para llevar en el hospital, ya que habían traído poco equipaje. Después de los baños y masajes se sentían reconfortados. Además, Jason había vencido a su hijo jugando al squash, un hecho infrecuente que suponía una importante victoria para él. A pesar de las horrorosas circunstancias que les habían llevado a París, habían pasado un buen día gracias a Stevie y a su visión positiva de las cosas. Ella misma estaba molida cuando se acostó, y a las nueve dormía profundamente.

Llamaron del hospital a las seis de la mañana. Al oír el teléfono a Stevie se le cayó el alma a los pies. Era Jason. Le habían llamado a él primero. Una llamada a esas horas solo podía significar una cosa. Cuando Stevie respondió, Jason lloraba.

—¡Dios mío!... —exclamó Stevie aún atontada, aunque se puso alerta al instante.

—Está despierta —dijo él entre sollozos—. Ha abierto los ojos. No habla, pero tiene los ojos abiertos y le ha dicho que sí con la cabeza al médico.

—¡Dios mío!... ¡Dios mío!... —Era todo lo que podía decir Stevie. Había pensado que había muerto.

—Voy para allá. ¿Quiere venir? Dejaré dormir a los chicos. No quiero que se hagan ilusiones hasta que veamos cómo está.

—Estaré vestida en cinco minutos. Creo que Carole debió de oírme.

Stevie se echó a reír a través de sus propias lágrimas. Sabía que el despertar de Carole no se debía a su monólogo de ocho horas. Dios y el tiempo habían hecho su trabajo por fin. Pero tal vez sus palabras no habían estado de más.

—¿Qué le dijo? —preguntó él, enjugándose las lágrimas de alivio.

Jason había perdido la esperanza en la reunión con los médicos. Pero ahora estaba despierta. Era una respuesta a sus oraciones.

—Le dije que estábamos hartos, que se pusiera las pilas y volviese al trabajo. Algo así.

—Buen trabajo —dijo él entre risas—. Tendríamos que haberlo intentado antes. Debió de hacer que se sintiera culpable.

—Eso espero.

Aquel sería un regalo increíble de Acción de Gracias para todos.

—Llamaré a su puerta dentro de cinco minutos —dijo Jason, y colgó.

Cuando lo hizo, Stevie vestía vaqueros y un suéter, y sostenía sobre el brazo un grueso abrigo. Llevaba las botas que utilizaba para trabajar, compradas en una tienda de ropa usada. Eran sus botas de la suerte. Desde luego lo habían demostrado el día anterior.

Charlaron con entusiasmo de camino hacia el hospital. Tenían unas ganas enormes de verla y Jason le recordó a Stevie que el médico había dicho que aún no hablaba. Podía tardar en hacerlo, pero estaba despierta. Las cosas habían mejorado mucho de la noche a la mañana. En el hospital silencioso corrieron hacia su habitación, en cuya puerta se hallaba el guardia de seguridad. Este les saludó con un gesto de la cabeza, suponiendo que no era buena señal que viniesen tan temprano. Era una mañana fría y soleada, y el día más bonito de toda la vida de Stevie. Para Jason se situaba solo por detrás del nacimiento de sus hijos. Carole había vuelto a nacer. ¡Estaba despierta!

Cuando entraron, Carole yacía en la cama con los ojos

abiertos. La doctora que llevaba su caso se hallaba junto a ella. Acababa de llegar. La habían llamado primero y acudió directamente. La doctora sonrió a Stevie y Jason, y luego a su paciente. Carole miró a los ojos a la doctora mientras esta le hablaba en inglés con un fuerte acento, pero no respondió. No hizo ningún sonido ni sonrió. Se limitó a mirar, pero apretó un poco su mano cuando la doctora se lo pidió. Al oír a sus dos visitantes volvió la mirada hacia ellos, pero tampoco les sonrió. Su rostro era inexpresivo, como una máscara. Stevie le habló con naturalidad, y Jason se inclinó para darle un beso en la mejilla. Carole tampoco reaccionó a eso. Al cabo de unos momentos cerró los ojos y volvió a dormirse. La doctora, Jason y Stevie salieron de la habitación para hablar fuera.

—No responde —comentó Jason, preocupado.

Stevie estaba entusiasmada, decidida a mostrarse positiva. Aquello era un principio, y muchísimo mejor que la situación en la que Carole estaba hasta entonces.

—Esto es solo el principio —le dijo la doctora a Jason—. Es posible que aún no les reconozca. Puede que haya perdido mucha memoria. Se han visto afectados la corteza cerebral y el hipocampo, y ambos almacenan recuerdos. No podemos saber con seguridad qué queda ni lo fácil que le resultará volver a acceder a ellos. Con suerte, recuperará la memoria y el funcionamiento cerebral normal. Pero tardará. Ahora tiene que recordarlo todo. Cómo moverse, cómo hablar, cómo caminar... Su cerebro sufrió un shock tremendo. Pero ahora tenemos una oportunidad. Es como empezar de nuevo.

La doctora parecía muy animada. Casi había perdido la esperanza de que recuperase la conciencia. Aquello les demostraba a todos que los milagros sucedían de verdad, cuando menos te lo esperabas. Entonces le sonrió a Stevie.

—Las enfermeras me han dicho que ayer se pasó el día hablándole. Nunca se sabe qué oyen o qué cambia las cosas.

—Creo que simplemente había llegado el momento —dijo Stevie con modestia.

En realidad, debía de haber ocurrido hacía tiempo, desde su punto de vista. Habían sido tres semanas de pesadilla para Carole y una semana de angustia para ellos. Pero al menos ella no era consciente de lo que pasaba. Ellos habían tenido que afrontar plenamente conscientes el terror de perderla. Habían sido los peores días de la existencia de Stevie. Aquello le daba una nueva perspectiva del sentido de la vida.

—Hoy queremos hacer varios TAC y resonancias más, y enviaré a una logopeda para ver cómo responde. Es posible que simplemente aún no recuerde las palabras. Le daremos un empujoncito para que vaya comenzando. Quiero encontrar a alguien que hable inglés —dijo la doctora.

Aunque Stevie les había dicho que hablaba francés querían reeducarla en su propio idioma, lo cual sería mucho más fácil.

—Yo puedo trabajar con ella si alguien me enseña —se ofreció Stevie, y la doctora volvió a sonreírle. Aquello era una enorme victoria para ella.

—Creo que ayer hizo usted un gran trabajo con ella.

La doctora era generosa con sus elogios. ¿Quién sabía qué la había despertado?

Jason y Stevie volvieron al hotel para decírselo a Anthony y Chloe. Su padre les despertó y ellos tuvieron la misma reacción que Stevie. Tan pronto como reaccionaron, su rostro y sus ojos expresaron puro terror.

—¿Mamá? —dijo Anthony, aterrorizado.

Tenía veintiséis años y era un hombre, pero Carole continuaba siendo su mamá.

—Está despierta —dijo Jason, llorando de nuevo—. Aún no puede hablar, pero nos ha visto. Se pondrá bien, hijo.

Anthony estalló en sollozos. Ninguno de ellos sabía aún hasta qué punto se pondría bien, pero estaba viva y había salido del coma. Desde luego, era un comienzo y un enorme alivio para ellos.

Chloe echó los brazos al cuello de su padre y se puso a reír y llorar a la vez, como una niña. Luego saltó de la cama y bailó un poco. A continuación salió corriendo para darle un abrazo a Stevie.

Desayunaron entre risas y charlas, y a las diez regresaron para verla. Ya volvía a estar despierta y les miró con interés mientras entraban en la habitación.

—Hola, mamá —dijo Chloe con desenvoltura.

Se acercó a la cama, cogió la mano de su madre y se inclinó para besarla en la mejilla. No hubo respuesta visible por parte de Carole. En cualquier caso, pareció sorprendida, aunque ahora incluso sus expresiones faciales eran limitadas. Hacía varios días que le habían quitado el vendaje de la mejilla. El corte había dejado una cicatriz muy fea, aunque ese era el menor de sus problemas. Todos se habían acostumbrado ya, aunque Stevie sabía que Carole se disgustaría al verla. Sin embargo, para eso faltaba algún tiempo. Además, como había dicho Jason, un buen cirujano plástico podría ocuparse de eso cuando volviesen a casa.

Carole yacía en la cama observándoles y volvió la cabeza varias veces para seguirles con la mirada. Anthony también le dio un beso, y los ojos de Carole se llenaron de preguntas. A continuación Jason fue a situarse junto a ella y la tomó de la mano. Stevie se apoyó en la pared sonriéndole, pero Carole no pareció fijarse en ella. Era posible que aún no pudiese enfocar desde lejos.

—Hoy nos has hecho muy felices —le dijo Jason a su ex esposa con una sonrisa cariñosa, sin soltar su mano.

Ella le miró inexpresiva. Tardó mucho, pero al final formó una sola palabra y se la dijo:

—Caa... nn... sa... da... cansada.

—Sé que estás cansada, corazón —dijo él con ternura—. Has dormido mucho tiempo.

—Te quiero, mamá —añadió Chloe, y Anthony se hizo eco de sus palabras.

Carole se quedó mirándolos como si no supiese qué significaba eso, y luego volvió a hablar:

—Aaa... gua.

Señaló el vaso con una mano débil y la enfermera se lo llevó a los labios. Stevie se acordó de pronto de Anne Bancroft en *El milagro de Ana Sullivan*. Estaban empezando por el principio. Pero al menos ahora avanzaban en la dirección correcta. Carole no les dijo nada directamente a ninguno de ellos ni pronunció ninguno de sus nombres. Se limitó a observarles. Permanecieron con ella hasta el mediodía y entonces la dejaron. Carole parecía agotada, y su voz, las dos veces que habló, no parecía la suya. Stevie supuso que aún debía de tener la garganta irritada por el respirador, que le habían retirado hacía poco. Sus ojos se veían enormes. Había perdido mucho peso, y antes ya estaba delgada. Pero seguía estando hermosa incluso ahora. En cierto modo más que nunca, a pesar de su palidez. Su aspecto recordaba al de Mimi en *La Bohème*. Parecía una heroína trágica allí tendida, pero, si todo iba bien, pronto podría considerarse que la tragedia había terminado.

Jason volvió a reunirse con la doctora al anochecer. Chloe había decidido ir de compras otra vez, en esta ocasión para celebrarlo. Terapia de tiendas, como Stevie lo llamaba. Anthony estaba en el gimnasio, haciendo ejercicio. Se sentían mucho mejor y menos culpables por regresar a las actividades normales y a la vida. Incluso habían tomado un enorme almuerzo en Le Voltaire, que, como bien sabían, era el restaurante favorito de Carole en París. Jason dijo que era un almuerzo de celebración por ella.

La doctora explicó que ni las resonancias ni los TAC mostraban signos de alarma. No se veían lesiones en el cerebro, lo cual resultaba extraordinario. Los pequeños desgarros iniciales en los nervios habían sanado ya. Por otra parte, no había forma de evaluar cuánta pérdida de memoria había sufrido, ni de predecir cuántas de sus funciones cerebrales normales recuperaría. Solo el tiempo lo diría. Seguía saludando a las personas cuando le hablaban y había dicho unas cuantas palabras más esa tarde, la mayoría relacionadas con su estado físico y nada más. Había dicho «frío» cuando la enfermera abrió la ventana, y «ay» cuando le sacaron sangre del brazo, y otra vez cuando le ajustaron el gotero. Respondía al dolor y a las sensaciones, pero no daba muestras de entender las preguntas de la doctora cuando requerían una respuesta que fuese más allá de sí y no. Cuando le preguntaron su nombre, negó con la cabeza. Le dijeron que era Carole y se encogió de hombros. Al parecer, eso no tenía interés para ella. La enfermera decía que cuando la llamaban por su nombre no respondía. Y dado que no reconocía su propio nombre, era poco probable que recordase el de otros. Además, la doctora creía que por el momento Carole no recordaba quiénes eran.

Jason se negó a desanimarse y, cuando se lo contó a Stevie más tarde, dijo que solo era cuestión de tiempo. Volvía a tener esperanza. Tal vez demasiada, pensó Stevie. Ella ya había admitido la posibilidad de que Carole nunca volviese a ser la misma. Estaba despierta, pero quedaba un largo camino antes de que Carole fuese ella misma, si alguna vez volvía a serlo. Aquella seguía siendo una pregunta sin respuesta.

Al día siguiente la prensa informó de que Carole Barber había salido del coma. Aunque ya no se hallaba en estado crítico desde hacía varios días, seguía siendo noticia. A Stevie le resultaba evidente que alguien del hospital filtraba a la prensa noticias sobre Carole. En Estados Unidos tampoco habría sido raro, pero aun así le parecía repugnante. Se pagaba un precio muy alto por ser una estrella. El artículo aludía a la posibilidad de que sufriese lesiones cerebrales permanentes. Sin embargo, la foto era preciosa. Databa de diez años atrás, cuando Carole estaba en su mejor momento, aunque a su edad seguía siendo una belleza, al menos antes del atentado. Y mirándolo bien, tenía un aspecto estupendo para haber sobrevivido a una bomba.

Unos policías vinieron a interrogarla al saber que estaba despierta. La doctora les dejó hablar con ella brevemente, pero a los pocos minutos resultó evidente que no tenía recuerdo alguno del atentado ni de nada más. Se fueron sin que ella les aportase más información.

Jason y los chicos continuaban visitando a Carole, al igual que Stevie, y ella continuaba añadiendo palabras a su repertorio. «Libro.» «Manta.» «Sed.» «¡No!» Recalcaba mucho esta, sobre todo cuando venían a sacarle sangre. La última vez apartó el brazo, miró a la enfermera con furia y la llamó «mala», cosa que hizo sonreír a todo el mundo. Le sacaron sangre de todos modos, se echó a llorar, pareció sorprendida y dijo «lloro». Stevie le hablaba como si todo fuese normal, y a veces Carole se pasaba horas sentada mirándola sin decir nada. Ya lograba incorporarse, pero seguía sin poder formar frases o decir sus nombres. La víspera del día de Acción de Gracias, tres días después de su despertar, estaba claro que ignoraba por completo quiénes eran ellos. No reconocía a nadie, ni siquiera a sus hijos. Todos estaban disgustados, pero Chloe era la más afligida.

—¡Ni siquiera me conoce! —dijo Chloe con lágrimas en los ojos cuando abandonó el hospital con su padre para volver al hotel.

—Ya te conocerá, corazón. Dale tiempo.

—¿Y si se queda así? —preguntó ella, expresando el peor temor de todos. Nadie más se había atrevido a decirlo.

—La llevaremos a los mejores médicos del mundo —la tranquilizó Jason muy convencido.

Stevie también estaba preocupada. Continuaba conversando con Carole, pero su amiga y jefa se mostraba inexpresiva. De vez en cuando sonreía ante las cosas que decía Stevie, pero en sus ojos no había ni una chispa de recuerdo de quién era Stevie. Sonreír era nuevo para ella. Y reír también. Carole se asustó la primera vez que lo hizo, y al instante rompió a llorar. Era como contemplar a un bebé. Ella tenía mucho terreno que cubrir y le esperaba un trabajo duro. Una logopeda británica estaba volcada con ella y la forzaba al máximo.

Le dijo a Carole su nombre y le pidió que lo repitiese muchas veces. Esperaba que la imitación encendiese una chispa, pero hasta el momento nada había surtido efecto.

En la mañana del día de Acción de Gracias Stevie le dijo el día que era y el significado que tenía en Estados Unidos. Le dijo qué tomarían en la comida y Carole pareció intrigada. Stevie esperaba haber sacudido su memoria, pero no fue así.

—Pavo. ¿Qué es eso?

Lo dijo como si nunca hubiese oído la palabra, y Stevie sonrió.

—Es un ave que tomamos para almorzar.

—Parece repugnante —dijo Carole, haciendo una mueca.

Stevie se echó a reír.

—A veces lo es, pero es una tradición.

—¿Plumas? —preguntó Carole con interés, centrándose en lo esencial. Las aves tenían plumas. Al menos recordaba eso.

—No. Relleno. ¡Ñam, ñam!

Le describió el relleno mientras Carole escuchaba con interés.

—Difícil —dijo entonces, con lágrimas en los ojos—. Hablar. Palabras. No las encuentro.

Parecía frustrada por primera vez.

—Lo sé. Lo siento. Ya volverán. Tal vez deberíamos empezar por las palabrotas. Tal vez eso sería más divertido. Ya sabes, como «mierda», «joder», «culo», «cabrón», las buenas. ¿Por qué preocuparse por «pavo» y «relleno»?

—¿Tacos?

Stevie asintió y ambas se rieron.

—Culo —dijo Carole orgullosa—. Joder.

Era evidente que no tenía ni idea de lo que significaban.

—Excelente —dijo Stevie con mirada cariñosa.

Quería a esa mujer más que a su propia madre o hermana. Realmente era su mejor amiga.

—¿Nombre? —preguntó Carole con tristeza—. Tu nombre —corrigió.

Trataba de esforzarse. La logopeda quería que formase frases, aunque la mayoría de las veces no podía. Aún no.

—Stevie. Stephanie Morrow. Trabajo para ti en Los Ángeles y somos amigas —dijo con lágrimas en los ojos—. Te quiero. Mucho. Creo que tú también me quieres.

—Bonito —dijo Carole—. Stevie —añadió, probando la palabra—. Eres mi amiga.

Era la frase más larga que había formado hasta el momento.

—Sí, lo soy.

Entonces entró Jason para darle a Carole un beso antes de la cena de Acción de Gracias en el hotel. Los chicos estaban vistiéndose en el Ritz, y esa mañana habían ido a nadar otra vez. Carole le miró con una sonrisa en los labios.

—Culo. Joder —dijo.

Él pareció sobresaltado y miró a Stevie, preguntándose qué había ocurrido y si Carole volvía a perder la cabeza.

—Palabras nuevas —añadió Carole con una amplia sonrisa.

—¡Oh! Estupendo. Esas te serán muy útiles —contestó él mientras se sentaba riendo.

—¿Tu nombre? —preguntó ella.

Se lo había dicho antes, pero ella lo había olvidado.

—Jason —respondió él, triste por un momento.

—¿Eres mi amigo?

Él vaciló un instante antes de responder y, cuando lo hizo, trató de sonar normal y un tanto informal. Fue un momento duro, otra prueba de que Carole no recordaba nada del pasado.

—Fui tu marido. Estuvimos casados. Tenemos dos niños, Anthony y Chloe. Ayer estuvieron aquí —explicó cansado, aunque sobre todo triste.

—¿Niños?

Carole no dio muestras de entenderle y entonces comprendió por qué.

—Ahora son mayores. Adultos. Son nuestros niños, pero tienen veintidós y veintiséis años. Han venido a visitarte. Les viste conmigo. Chloe vive en Londres y Anthony vive en Nueva York y trabaja conmigo. Yo también vivo en Nueva York.

Era mucha información de una vez para ella.

—¿Y yo dónde vivo? ¿Contigo?

—No. Tú vives en Los Ángeles. Ya no estamos casados desde hace mucho tiempo.

—¿Por qué? —preguntó, sumergiendo su mirada en la de él. Necesitaba saberlo todo cuanto antes a fin de averiguar quién era ella. Estaba perdida.

—Es una larga historia. Tal vez deberíamos hablar de eso en otro momento. Estamos divorciados.

Ninguno de ellos quería hablarle de Sean. Era demasiado pronto. Carole ni siquiera sabía que le había tenido; no necesitaba saber que le había perdido dos años atrás.

—Eso es triste —dijo.

Parecía entender qué significaba «divorciados», cosa que a Stevie le resultó intrigante. Conservaba algunos conceptos y palabras, y en cambio otros parecían haber desaparecido por completo. Era extraño.

—Sí —convino Jason.

Y luego Jason le habló también del día de Acción de Gracias y de la comida que iban a tomar en el hotel.

—Parece demasiada comida. Sienta mal.

Él asintió riendo.

—Sí, tienes razón, aunque es una fiesta bonita. Es un día para estar agradecido por las cosas buenas que han pasado y por lo que se tiene. Como tú sentada aquí hablando conmigo ahora mismo —dijo con una mirada tierna—. Este año estoy agradecido por ti. Todos lo estamos, Carole —dijo.

Stevie se dispuso a salir de la habitación con discreción, pero él le dijo que podía quedarse. Últimamente no tenían secretos.

—Yo estoy agradecida por vosotros dos —dijo ella, mirándoles.

No sabía con certeza quiénes eran, pero la trataban bien y

percibía cómo fluía hacia ella el amor que sentían. Era palpable en aquella habitación.

Charlaron durante un rato con Carole, que recuperó unas cuantas palabras más, en su mayoría relacionadas con la fiesta. Las palabras «pastel de carne» y «pastel de calabaza» surgieron de la nada, pero no tenía ni idea de lo que eran. Stevie solo le había mencionado el pastel de manzana, porque el hotel no podía hacer los demás. Y luego, por fin, Stevie y Jason se levantaron para irse.

—Volvemos al hotel para celebrar la cena de Acción de Gracias con Anthony y Chloe —le explicó Jason a Carole con una mirada cariñosa, cogiéndole la mano—. Ojalá vinieras con nosotros.

Ella frunció el ceño cuando Jason mencionó el hotel, como si tratase de sacar algo escurridizo de su ordenador mental, pero no pudo.

—¿Qué hotel?

—El Ritz. Es donde siempre te alojas en París. Te encanta. Es muy bonito. Nos preparan una cena con pavo en un comedor privado.

Ese año tenían mucho que agradecer.

—Eso suena bien —dijo Carole, triste—. No recuerdo nada, quién soy, quiénes sois vosotros, dónde vivo... el hotel... Ni siquiera recuerdo el día de Acción de Gracias, ni el pavo, ni los pasteles.

En sus ojos había lágrimas de pena y frustración. Verla así les partía el corazón.

—Lo recordarás —dijo Stevie en voz baja—. Dale tiempo. Es mucha información para recuperarla de una vez. Ve despacio —añadió con una sonrisa afectuosa—. Lo conseguirás, te lo prometo.

—¿Cumples tus promesas? —preguntó, mirando a Stevie a los ojos.

Sabía lo que era una promesa, aunque no recordase el nombre de su hotel.

—Siempre —dijo Stevie, al tiempo que levantaba la mano en un juramento solemne, y luego se dibujó una X en el pecho con dos dedos.

Carole sonrió y habló al unísono con ella:

—¡Te lo juro! ¡Recuerdo eso! —dijo en tono victorioso.

Stevie y Jason se echaron a reír.

—¿Lo ves? Recuerdas lo importante, como «¡Te lo juro!». Ya encontrarás lo demás —dijo Stevie con una mirada afectuosa.

—Eso espero —dijo Carole con fervor, mientras Jason le daba un beso en la frente y Stevie le apretaba la mano—. Que tengáis una buena cena. Comed pavo por mí.

—Esta noche te traeremos un poco —prometió Jason. Los chicos y él tenían previsto volver después de la cena.

—Feliz cena de Acción de Gracias —dijo Stevie mientras se inclinaba para besar a Carole en la mejilla.

Resultaba un poco raro porque Stevie era ahora una extraña para Carole, pero lo hizo de todos modos, y Carole le cogió la mano.

—Eres alta —dijo, y Stevie sonrió.

—Sí que lo soy. Tú también, pero no tan alta como yo. Feliz cena de Acción de Gracias, Carole. Bienvenida al mundo de nuevo.

Con tacones altos, Stevie era más alta que Jason, y este medía más de metro ochenta.

—Joder —dijo Carole con una sonrisa, y ambas se rieron. Esta vez había una chispa de malicia en sus ojos. Además de la profunda gratitud que sentía Stevie al ver a Carole despierta y viva, la joven confiaba en que Carole volviese a ser ella misma y en que regresasen los buenos tiempos. Jason había salido de la habitación y Stevie sonrió.

—Jódete —dijo Stevie—. Esa también es buena y muy útil.

Carole esbozó una amplia sonrisa y miró a los ojos a la mujer que llevaba quince años siendo su amiga.

—Jódete tú también —dijo con toda claridad.

Ambas mujeres se rieron. Stevie le mandó un beso y salió de la habitación. No fue el día de Acción de Gracias que todos esperaban, pero fue el mejor de la vida de Stevie. Y tal vez incluso de la vida de Carole.

7

Matthieu fue a visitar a Carole la tarde del día de Acción de Gracias, por pura casualidad, mientras su familia y Stevie celebraban su cena en el hotel. Había sido muy prudente a la hora de visitarla. No quería encontrarse con ellos. Seguía sintiéndose incómodo, fueran cuales fuesen las circunstancias ahora. Además, la situación fue tan desesperada al principio que no quiso molestarles en mitad dc su conmoción y pena. Sin embargo, había leído en el periódico que había despertado y estaba mejor, así que volvió. No pudo resistirse.

Entró despacio en la habitación y la miró embelesado. Era la primera vez que la veía despierta y el corazón le dio un vuelco. Carole no dio muestras de reconocerle. Al principio, Matthieu no supo si se debía al tiempo transcurrido o al golpe en la cabeza, pero después de todo lo que habían sido el uno para el otro no pudo imaginar que no le recordase. Él había pensado en Carole cada día. Resultaba difícil creer que, en su estado normal, ella no hubiese hecho lo mismo, o al menos que se acordara de su cara.

Carole se volvió hacia él con sorpresa y curiosidad. No recordaba haberle visto antes. Era un hombre alto y atractivo de cabello blanco, penetrantes ojos azules y expresión seria. Parecía una persona de gran autoridad y Carole se preguntó si sería médico.

—Hola, Carole —la saludó en un inglés de marcado acento. No sabía si aún hablaría el francés, cosa que de momento no parecía.

—Hola.

Era evidente que ella no le reconocía, y eso estuvo a punto de romperle el corazón, habida cuenta de todo lo que habían sentido el uno por el otro. Carole permanecía inexpresiva.

—Debo de haber cambiado mucho —dijo él—. Ha pasado mucho tiempo. Me llamo Matthieu de Billancourt.

No se dio por enterada, pero le sonrió con simpatía. Todo era nuevo para ella, incluso su ex marido y sus hijos, y ahora aquel hombre.

—¿Es usted médico? —preguntó pronunciando las palabras con claridad, y él negó con la cabeza—. ¿Es mi amigo?

Carole se daba perfecta cuenta de que, de no ser un amigo, él no estaría allí, pero era su forma de preguntarle si le conocía. Tenía que depender de otros para obtener esa información. Sin embargo, a él le sobresaltó la pregunta. Solo con verla se volvió a enamorar de ella. Para ella no quedaba nada. Matthieu se preguntó qué sentía por él antes del accidente. Estaba claro que ahora no sentía nada.

—Sí... sí... lo soy. Un buen amigo. Hace mucho tiempo que no nos vemos.

No le costó entender que Carole no había recuperado la memoria, y quiso ser prudente con la información que le daba. No quería conmocionarla. Allí, en aquella cama de hospital, seguía teniendo un aspecto muy frágil. No quería decir demasiado porque la enfermera estaba en la habitación. No sabía si hablaba inglés, pero se mostró cauto por si acaso. Además, de todos modos no podía contarle secretos a una mujer que no recordaba haberle visto jamás.

—Cuando vivías en París nos conocíamos —explicó Matthieu mientras le entregaba a la enfermera el gran ramo de rosas que le había llevado.

—¿Yo he vivido en París? —preguntó ella sorprendida—. ¿Cuándo?

Nadie se lo había dicho todavía. Matthieu vio su mirada de frustración al comprender lo mucho que ignoraba de sí misma. Sabía que vivía en Los Ángeles y que había vivido en Nueva York con Jason, pero nadie había mencionado París.

—Viviste aquí durante dos años y medio. Te marchaste hace quince años.

—Ya —dijo Carole con un gesto de asentimiento.

Se limitó a mirarle sin hacer más preguntas. En sus ojos había algo que la desconcertaba; era como algo que no podía alcanzar pero que podía ver a lo lejos. Carole no sabía con certeza qué era, si era bueno o malo. Había algo muy intenso en él. No se sentía asustada, pero lo percibía, y no podía identificar la sensación.

—¿Cómo te encuentras? —preguntó él cortésmente, pensando que resultaba más seguro hablar del presente que del pasado.

Carole reflexionó durante un buen rato en busca de la palabra hasta que la encontró. Tal como él le hablaba, como un viejo amigo, tenía la sensación de conocer bien a aquel hombre, aunque no estaba segura. Se parecía un poco a la que tenía con Jason, pero diferente.

—Confusa —dijo en respuesta a su pregunta—. No sé nada. No encuentro las palabras ni a las personas. Tengo dos hijos —dijo Carole, aún sorprendida—. Ya son mayores —explicó, como si se lo recordase a sí misma—. Anthony y Chloe.

Parecía orgullosa de recordar sus nombres. Retenía todo lo que le decían. Era mucho lo que tenía que asimilar.

—Lo sé. Les conocía. Eran maravillosos. Y tú también. Lo recordarás. Las cosas volverán a tu mente.

Ella asintió, aunque poco convencida. Aún faltaba mucho y era plenamente consciente de ello.

Carole seguía siendo tan hermosa como antes. A Matthieu le resultaba increíble lo poco que le había afectado el paso del tiempo, aunque se fijó en la cicatriz de la mejilla, pero no le dijo nada.

—¿Éramos buenos amigos? —le preguntó ella como si buscase algo. Fuera lo que fuera, no podía acceder a ello. No le encontraba en su mente. Lo que aquel hombre representaba para ella había desaparecido junto con todos los demás detalles de su vida. Carole estaba haciendo borrón y cuenta nueva.

—Sí que lo éramos.

A continuación permanecieron unos momentos en silencio. Después él se acercó a la cama con prudencia y cogió su mano con gesto tierno. Ella se lo permitió; no sabía qué otra cosa hacer.

—Me alegro mucho de que estés mejorando. Vine a verte cuando aún dormías. Es un gran regalo que estés despierta. Te he echado de menos, Carole. He pensado en ti durante todos estos años.

Quiso preguntarle por qué, pero no se atrevió. Parecía demasiado complicado para ella. Algo en su forma de mirarla le producía ansiedad. No podía identificar la sensación, pero era distinta de la forma en que la miraban Jason o sus hijos. Estos parecían mucho más directos. Había algo oculto en aquel hombre, como si hubiese muchas cosas que no le decía pero las expresase con los ojos. A ella le resultaba difícil interpretarlas.

—Has sido muy amable al visitarme —dijo ella cortésmente, tras encontrar una frase que pareció surgir de golpe. A veces le ocurría, aunque en otras ocasiones tenía que esforzarse para hallar una sola palabra.

—¿Puedo venir a verte otro día?

Ella asintió sin saber qué otra cosa decir. Las sutilezas sociales le resultaban confusas y, además, seguía sin tener la menor idea de quién era él. Tenía la sensación de que había sido más que un amigo, pero él no decía que hubiesen estado casados. A ella le resultaba difícil adivinar quién y qué había sido él en su vida.

—Gracias por las flores. Son muy bonitas —dijo, buscando en sus ojos las respuestas que no expresaba con palabras.

—Tú también, cariño —dijo él, sin soltar su mano—. Siempre lo fuiste y sigues siéndolo. Pareces una muchacha.

Entonces, sorprendida, Carole se dio cuenta de algo en lo que no había pensado hasta entonces.

—No sé qué edad tengo. ¿Lo sabes tú?

Era fácil para él hacer el cálculo, añadiendo quince años a la edad que tenía ella cuando se marchó. Sabía que tenía cincuenta años, aunque no los aparentaba, pero no sabía si debía decírselo.

—No creo que eso importe. Sigues siendo muy joven. En cambio yo ya soy un viejo. Tengo sesenta y ocho años.

Su cara pregonaba su edad, pero su brío la desmentía. Poseía tanta energía y fuerza que parecía tener muchos años menos.

—Pareces joven —dijo ella amablemente—. Si no eres médico, ¿a qué te dedicas? —preguntó.

Seguía pareciéndole un médico, salvo por la bata blanca. Llevaba un traje azul marino de buen corte y un sobretodo gris. Iba bien vestido, con camisa blanca y corbata oscura, y su melena canosa estaba bien cortada y cuidada. Llevaba unas gafas sin montura muy francesas.

—Soy abogado.

No le dijo a qué se había dedicado antes. Ya no tenía importancia.

Ella asintió mientras le miraba de nuevo. Matthieu se llevó la mano de Carole a los labios y le besó con suavidad los dedos, aún magullados por la caída.

—Volveré a visitarte. Ahora debes ponerte bien. No dejo de pensar en ti.

Carole no sabía por qué. Resultaba muy frustrante no recordar nada del pasado, ni siquiera su propia edad o quién era. Eso les daba ventaja a los demás, que sabían todo lo que ella ignoraba. Y ahora aquel extraño también conocía una pieza de su pasado.

—Gracias. —Fue lo único que se le ocurrió decirle mientras él volvía a apoyar la mano de ella sobre la cama con suavidad.

Matthieu le sonrió de nuevo y se marchó al cabo de un momento. La enfermera que estaba en la habitación le había reconocido, pero no le dijo nada a Carole. No le correspondía a ella hacer comentarios sobre los antiguos ministros que la visitaban. Al fin y al cabo, era una estrella de cine y debía conocer a la mitad de las personas importantes del mundo. Sin embargo, resultaba evidente que Matthieu de Billancourt le tenía muchísimo cariño y la conocía bien. Incluso Carole podía percibir eso.

Esa noche los demás volvieron después de cenar con la moral muy alta. Stevie le traía una muestra de todo lo que habían tomado e identificó para ella los alimentos. Carole los probó con interés; dijo que no le gustaba el pavo, pero opinó que las nubes estaban muy buenas.

—No te gustan, mamá —la informó Chloe atónita—. Siempre dices que son una porquería y no nos dejabas comerlas cuando éramos niños.

—Es una lástima. Me gustan —dijo con una sonrisa tímida, y luego le tendió la mano a su hija menor—. Lamento no saber nada ahora mismo. Trataré de recordar.

Chloe asintió mientras sus ojos se llenaban de lágrimas.

—No pasa nada, mamá. Ya te pondremos al tanto. La mayoría son cosas sin importancia.

—No es verdad —dijo Carole con ternura—. Quiero saberlo todo. Qué te gusta, qué no te gusta, qué nos gusta hacer juntas, qué hacíamos cuando eras pequeña...

—Viajabas mucho —dijo Chloe en voz baja.

Su padre le lanzó una mirada de advertencia. Era demasiado pronto para hablar de eso.

—¿Por qué viajaba mucho? —quiso saber Carole.

—Trabajabas mucho —se limitó a decir Chloe.

Anthony contuvo el aliento. Llevaba años oyendo las mismas acusaciones. Aquellas conversaciones entre su madre y su hermana nunca acababan bien. Esperaba que no sucediese también ahora. No quería que Chloe disgustase a su madre en aquellas circunstancias. Seguía siendo muy vulnerable y habría sido injusto acusarla de cosas que ignoraba. A Carole le era imposible defenderse.

—¿Qué hacía? ¿A qué me dedicaba? —preguntó Carole.

Le echó un vistazo a Stevie, como si la joven pudiese ponerla al tanto. Ya había percibido el vínculo que existía entre ambas, aunque desconocía los detalles y no recordaba ni su cara ni su nombre.

—Eres actriz —le explicó Stevie—. Una actriz muy importante. Eres una gran estrella.

—¿De verdad? —Carole se quedó atónita—. ¿La gente me conoce?

Todo aquel concepto le parecía ajeno.

Todos se rieron, y Jason fue el primero en hablar:

—Tal vez deberíamos mantener tu humildad y no decírtelo. Eres probablemente una de las estrellas de cine más famosas del mundo.

—¡Qué raro!

Era la primera vez que recordaba la palabra «raro», y todos se rieron.

—No es nada raro —dijo Jason—. Eres muy buena actriz, has hecho un montón de películas y has ganado premios muy importantes: dos Oscar y un Globo de Oro. Todo el mundo sabe quién eres.

Jason ignoraba si Carole recordaría lo que eran aquellos premios y su expresión le indicó que no. Sin embargo, la palabra «películas» sí le recordó algo. Sabía qué eran.

—¿Qué te parece a ti eso? —le preguntó a Chloe, volviendo a ser la misma por un momento.

Todos los presentes contuvieron la respiración.

—Regular —murmuró Chloe—. De niños lo pasábamos mal.

Carole pareció entristecerse.

—No seas tonta —interrumpió Anthony, tratando de aligerar el ambiente—. Era estupendo tener como mamá a una estrella de cine. Todo el mundo nos envidiaba. Teníamos que ir a sitios geniales y tú eras guapísima. Aún lo eres —dijo, sonriendo a su madre.

Siempre había detestado los roces entre ellas y el resentimiento de Chloe a medida que se hacían mayores, aunque en los últimos años las cosas habían mejorado.

—Puede que fuese genial para ti —le espetó Chloe—, pero no para mí.

Entonces se volvió otra vez hacia su madre, que la miró con compasión y le apretó la mano.

—Lo siento —se limitó a decir Carole—. A mí tampoco me parece divertido. Si yo fuese una niña, querría que mi mamá estuviese siempre a mi lado.

Entonces miró a Jason de pronto. Acababa de recordar otra pregunta importante. Era terrible no saber nada.

—¿Tengo madre?

Él negó con la cabeza, aliviado por haber cambiado de tema por un momento. Carole acababa de regresar de entre los muertos tras semanas de terror para ellos. No quería que Chloe la disgustase o, aún peor, empezase una pelea con ella, y todos sabían que era capaz de hacerlo. Había muchos viejos conflictos allí, entre madre e hija; menos entre madre e hijo. A Anthony nunca le pareció mal el trabajo de su madre y siempre había esperado de ella menos que Chloe. Era mucho más independiente, incluso de niño.

—Tu madre murió cuando tenías dos años —explicó—; tu padre, cuando tenías dieciocho.

Entonces era huérfana. Recordó la palabra al instante.

—¿Dónde me crié? —preguntó con interés.

—En una granja de Mississippi. Te fuiste a Hollywood a los dieciocho años. Un cazatalentos te descubrió en Nueva Orleans, donde vivías.

Carole no recordaba nada de aquello. Asintió y volvió a dirigir la atención a Chloe. Ahora estaba más preocupada por ella que por su propia historia. Eso era nuevo. Parecía que hubiese vuelto como una persona distinta, sutilmente distinta, pero tal vez cambiada para siempre. Era demasiado pronto para saberlo. Comenzaba haciendo borrón y cuenta nueva, y tenía que depender de ellos para que la pusieran al tanto. Chloe lo había hecho con su habitual sinceridad y franqueza. Al principio todos se sintieron preocupados, pero Stevie pensó de pronto que tal vez fuese para bien. Carole respondía bien. Quería saberlo todo de sí misma y de ellos, tanto lo bueno como lo malo. Necesitaba rellenar las lagunas, y había muchas.

—Lamento haber viajado tanto. Tendrás que hablarme de ello. Quiero saberlo todo y saber qué te parecía a ti. Es un poco tarde, ya sois mayores. Pero tal vez podamos cambiar algunas cosas. ¿Cómo te va ahora?

—Me va bien —dijo Chloe con sinceridad—. Vivo en Londres y vienes mucho a visitarme. Vuelvo a casa por Navidad y Acción de Gracias. Ya no me gusta Los Ángeles. Prefiero Londres.

—¿A qué universidad fuiste?

—A la de Stanford.

Carole no dio muestras de reconocer aquel nombre. No le sonaba en absoluto.

—Es una universidad muy buena —se atrevió a sugerir Jason.

Carole asintió y sonrió a su hija.

—No esperaba menos de ti.

Esta vez Chloe sonrió.

A continuación charlaron de temas más cómodos y, al final, decidieron volver al hotel. Carole parecía cansada. Stevie fue la última en salir de la habitación. Se entretuvo un momento y le susurró a su amiga:

—Lo hiciste estupendamente con Chloe.

—Vas a tener que contarme algunas cosas. No sé nada.

—Ya hablaremos —prometió Stevie, y entonces se fijó en las rosas que había en una mesa, en un rincón. Había al menos dos docenas, rojas y con el tallo largo—. ¿De quién son?

—De un francés que ha venido a verme. No me acuerdo de cómo se llamaba, pero ha dicho que éramos viejos amigos.

—Me extraña que le hayan dejado pasar los de seguridad. Se supone que no deben hacerlo. Cualquiera puede decir que es un viejo amigo.

Se suponía que solo los miembros de la familia podían visitarla, pero ningún guardia de seguridad francés iba a prohibirle la entrada a un ex ministro de Francia. En la planta baja habían impedido el paso de miles de flores, que a petición de Stevie y Jason se repartieron entre todos los demás pacientes. Habrían llenado varias habitaciones.

—Si no tienen cuidado, tus admiradores invadirán el hospital. ¿No le has reconocido? —dijo Stevie, sabiendo que era una pregunta tonta.

Nunca se sabía. Tarde o temprano surgirían algunos recuerdos del pasado. Stevie esperaba que eso sucediese cualquier día.

—Por supuesto que no —contestó Carole—. Si no recuerdo a mis propios hijos, ¿por qué iba a reconocerle a él?

—Solo preguntaba. Le diré al guardia que tenga más cuidado. Por cierto, son unas flores bonitas.

Stevie había observado algunos fallos de seguridad y se había quejado. Cuando el guardia de servicio hacía un descanso, nadie le sustituía, y cualquiera habría podido entrar. Al parecer, alguien lo había hecho. Todos querían que Carole estuviese más segura.

—El hombre que las ha traído era agradable. No se ha quedado mucho rato. Dice que también conoce a mis hijos.

—Cualquiera puede decir eso.

Debían protegerla de los curiosos, los paparazzi, los admiradores y los chalados. Al fin y al cabo, ella era quien era, y el hospital nunca se había ocupado de una celebridad. Jason y Stevie habían hablado de contratar a un vigilante privado para ella, pero el hospital había insistido en que podían arreglárselas. Stevie iba a recordarles que debían endurecer las normas. Lo último que querían era que entrase un fotógrafo. La intrusión, ahora desconocida, habría trastornado a Carole, aunque antes estuviese acostumbrada.

—Nos vemos mañana. Feliz día de Acción de Gracias, Carole —dijo Stevie con una cálida sonrisa.

—Jódete —dijo Carole alegremente, y ambas se rieron. Mejoraba a cada hora que pasaba. Por un momento casi pareció la que siempre había sido.

8

Al día siguiente Jason, Chloe y Anthony fueron al Louvre y después salieron de compras una vez más. Luego regresaron al hotel para almorzar en el bar de la planta baja. A continuación, los dos hombres volvieron a sus habitaciones para llamar al despacho y trabajar un poco. A ambos se les estaba acumulando el trabajo. Sin embargo, las circunstancias eran extraordinarias y los clientes se mostraban comprensivos. Varios de los socios de Jason les sustituían en el trato con diversos clientes. Ambos tenían previsto ponerse al día a su regreso.

Chloe fue a nadar y se dio un masaje mientras su hermano y su padre trabajaban. Había pedido unos días de permiso en su propio empleo. Sus jefes, conscientes de la situación, le dijeron que se quedase en París con su madre tanto tiempo como hiciese falta. Esa tarde tuvo ganas incluso de telefonear a Jake, un chico que había conocido hacía poco en Londres y que le había caído bien. Charlaron durante media hora. Chloe le contó lo del accidente de su madre y él fue muy amable y simpático. Prometió llamarla pronto y dijo que quería verla cuando volviese a Londres. Tenía pensado llamarla y le alegraba mucho que ella le hubiese llamado a él.

Como los demás estaban ocupados, Stevie tuvo la oportunidad de estar a solas con Carole. Los médicos le habían aconsejado que le contase todos los detalles posibles acerca de su vida. Confiaban en que de ese modo se le refrescase la memoria. Stevie estaba dispuesta a hacerlo, pero no quería disgustar a Carole recordándole cosas tristes, y en su vida había habido bastantes.

Stevie, que traía un bocadillo, se sentó frente a Carole para charlar. No tenía en mente nada en particular y Carole había hecho muchas preguntas, como sobre sus padres el día anterior. Partía de cero.

Stevie llevaba ya la mitad del bocadillo cuando Carole le preguntó por su divorcio. Stevie hubo de reconocer que no sabía gran cosa de aquello.

—Entonces no trabajaba para ti. Sé que él estuvo casado con otra persona después de ti, creo que una supermodelo rusa. Se divorció de ella más o menos un año después de que volvieras de Francia. Yo estaba contigo, pero era nueva y no me contaste gran cosa. Me parece que él vino a verte un par de veces, y sospeché que te pidió que volvieras con él. Era solo una sensación mía; nunca me lo dijiste. Jamás te reconciliaste con él. En aquellos tiempos estabas bastante enfadada. Las cosas tardaron un par de años en calmarse. Hasta entonces siempre estabais discutiendo por teléfono sobre los niños. Lleváis diez años siendo buenos amigos.

Carole se había dado cuenta y asintió mientras escuchaba, buscando torpemente en su mente algún recuerdo de su matrimonio con Jason. No encontró nada. Tenía la memoria en blanco.

—¿Le dejé yo o me dejó él a mí?

—Eso tampoco lo sé. Tendrás que preguntárselo a él. Sé que viviste en Nueva York mientras estabas con él. Estuvisteis diez años casados y luego te fuiste a Francia, donde hiciste una película importante. Para entonces ya te estabas divorciando, creo. Y después de la película te quedaste en París durante dos años, con tus hijos. Compraste una casa y la vendiste un año después de trasladarte a Los Ángeles. Era una casita preciosa.

—¿Cómo lo sabes? —Carole puso cara de perplejidad—. ¿Trabajabas para mí en París?

Volvía a sentirse confusa. Había muchos acontecimientos que poner en orden cronológico.

—No, fui a cerrarla por ti. Viniste durante un par de días, me dijiste qué querías conservar y enviar a Los Ángeles, y yo me ocupé de lo demás. La casa era pequeña, pero magnífica. Del siglo XVIII, creo, con *boiseries* y suelos de parquet, grandes cristaleras que daban a un jardín y chimeneas en todas las habitaciones. La verdad es que me dio pena que no te la quedases.

—¿Por qué no lo hice? —preguntó Carole, frunciendo el ceño.

Carole quería recordar todas esas cosas, pero no lo conseguía.

—Dijiste que estaba demasiado lejos. Además, entonces trabajabas mucho. No tenías tiempo para escaparte a París. Ahora sí, pero entonces no. Creo que no querías volver aquí. —Stevie no se atrevió a sugerir lo demás—. Tratabas de pasar más tiempo con tus hijos entre película y película, sobre todo con Chloe. Anthony siempre fue más independiente que su hermana.

Stevie, que le conocía desde que tenía once años, sabía que ya entonces se contentaba con estar a solas o con sus amigos, además de visitar a su padre en Nueva York durante las vacaciones. En cambio, Chloe exigía más de su madre y nada de lo que esta hiciera le parecía suficiente. En opinión de Stevie era una niña muy necesitada de atención, y seguía siéndolo, aunque menos. Ahora Chloe tenía su propia vida y exigía menos tiempo de su madre. Sin embargo, seguía gustándole ser el centro de atención cuando estaba con Carole.

—¿Tenía razón Chloe en lo que dijo ayer?

Carole parecía preocupada de verdad. En realidad quería saber si era o no una buena persona. Resultaba aterrador no saberlo.

—No en todo —dijo Stevie, tratando de ser justa—. Tal vez en parte. Cuando era pequeña, debías trabajar mucho. Cuando nació, tenías veintiocho años y estabas en la cima de tu carrera. Yo no te conocía entonces. Llegué siete años más tarde. Pero ella ya estaba enfadada contigo. Tengo entendido que te llevabas a los niños a la mayoría de los rodajes, cuando podías, con un profesor particular, salvo que fuese en países como Kenia. Sin embargo, si la película se rodaba en un país civilizado te los llevabas, incluso cuando empecé a trabajar para ti. Con el tiempo, Anthony empezó a no querer ir, y luego, cuando comenzaron el instituto, ya no podían perder clase. Pero antes de eso iban casi siempre contigo y los directores de sus colegios daban la tabarra, aunque Chloe también la daba cuando no te la llevabas.

Cuando Chloe se hizo mayor, a Stevie le hubiera gustado ser su madre. Pero Stevie no le dijo eso a Carole.

—Estoy segura de que no es fácil tener una madre famosa, pero siempre me ha impresionado lo mucho que te esforzabas y el tiempo que pasas con ellos, incluso ahora. Nunca viajas a ninguna parte sin pasar por Londres y Nueva York para verles. No sé si Chloe se da cuenta de lo poco corriente que es eso o del esfuerzo que requiere por tu parte. No reconoce muchas cosas, como el tiempo que le dedicaste durante su infancia. Y por todo lo que sé lo hiciste muy bien. Supongo que, sencillamente, ella quería más.

—¿Por qué?

—Hay personas así. Aún es joven y puede arreglarlo si quiere. En el fondo es una buena chica. Lo único que me disgusta es que se porte mal contigo. No creo que sea justo para ti. En muchos aspectos continúa siendo una niña. Tiene que madurar —dijo Stevie con sensatez—. Y además, la has mimado —añadió con una sonrisa—. Le das todo lo que quiere. Lo sé porque pago las facturas.

—Debería darme vergüenza —dijo Carole en tono bondadoso—. ¿Por qué supones que hago eso?

Ya hablaba correctamente. Había encontrado las palabras, aunque no la historia que las acompañaba.

—Por sentimiento de culpa y generosidad. Quieres a tus hijos. Te ha ido bien en la vida y quieres compartir tu suerte con ellos. A veces Chloe se aprovecha, tratando de hacer que te sientas culpable, aunque en ocasiones siente de verdad que la estafaron de pequeña. Creo que le hubiese gustado tener una madre que fuese un ama de casa aburguesada y corriente que se pasara el día llevándola de un lado para otro y no tuviese nada más que hacer. La recogías cada día a la salida del colegio cuando estabas en la ciudad, pero no solo hacías películas. Tenías una vida muy ajetreada.

—¿Qué más hacía?

Escuchar a Stevie era como escucharle hablar de otra persona. Carole no tenía la sensación de que se refiriese a ella. La mujer que Stevie estaba describiendo era una extraña.

—Llevas años trabajando a favor de los derechos de las mujeres. Has viajado a países en vías de desarrollo, has hablado ante el Senado y las Naciones Unidas, has pronunciado discursos. Cuando crees en algo, predicas con el ejemplo, y eso me parece estupendo. Siempre te he admirado por ello.

—¿Y Chloe? ¿También me admira ella? —dijo Carole con tristeza. Por lo que Stevie decía, no parecía que fuese así.

—Pues no. Creo que, si le resta a ella tiempo o dinero, le cabrea. Puede que sea demasiado joven para que le preocupen esas cosas. Además, también viajabas bastante por eso entre una película y otra.

—Tal vez debería haberme quedado más tiempo en casa —dijo Carole, preguntándose si el daño entre ellas resultaría reparable a esas alturas. Esperaba que así fuese. Le daba la impresión de que tenía que recompensar a su hija por algunas cosas, aunque estuviese un poco mimada.

—No habrías sido tú misma —dijo Stevie con sencillez—. Siempre andabas metida en muchos asuntos.

—¿Y ahora?

—No tanto. En los últimos años te tomaste las cosas con más calma.

Stevie se mostraba prudente. No sabía si Carole estaría preparada para saber lo de Sean y afrontar los sentimientos que surgiesen si le recordaba.

—¿De verdad? ¿Por qué me tomé las cosas con más calma?

Carole pareció preocupada mientras trataba de recordar.

—Puede que estés cansada. Eres más exigente con las películas que haces. Llevas tres años sin hacer ninguna. Has rechazado muchos papeles. Quieres interpretar papeles que tengan sentido para ti, no solo algo llamativo y comercial. Estás escribiendo un libro, o intentándolo. —Stevie sonrió—. Por eso viniste a París. Pensaste que volver aquí podía darte una mejor comprensión.

Y en lugar de eso había estado a punto de costarle la vida. Stevie siempre lamentaría que Carole hubiese hecho ese viaje. Ella misma aún se sentía traumatizada por haber estado a punto de perder a aquella mujer a la que tanto quería y admiraba.

—Creo que volverás a hacer películas cuando acabes el libro. Es una novela, pero debe tener mucho de ti. Quizá te bloqueaste por eso.

—¿Son los únicos motivos por los que empecé a trabajar menos?

Carole la miró con los ojos inocentes de una niña y Stevie hizo una larga pausa, sin saber qué hacer. Decidió decir la verdad.

—No, no lo son. Hubo otro motivo —dijo Stevie con un suspiro. No le gustaba decírselo, pero alguien lo haría tarde o temprano. Mejor que fuese ella—. Estuviste casada con un tipo estupendo y simpático.

—No me digas que volví a divorciarme —dijo Carole, apenada. Dos divorcios le parecían demasiado. Uno solo ya era triste.

—No te divorciaste —la tranquilizó Stevie, si podía llamarse así. Haber perdido al hombre que amaba era mucho peor—. Estuviste casada durante ocho años. Se llamaba Sean. Sean Clarke. Te casaste con él cuando tenías cuarenta años y él tenía treinta y cinco. Era un productor de mucho éxito, aunque nunca trabajasteis juntos en una película. Era un hombre increíblemente amable, y creo que ambos fuisteis muy felices. Tus hijos le querían. No tenía hijos propios ni los tuvo contigo. De todos modos, cayó muy enfermo hace tres años. Cáncer de hígado. Estuvo en tratamiento durante un año, y se lo tomó con mucha filosofía y tranquilidad. Aceptó lo que le ocurría con una gran dignidad. —Stevie inspiró antes de seguir—. Murió, Carole. En tus brazos. Un año después de caer enfermo. Eso fue hace dos años. Has tenido que hacer un esfuerzo para adaptarte. Has escrito mucho, has viajado un poco y has pasado tiempo con tus hijos. Has rechazado unos cuantos papeles, pero dices que volverás a trabajar cuando hayas escrito el libro. Yo creo que vas a escribir el libro y volver al cine. Este viaje formaba parte de todo eso. Creo que has madurado mucho desde su muerte. Ahora eres más fuerte.

O al menos lo había sido hasta el atentado. Era increíble que hubiese sobrevivido, y quién sabía cuáles serían las secuelas al final. Era demasiado pronto para saberlo. Stevie miró a Carole y vio que estaba llorando. Stevie tocó su mano.

—Lo lamento. No quería contártelo. Era un hombre encantador.

—Me alegro de que me lo hayas dicho. Es muy triste. Perdí a un marido al que debí querer, y ahora ni siquiera le recuerdo. Es como perder todo lo que tenías, todo lo que te importaba. He perdido a todas las personas de mi vida y nuestra historia en común. Ni siquiera recuerdo la cara de ese hombre o cómo se llamaba, ni mi matrimonio con Jason. Ni siquiera recuerdo cuándo nacieron mis hijos.

Aquello le parecía una tragedia aún mayor que el impacto real del atentado. Los médicos le habían explicado lo del atentado. Sonaba muy irreal, aunque todo lo demás también. Como si fuese la vida de otra persona y no la suya.

—No has perdido a nadie, salvo a Sean. Todos los demás siguen aquí. Y viviste momentos maravillosos con él que algún día volverás a recordar. Los otros están aquí, de una u otra forma. Tus hijos, Jason, tu trabajo. Tu historia también está ahí, aunque aún no puedas recordarla. El vínculo que tienes con ellos sigue ahí. Las personas a las que quieres no se van a ninguna parte.

—Ni siquiera sé quién era yo para ellos, quién soy... o quiénes eran ellos para mí —dijo Carole tristemente, antes de sonarse la nariz en el pañuelo de papel que le dio la enfermera—. Me siento como si un barco se hubiera ido a pique con todo lo que poseía.

—El barco no se ha hundido. Está ahí fuera, entre la niebla, en alguna parte. Cuando la niebla se despeje, encontrarás todas tus cosas y a todas las personas que iban en él. De todos modos, la mayor parte es solo equipaje. Tal vez estés mejor así.

—¿Y tú? —preguntó Carole—. ¿Qué soy para ti? ¿Soy una buena jefa? ¿Te trato bien? ¿Te gusta tu empleo? ¿Qué clase de vida tienes?

Deseaba saber quién era Stevie como persona, no solo en relación con ella misma. Le importaba de verdad. Incluso sin su memoria, Carole seguía siendo la mujer extraordinaria que siempre había sido y a la que Stevie quería.

—Me encanta mi trabajo y te aprecio. Tal vez demasiado. Prefiero trabajar para ti que hacer cualquier otra cosa. Quiero a tus hijos. Me gusta muchísimo el trabajo que hacemos juntas y las causas que defiendes. Me gusta quién eres como ser humano, y por eso te admiro tanto. Eres una buena persona, Carole, y también una buena madre. No dejes que Chloe trate de convencerte de lo contrario.

Stevie estaba disgustada. Chloe había contribuido más de la cuenta a todos los problemas que habían tenido. Se portaba mal con su madre y en ocasiones se mostraba resentida. En opinión de Stevie, la joven habría debido pasarlo por alto y no había hecho bien sacándolo a colación.

—No sé si Chloe recibió de mí un trato tan genial —dijo Carole en voz baja—, pero me alegro de que pienses que soy buena; es horrible no saberlo. No tener ni idea de quién eres, ni de qué le has hecho a la gente. Por lo que sé, podría ser una mala persona y que tú simplemente estuvieses siendo amable conmigo. Es insoportable que no recuerde nada, ni siquiera a las personas que significaban mucho en mi vida. Me da miedo pensarlo.

Le asustaba de verdad. Era como volar a oscuras. No tenía ni idea de cuándo podía chocar contra un muro, tal como había hecho cuando estalló la bomba.

—¿Y tu propia vida? —le preguntó a Stevie—. ¿Estás casada?

—No. Vivo con un hombre —dijo esta, e hizo una pausa antes de añadir más.

—¿Le quieres?

Carole sentía curiosidad por ella. Deseaba saberlo todo, sobre todos ellos. Necesitaba saber quiénes eran y descubrir quién era ella.

—A veces —dijo Stevie con sinceridad—, pero no siempre. No estoy segura de lo que siento por él, y por eso nunca nos hemos casado. Además, estoy casada con mi trabajo. Se llama Alan y es periodista. Viaja mucho, cosa que me viene bien. Lo que tenemos es conveniente y cómodo. No estoy segura de poder llamarlo amor. Y cuando pienso en casarme con él, me entran ganas de correr como alma que lleva el diablo. Nunca he pensado que el matrimonio sea algo tan genial, sobre todo si no quieres hijos.

—¿Por qué no? ¿Lo sabes?

—Te tengo a ti —bromeó Stevie, antes de ponerse seria—. Creo que siempre ha faltado una pieza en mi composición química. Nunca he sentido la necesidad de ser madre. Soy feliz tal como estoy. Tengo un gato, un perro, un trabajo que me encanta y un tipo con el que duermo a veces. Puede que para mí sea suficiente. No me gusta complicar las cosas.

—¿Es suficiente para él?

Carole sentía curiosidad por ella y por la vida que describía. A ella le sonaba limitada. Era evidente que Stevie tenía miedo, aunque Carole no conseguía entender de qué.

—Seguramente no a largo plazo. Dice que quiere hijos. Pero no puede tenerlos conmigo —dijo Stevie con sencillez—. Va a cumplir cuarenta años y cree que deberíamos casarnos. Eso podría acabar con nosotros. Yo nunca he querido tener hijos. Tomé esa decisión hace mucho tiempo. Yo tuve una infancia de mierda y me prometí que no le haría eso a otra persona. Soy feliz siendo una adulta, sin estorbos ni alguien que me reproche más tarde todo lo que hice mal. Mira lo que te pasa con Chloe. Si sirve de algo, a mí me parece que has sido una madre estupenda para ella y de todos modos está cabreada. Nunca quise eso en mi vida. Prefiero dedicarle tiempo a mi perro. Y si pierdo a Alan por eso, de todas formas tenía que pasar. Le dije desde el principio que no quería hijos y le pareció bien. Ahora puede que su reloj biológico esté haciendo tictac. El mío no. No lo tengo. Tiré el mío hace años. De hecho, estaba tan segura de ello que me hice una ligadura de trompas cuando estudiaba en la universidad. Tampoco quiero adoptar. Me encanta mi vida tal como es.

Parecía muy segura de lo que decía y Carole la miró intensamente, tratando de separar lo que era miedo de lo que era verdad. Había mucho de ambos.

—¿Qué pasará cuando me ocurra algo a mí? Soy mayor que tú. ¿Y si muero? O cuando muera, mejor dicho. Podría haber muerto en cualquier momento de las últimas tres semanas. Y luego, ¿qué? Si soy lo más importante de tu vida, ¿qué te pasará cuando yo desaparezca? Te pones en una situación aterradora.

Era cierto, tanto si Stevie quería afrontarlo como si no.

—Es aterrador para todo el mundo. ¿Qué pasa cuando muere un marido o un hijo? ¿Y cuando tu marido te deja y acabas sola? Todos tenemos que afrontar eso, tarde o temprano. Puede que yo muera antes que tú. O puede que te enfades y me despidas algún día, si meto la pata. No hay garantías en la vida, salvo que todos saltemos de un puente juntos cuando tengamos noventa años. En la vida se corren riesgos. Tienes que ser sincero y saber lo que quieres. Soy fiel a mis principios. Fui sincera con Alan. Si no le gusta, puede irse. Nunca le mentí diciendo que quería hijos. Le dije al principio que no quería casarme y que mi trabajo lo era todo para mí. Nada ha cambiado. Si no puede vivir con eso, o no le gusto, tiene que salir a buscar lo que quiere. Es lo único que podemos hacer todos. En ocasiones las piezas solo encajan durante algún tiempo. Eso debió de pasar entre Jason y tú, o seguirías casada con él. La mayoría de las relaciones no duran toda la vida. Estoy dispuesta a aceptar eso en un plano global y a esforzarme al máximo. No puedo hacer otra cosa. Y sí, a veces pongo a Alan por detrás de ti y de mi empleo. A veces es él quien antepone el suyo. A mí me viene bien, pero puede que a él no. En ese caso, estamos perdidos, y estuvo bien mientras duró. No busco al príncipe azul ni la historia de amor perfecta. Solo quiero algo práctico y real que me venga bien. Que nos venga bien a ambos. Él no es mi prisionero, ni yo quiero ser prisionera suya. El matrimonio me da esa impresión.

Era tan sincera como siempre. Stevie nunca mentía, y tampoco se engañaba. Tenía una visión práctica de su vida, su trabajo y los hombres. Eso la convertía en una persona sólida, real y simpática. Carole se daba cuenta de que Stevie siempre hablaba con el corazón en la mano.

—¿Me daba esa impresión a mí? —preguntó Carole desconcertada de nuevo.

—Creo que tú también te has sido siempre fiel a ti misma, por lo que yo sé. Me parece que pudiste recuperar a Jason cuando volvió a verte después de París y, por la razón que fuese, no quisiste. Creo que estás más dispuesta a hacer concesiones que yo, y por eso el matrimonio te viene bien. Pero nunca te he visto sacrificar tus valores o tus principios, o quién eres, por nada ni por nadie. Cuando crees en algo, luchas por ello hasta el final. Me encanta eso de ti. Estás dispuesta a defender aquello en lo que crees, por muchas veces que te derriben. Ese es un rasgo estupendo en una persona. Quién eres como ser humano es lo que más importa.

—Para mí es fundamental saber si he sido una buena madre —dijo Carole en voz baja. Pese a haber perdido la memoria, Carole sabía que esa era una gran pieza de su persona.

—Lo eres —dijo Stevie con mirada tranquilizadora.

—Tal vez. Me da la impresión de que tengo que compensar a Chloe por muchas cosas. Estoy dispuesta a aceptar eso. Tal vez antes no podía verlo.

Ahora que volvía a empezar, Carole estaba dispuesta a mirar más de cerca y hacer las cosas mejor esta vez. Tener esa oportunidad suponía un gran regalo y quería estar a la altura de ese regalo. Al menos Anthony parecía satisfecho con lo que había recibido de ella, o simplemente se mostrase más cortés. Tal vez los chicos no necesitasen tanto de sus mamás. Pero era evidente que Chloe sí, y al menos Carole podía tratar de acortar la distancia entre ellas. Deseaba intentarlo.

Hablaron hasta que anocheció sobre piezas de su vida que Stevie conocía y recordaba, sus hijos, sus dos maridos, y Carole le preguntó si había habido algún hombre mientras vivió en París. Stevie dijo distraídamente que creía que sí.

—Pasara lo que pasase, no acabó bien. No hablabas mucho de ello. Y cuando cerramos la casa estabas impaciente por abandonar París. Durante todo el tiempo que estuvimos aquí parecías muy desolada. No quedaste con nadie y, tan pronto como acabaste de darme instrucciones, dejaste el hotel y volviste a Los Ángeles. Fuera quien fuese él, creo que tenías miedo de volver a verle. No tuviste ninguna relación seria durante los primeros cinco años que trabajé para ti, hasta que te enamoraste de Sean. Siempre tuve la sensación de que te habían hecho sufrir mucho. No sabía si fue Jason u otra persona, y no te conocía lo suficiente para preguntar.

Ahora Carole pensaba que ojalá lo hubiese hecho. No tenía ninguna otra manera de saberlo.

—Y ahora no hay forma de averiguarlo —dijo Carole con tristeza—. Si hubo alguien en París, está perdido para siempre en mi memoria. Aunque puede que ya no importe.

—Eras bastante joven. Tenías treinta y cinco años cuando volviste, y cuarenta cuando empezaste en serio con Sean. Los otros con los que te vi antes de él eran pura fachada, gente con la que salías. Entonces solo te importaban tus hijos, el trabajo y las causas. Pasamos un año en Nueva York, mientras interpretabas una obra en Broadway. Fue divertido.

—Ojalá pudiese recordar algo al menos —dijo Carole, frustrada. Aún no podía acceder a nada de aquello.

—Lo recordarás —dijo Stevie con confianza, y luego se rió—. Créeme, hay muchas cosas que me encantaría olvidar de mi vida. Mi infancia, por ejemplo. ¡Menudo desastre! Tanto mi padre como mi madre eran alcohólicos. Mi hermana se quedó embarazada a los quince y acabó en un centro de acogida para chicas rebeldes. Entregó al niño en adopción, tuvo dos más con los que hizo lo mismo, le dio una depresión nerviosa y cuando tenía veintiún años acabó en un hospital psiquiátrico. Se suicidó a los veintitrés. Mi familia era una pesadilla. Sobreviví por los pelos. Supongo que por eso el matrimonio y la familia no me parecen tan geniales. Los asocio con la congoja, los quebraderos de cabeza y el dolor.

—No siempre —dijo Carole con ternura—. Lo siento. Parece muy duro.

—Lo fue —dijo Stevie con un suspiro—. Me he gastado una fortuna en terapia para superarlo. Creo que lo he hecho, pero prefiero no complicarme la vida. Soy feliz viviendo indirectamente a través de ti. Trabajar para ti es bastante emocionante.

—No puedo imaginar por qué. A mí no me da esa impresión. Supongo que lo del cine debió de ser apasionante. Pero divorcios, maridos moribundos y penas en París no me parecen muy divertidos. Más bien suena a la vida real.

—Es cierto. Nadie escapa a eso. Aunque seas famosa, sigues teniendo que aguantar las mismas desgracias que todos, o tal vez incluso más. Llevas la fama de forma extraordinaria. Eres increíblemente discreta.

—Ya es algo, gracias a Dios. ¿Soy una persona religiosa? —preguntó con curiosidad.

—No mucho. Un poquito cuando Sean estuvo enfermo y justo después de que muriese. Por lo demás, no vas mucho a la iglesia. Te criaron como católica, pero creo que eres más espiritual que formalmente religiosa. Lo vives, eres buena persona. No te hace falta ir a la iglesia para eso.

Se había convertido en el espejo de Carole, para mostrarle quién había sido y quién era.

—Creo que me gustaría ir a la iglesia cuando salga del hospital. Tengo mucho que agradecer.

—Yo también —dijo Stevie con una sonrisa.

Entonces le deseó buenas noches y volvió al hotel, pensando en todo lo que habían dicho ese día. Carole se sentía agotada y se durmió antes de que Stevie llegase al hotel. Tratar de reconstruir una vida que se había esfumado requería una increíble cantidad de energía.

9

El sábado siguiente, la familia fue a hacerle a Carole una breve visita. Esta se sentía cansada. La larga conversación con Stevie del día anterior, en la que le había hecho un millón de preguntas acerca de su vida, su historia y su personalidad, la había dejado exhausta. Todos se dieron cuenta de que necesitaba descansar, por lo que no se quedaron mucho rato. Carole volvió a dormirse antes incluso de que salieran de la habitación. Stevie se sentía culpable por haberse extendido tanto la tarde anterior, pero había muchas cosas que Carole quería saber.

Chloe y Anthony tenían previsto pasar el domingo en Deauville y convencieron a Stevie para que les acompañase. A ella le pareció divertido. Además, Jason le había mencionado que quería pasar algún tiempo a solas con Carole. Esta volvía a encontrarse mejor después de descansar y se alegraba de tener a Jason para ella sola. También había muchas cosas que quería saber por él, muchos detalles de la vida que una vez compartieron.

Jason llegó a la habitación, le dio un beso en la mejilla y se sentó. Al principio hablaron de sus hijos y de lo buenas personas que eran. Él dijo que Chloe parecía entusiasmada con su primer empleo y que Anthony trabajaba mucho para él en Nueva York, lo cual no era de extrañar.

—Es un chico estupendo —dijo Jason, orgulloso—. Responsable, amable. Fue un estudiante fantástico. Jugaba al baloncesto en la universidad. Pasó la adolescencia sin enterarse. Siempre estuvo loco por ti. —Jason le sonrió con ternura—. Cree que eres perfecta. Iba a ver cada una de tus películas unas tres o cuatro veces. Fue a ver una de ellas diez veces, y llevó a todos sus amigos. Cada año proyectábamos tu última película en su fiesta de cumpleaños. Eso es lo que quería. No creo que haya tenido ni un minuto de resentimiento en su vida. Sencillamente acepta las cosas tal como vienen, y si ocurre algo malo sabe arreglárselas. Ese es un rasgo formidable. Tiene una actitud genial ante la vida y siempre gana. Es curioso, pero creo que fue bueno para él que tú estuvieses tan ocupada. Eso le hizo ingenioso y muy independiente. No puedo decir lo mismo de Chloe. Creo que tu carrera no resultó fácil para ella cuando era pequeña. Chloe nunca tiene suficiente. Para ella, el vaso siempre está medio vacío. Para Anthony, está rebosante. Es curioso lo distintos que pueden ser dos hermanos.

—¿Es que siempre estaba fuera? —preguntó Carole preocupada.

—No. Pero pasabas fuera mucho tiempo. Muchas veces te llevabas a Chloe a los rodajes. Más de lo que a mí me parecía bien. La sacabas del colegio y contratabas a un profesor particular. Pero ni siquiera eso sirvió de nada. Sencillamente, Chloe está muy necesitada. Siempre lo estuvo.

—Puede que tenga derecho a estarlo —dijo Carole, tratando de ser justa—. No veo cómo pude hacer todas esas películas y seguir siendo una buena madre.

Esa idea pareció disgustarla mucho y Jason quiso tranquilizarla:

—Te las apañabas, y de hecho muy bien. Creo que eres una madre estupenda, no solo buena.

—No si mi hija, nuestra hija —rectificó con una sonrisa—, es infeliz.

—Ella no es infeliz; es que necesita mucha atención. Tratar de satisfacer sus necesidades sería un proyecto a tiempo completo. Nadie puede dejar todo lo que está haciendo y centrar toda su atención en un niño. Cuando estábamos casados yo mismo habría querido que estuvieras más pendiente de mí. Sí, estabas ocupada cuando eran pequeños, pero les prestabas mucha atención, sobre todo entre una película y otra. Hubo un par de años duros cuando ganaste los Oscar. Tenías un rodaje tras otro, pero te los llevabas. Hiciste una película épica en Francia y estuviste con ellos todo el tiempo. Carole, si hubieses sido doctora o abogada habría sido peor. Conozco a mujeres con empleos normales, por ejemplo en Wall Street, que nunca dedican tiempo a sus hijos. Tú siempre lo hiciste. Me parece que Chloe quería una mamá a tiempo completo, alguien que no trabajase, se quedase en casa horneando galletas con ella los fines de semana y no hiciese otra cosa que llevarla y traerla del colegio. Y eso habría sido muy aburrido.

—Puede que no tan aburrido —dijo Carole con tristeza—, si era eso lo que necesitaba. ¿Por qué no abandoné el cine cuando nos casamos?

Ahora le parecía sensato, pero Jason se echó a reír.

—Creo que aún no comprendes lo famosa que eres. Tu carrera se estaba disparando cuando te conocí, y aún subió más. Estás muy arriba, Carole. Habría sido una lástima que renunciases a una carrera así. Conseguir lo que tú has conseguido supone un logro increíble, y además te las arreglas para apoyar causas que son importantes para ti y para el mundo y dar buen uso a tu nombre. Y aun así lograste ser una buena madre. Creo que por eso está Anthony tan orgulloso de ti. Todos lo estamos. Tengo la sensación de que, hicieras lo que hicieses, Chloe habría pensado que había recibido escasa atención. Ella es así. Puede que de ese modo consiga lo que quiere o necesita. Créeme, nunca descuidaste a tus hijos, ni mucho menos.

—Es que me gustaría que Chloe se sintiese mejor. Parece muy triste cuando habla de su infancia.

Eso hacía que Carole se sintiese culpable aunque no supiese lo que había o no había hecho.

—Lleva un año acudiendo a un terapeuta —dijo él—. Superará todo eso. Puede que este accidente le ayude a darse cuenta por fin de la suerte que tiene de tenerte. Eres una madre estupenda.

E incluso ahora, sin memoria, se inquietaba por sus hijos y agradecía la tranquilidad que él le infundía. Mientras le escuchaba se preguntó si a Chloe le gustaría que, cuando estuviese mejor, fuese a Londres para pasar allí unas semanas. Eso podía demostrarle que se preocupaba de verdad por ella y quería pasar tiempo en su compañía.

No podía revivir el pasado ni reescribir la historia, pero sí tratar de hacer las cosas mejor en el futuro. Estaba claro que Chloe sentía que la habían estafado de pequeña. Y tal vez aquella fuese una oportunidad para Carole de compensarla y darle lo que sentía que nunca había tenido. Estaba dispuesta a hacerlo. No tenía planes más importantes. El libro que había estado intentando escribir podía esperar, si alguna vez lo retomaba. Desde el atentado sus prioridades eran distintas. Aquello había sido una tremenda llamada de atención, tal vez la última ocasión para hacer bien las cosas. Quería aprovechar esa oportunidad mientras aún estuviese a tiempo.

Hablaron durante un rato de diversos temas. Luego ella le miró con serenidad. Jason estaba sentado en la silla que ocupó Stevie el día anterior y, como ella, le hablaba de su vida. Sin embargo, Carole también quería conocer la parte de él.

—¿Qué nos pasó? —preguntó con tristeza.

Era evidente que su historia no había tenido un final feliz.

—Menuda pregunta...

No estaba seguro de que estuviese preparada para oírlo todo, pero ella dijo que sí. Necesitaba saber quiénes habían sido, qué les había ocurrido y por qué se divorciaron, así como qué había sucedido desde entonces. Ya sabía lo de Sean, por Stevie, pero sabía muy poco de su vida con Jason, salvo que habían estado casados durante diez años, que vivían en Nueva York y que tuvieron dos hijos. El resto era un misterio para ella. Stevie no conocía los detalles y Carole no se habría atrevido a preguntarles a sus hijos, que de todos modos debían de ser demasiado pequeños en aquella época para saber qué había pasado.

—Para ser sincero, no estoy seguro —respondió él por fin—. Me pasé años tratando de entenderlo. Supongo que la respuesta más sencilla es que yo pasaba por la típica crisis de los cuarenta y tú tenías una carrera muy importante. Ambos elementos colisionaron y nos hicieron explotar. Sin embargo, fue más complicado. Al principio era genial. Cuando me casé contigo ya eras una estrella. Tenías veintidós años y yo treinta y uno. Yo llevaba cinco años siendo afortunado en Wall Street y quise financiar una película. No suponía un gran beneficio económico; simplemente parecía divertido. Era un crío y quería conocer chicas guapas. Nada más profundo. Conocí a Mike Appelsohn en una reunión en Nueva York. Él era entonces un gran productor y actuaba como agente tuyo desde que te descubrió. Aún lo hace —dijo para ponerla al tanto—. Me invitó a Los Ángeles. Estaba preparando un contrato. Así que fui, puse mi nombre en la línea de puntos para financiar una película y te conocí.

»Eras la chica más hermosa y simpática que había visto en mi vida, dulce, joven e inocente, típicamente sureña todavía. Llevabas cuatro años en Hollywood y seguías siendo una cría adorable e inocente, aunque ya eras una gran estrella. Era como si toda aquella fama no te hubiese afectado. Eras la misma persona buena, cálida y sincera que debías de ser mientras crecías en la granja de tu padre en Mississippi. Entonces aún tenías acento del Sur. Eso también me encantaba. Mike hizo que te librases de él. Siempre lo eché de menos. Formaba parte de la dulzura que me encantaba de ti. En realidad, no eras más que una cría. Me enamoré perdidamente de ti, y tú también de mí.

»Fui hasta allí una docena de veces mientras rodabas la película, solo para verte. Acabamos saliendo en todos los diarios sensacionalistas. Joven promesa de Wall Street intenta ganarse a la estrella más sexy de Hollywood. Eras maravillosa. Estabas llena de encanto. Aún lo estás —dijo con una sonrisa—, pero entonces no estaba acostumbrado. Creo que nunca me acostumbré. Me despertaba por las mañanas y me pellizcaba, incapaz de creer que estaba casado con Carole Barber. ¿Podía haber algo mejor?

»Nos casamos seis meses después de conocernos, cuando terminaste la película. Al principio dijiste que eras demasiado joven para casarte, y seguramente tenías razón. Te convencí, pero fuiste sincera. Dijiste que no estabas dispuesta a renunciar a tu carrera. Querías hacer películas. Te lo pasabas en grande, y yo también al estar contigo. Nunca en mi vida me he divertido tanto como entonces.

»Mike nos llevó a Las Vegas un fin de semana en su avión y nos casamos. Él fue nuestro testigo, junto con una amiga tuya. Era tu compañera de habitación y, por más que lo intento, no consigo recordar cómo se llamaba. Fue la dama de honor. Y tú eras la novia más guapa que he visto en mi vida. Pediste prestado un vestido de vestuario de una película de los años treinta. Parecías una reina.

»Fuimos a México de luna de miel. Pasamos dos semanas en Acapulco y luego volviste al trabajo. Entonces hacías unas tres películas al año. Eso es muchísimo. Los estudios te obligaban a rodar sin parar con grandes estrellas y productores importantes. No dejabas de recibir guiones. Eras una auténtica industria. Nunca he visto nada igual. Eras la estrella más sexy del mundo y yo estaba casado contigo. Salíamos constantemente en la prensa. Eso es muy emocionante para dos críos, aunque supongo que con el tiempo puede cansar. Sin embargo, a ti no te ocurrió. Disfrutabas cada minuto y ¿quién podía reprochártelo? Eras la niña mimada del mundo, la mujer más deseable del planeta... y me pertenecías a mí.

»Te pasabas casi todo el tiempo rodando, y entre película y película vivíamos juntos en Nueva York. Teníamos un piso genial en Park Avenue. Y siempre que podía, iba a verte a los rodajes. La verdad es que nos veíamos mucho. Hablamos de tener hijos, pero no había tiempo. Siempre había otra película que hacer. Y un buen día llegó Anthony por sorpresa. Para entonces ya llevábamos dos años casados. Te tomaste unos seis meses de descanso, tan pronto como empezó a notarse el embarazo, y volviste al trabajo cuando el bebé tenía tres semanas. Estabas rodando una película en Inglaterra y te lo llevaste con una niñera. Pasaste allí cinco meses y yo iba a veros cada dos semanas. Era una forma loca de vivir, pero tu carrera era demasiado intensa para ensombrecerla. Además, eras demasiado joven para querer dejarlo. Yo lo comprendía por completo. Llegaste a tomarte unos meses de descanso cuando te quedaste embarazada de Chloe. Anthony tenía tres años. Le llevabas al parque como hacían todas las demás mamás. Eso me encantaba. Estar casado contigo era como jugar a las casitas, pero con una estrella de cine. La mujer más bella del mundo era mía.

Al decirlo, aún le brillaban los ojos de ilusión. Carole le observó, preguntándose por qué no había reducido el ritmo. Él no parecía cuestionarse eso tanto como ella. A Carole, su carrera ya no le parecía tan importante. Pero él dejaba bien claro que entonces sí.

—En fin, un año después de que naciese Chloe, cuando Anthony tenía cinco años, volviste a quedarte embarazada. Esta vez fue un verdadero accidente y ambos nos disgustamos. Yo estaba ampliando mi negocio y trabajando como un loco, tú estabas rodando películas por todo el mundo. Anthony y Chloe nos parecían suficiente entonces, pero seguimos adelante. Sin embargo, perdiste el bebé. Te quedaste destrozada, y la verdad es que yo también. Para entonces me había hecho a la idea de un tercer hijo. Habías estado en un plató, en África, rodando tú misma las escenas peligrosas, lo cual parecía una locura, y sufriste un aborto. Te obligaron a volver al trabajo cuatro semanas más tarde. Tenías un contrato penoso y dos películas detrás. Era un torbellino constante. Dos años más tarde ganaste tu primer Oscar y la presión no hizo más que empeorar. Creo que entonces ocurrió algo, no a ti, sino a mí. Aún eras joven. Tenías treinta años cuando recibiste el Oscar. Yo iba a cumplir cuarenta años y, aunque entonces no lo reconocía, creo que me cabreaba estar casado con una mujer que tenía más éxito que yo. Estabas haciendo una maldita fortuna. Todo el mundo te conocía. Y creo que estaba harto de enfrentarme a la prensa y los cotilleos. Todo el mundo te miraba cada vez que entrábamos en algún sitio. Nunca se fijaban en mí, siempre en ti. Eso cansa, y es duro para el ego de un hombre. Puede que también quisiera ser una estrella, ¿qué sé yo? Solo quería una vida normal, una mujer, dos hijos, una casa en Connecticut, tal vez Maine en verano. En cambio, viajaba por todo el mundo para verte, tú tenías a nuestros hijos o los tenía yo, y te sentías deprimida sin ellos. Empezamos a discutir mucho. Quería que lo dejases, pero no tenía valor para decírtelo, así que lo pagaba contigo. Nos veíamos poco, y cuando nos veíamos discutíamos. Y entonces ganaste otro Oscar dos años más tarde y creo que eso acabó de fastidiarlo todo. Fue el final. Después perdí la esperanza. Supe que nunca ibas a dejarlo, al menos en mucho tiempo. Te comprometiste a hacer una película durante ocho meses en París y yo me cabreé un montón. Debería habértelo dicho, pero no lo hice. No creo que supieras qué me pasaba. Estabas demasiado ocupada para darte cuenta y nunca te dije lo disgustado que estaba. Hacías películas, tratabas de tener a nuestros hijos contigo en los rodajes y venías a verme siempre que tenías un par de días libres para hacerlo. Tenías un gran corazón. Sencillamente, no había días suficientes en el año para atender todo lo que querías: tu carrera, nuestros hijos y yo. Puede que lo hubieses dejado entonces si te lo hubiese pedido. ¿Quién sabe? Pero no te lo pedí.

La miró, arrepentido de no haberlo hecho. Jason había tardado años en comprender todo aquello y lo estaba compartiendo con Carole.

Carole le observaba, concentrada y en silencio.

—Empecé a beber y asistir a fiestas —continuó con mirada sombría—, y reconozco que en ocasiones me salté las normas. Acabé más de una vez en la prensa del corazón y tú jamás te quejaste. Me preguntaste un par de veces qué pasaba. Yo dije que solo estaba jugando, lo cual era cierto. Trataste de venir a casa más a menudo, pero una vez que empezaste la película en París tuviste que quedarte allí; rodabas seis días por semana. Anthony tenía ocho años y le matriculaste en un colegio allí. Chloe tenía cuatro años, iba a la guardería por las mañanas y el resto del tiempo la tenías en el plató contigo, con la niñera. Empecé a comportarme como un soltero, o como un idiota.

Miró a su ex esposa y parecía avergonzado de verdad. Ella le sonrió.

—Me da la impresión de que ambos éramos jóvenes y tontos —dijo con generosidad—. Debió de ser desagradable estar casado con alguien que se pasaba casi todo el tiempo fuera de casa y trabajaba tanto.

—Fue duro —asintió él agradecido por sus palabras—. Cuanto más lo pienso, más cuenta me doy de que debí pedirte que lo dejases, o al menos que redujeras el ritmo. Pero, con dos Oscar a tus espaldas, ibas lanzada. Me parecía que no tenía derecho a jorobar tu carrera, así que jorobé nuestro matrimonio y siempre lo lamentaré. No me importa que lo sepas. Es lo que siento, aunque nunca te lo he dicho.

Carole asintió en silencio. No recordaba nada de todo aquello, pero agradecía su franqueza al hablar de sí mismo.

Parecía un hombre amable de verdad. A medida que su historia se desarrollaba, se hacía más y más fascinante. Como siempre, parecía la vida de otra persona y no suscitaba en su mente ninguna memoria visual. Mientras escuchaba, no dejaba de preguntarse por qué no tuvo ella misma el sentido común de dejar su carrera y salvar su matrimonio, aunque aquello sonaba como una avalancha imparable. Las primeras señales de alarma ya resultaban visibles, pero al parecer su carrera era entonces demasiado poderosa. Era una fuerza en sí misma, con vida propia. Ahora se daban cuenta ambos del origen de sus problemas. Era una lástima que ninguno de los dos hubiese hecho nada al respecto. Carole no era consciente, absorbida como estaba por su emocionante carrera, y Jason se sentía molesto y se lo ocultaba, consumido por dentro. Al final lo pagó con ella. Jason había tardado años en reconocer eso, incluso para sí. Aquella fue una ruptura clásica y trágica. Carole lamentaba no haber sido más sensata entonces. Pero era joven, si eso servía de excusa.

—Te marchaste a París con los niños. Te agenciaste el papel de María Antonieta en una de esas películas épicas importantes. Y una semana después de que te marcharas, fui a una fiesta que daba Hugh Hefner. Jamás he visto chicas tan bellas, casi tanto como tú.

Jason le sonrió con arrepentimiento y pesar, y ella le devolvió la sonrisa. Era triste escuchar aquello. El final era predecible. Sin sorpresas. Carole sabía que esa película no debió de tener un final feliz, o él no estaría contándole aquella historia.

—No eran mujeres como tú. Tú eres buena, amable y sincera, y te portaste bien conmigo. Trabajabas sin parar y pasabas mucho tiempo fuera de casa, pero eras una buena mujer, Carole. Siempre lo has sido. Aquellas jóvenes eran de una especie diferente. Cazafortunas baratas, algunas de ellas prostitutas, aspirantes a actrices, modelos, fulanas. Yo estaba casado con una mujer auténtica. Aquellas chicas eran impostoras llamativas, y manejaban a la multitud de maravilla. Conocí a una supermodelo rusa llamada Natalya. Entonces causaba sensación en Nueva York. Todo el mundo la conocía. Había salido de la nada, desde Moscú, pasando por París, e iba detrás del dinero, a toda costa. El mío y el de cualquiera. Creo que había sido la amante de algún vividor en París, ya no me acuerdo. En cualquier caso, desde entonces ha tenido a muchos tipos así. Ahora vive en Hong Kong, casada con su cuarto marido. Creo que es brasileño, traficante de armas o algo así, pero tiene un montón de dinero. Se hace pasar por banquero, pero creo que se mueve en un negocio mucho más turbio. Ella me volvió loco. Para ser sincero, bebí demasiado, esnifé algo de coca que me pasó alguien y acabé en la cama con ella. Para entonces ya no estábamos en casa de Hefner. Estábamos en el yate de alguien, en el río Hudson. Aquella gente iba a por todas. Yo tenía cuarenta y un años, ella tenía veintiuno. Tú tenías treinta y dos y estabas trabajando en París, tratando de ser una buena madre, aunque fueses una esposa ausente. No creo que me engañases nunca. No creo que se te pasara por la cabeza, y además no tenías tiempo. Tenías una reputación intachable en Hollywood, aunque no puedo decir lo mismo de mí.

»Acabamos saliendo en todos los diarios sensacionalistas. Creo que ella se encargó de eso. Tuvimos una aventura que tú ignoraste educadamente. Fuiste muy generosa. Se quedó embarazada dos semanas después de conocernos. Se negó a abortar y quiso casarse. Dijo que me quería y que renunciaría a todo por mí, a su carrera de modelo, a su país y a su vida, y que se quedaría en casa y criaría a nuestros hijos. Aquello me sonó a música celestial. Yo estaba deseando tener una esposa a tiempo completo y tú no parecías dispuesta a serlo. ¿Quién sabe? Nunca te lo pedí. Simplemente perdí la cabeza por ella.

»Iba a tener un hijo mío. Yo quería más hijos, y tener a Chloe había sido demasiado duro para ti. Además, dada tu agenda, habría sido una locura que tuviésemos más hijos. Ya era bastante duro arrastrar a dos niños por todo el mundo; ni siquiera yo podía imaginarte haciéndolo con tres o cuatro, y además Anthony se estaba haciendo mayor. Yo quería a mis hijos en casa, conmigo. No me preguntes cómo, pero ella me convenció de que el matrimonio era la mejor solución. Íbamos a ser una parejita enamorada con un montón de críos. Compré una casa en Greenwich y llamé a un abogado. Creo que perdí la cabeza. La clásica crisis de los cuarenta. Financiero de Wall Street se vuelve majareta, destruye su vida y jode a su mujer. Viajé a París y te dije que quería el divorcio. Nunca en mi vida he visto llorar a nadie así. Durante unos cinco minutos, me pregunté qué estaba haciendo. Pasé la noche contigo y estuve a punto de entrar en razón. Teníamos unos hijos encantadores y no quería hacerles desdichados, ni tampoco a ti. Y entonces ella me llamó. Era como una bruja que urde un conjuro, y funcionó.

»Volví a Nueva York y solicité el divorcio. Tú no me pediste nada, salvo la pensión para los niños. Estabas ganando mucho dinero por tu cuenta y tenías demasiado orgullo para aceptar nada mío. Te dije que Natalya estaba en estado y te quedaste hecha polvo. Me porté como un grandísimo hijo de puta. Creo que pretendía desquitarme por cada minuto de tu éxito, por cada segundo que no pasaste conmigo. Seis meses después me casé con ella. Tú seguías en París. Como es lógico, no querías hablar conmigo. Viajé un par de veces para ver a los niños y tú hiciste que me los entregase la niñera en el Ritz. Me evitabas por completo. De hecho, te pasaste dos años sin hablarme directamente, solo a través de abogados, secretarias y niñeras. Los tenías de sobra. Lo gracioso fue que dos años y medio después, cuando te mudaste a Los Ángeles, redujiste la velocidad de tu carrera a un tenue rugido. Seguías haciendo películas, pero menos, y pasabas tiempo con los niños. Eso no habría sido un problema para mí, comparado con el ritmo que llevabas antes. Nunca supe que harías eso. Pero no tuve valor para esperar a que pasara o pedírtelo.

»Natalya tuvo al bebé dos días después de nuestra boda, y al cabo de un año dio a luz a nuestra segunda hija. Renunció a su carrera de modelo durante esos dos años, pero entonces me dijo que se moría de aburrimiento. Me abandonó y volvió a trabajar como modelo. Dejó a las niñas conmigo durante algún tiempo y luego se las llevó. Conoció a un vividor tremendamente rico, se divorció de mí y se casó con él. Al divorciarse me desplumó. No me preguntes por qué, pero no me molesté en firmar capitulaciones, así que se largó y me dejó sin blanca. Ni siquiera vi a aquellas niñas durante cinco años. No me lo permitió. Estaban fuera de nuestra jurisdicción y ella iba dando vueltas por Europa y Sudamérica, coleccionando maridos. En el fondo lo que hacía era prostitución de gama alta. Eso se le da muy bien. Mientras tanto, yo te había hecho daño a ti y había destruido nuestro matrimonio.

»Cuando regresaste a Los Ángeles, la verdad es que esperé a que las aguas volvieran a su cauce y al final fui a visitarte, supuestamente para ver a los niños, aunque a quien quería ver en realidad era a ti. Te habías calmado y te conté lo que había pasado. Fui sincero contigo y te dije la verdad tal como la veía. No creo que me diese cuenta entonces de que envidiaba tu carrera y tu fama. Te pedí que me dieras otra oportunidad. Dije que era por el bien de los niños, pero era por el mío. Todavía te quería. Todavía te quiero —dijo con sencillez—. Siempre te he querido.

»Me volví totalmente majareta por esa chica rusa. Pero tú ya no me querías cuando te lo pregunté, aunque no te lo reprocho. Yo no podía haberlo hecho peor. Te mostraste educada y elegante, y con mucha amabilidad me mandaste a la mierda. Dijiste que para ti todo había terminado, que había destruido lo que sentías por mí, que me habías querido de verdad y que lamentabas mucho que me disgustase tu carrera y tu obligación de pasar tanto tiempo fuera de casa. Dijiste que te lo habrías tomado con más calma si te lo hubiese pedido, aunque no estoy del todo seguro de que eso sea verdad, al menos al principio. Habías tomado mucho ímpetu y habría resultado difícil bajar el ritmo en ese momento.

»Así que yo volví a Nueva York y tú te quedaste en Los Ángeles. Con el tiempo nos hicimos amigos. Los niños crecieron y nosotros maduramos. Te casaste con Sean cuatro años después de mi visita y yo me alegré por ti. Era muy buena persona y se portaba de forma estupenda con nuestros hijos. Cuando murió, lo sentí por ti. Merecías un hombre como ese, no un cabrón como yo había sido contigo. Y entonces murió. Me sentí fatal por ti. Y aquí estamos ahora. Somos amigos. El año que viene cumpliré los sesenta. He sido lo bastante listo para no volver a casarme nunca desde lo de Natalya. Vive en Hong Kong y veo a las chicas dos veces al año. Me tratan como a un extraño, y eso es lo que soy para ellas. Natalya sigue siendo guapa, con ayuda del bisturí. ¡Solo tiene treinta y nueve años! Las chicas tienen diecisiete y dieciocho, y un aspecto muy exótico. La pensión que les sigo pasando podría financiar a un país pequeño, pero tienen un estilo de vida bastante caro. Ahora ambas trabajan como modelos. Chloe y Anthony no las conocen, y me alegro.

»Así pues, aquí estamos. Soy una especie de mitad hermano, mitad amigo, un ex marido que aún te quiere, y creo que tú sola vives bien. Nunca me pareció que lamentaras no haber vuelto conmigo ni haberme dado otra oportunidad, sobre todo desde que conociste a Sean. No me necesitas, Carole. Tienes tu propio dinero, que invertí bastante bien en tu nombre hace mucho tiempo, y aún me pides consejo. Nos queremos de forma peculiar. Siempre estaré ahí para ayudarte si me necesitas y supongo que tú harías lo mismo por mí. Nunca tendremos más que eso, pero conservo unos recuerdos increíbles de nuestro matrimonio. Jamás los olvidaré. Me entristece que tú no te acuerdes, porque vivimos momentos maravillosos. Espero que algún día vuelvas a recordarlos. Conservo en mi memoria cada instante que pasamos juntos y nunca dejaré de lamentar el dolor que te causé. Lo pagué en cantidades industriales, pero me lo merecía.

Jason le había hecho una confesión completa y, al escucharle, Carole se sintió muy conmovida.

—Espero que me perdones algún día. Creo que ya lo habías hecho hace mucho. En nuestra amistad ya no hay amargura ni malos rollos. Con el tiempo se pulieron las aristas, en parte por tu forma de ser. Tienes un corazón enorme, fuiste una buena esposa para mí y eres una madre estupenda para nuestros hijos. Te lo agradezco.

Luego se quedó contemplándola en silencio mientras ella le miraba con profunda compasión.

—Lo has pasado muy mal —dijo ella amablemente—. Gracias por compartir todo eso conmigo. Lamento no haber sido lo bastante lista para ser la esposa que necesitabas que fuese. En nuestra juventud hacemos cosas muy estúpidas.

Después de escucharle, se sentía muy vieja. Jason había tardado dos horas en contarle toda su historia. Estaba cansada y tenía mucho en que pensar. No recordaba nada de lo que él había dicho, pero le daba la impresión de que él había tratado de ser justo. La única que había salido vapuleada en la historia era la supermodelo rusa, aunque parecía que se lo merecía. Jason había escogido fatal, y lo sabía. Aquella joven era muy peligrosa. Carole nunca lo fue y siempre trató de mostrarse cariñosa y sincera con él. Jason se lo había dejado muy claro. Ella tenía poco que reprocharse; solo haber trabajado mucho y haber pasado demasiado tiempo fuera de casa.

—Me alegro muchísimo de que estés viva, Carole —le dijo con ternura antes de marcharse, y ella supo que hablaba en serio—. Si esa bomba te hubiese matado, a nuestros hijos y a mí se nos habría roto el corazón. Espero que recuperes la memoria. Pero, aunque no lo hagas, todos te queremos.

—Lo sé —dijo ella en voz baja—. Yo también te quiero.

Había tenido pruebas del amor de todos, incluso de él, aunque ya no estuviesen casados. Antes de irse, Jason se despidió de ella con un beso en la mejilla.

Aquel hombre añadía algo a su vida, no solo recuerdos e información sobre el pasado, sino también una tierna amistad que tenía un sabor propio.

10

Después del fin de semana de Acción de Gracias, Jason y Anthony anunciaron que regresaban a Nueva York y Chloe pensó que debía volver a su trabajo. Además, Jake la había llamado varias veces. No había nada que pudiesen hacer por Carole. Estaba fuera de peligro. El resto del proceso de recuperación era cuestión de tiempo y podía ser lento.

Sus hijos pasarían la Navidad en Los Ángeles. Para eso faltaba un mes y los médicos esperaban que ella saliese entonces del hospital y pudiese volver a casa. Carole invitó a Jason a pasar las fiestas con ellos y él aceptó agradecido. Era un arreglo extraño, pero volvían a sentirse como una familia. Después de todo, Jason se llevaría a los chicos a Saint Bart para pasar el día de Año Nuevo. Él la invitó a acompañarles, pero los médicos no le recomendaban viajar después de volver a Los Ángeles. Aún era demasiado vulnerable y los viajes le producirían confusión. Todavía no caminaba y, al haber perdido la memoria, todo le resultaba más difícil. Una vez que llegase a casa, quería quedarse allí. Sin embargo, no quería privar a sus hijos del viaje con su padre. Todos lo habían pasado muy mal desde el atentado y Carole sabía que las vacaciones les vendrían muy bien.

La víspera de su marcha Jason pasó una hora a solas con Carole. Aunque sabía que era demasiado pronto para sacar el tema, quería saber si, una vez que se recuperase, estaría dispuesta a volver a intentarlo con él. Ella vaciló; seguía sin recordar nada de la historia de ambos, aunque sabía que sentía mucho cariño por él. Le agradecía el tiempo que había pasado con ella en París y se daba cuenta de que era un buen hombre. Sin embargo, no le amaba y dudaba que llegase a amarle con el tiempo. No quería infundirle falsas esperanzas. Ahora tenía que concentrarse en ponerse bien y recuperarse del todo. Quería pasar tiempo con sus hijos y no estaba en condiciones de pensar en una relación. Además, parecía que su historia era demasiado complicada. Habían llegado a un buen punto antes del atentado y Carole no quería arriesgarse a estropear las cosas.

Cuando le contestó, había lágrimas en sus ojos.

—Aún no sé muy bien por qué, pero tengo la sensación de que lo más inteligente por vuestra parte sería dejar las cosas como están. Todavía no sé mucho de mi vida, pero sí sé que te quiero y estoy convencida de que cuando rompimos lo pasé fatal. Sin embargo, algo nos ha mantenido separados desde entonces, aunque no recuerdo qué. Me casé con otro hombre y todo el mundo me dice que fui feliz con él. Tú también debes de haber tenido a otras personas en tu vida, estoy segura. Puedo sentir la fuerza que compartimos, la fuerza de quererte y de que me quieras como un amigo. Tenemos a nuestros hijos, que nos unirán para siempre. No quisiera fastidiar nada de eso ni hacerte daño. Debí decepcionarte o fallarte en algún aspecto para que te marcharas con otra persona. Aprecio de verdad el amor que compartimos ahora, como padres de los mismos hijos y como amigos. No quiero perder ese amor por nada del mundo ni hacer nada que pueda ponerlo en peligro. Algo me dice que tratar de revivir nuestro matrimonio sería muy arriesgado y tal vez desastroso. Si no te importa —dijo ella, sonriéndole cariñosamente—, me gustaría dejar las cosas como están. Me parece que ahora tenemos una relación estupenda, sin necesidad de añadirle nada. Si consigo no volver a volar en pedazos, siempre podrás contar conmigo. Espero que te parezca suficiente, Jason. A mí, lo que tenemos me parece increíble y no quiero estropearlo.

Sencillamente, no tenía sentimientos románticos hacia él, por muy guapo y amable que fuese o muy enamorado que estuviese de ella. No le amaba, aunque estaba segura de haberle amado tiempo atrás. Sin embargo, ya no. No le cabía la menor duda.

—Temía que dijeras algo así —dijo él con tristeza—. Y puede que tengas razón. Te hice la misma pregunta cuando Natalya y yo nos divorciamos, una vez que regresaste a Los Ángeles. Me diste más o menos la misma respuesta, aunque creo que entonces aún estabas enfadada conmigo. Tenías todo el derecho a estarlo. Cuando te dejé me porté como un hijo de puta y merecía todo lo que me pasó, en cantidades industriales. Las locuras de la juventud... o, en mi caso, la mediana edad. No tengo ningún derecho a lo que acabo de pedirte, pero tenía que volver a intentarlo. Siempre podrás contar conmigo, Carole. Espero que lo sepas.

—Acabo de hacerlo —dijo ella, con los ojos anegados en lágrimas—. Te quiero, Jason, de la mejor forma posible.

Se había portado de un modo extraordinario desde el accidente.

—Yo también —dijo él, y se inclinó sobre la cama para darle un beso como a una hermana.

A Carole le parecía bien dejar las cosas como estaban, y en el fondo también a él. A Jason le había parecido ver un atisbo de esperanza y quiso preguntarle. Si tenía una oportunidad, no quería perderla. Y si no, la amaría de todos modos. Siempre la había amado. Le entristecía abandonar París. A pesar de las circunstancias, había disfrutado estando con ella y sabía que volvería a echarla de menos cuando se marchase. Pero al menos pasarían la Navidad juntos.

Stevie tenía previsto permanecer con Carole en París hasta que volviese a Los Ángeles, por mucho que tardase. Había hablado con Alan varias veces y él se mostraba comprensivo con su permanencia en París. Por una vez, le parecía lógico que estuviese con Carole. Era consciente del estrés que ella estaba sufriendo y no se quejó. Stevie se lo agradeció. A veces Alan era un tipo excelente, por muy diferentes que fuesen las necesidades y objetivos de los dos, así como su visión del matrimonio.

Anthony acudió al hospital a ver a su madre antes de salir hacia Nueva York, pasó una hora con ella y le dijo, como Jason había hecho, lo agradecido que estaba de que hubiese sobrevivido. Chloe le había dicho lo mismo cuando fue a despedirse de su madre una hora antes, de camino hacia el aeropuerto. Todos se sentían profundamente aliviados.

—Trata de no meterte en líos, al menos durante un tiempo, hasta que llegue a casa. Se acabaron los viajes locos como este por tu cuenta. Al menos llévate a Stevie la próxima vez. —Anthony no estaba seguro de que eso hubiese cambiado nada, si hubiese estado en el lugar y momento equivocados. Sin embargo, la idea de haber estado a punto de perder a su madre en la explosión de una bomba aún le ponía los pelos de punta—. Gracias por invitar a papá a pasar la Navidad con nosotros. Ha sido muy amable por tu parte.

Anthony sabía que, de no haber sido así, su padre habría pasado solo las fiestas. Hacía algún tiempo que no había ninguna mujer importante en su vida. Además, eran las primeras fiestas que pasarían juntos los cuatro en dieciocho años. Tenía un vago recuerdo de la última que habían compartido como cuarteto y no estaba seguro de que volviese a ocurrir después de aquel año, así que significaba mucho para él, y también para su padre.

—Me portaré bien —prometió Carole, mirando a su hijo con orgullo.

Aunque ya no recordaba los detalles de su infancia, resultaba fácil ver que era un joven extraordinario, tal como su padre había dicho. Y el amor que sentía por su madre brillaba con fuerza en sus ojos, al igual que el de ella por él.

Ambos lloraron al abrazarse por última vez, aunque Carole sabía que volvería a verle pronto. Ahora tenía la lágrima fácil y todo le parecía más emotivo. Tenía mucho que aprender y asimilar. Era realmente como volver a nacer.

Cuando Anthony se disponía a salir de la habitación entró el francés alto y erguido que le había llevado flores. Carole nunca se acordaba de su nombre y no conseguía recordar ni una sola palabra en francés. Podía entender lo que decían a su alrededor los médicos y enfermeras, pero no podía responderles. Ya le resultaba bastante difícil volver a hablar su propio idioma y recordar todas las palabras. Aunque articulaba mucho mejor, el francés aún no estaba a su alcance.

Anthony se quedó paralizado. El hombre le miró con una leve sonrisa y le saludó con un gesto. Carole vio que su hijo le reconocía, pues todo su cuerpo se puso tenso y su mirada se hizo gélida. Era evidente que no se alegraba de ver a aquel hombre. A ella no le extrañó que se reconocieran, pues el francés había dicho que era amigo de la familia y conocía a sus hijos. Sin embargo, se sintió disgustada al observar la reacción de su hijo.

—Hola, Anthony —dijo Matthieu en voz baja—. Ha pasado mucho tiempo.

—¿Qué está haciendo aquí? —dijo Anthony en tono desagradable.

Matthieu no le había visto desde que era niño. Anthony miró a su madre con gesto protector.

—He venido a ver a tu madre. He estado aquí varias veces.

Carole observó que existía una antipatía evidente entre los dos hombres.

—¿Le recuerda? —preguntó Anthony con frialdad.

—No —respondió Matthieu por ella.

Sin embargo, Anthony le recordaba demasiado bien, al

igual que lo mucho que había hecho llorar a su madre. Lo había olvidado hasta ese momento. Hacía quince años que no le veía, pero recordaba perfectamente lo desolada que estaba cuando les dijo a Chloe y a él que se marchaban de París. Carole lloraba como si fuese a rompérsele el corazón, y a él se le quedó grabado.

Hasta que llegó ese momento Anthony apreciaba a Matthieu, y mucho. Jugaban juntos al fútbol, pero le odió cuando vio llorar a su madre y supo que lloraba por él. Ahora se acordaba de que ya hubo lágrimas antes de eso, durante muchos meses. Se alegró de volver a Estados Unidos, pero no de ver a su madre tan desconsolada cuando se marcharon. Ella estuvo triste durante mucho tiempo, incluso después de volver a Los Ángeles. Sabía que al final vendió la casa y dijo que nunca volverían. Para entonces a Anthony ya no le importaba, aunque allí había hecho buenos amigos. Sin embargo, sabía que sí le importaba a su madre y que, si lo hubiese recordado, quizá le importase incluso ahora. Por eso Anthony se sintió muy preocupado al ver a Matthieu en la habitación del hospital.

Matthieu tenía un aire de tener derecho a hacer lo que quisiera. No vacilaba ante nada y esperaba que la gente le escuchase e hiciese lo que él deseaba. Anthony recordaba que eso le desagradaba cuando era pequeño. Una vez Matthieu le había enviado a su habitación por faltarle al respeto a su madre y Anthony le gritó a esta que él no era su padre. Matthieu se disculpó con él más tarde, pero Anthony aún podía percibir su aire de autoridad en aquella habitación, como si ese fuese su sitio. No lo era, y resultaba evidente para el joven que Carole seguía sin tener ni idea de quién era aquel hombre.

—Solo me quedaré unos minutos —dijo Matthieu cortésmente.

Anthony se acercó a su madre para abrazarla de nuevo con gesto apasionadamente protector. Quería que Matthieu saliese de su habitación y de su vida para siempre.

—Nos veremos pronto, mamá —prometió—. Cuídate. Te llamaré desde Nueva York.

Pronunció las últimas palabras mirando a Matthieu. No le gustaba nada dejarle en la habitación con ella. No había gran cosa que él pudiese hacerle; ella no le recordaba y había una enfermera con ella en todo momento. Pero a Anthony no le hacía gracia de todos modos. Él había salido de su vida años atrás, tras causarle un inmenso dolor. No había motivos para que volviese, al menos a ojos del joven. Además, ahora Carole era muy vulnerable. A su hijo se le desgarraba el corazón.

Cuando Anthony salió de la habitación, Carole miró a Matthieu con una pregunta en los ojos.

—Él te recordaba —dijo, observándole. Era indudable que a su hijo le desagradaba aquel hombre—. ¿Por qué no le caes bien?

Tenía que depender de otros para que le proporcionasen las cosas que ella misma debería haber sabido y, lo que era más importante, tenía que depender de ellos para que le dijesen la verdad, como Jason había hecho. Le admiraba por eso, y sabía que había sido duro. Matthieu parecía mucho más cauto y menos inclinado a exponerse ante ella. Carole tenía la sensación de que él se mostraba prudente cuando acudía a visitarla. También había visto cómo reaccionaban las enfermeras. Resultaba evidente que conocían a aquel hombre y, una vez más, se preguntó quién sería. Pensaba preguntárselo a Anthony cuando llamase.

—La última vez que le vi era un niño pequeño —dijo Matthieu con un suspiro mientras se sentaba—. Entonces veía el mundo con los ojos de un niño. Siempre tuvo una actitud muy protectora hacia ti. Era un niño estupendo.

Carole ya lo sabía.

—Te hice desdichada, Carole.

No tenía sentido negárselo. El chico se lo diría, aunque no conociese toda la historia. Solo Carole y él la conocían, y aún no estaba preparado para contársela. No quería volver a quererla; temía hacerlo.

—Nuestra vida era muy complicada. Nos conocimos cuando estabas rodando una película en París, justo después de que tu marido te dejase. Y nos enamoramos —dijo con los ojos llenos de añoranza y tristeza.

Todavía la amaba. Carole pudo verlo en su mirada. Era distinta de la que veía en los ojos de Jason. El francés era más serio y en algunos aspectos, incluso sombrío. Casi le daba miedo, aunque no del todo. Jason tenía una calidez y ternura que Matthieu no poseía. Este le afectaba de forma extraña. Carole no podía decidir si le tenía miedo, si confiaba en él o si incluso le caía bien. Tenía cierto aire de misterio y pasión. Fuera lo que fuese lo que había existido entre ellos años atrás, las brasas aún no se habían apagado para él y también provocaban algo en ella. No le recordaba, pero sentía algo por él y no podía identificar qué era, si miedo o amor. Aún no tenía la menor idea de quién era y, a diferencia de las enfermeras, no reconocía su nombre. Solo era un hombre que decía que habían estado enamorados. Y, como a los demás, ella no le recordaba en absoluto. No tenía ninguna sensación de quién era él, ni buena ni mala. Lo único que tenía eran los sentimientos imposibles de identificar que él le provocaba y que hacían que se sintiese incómoda sin saber por qué. No tenía la menor idea. Todo lo que alguna vez había sabido o sentido por él se hallaba fuera de su alcance.

—¿Qué ocurrió después de que nos enamorásemos? —le preguntó Carole mientras entraba en la habitación Stevie, que pareció sorprendida de verle.

Carole les presentó. Stevie salió al corredor tras echarle una mirada inquisitiva y decirle a Carole que estaría cerca. Saberlo resultaba reconfortante. Aunque aquel hombre no podía hacerle daño, a solas en la habitación con él se sentía casi desnuda. Sus ojos nunca dejaban de clavarse en los de ella.

—Ocurrieron muchas cosas. Fuiste el amor de mi vida. Quiero hablarte de ello, pero no ahora.

—¿Por qué no?

Su reserva preocupaba a Carole. Él se estaba conteniendo, cosa que a ella le pareció siniestra.

—Porque hay demasiadas cosas que contar en poco tiempo. Confiaba en que las recordases cuando recuperases la conciencia, pero ya veo que no. Me gustaría venir otro día y hablarte de ello. Vivimos juntos durante dos años —dijo.

—¿En serio? —preguntó ella sobresaltada y atónita al oír sus últimas palabras—. ¿Estuvimos casados?

Él sonrió y negó con la cabeza. Carole estaba encontrando maridos por todas partes: Jason, Sean y ahora aquel hombre, que decía haber vivido con ella. No era un simple admirador, sino un hombre con el que evidentemente había estado comprometida. Nadie le había hablado de él. Tal vez no lo supiesen. Sin embargo, estaba claro que Anthony sí, y su reacción no era buena, cosa que a ella le decía mucho. Aquella no había sido una historia feliz y, puesto que no estaban juntos, era evidente que no había acabado bien.

—No, no lo estuvimos. Yo quería casarme contigo y tú querías casarte conmigo, pero no pudimos. Yo tenía complicaciones familiares y un trabajo difícil. No era el momento adecuado.

La elección del momento lo era todo. Eso había ocurrido también con Jason. Eso era todo lo que Matthieu quería decir por el momento. Entonces se puso en pie y prometió volver. Carole no estaba segura de querer que lo hiciera. Tal vez aquella era una historia que más le valía no saber. La habitación pareció llenarse de tristeza mientras él hablaba, y luego sonrió. Tenía unos ojos que ahondaban en ella y a Carole le recordaba algo, aunque no sabía qué. No quería que volviese, pero no tuvo valor para decírselo. Si lo hacía, Carole le pediría a Stevie que se quedase para protegerla. Sentía que necesitaba a alguien que la amparase de él. Él la asustaba. Tenía algo increíblemente poderoso.

Matthieu se agachó para besar su mano. Carole observó

que se mostraba ceremonioso en su actitud, muy correcto y, sin embargo, al mismo tiempo muy audaz. Estaba en la habitación de una mujer que no le recordaba y, no obstante, le decía que se habían amado, habían vivido juntos y habían querido casarse. Y cuando la contemplaba, Carole podía percibir el deseo que seguía sintiendo por ella.

Stevie volvió a entrar en la habitación en cuanto él se fue.

—¿Quién es ese hombre? —preguntó incómoda, y Carole respondió que no lo sabía—. Puede que sea el francés misterioso que te rompió el corazón y del que nunca me hablaste —dijo Stevie con interés, y Carole se echó a reír.

—Dios mío, la verdad es que están surgiendo de la nada, ¿no es así? Maridos, novios, hombres franceses misteriosos. Ha dicho que vivimos juntos y que queríamos casarnos, pero yo no le recuerdo más que a los demás. Puede que en este caso sea bueno hacer borrón y cuenta nueva. Ese hombre me parece un poco raro.

—Es que es francés. Son todos algo extraños —dijo Stevie con dureza—, y serios como ellos solos. Ese no es mi estilo.

—Creo que tampoco es el mío, aunque puede que lo fuese entonces.

—Tal vez sea el hombre con el que viviste en la casita, la que vendiste cuando empecé a trabajar contigo.

—Puede que sí. Anthony parecía furioso al verle. Y él ha reconocido que me hizo muy desgraciada —comentó Carole con mirada pensativa.

—Al menos es sincero.

—Ojalá me acordase de algo —dijo Carole, molesta.

—¿Has recordado alguna cosa?

—No. Absolutamente nada. Las historias son fascinantes, pero es como escuchar la vida de otra persona. Por lo que se ve, trabajaba demasiado y nunca estaba en casa con mi marido. Me dejó por una supermodelo que le abandonó después. Al parecer, justo después de eso me enamoré de este francés, que me amargó la vida y al que mi hijo odiaba. Y luego me casé con un hombre encantador que murió demasiado joven, y aquí estoy ahora —dijo con una chispa de humor en los ojos.

—Parece una vida interesante —comentó Stevie con una sonrisa—. Me pregunto si hubo alguien más.

Su tono resultaba casi esperanzado y Carole se quedó horrorizada.

—¡Espero que no! Esto ya es demasiado para mí. Me agoto pensando en estos tres. Y en mis hijos.

Seguía preocupada por Chloe y lo que creía que su hija no había recibido y aún necesitaba de ella. Esa era su primera prioridad por el momento. Jason ya no era una opción aunque le quería, Sean había muerto y, en cuanto al francés, fuese quien fuese, no tenía interés en él, salvo curiosidad acerca de lo que había significado para ella. Sin embargo, sospechaba que estaba mejor sin saberlo. Aquello no le sonaba bien. No quería recuerdos dolorosos añadidos a lo demás. La historia que Jason le había contado sobre la vida de ambos era suficiente. No le costaba imaginar que se quedó destrozada. Y luego el francés también la había hecho desgraciada. Era fácil entender quc debió ser una época horrorosa de su vida. Gracias a Dios, tuvo a Sean. Las críticas sobre él eran unánimemente buenas. Y también le había perdido. A Carole le parecía que no había tenido suerte con los hombres de su vida, aunque sí con sus hijos.

A continuación, Stevie la sacó de la cama con ayuda de la enfermera. Querían que probase a caminar.

Se quedó atónita ante lo difícil que era. Parecía que sus piernas habían olvidado cómo hacer su función. Se sentía como un niño pequeño mientras tropezaba y caía y tenía que aprender a levantarse. Cuando por fin su memoria motora pareció ponerse en marcha, Carole caminó con paso vacilante por los corredores con Stevie y una enfermera a cada lado. Aprender a caminar de nuevo también era un trabajo duro. Todo lo era. Estaba agotada cada día al anochecer y dormida antes de que Stevie saliese de la habitación.

Anthony cumplió su promesa y la llamó desde Nueva York en cuanto llegó. Seguía furioso por lo de Matthieu.

—No tiene ningún derecho a visitarte, mamá. Te rompió el corazón. Por eso nos marchamos de Francia.

—¿Qué hizo? —preguntó Carole, pero los recuerdos de Anthony eran los de un niño.

—Se portó mal contigo y te hizo llorar.

Sonaba tan simple que ella sonrió.

—Ya no puede hacerme daño —le aseguró a su hijo.

—Le mataré si lo hace. Mándale a paseo.

Él mismo ya no recordaba los detalles, pero sus sentimientos negativos seguían siendo fuertes.

—Lo prometo. Si se porta mal conmigo, pediré que lo echen.

Sin embargo, ella quería saber más.

Dos días después de que Jason y Anthony se marchasen, Mike Appelsohn dijo que iba a París para verla. Había estado llamando cada día y hablando con Stevie. Esta le dijo que Carole estaba lo bastante fuerte para verle, aunque volvería a Los Ángeles al cabo de unas semanas y podría verla allí. Él dijo que no quería esperar y cogió un avión desde Los Ángeles. Estaba en París al día siguiente, tras semanas de estar muerto de preocupación por ella. Carole era como una hija para él desde que se conocieron, cuando ella tenía dieciocho años.

Mike Appelsohn era un hombre atractivo y corpulento con ojos alegres y una risa estruendosa. Tenía un gran sentido del humor y llevaba cincuenta años produciendo películas. Había encontrado a Carole en Nueva Orleans treinta y dos años atrás y la había convencido de que fuese a Hollywood para hacer una prueba de cámara. Lo demás pertenecía a la historia de Hollywood. La prueba de cámara salió perfecta y ella se vio catapultada a la fama como un cohete gracias a él. Mike le consiguió las primeras películas y cuidó de ella como un padre. Presentó a Carole y Jason, aunque no se dio cuenta de la repercusión que aquello tendría. Y fue el padrino de su primer hijo. Sus hijos le querían y le consideraban un abuelo. Había actuado como agente suyo desde que lanzó su carrera. Carole comentaba con él todas las películas antes de firmar los contratos y nunca había hecho un solo proyecto sin su aprobación y sabio consejo. Cuando Mike se enteró del accidente y de lo grave que había estado, se quedó destrozado. Quería verla con sus propios ojos. Stevie le advirtió que Carole aún no había recuperado la memoria. No iba a reconocerle ni a recordar la historia que compartían, pero una vez que supiese lo importantes que habían sido el uno para el otro, Stevie estaba segura de que se alegraría de verle.

—¿Sigue sin recordar nada? —preguntó por teléfono con voz disgustada—. ¿Recuperará la memoria?

Había estado muerto de preocupación por ella desde la llamada de Stevie cuando llegó a París. Esta había querido avisarle antes de que leyese en la prensa lo del accidente de Carole. Había llorado cuando Stevie llamó.

—Eso esperamos. Nada se la ha refrescado todavía, pero todos lo estamos intentando.

Y lo mismo hacía Carole. A veces se pasaba horas tratando de recordar las cosas que le habían contado desde su salida del coma. Aún no podía acceder a nada de aquello. Jason le había pedido a su secretaria que enviase fotografías y un álbum de bebés de su casa. Las fotografías eran preciosas, pero Carole las miró sin tan siquiera una chispa de reconocimiento hacia los recuerdos que deberían haber evocado y no evocaban. Pero los médicos mantenían la esperanza y la doctora a cargo de su caso, una neuróloga, seguía diciendo que podía tardar mucho y que había áreas de su memoria que tal vez no recuperara jamás. Tanto el golpe en la cabeza como el coma posterior le habían pasado factura. Aún estaba por ver lo elevada que sería esa factura y lo duraderas que resultarían las secuelas. La situación era muy frustrante, sobre todo para la propia Carole.

Sin embargo, a pesar de las advertencias de Stevie, Mike Appelsohn no estaba preparado para su completa falta de reconocimiento cuando entró en su habitación. Había esperado que hubiese allí algo al menos, un recuerdo de su cara, de alguna parte de su relación a lo largo de los años, pero Carole no dio muestras de reconocerle cuando él entró. Por fortuna, Stevie también estaba en la habitación y vio su expresión de desolación mientras Carole le miraba fijamente. Stevie la había avisado de que vendría y le dijo quién era. A pesar de todos sus esfuerzos para contenerse, Mike se echó a llorar al darle un abrazo. Era como un oso grande y cálido.

—¡Gracias a Dios! —fue todo lo que pudo decir al principio.

Al cabo de unos momentos se calmó por fin mientras aflojaba la presión y liberaba a Carole de su abrazo.

—¿Eres Mike? —preguntó Carole en voz baja, como si se viesen por primera vez—. Stevie me ha hablado mucho de ti. Has sido maravilloso conmigo —añadió en tono agradecido, aunque lo supiese a través de terceros.

—Te quiero, niña. Siempre te he querido. Eras la chica más dulce que he visto en mi vida. A los dieciocho años estabas imponente —dijo con orgullo—. Sigues estándolo.

La miró conteniendo las lágrimas y ella le sonrió.

—Stevie dice que me descubriste, como si fuese un país, una flor o un pájaro raro.

—Eres un pájaro raro y una flor —dijo él, dejándose caer en la única silla cómoda de la habitación, mientras Stevie permanecía de pie en las proximidades.

Carole le había pedido a su secretaria que se quedase con ella. Aunque no recordaba lo que Stevie hacía por ella, Carole había llegado a depender de la presencia de la joven alta y morena, que hacía que se sintiera segura y protegida.

Mike llevaba ya medio siglo siendo un personaje muy respetado y activo en el negocio, tanto tiempo como Carole había vivido.

—Te quiero, Carole —dijo él, aunque ella no le recordase—. Tienes un talento increíble. A lo largo de los años hemos hecho grandes películas juntos. Y volveremos a hacerlas, cuando dejes todo esto atrás. Estoy deseando que regreses a Los Ángeles. He pensado en los mejores médicos para ti en Cedars-Sinai. Bueno, ¿por dónde empezamos? —le preguntó a Carole con expectación.

Los médicos de París iban a recomendarle a facultativos en Los Ángeles, pero a Mike le gustaba sentirse útil y estar al cargo. Quería hacer todo lo que estuviese en su mano para ayudarla. Sabía mucho de sus primeros años en Hollywood y de antes. Más que ninguna otra persona. Stevie se lo había explicado antes de su llegada.

—¿Cómo te conocí? —quiso saber Carole, deseosa de conocer la historia.

—Me vendiste un tubo de dentífrico en una tienda de Nueva Orleans que hacía esquina. Eras la chica más guapa que había visto en mi vida —dijo amablemente.

Mike no había mencionado la cicatriz de la mejilla. Carole ya la había visto, ahora que caminaba. Había ido al baño y se había mirado al espejo. Al principio se llevó un susto, pero luego decidió que no importaba. Estaba viva y era un precio pequeño a pagar por su supervivencia. Quería recuperar su memoria, no su belleza perfecta.

—Te invité a ir a Los Ángeles para una prueba de cámara. Más tarde me dijiste que me tomaste por un chulo. Bonito, ¿eh? La primera vez que me tomaron por un chulo.

Era un hombretón alegre y, al recordarlo, se rió a carcajadas. Había contado la historia un millón de veces. Carole se rió con él. Para entonces había recuperado todo su vocabulario y entendía el significado de la palabra.

—Habías llegado a Nueva Orleans desde la granja de tu padre en Mississippi —siguió—. Él acababa de morir hacía pocos meses y la vendiste. Vivías de ese dinero y ni siquiera dejaste que te pagase el billete. Dijiste que no querías estar «en deuda» conmigo. Entonces hablabas con un acento muy típico. Me encantaba. Pero no funcionaba para las películas.

Carole asintió. Jason le había dicho lo mismo. Aún tenía una pizca de acento de Mississippi cuando se casaron, pero había desaparecido años atrás.

—Fuiste a Los Ángeles y tu prueba de cámara fue genial —añadió él.

—¿Y antes de eso?

Mike la conocía desde hacía más tiempo que nadie y Carole pensó que tal vez supiese algo de su infancia. Jason se había mostrado vago al respecto, y no conocía todos los detalles.

—No estoy seguro —dijo él con sinceridad—. Hablabas mucho de tu padre cuando eras una cría. Al parecer se portaba bien contigo y te encantó criarte en la granja. Vivías en algún pueblecito cercano a Biloxi.

Cuando él pronunció la palabra, ella cayó en la cuenta. No sabía por qué, pero una palabra acudió a su mente y la dijo:

—Norton.

Carole le miró asombrada, al igual que Stevie.

—Eso era. Norton —confirmó él, encantado—. Teníais cerdos, vacas, pollos y...

—Una llama —le interrumpió ella.

La propia Carole se quedó atónita al pronunciar la palabra. Era lo primero que recordaba por sí sola.

Mike se volvió a mirar a Stevie, que observaba a Carole intensamente. Esta miró a Mike a los ojos. Él le estaba abriendo una puerta que nadie más podía abrir.

—Tuve una llama. Mi padre me la regaló por mi cumpleaños. Dijo que yo era igual que ella porque tenía los ojos grandes, las pestañas largas y el cuello largo. Siempre me decía que era rara —dijo, casi como si pudiera oírle—. Mi padre se llamaba Conway.

Mike asintió sin querer interrumpirla. Estaba ocurriendo

algo importante y los tres lo sabían. Esos eran los primeros recuerdos que había tenido. Carole tenía que volver al principio de todo:

—Mi mamá murió cuando yo era pequeña. No llegué a conocerla. Había una foto suya sobre el piano, conmigo en el regazo. Era muy guapa. Se llamaba Jane. Me parezco a ella —dijo Carole, con lágrimas en los ojos—. Y tuve una abuela llamada Ruth, que me preparaba galletas y murió cuando yo tenía diez años.

—No sabía eso —dijo Mike en voz baja.

El recuerdo de su abuela resultaba nítido en la mente de Carole.

—Ella también era muy guapa. Mi padre murió justo antes de mi graduación. Su camión volcó en una cuneta —dijo, recordándolo todo—. Me dijeron que tenía que vender la granja, y yo... Y luego no sé qué pasó —añadió, mirándoles.

—La vendiste y te fuiste a Nueva Orleans, y yo te encontré —le explicó él.

Sin embargo, ella quería saberlo de su propia mente, no de la de él. Y no podía seguir adelante. Eso era todo lo que había allí por el momento. Por mucho que quisiera recordar más, sencillamente no podía. Pero había sido mucho en poco tiempo. Aún podía ver la foto de su madre y la cara de la abuela Ruth.

A continuación charlaron de otras cosas durante un ratito y Mike le cogió la mano. No lo dijo, pero verla tan disminuida le estaba matando. Solo rogaba que su memoria volviese y que ella fuese de nuevo la mujer alegre, activa, inteligente y con talento que había sido. Daba miedo pensar que pudiese no hacerlo, que pudiese quedar limitada para siempre, sin recuerdo de ninguno de los hechos anteriores al atentado. También tenía algunos problemas con la memoria a corto plazo. Si se quedaba así, no podría en modo alguno volver a actuar. Sería el final de una carrera importante y de una mujer estupenda. Los otros habían estado preocupados por lo mismo y, a su propio modo, también lo estaba Carole. Luchaba por cada fragmento de memoria que pudiese obtener. La visita de Mike había sido una victoria importante, por llamarlo de alguna forma. Era lo máximo que había recordado hasta el momento. Hasta ahora nada había abierto esas puertas y, sorprendentemente, él lo había hecho. Carole quería recordar más.

Stevie y ella hablaron de la vuelta a Los Ángeles y de su casa. Carole no recordaba el aspecto de esta. Su secretaria se la describió. No era la primera vez que lo hacía. Entonces Carole habló de su jardín y luego miró a Stevie de forma extraña.

—Me parece que yo tuve un jardín aquí en París —dijo.

—Sí que lo tuviste —dijo Stevie en voz baja—. ¿Recuerdas esa casa?

—No. —Carole negó con la cabeza—. Recuerdo el establo de mi padre, donde yo ordeñaba las vacas.

Volvían cosas, como piezas de un rompecabezas. Pero la mayor parte no encajaba. Stevie se preguntó, ahora que Carole recordaba el jardín de París, si acabaría recordando a Matthieu. Resultaba difícil de adivinar. Casi esperaba que no, si él la había hecho tan desdichada. Recordaba lo disgustada que estaba Carole cuando cerraron aquella casa.

—¿Cuánto tiempo te quedas en París? —le preguntó Stevie a Mike.

—Solo hasta mañana. Quería ver a mi niña, pero tengo que volver.

Era un largo viaje para un hombre de su edad, sobre todo para pasar allí una sola noche. Por ella habría dado la vuelta al mundo en un abrir y cerrar de ojos, y había querido hacerlo desde que llamó Stevie. Jason le había pedido que esperase, así que lo había hecho, aunque se moría de ganas de ir.

—Me alegro de que hayas venido —dijo Carole con una sonrisa—. No he recordado nada hasta ahora.

—Lo harás cuando vuelvas a Los Ángeles —dijo Mike

con una confianza que no sentía—. Si yo estuviera metido aquí sin poder salir, también me fallaría la memoria.

Se sentía muy asustado por Carole. Le habían advertido cómo estaba ella, pero aquello era peor en cierto modo. Al mirarla a los ojos y saber que no recordaba nada de su vida, de su carrera ni de la gente que la quería, a Mike le entraron ganas de llorar.

Como le ocurría a Sean, a Mike nunca le había gustado París. Lo único que le agradaba de allí era la comida. Los franceses le parecían de trato difícil en los negocios, desorganizados y poco fiables en el mejor de los casos. Lo que le hacía soportable la ciudad era el Ritz, que en su opinión era el mejor hotel del mundo. Por lo demás, se sentía más feliz en Estados Unidos. Y quería que Carole también volviese allí, con los médicos que él conocía. Ya había pensado en varios de los mejores de la ciudad. Como hipocondríaco reconocido y ferviente, era miembro del consejo de administración de dos hospitales y una facultad de medicina.

No le gustaba nada dejarla allí esa noche para volver al hotel, pero se dio cuenta de que estaba cansada. Había estado con ella toda la tarde, y también él estaba agotado. Había tratado de refrescarle la memoria aún más con anécdotas de sus primeros días en Hollywood, pero Carole no recordaba nada más. Solo cosas de su infancia en Mississippi. A partir de los dieciocho años, cuando salió de la granja, todo parecía haberse borrado. De todos modos, ya era algo.

Hablar con la gente durante mucho rato seguía siendo fatigoso para ella y tratar de forzar su memoria la agotaba. Cuando Mike se dispuso a marcharse, ella estaba preparada para irse a dormir. El hombre se situó de pie junto a la cama antes de marcharse y le pasó una mano por los largos cabellos rubios.

—Te quiero, nena —dijo, utilizando el apelativo que siempre había usado con ella, desde que era una cría—. Ahora ponte bien y vuelve a casa lo antes posible. Te estaré esperando en Los Ángeles.

Tuvo que volver a contener las lágrimas mientras le daba un abrazo, y acto seguido salió de la habitación. Tenía un chófer abajo esperando para llevarle al hotel.

Stevie se quedó hasta que Carole se durmió, y entonces se marchó también. Mike la llamó a su habitación cuando ella llegó. Estaba disgustado.

—¡Santo Dios! —exclamó—. No recuerda nada de nada.

—La llama, su pueblo natal, su abuela, la foto de su madre y el establo de su padre han sido el primer atisbo de esperanza que hemos tenido. Creo que le ha hecho usted mucho bien —respondió Stevie agradecida y sincera.

—Espero que pronto dejemos eso atrás.

Mike quería que volviese a ser ella misma y retomase su carrera. No deseaba que Carole terminase afectada por una lesión cerebral.

—Yo también lo espero —convino Stevie.

Mike le contó que había concedido una breve entrevista en la puerta del hospital. Un periodista estadounidense le reconoció y preguntó cómo estaba Carole y si había venido a verla. Él dijo que sí y que ella se encontraba bien. Le dijo al reportero que su memoria estaba volviendo y que, en realidad, lo recordaba casi todo. No quería que corriese el rumor de que había perdido la cabeza. Pensaba que era importante para su carrera dar una visión favorable de sus progresos. Stevie no estaba segura de que tuviese razón, pero no se perdía nada. Carole no hablaba en persona con los reporteros, así que ellos no tenían forma de saber la verdad y sus médicos no estaban autorizados a hablar con ellos. Mike se preocupaba de verdad por Carole, pero siempre tenía su carrera en mente.

Al día siguiente apareció una información de su conversación con ellos en los telegramas de las agencias de prensa y se publicó en los periódicos de todo el mundo. Carole Barber, la estrella de cine, se recuperaba en París y había recobrado la memoria, en palabras textuales de Mike Appelsohn, productor y agente. Él decía que Carole volvería pronto a Los Ángeles para reanudar su carrera. El artículo no mencionaba que llevaba tres años sin hacer una película. Solo decía que había recuperado la memoria, pues eso era todo lo que le importaba a él. Como siempre había hecho, Mike Appelsohn la cuidaba y estaba considerando lo que era mejor para ella.

11

En los días que siguieron a la visita de Mike, Carole empezó a encontrarse fatal. Había pillado un resfriado tremendo. Seguía expuesta a los sufrimientos humanos corrientes y estos se sumaban al problema neurológico que estaba tratando de superar y a la necesidad de aprender de nuevo a caminar con soltura. Trabajaban con ella dos fisioterapeutas y también una logopeda que acudía a diario. Carole ya andaba mejor, pero se sentía desanimada por el resfriado. Stevie también estaba resfriada. Como no quería que Carole enfermase aún más, guardaba cama en el Ritz. El médico del hotel fue a comprobar su estado y le dio antibióticos por si empeoraba. Tenía una fortísima sinusitis y una tos terrible. Llamó a Carole, que estaba casi tan mal como ella.

Había una enfermera nueva de servicio que dejaba sola a Carole durante el almuerzo. Carole se sentía sola sin poder hablar con Stevie y, por primera vez desde que estaba allí, encendió la televisión y vio las noticias de la CNN. Así hacía algo. Aún no podía concentrarse lo suficiente para leer un libro. Leer seguía resultándole difícil. Y escribir era peor. Su caligrafía también se había resentido. Stevie se había dado cuenta hacía tiempo de que de momento no escribiría su libro, aunque no se lo había dicho a Carole. De todos modos, no podía escribirlo ahora. Ya no recordaba el argumento y su ordenador estaba en el hotel. Tenía problemas más esenciales que afrontar. Pero por ahora a Carole le gustaba ver la televisión mientras se hallaba a solas en su habitación. De todos modos la enfermera nueva no le hacía mucha compañía, y además era bastante adusta.

Con el ruido de la tele, Carole no oyó abrirse la puerta de la habitación y se sobresaltó al ver a alguien a los pies de su cama. Cuando volvió la cabeza, la estaba observando un chico joven, con vaqueros, que aparentaba unos dieciséis años. Tenía la piel oscura y grandes ojos rasgados. Al mirarle a los ojos, vio que parecía desnutrido y asustado. Carole no tenía ni idea de qué estaba haciendo en su habitación. No dejaba de mirarla. Supuso que el guardia de seguridad de la puerta le habría dejado entrar. Debía de ser el repartidor de alguna floristería, pero no vio ni rastro de flores. Trató de hablarle en un francés vacilante, pero él no la entendió. Entonces lo intentó en inglés.

—¿Puedo ayudarte? ¿Buscas a alguien?

Tal vez se hubiese perdido o fuese un admirador. Habían venido algunos, aunque se suponía que el guardia no debía dejarles pasar.

—¿Eres una estrella de cine? —preguntó con un acento desconocido.

Parecía español o portugués. Y ella no recordaba nada de español. También habría podido ser italiano o siciliano. Era moreno.

—Sí, lo soy —respondió ella con una sonrisa—. ¿Qué estás haciendo aquí? —le preguntó con amabilidad.

Parecía muy joven. Llevaba una chaqueta holgada encima de un suéter azul marino. La chaqueta daba la impresión de pertenecer a otra persona, pues le venía enorme. Llevaba zapatillas deportivas con agujeros, como las que llevaba Anthony. Su hijo decía que eran sus zapatillas de la suerte y las había traído a París. Aquel chico parecía no tener nada mejor. Ella se preguntó si querría un autógrafo. Había firmado unos cuantos desde que estaba allí, aunque su firma actual no guardaba ningún parecido con la normal. La bomba también había hecho eso. Escribir a mano seguía resultándole difícil.

—Te estaba buscando —se limitó a decir el chico, mirándola a los ojos.

Carole sabía que nunca le había visto y, sin embargo, sus ojos le recordaban algo. Le vino a la mente la imagen de un coche y la cara de él en la ventanilla, mirándola fijamente. Y entonces lo supo. Le había visto en el túnel, en el coche situado junto al taxi, antes de que estallasen las bombas. Había salido de un salto y había echado a correr. Luego todo explotó a su alrededor y, segundos después, se vio envuelta en la negrura.

Al tiempo que surgía la visión en su mente, le vio sacarse de la chaqueta un horrible cuchillo con una siniestra hoja larga y curvada y un mango de hueso. Carole le miró fijamente mientras él daba un paso hacia ella y saltó de la cama por el otro lado.

—¿Qué estás haciendo? —preguntó aterrada, de pie con su bata de hospital.

—Te acuerdas de mí, ¿verdad? El periódico decía que tu memoria ha vuelto —dijo el chico, que parecía casi tan aterrado como ella, limpiando la hoja en los vaqueros.

—No me acuerdo de ti, para nada —dijo ella con voz temblorosa, rogando que sus piernas la sostuviesen.

Estaba a pocos centímetros del botón de emergencia de la pared posterior. Si podía llegar hasta él, tal vez la salvasen. Si no, aquel muchacho iba a degollarla. Carole lo supo con absoluta certeza. El chico tenía la muerte en los ojos.

—¡Eres una actriz y una mujer pecadora! ¡Eres una puta! —gritó él en la habitación silenciosa, embistiendo mientras Carole se alejaba de él.

Sin previo aviso, el chico se deslizó por encima de la cama amenazándola con el cuchillo y, en ese mismo instante, Carole golpeó el botón negro con todas sus fuerzas. Oyó que se disparaba una alarma en el corredor mientras el muchacho extendía la mano y trataba de agarrarla por el pelo, llamándola «puta» de nuevo. Carole le arrojó la bandeja del almuerzo, que le pilló desprevenido, y en ese instante cuatro enfermeras y dos médicos se precipitaron en la habitación esperando hallar a un paciente en condiciones críticas. En cambio, se encontraron con el chico del cuchillo, que se balanceaba descontroladamente hacia ellos sin dejar de intentar alcanzar a Carole, confiando en matarla antes de que pudiesen detenerle. Sin embargo, los dos médicos le sujetaron de los brazos mientras una de las enfermeras corría a buscar ayuda. Al cabo de unos segundos entró en la habitación un guardia de seguridad que arrancó literalmente al chico de sus manos, arrojó el cuchillo a un rincón, le sujetó y le puso unas esposas, mientras Carole se deslizaba despacio hasta el suelo, temblando de pies a cabeza.

Ahora lo recordaba todo: el taxi, el coche junto a este, los hombres que se reían en el asiento delantero, tocando la bocina en dirección al coche que iba delante, y el chico del asiento trasero que la miraba fijamente a los ojos y luego echaba a correr hacia la salida posterior del túnel... las explosiones... el fuego... volar por los aires... y luego la oscuridad interminable que la había reclamado... todo era de una claridad meridiana. Él había vuelto para matarla después de ver en el periódico las palabras de Mike, que afirmaba textualmente que su memoria había regresado. Iba a degollarla para que no pudiese identificarle. Lo único que Carole no sabía era por qué le había dejado pasar el guardia.

En cuestión de minutos su doctora estaba en la habitación para examinarla y ayudarla a acostarse. Se sintió tremendamente aliviada al encontrarla ilesa, aunque traumatizada y temblando de terror. La policía ya se había llevado al chico del cuchillo.

—¿Se encuentra bien? —le preguntó la doctora muy preocupada.

—Creo que sí... no lo sé... —dijo Carole sin dejar de temblar—. Me he acordado... me he acordado de todo al verle... en el túnel. Iba en el coche que estaba junto a mi taxi. Salió corriendo, pero antes me vio.

Carole temblaba muchísimo y le castañeteaban los dientes. La doctora le pidió a una enfermera unas mantas calientes, que llegaron enseguida.

—¿Qué más recuerda? —preguntó la doctora.

—No lo sé.

Carole parecía hallarse en estado de shock y la doctora la tapó con una manta mientras le exigía detalles.

—¿Recuerda su habitación en Los Ángeles? ¿De qué color es?

—Amarilla, creo.

Casi podía verla en su mente, aunque no del todo. Aún había neblina a su alrededor.

—¿Tiene jardín?

—Sí.

—¿Qué aspecto tiene?

—Hay una fuente... y un estanque... rosas que planté... son rojas.

—¿Tiene perro?

—No. Tenía una perra, pero murió hace mucho tiempo.

—¿Recuerda qué hizo antes del atentado?

La doctora le estaba apretando mucho, aprovechando a fondo las puertas abiertas de pronto en su mente por causa del chico que había venido a matarla con el siniestro cuchillo.

—No —respondió ella, y entonces se acordó—. Sí... Fui a ver mi antigua casa... cerca de la rue Jacob.

Recordaba con toda claridad la dirección. Había caminado hasta allí, cogió un taxi para volver al hotel y quedó atrapada en el atasco del túnel.

—¿Qué aspecto tiene?

—No lo sé, no me acuerdo —dijo Carole en voz baja, antes de que otra voz en la habitación respondiese por ella.

—Era una casita con un patio, un jardín y bonitas ventanas. Tenía mansarda y ventanas *oeil de boeuf* en el último piso.

Era Matthieu, de pie junto a su cama, con aspecto feroz. Carole le miró entre lágrimas sin querer verle, aunque aliviada al mismo tiempo. Se sentía confusa, y él miró a la doctora, al otro lado de la cama.

—¿Qué ha pasado aquí? —preguntó con voz atronadora—. ¿Dónde estaba el guardia?

—Ha habido un malentendido. Ha salido a comer y la enfermera ha hecho lo mismo, pero su relevo no ha venido.

La doctora parecía angustiada ante la furia de Matthieu, que resultaba justificada.

—¿Y la dejó sola? —le espetó él.

—Lo siento, *monsieur le ministre*, no volverá a ocurrir —respondió ella con voz glacial.

Por muy imponente que resultase, Matthieu de Billancourt no la asustaba. Solo estaba preocupada por su paciente y el horror que habría podido padecer a manos del joven árabe.

—Ese chico vino a matarla. Era uno de los autores del atentado del túnel. Debió de ver ese estúpido artículo del periódico de ayer que decía que había recuperado la memoria. Ahora quiero dos guardias en su puerta, día y noche. Y si no pueden defenderla como es debido, envíenla al hotel.

No tenía autoridad en el hospital, pero sin duda tenía razón.

—Me ocuparé de ello —le aseguró la doctora, y antes de que acabase de pronunciar las palabras entró el director del hospital.

Matthieu le había convocado de inmediato, tan pronto como vio que se llevaban al chico esposado y la policía le dijo lo que había ocurrido. Matthieu había subido corriendo las escaleras hasta la habitación de Carole. Venía a visitarla, pero al descubrir lo que el muchacho estuvo a punto de hacer puso el grito en el cielo. Si Carole no hubiese podido llegar al timbre, a esas alturas estaría muerta.

El director le preguntó a Carole en un inglés chapurreado si estaba bien y volvió a salir al cabo de un minuto para repartir broncas. Si asesinaban a una estrella de cine estadounidense en su hospital, tendrían muy mala prensa.

La doctora se marchó con una cálida sonrisa para Carole y una mirada fría para Matthieu. Le disgustaba que los profanos le dijesen lo que tenía que hacer, tanto si eran ministros retirados como si no, aunque en ese caso le daba la razón. Carole había estado a punto de ser asesinada. Era un milagro que el chico no hubiese tenido éxito en su misión. Si la hubiera encontrado dormida, la habría matado. Se le ocurrían una docena de siniestras situaciones hipotéticas.

Matthieu se sentó en la silla situada junto a su cama y le dio unas palmaditas en la mano. Luego la miró con una expresión tierna que nada tenía que ver con la forma en que le había hablado al personal del hospital. Estaba indignado por lo mal que la habían protegido. Habrían podido asesinarla con mucha facilidad. Matthieu agradecía a Dios que no lo hubiesen hecho.

—Tenía previsto venir a verte hoy —dijo él en voz baja—. ¿Preferirías que me fuera? No tienes buena cara.

Ella negó con la cabeza en respuesta.

—Estoy resfriada —dijo ella, mirándole a los ojos.

Al mirarlos sintió un sobresalto. Reconocía aquellos ojos. Eran unos ojos que había amado. No recordaba lo ocurrido entre ellos y no estaba segura de querer hacerlo, pero recordaba tanto ternura como dolor, y un sentimiento de intensa pasión. Aún temblaba por la conmoción del incidente que acababa de ocurrir. Había pasado mucho miedo. Pero algo en él hacía que se sintiese protegida y segura. Era un hombre poderoso, en muchos aspectos.

—¿Te apetece una taza de té, Carole?

Ella asintió. En la habitación había un termo de agua caliente y una caja de las bolsas de té que le gustaban. Stevie se las había traído del hotel. Matthieu lo preparó tal como a Carole le gustaba, ni demasiado fuerte ni demasiado flojo. Le dio la taza y ella la cogió mientras se incorporaba sobre un codo. Estaban solos en la habitación. La enfermera se había quedado fuera, sabiendo quién se encontraba con ella. Por lo menos estaba en buenas manos y ya no se hallaba en peligro médico. La enfermera estaba allí para su comodidad, no debido a ninguna necesidad acuciante.

—¿Te importa si también tomo una taza? —preguntó Matthieu.

Carole negó con la cabeza y él se preparó una taza del mismo té. Entonces Carole recordó que fue él quien se lo regaló por primera vez. Siempre habían tomado ese té juntos.

—He pensado mucho en ti —le dijo él tras un sorbo de té de vainilla.

Carole no había dicho una palabra. Estaba demasiado asustada por lo que acababa de ocurrir.

—Yo también he pensado en ti —reconoció—. No sé por qué, pero lo he hecho. He estado tratando de recordar, pero es que no puedo.

Se había acordado de algunas cosas, pero de nada sobre él. Ningún detalle. Reconocía sus ojos y sabía que le había amado, pero eso era todo. Aún no sabía quién era él ni por qué todo el mundo se ponía firme cuando él se aproximaba. Lo que era más importante, no recordaba haber vivido con él, ni cómo era su vida juntos, salvo el té. Carole tenía la sensación de que aquel hombre ya le había preparado el té antes. Muchas veces. En el desayuno, en la mesa de una cocina en la que entraba el sol a raudales.

—¿Recuerdas cómo nos conocimos?

Ella negó con la cabeza. Después del té se sentía un poco mejor. Dejó la taza vacía sobre la mesa y volvió a acostarse. Él estaba sentado muy cerca de ella, pero a Carole no le importaba. Se sentía segura junto a él. No quería estar sola.

—Nos conocimos mientras rodabas una película sobre María Antonieta. Hubo una recepción en el Quai d'Orsay, ofrecida por el ministro de Cultura. Era un viejo amigo mío e insistió en que acudiese. Yo no quería. Esa noche tenía otra cosa que hacer, pero armó tanto alboroto que fui. Y tú estabas allí. Estabas guapísima. Venías directamente del rodaje y aún llevabas puesto el vestido. Nunca lo olvidaré. María Antonieta nunca tuvo ese aspecto.

Carole sonrió. Ahora lo recordaba vagamente, el traje y un espectacular techo pintado en el Quai d'Orsay. Pero no se acordaba de él.

—Era primavera. Tenías que regresar al plató después y devolver el traje. Te acompañé allí y, cuando te cambiaste, fuimos a dar un paseo junto al Sena. Nos sentamos a orillas del río, en el muelle, y hablamos durante mucho rato. Me sentí como si el cielo se me hubiese caído encima y tú dijiste lo mismo.

Él sonrió ante el recuerdo y volvieron a mirarse a los ojos.

—Fue un *coup de foudre* —dijo ella en un susurro.

Esas habían sido las palabras de él después de aquella primera noche... *coup de foudre*... relámpago... flechazo. Carole recordaba sus palabras, pero no lo que ocurrió a continuación.

—Hablamos durante muchas horas. Nos quedamos despiertos hasta que tú tuviste que volver al plató, a las cinco de la mañana. Fue la noche más emocionante de mi vida. Me contaste que tu marido te había dejado por una mujer muy joven, que yo recuerde. Rusa, creo. Iba a tener un hijo suyo. Estabas destrozada, te pasaste horas hablando de ello. Creo que le querías de verdad.

Ella asintió. Había recibido la misma impresión de Jason. Era extraño tener que depender de todas aquellas personas para que le dijesen cómo se había sentido. Ella misma no lo recordaba. No con Jason. Pero estaba empezando a acordarse de algunas cosas de Matthieu, no tanto acontecimientos como sentimientos. Recordaba haberle querido y la emoción de aquella primera noche.

Tenía una vaga imagen de haber vuelto al plató sin haber dormido. Pero no sabía qué aspecto tenía él en aquella época. De hecho, había cambiado muy poco, salvo por el pelo blanco. Entonces lo tenía oscuro, casi negro. Cuando se conocieron contaba cincuenta años y era uno de los hombres más poderosos de Francia. Casi todo el mundo le tenía miedo, pero ella nunca se lo tuvo. Él nunca la asustó. La amaba demasiado para eso. Lo único que Matthieu quería entonces era protegerla, igual que ahora. No consentiría que nadie le hiciese daño. Carole lo percibía ahora, mientras él permanecía sentado cerca de ella, hablando del pasado.

—Te invité a cenar la noche siguiente y fuimos a un local ridículo de mis tiempos de estudiante. Lo pasamos bien y volvimos a hablar durante toda la noche. Nunca parábamos. En mi vida he podido expresarme con alguien así. Te lo conté todo, mis sentimientos, secretos, sueños y deseos, y algunas cosas que no debería haberte contado sobre mi trabajo. Tú nunca defraudaste mi confianza. Nunca. Confié en ti por completo, desde el principio, e hice bien. Nos vimos cada día hasta que terminaste la película, cinco meses después. Volvías a Nueva York o a Los Ángeles. No sabías muy bien adónde ir y te pedí que te quedaras en París. Para entonces estábamos profundamente enamorados y aceptaste. Encontramos juntos la casa. La que está cerca de la rue Jacob. Fuimos juntos a subastas, la amueblamos. Construí para Anthony una cabaña en la copa de un árbol del jardín. Le encantaba. Ese verano hizo allí todas sus comidas. Nos marchábamos al sur de Francia cuando ellos iban a visitar a su padre. Íbamos juntos a todas partes. Yo pasaba contigo cada noche. Ese verano pasamos dos semanas en un velero en el sur de Francia. Creo que nunca en mi vida he sido tan feliz, ni antes ni después. Fueron los mejores días de mi vida.

Carole asentía mientras escuchaba. No recordaba los acontecimientos, solo los sentimientos. Tenía la sensación de que fue una época mágica. Al pensar en ello sentía afecto, pero también hubo algo más, algo que estaba mal. Hubo un problema de alguna clase. Clavó los ojos en los de él y entonces lo recordó, y lo dijo en voz alta:

—Estabas casado —dijo con tristeza.

—Sí, lo estaba. Mi matrimonio había terminado años atrás, nuestros hijos eran mayores. Mi esposa y yo éramos unos extraños el uno para el otro. Cuando tú llegaste hacía diez años que llevábamos vidas separadas. Iba a dejarla incluso antes de conocerte a ti. Prometí que lo haría, y hablaba en serio. Quería hacerlo con discreción, sin provocar un escándalo. Le expliqué la situación a mi esposa y ella me pidió que no me divorciase enseguida. Temía la humillación que sufriría si me iba con una famosa estrella de cine. Era doloroso para ella y el caso podía ocupar las portadas de toda la prensa internacional, así que accedí a esperar seis meses. Tú te mostraste muy comprensiva. No parecía que importase. Éramos felices y yo vivía contigo en nuestra casita. Quería a tus hijos y creo que les caía bien, al menos al principio. Entonces eras muy joven, Carole. Cuando nos conocimos tenías treinta y dos años y yo, cincuenta. Habría podido ser tu padre, pero cuando estaba contigo volvía a sentirme como un muchacho.

—Recuerdo el barco —dijo ella en voz baja—, en el sur de Francia. Fuimos a Saint Tropez y al puerto viejo de Antibes. Creo que era muy, muy feliz contigo —dijo como en sueños.

—Ambos lo éramos —añadió él con tristeza, recordando todo lo que había ocurrido después.

—Ocurrió algo. Tuviste que marcharte.

—Sí, tuve que hacerlo —reconoció asombrado.

Casi lo había olvidado, aunque en su momento fue un enorme drama. Se habían comunicado por radio con él en el barco. Tuvo que dejarla en el aeropuerto de Niza y él se marchó en un avión militar.

—¿Por qué te marchaste? Le dispararon a alguien, creo —dijo ella frunciendo el ceño, tratando de recordar—. ¿A quién le dispararon?

—Al presidente de Francia. Fue un intento de asesinato, que fracasó. Durante el desfile del día de la Bastilla en los Campos Elíseos. Yo debía estar allí, pero en cambio estaba contigo.

—Estabas en el gobierno... algo muy alto y muy secreto. ¿Qué eras?... ¿Era policía secreta? —preguntó ella, mirándole de reojo desde la cama.

—Esa era una de mis obligaciones. Era ministro del Interior —dijo en voz baja.

Ella asintió. Ahora se acordaba. Había muchas cosas que no tenía presentes de su propia vida, pero recordaba eso. Llevaron el velero hasta el puerto y se marcharon en un taxi hacia el aeropuerto. Matthieu la dejó minutos más tarde, y ella, tras contemplar cómo despegaba el avión militar, volvió a París sola. Él sintió dejarla así. A Carole no le asustaron las ametralladoras de los soldados que le rodeaban, aunque sí le resultaron extrañas.

—Hubo otra cosa así... otra vez... Alguien estaba herido, y me dejaste en alguna parte, en un viaje... estábamos esquiando y te marchaste en helicóptero.

Aún podía ver cómo se elevaba en el aire, levantando nieve por todas partes.

—El presidente tuvo un ataque al corazón y tuve que marcharme para estar con él.

—Eso fue el fin, ¿verdad? —preguntó ella con tristeza.

Matthieu asintió, recordando en silencio. Aquel fue el incidente que le llevó a recapacitar y comprender que no podía dejar su cargo. Pertenecía a Francia, por más que amase a Carole y quisiera dejarlo todo por ella. Al final no pudo. Tuvieron un poco más de tiempo después, aunque no mucho. Además, su esposa también causaba muchos problemas. Fue un momento terrible para ambos.

—Sí, fue casi el final. Pasaron dos años entre esos dos acontecimientos, y muchos momentos maravillosos.

—Eso es todo lo que recuerdo —dijo ella, observándole y preguntándose cómo habrían sido los dos años.

Tenía la sensación de que habían sido excitantes, como él, aunque difíciles en ocasiones, porque el carácter de él también lo era. Como acababa de decirle, había tenido una vida complicada. La política y el drama que la acompañaba habían sido la sangre de su vida. Sin embargo, durante un tiempo también lo había sido ella. Había sido el corazón que le mantenía con vida.

—El primer año pasamos la Navidad en Gstaad, con los niños. Y entonces empezaste otra película en Inglaterra. Yo iba a verte cada fin de semana. Cuando volviste, quise acudir a un abogado para divorciarme y mi esposa me suplicó de nuevo que no lo hiciese. Dijo que no podría afrontarlo. Llevábamos veintinueve años casados y sentía que le debía algo, al menos un poco de respeto, puesto que ya no la quería. Ella lo sabía, sabía cuánto te quería a ti, y no me lo reprochaba. Se mostraba muy compasiva con eso. Tenía previsto dejar mi puesto en el gobierno ese año, habría sido el momento perfecto para separarme de ella, y entonces me nombraron para otra legislatura. Tú y yo llevábamos un año juntos, el año más feliz de mi vida. Accediste a esperar otros seis meses. Y yo tenía toda la intención de divorciarme. Arlette prometió no poner trabas, pero entonces hubo escándalos en el gobierno que afectaban a otras personas y me di cuenta de que no era el momento adecuado. Prometí que, si me concedías otro año, dimitiría y me iría a Estados Unidos contigo.

—Nunca lo habrías hecho. Habrías sido desdichado en Los Ángeles.

—Me parecía que le debía algo a mi país... y a mi esposa. No podía marcharme así, sin cumplir con mi deber, pero tenía toda la intención de marcharme e irme contigo, y entonces... Ocurrió algo terrible...

Carole recordó lo que había sucedido.

—Tu hija murió... en un accidente de tráfico... Lo recuerdo... fue horroroso...

Se miraron a los ojos y Carole le tocó la mano.

—Tenía diecinueve años. Ocurrió en las montañas. Fue a esquiar con unos amigos. Tú te portaste de maravilla conmigo. Pero no podía dejar a Arlette entonces. Habría sido inhumano.

Carole lo recordaba.

—Siempre me dijiste que la dejarías. Desde el principio. Dijiste que tu matrimonio con ella había terminado, pero no era así. Siempre te parecía que le debías algo más. Ella siempre quería otros seis meses y tú se los dabas. En todo momento la protegiste a ella y no a mí. Ahora lo recuerdo. Yo siempre estaba esperando a que te divorciases de ella. Vivías conmigo, pero estabas casado con ella y con Francia. Siempre tenías que darle un año más a Francia, y seis meses más a tu esposa, y sin darnos cuenta pasaron dos años —dijo ella, mirándole atónita por lo que acababa de recordar—. Y me quedé embarazada.

Él asintió con expresión angustiada.

—En ese momento te supliqué que te divorciaras de tu esposa, ¿no es así?

Él volvió a asentir, humillado.

—En aquella época se incluía en mis contratos una cláusula de moralidad y, si alguien se hubiese enterado de que estaba viviendo con un hombre casado e iba a tener un hijo suyo, mi carrera habría terminado para siempre. Los estudios habrían vetado mi presencia y me habría quedado sin trabajo. Por ti me arriesgué a eso —dijo ella con tristeza.

Ambos conocían los riesgos. El país de él le habría perdonado que tuviese una amante y engañase a su esposa, era perfectamente aceptable en Francia. El país de ella, o al menos su mundo, no le habría perdonado ser la amante de un hombre casado ni verse implicada en un escándalo público con un alto funcionario del gobierno. Por no hablar de un bebé ilegítimo. La cláusula de moralidad de sus contratos era estricta. De la noche a la mañana se habría convertido en una paria. Se había arriesgado porque él había insistido en que se divorciaría, aunque ni siquiera había ido nunca a ver a un abogado. Su esposa le había suplicado que no lo hiciera, así que nunca lo hizo. Se limitó a ganar tiempo con Carole. Cada vez más.

—¿Qué pasó con el bebé? —preguntó con voz ahogada, mirándole a los ojos.

Carole continuaba sin acordarse de algunas cosas, aunque en ese momento estaba recordando una parte importante de su propia historia.

—Lo perdiste. Era un niño. Estabas casi de seis meses. Te caíste de la escalera al decorar el árbol de Navidad. Aunque intenté agarrarte, no pude evitar tu caída. Pasaste tres días en el hospital, pero lo perdimos. Chloe no llegó a enterarse de que estabas embarazada, pero Anthony sí. Se lo explicamos. Me preguntó si íbamos a casarnos y yo dije que sí. Y entonces murió mi hija y Arlette sufrió una depresión nerviosa y me suplicó que no lo hiciese. Amenazó con suicidarse. Para entonces habías perdido al bebé, así que no era tan urgente que nos casáramos. Te supliqué que lo entendieses. Iba a dimitir en primavera y pensaba que Arlette podría aguantarlo. Necesitaba más tiempo, o al menos eso dije —explicó él, mirando a Carole con ojos apesadumbrados—. Al final, pienso que hiciste lo correcto —añadió, aunque le costaba decirlo—. Me parece que nunca la habría dejado. Quería hacerlo. Creía que lo haría, pero no pude. No pude dejarla a ella ni abandonar mi cargo. Después de que te marcharas de París, tardé otros seis años en retirarme. No estoy seguro de que hubiese podido dejar a Arlette. Siempre habría habido alguna razón que me impidiese abandonarla. Ni siquiera creo que me amara, al menos no como me amabas tú o como yo te amaba a ti. No quería que la dejase por otra mujer. Si hubieses sido francesa lo habrías soportado, pero no lo eras. Todo te parecía mentira, y a veces lo era. No tenía valor para decirte que no podía hacerlo. Me mentía a mí mismo más que a ti. Cuando te decía que me divorciaría de ella, hablaba en serio. Te odié por dejarme. Pensé que eras cruel conmigo, pero hiciste bien. Al final te habría roto el corazón aún más. Los últimos seis meses fueron una pesadilla. Peleas constantes, llanto constante... Te quedaste destrozada después de perder al bebé, y a mí me ocurrió lo mismo.

—¿Qué hice al final? ¿Qué hizo que me marchara? —preguntó ella en un susurro.

—Otro día, otra mentira, otro retraso. Sencillamente te levantaste una mañana y empezaste a hacer las maletas. Esperaste hasta fin de curso. Yo no había hecho nada acerca del divorcio y me pedían que cumpliese otra legislatura en el ministerio. Traté de explicártelo y no me escuchaste. Te marchaste al cabo de una semana. Te llevé al aeropuerto y ninguno de los dos pudimos dejar de llorar. Me dijiste que te llamara si me divorciaba. Llamé, pero nunca me divorcié, y me quedé en el gobierno. Me necesitaban. Y Arlette también, a su manera. No me quería, pero estábamos acostumbrados el uno al otro. Ella creía que tenía la obligación de quedarme a su lado. Cuando volviste a Los Ángeles te llamé varias veces, pero con el tiempo dejaste de contestar. Me enteré de que habías vendido la casa. Un día fui solo para mirarla. Casi se me rompió el corazón al recordar lo felices que habíamos sido allí.

—Fui a verla aquel día, antes de que las bombas explotaran en el túnel. Regresaba al hotel cuando sucedió —dijo ella.

Matthieu asintió. Aquella casa había sido un refugio para ambos, una guarida, el nido de amor que compartieron y en el que concibieron a su bebé. Carole no pudo evitar preguntarse qué habría ocurrido si hubiese tenido aquel hijo, si en ese caso se habría divorciado él por fin de su esposa. Pero seguramente no. Era francés, y los franceses tenían amantes e hijos ilegítimos. Llevaban años haciéndolo y nada había cambiado. Aquello seguía siendo aceptable, aunque no para Carole. Ella era una chica de granja de Mississippi, por muy famosa que fuese, y no quería vivir con el marido de otra mujer. Se lo dijo desde el principio.

—Nunca debimos empezar —dijo, mirándole desde la cama, donde yacía con la cabeza sobre la almohada.

—No pudimos elegir —dijo Matthieu con sencillez—. Estábamos demasiado enamorados.

—Yo no lo creo —dijo ella con firmeza—. A mí me parece que la gente siempre puede elegir. Nosotros lo hicimos. Elegimos mal y pagamos un precio alto por ello. No estoy segura, pero creo que nunca te perdoné. Tardé mucho en olvidarte, hasta que conocí a mi último marido.

Ahora lo recordaba con claridad.

—Leí que te casaste hace unos diez años —dijo él, y ella asintió—. Me alegré por ti —añadió, sonriendo con pesar—, aunque me puse muy celoso. Es un hombre afortunado.

—No, no lo es. Hace dos años murió de cáncer. Todo el mundo dice que era una persona maravillosa.

—¡Ah, por eso estaba aquí Jason! Me preguntaba por qué razón.

—Habría venido de todos modos. También es un buen hombre.

—Hace dieciocho años no pensabas eso —dijo Matthieu, irritado.

No estaba seguro de que ella hubiese dicho lo mismo de él, que era un buen hombre, ni siquiera ahora. A ojos de ella, no lo había sido. Carole se lo dijo en su momento. Dijo que le había mentido y le había hecho creer cosas falsas, y que era una persona deshonesta e indigna. En su momento, aquello le había herido en lo más profundo. Nadie le había acusado jamás de eso en su vida, pero ella tenía razón.

—Creo que ahora Jason es una buena persona —dijo Carole—. Al final todos pagamos por nuestros pecados. La chica rusa le dejó cuando me marché de París.

—¿Intentó volver contigo? —preguntó Matthieu con curiosidad.

—Al parecer sí. Dice que le rechacé. En aquella época debía de seguir enamorada de ti.

—¿Lo lamentas?

—Pues sí —dijo ella con sinceridad—. Desperdicié dos años y medio de mi vida contigo y seguramente otros cinco olvidándote. Es mucho tiempo para darle a un hombre que no piensa dejar a su esposa. ¿Dónde está ella ahora?

—Murió hace un año, tras una larga enfermedad. Se pasó muy enferma los últimos tres años de su vida. Me alegro de haber estado con ella. Se lo debía. Estuvimos casados durante cuarenta y seis años. Aunque no era el matrimonio que yo hubiese querido, ni el que esperaba cuando me casé con ella a los veintiuno, fue el que tuvimos. Éramos amigos. Ella se tomó lo tuyo con mucha elegancia. No creo que me perdonase, pero lo entendió. Sabía lo enamorado que estaba de ti. Nunca sentí eso por ella. Arlette era una persona muy fría. Pero era una buena mujer, muy sincera.

Así pues, se había quedado, tal como Carole siempre pensó que haría. E incluso Matthieu acababa de decir que ella hizo bien en marcharse. Ahora tenía las respuestas que había venido a buscar a París. Sabía que era demasiado tarde para volver con Jason cuando él se lo pidió. Ella ya no le amaba, y además no había podido impedir que se casara con la supermodelo rusa. Carole no pudo elegir en aquel momento, y, cuando pudo, ya no le amaba. Tampoco le amaba ahora. Era demasiado tarde. Y en cuanto a Matthieu, solo habría podido ser su amante. Él se habría quedado con su mujer hasta la muerte. Carole lo entendió y por eso se marchó de París. Sin embargo, solo ahora sabía que tomó una decisión acertada. Él se lo había confirmado. Eso era una especie de regalo, aunque hubiese pasado tanto tiempo.

Ya tenía presente gran parte de aquello, algunos de los acontecimientos y demasiados sentimientos. Casi podía notar su decepción y desesperación cuando por fin se había rendido y le había abandonado. Él estuvo a punto de destruirla a ella y a su carrera. Incluso decepcionó a sus hijos. Fueran cuales fuesen sus intenciones al principio, o su amor por ella, no había sido honorable con ella. Al menos lo que Jason había hecho, por muy horrible que hubiese sido para ella, había sido claro y sincero. Se había divorciado de ella y se había casado con la otra mujer. Matthieu nunca lo había hecho.

—¿A qué te dedicas ahora? ¿Sigues estando en el gobierno? —quiso saber.

—Lo estuve hasta hace diez años, cuando me retiré y volví al bufete de abogados de mi familia. Ejerzo con dos hermanos míos.

—Y fuiste el hombre más poderoso de Francia. Entonces lo controlabas todo y te encantaba.

—Así es.

Al menos era sincero en ese aspecto, y ahora también había sido sincero sobre lo demás. Eso demostraba por fin que ella estaba en lo cierto, pero oírlo resultaba doloroso, incluso ahora. Recordaba demasiado bien cuánto le había amado y cuánto daño le había hecho él.

—El poder es como una droga para los hombres. Es difícil renunciar a él. Yo era adicto al poder, aunque todavía era más adicto a ti. Cuando me dejaste me quedé destrozado, pero aun así no pude divorciarme de ella ni renunciar a mi puesto.

—Yo nunca pretendí que renunciases a tu puesto. Esa no era la cuestión. Lo que quería era que te divorciases.

—No pude —dijo, bajando la cabeza—. No tuve valor —añadió, mirándola a los ojos de nuevo.

Era una confesión descomunal y Carole tardó unos instantes en responder.

—Por eso te dejé.

—Hiciste bien —contestó él en un susurro.

Ella asintió.

Permanecieron juntos en silencio durante un buen rato, y luego, mientras él la miraba, Carole cerró los ojos y se quedó dormida. Por primera vez en mucho tiempo estaba en paz. Él se quedó allí sentado, contemplándola, y luego por fin se puso en pie y salió de la habitación sin hacer ruido.

12

Carole se despertó en mitad de la noche. Se sentía mejor tras un largo sueño. Recordó entonces que Matthieu la había visitado y lo que le había dicho, y se quedó despierta pensando en él durante mucho rato. A pesar de la pérdida de memoria, Matthieu había conjurado muchos fantasmas. Carole se sentía agradecida hacia él; por fin le había dicho con sinceridad que hizo bien en marcharse. Haber oído eso de sus labios le regalaba la libertad. Siempre se había preguntado qué habría ocurrido de haberse quedado y haber esperado un poco más. Ahora Matthieu le había confirmado que nada habría cambiado.

Cuando volvió a despertarse había una enfermera en la habitación y dos guardias en la puerta, gracias al alboroto que había armado Matthieu. Carole llamó a Jason y a sus hijos para contarles lo del ataque. Les aseguró que estaba perfectamente y que había tenido suerte una vez más. Jason se ofreció a volver a París, pero ella le aseguró que la policía tenía la situación bajo control. Aún estaba conmocionada, pero le dijo que estaba segura. Todos se horrorizaron al saber que había sido víctima de otro incidente terrorista. Y Anthony volvió a advertirla sobre Matthieu. Amenazaba con ir a protegerla él mismo, pero ella le dijo que todo iba bien.

Se hallaba en la cama pensando en todo eso en mitad de la

noche. El terrorista, Matthieu y las piezas de la historia de ambos que él le había contado. Todo aquello le provocaba ansiedad y nerviosismo.

Entonces llamó a Stevie al hotel, sintiéndose como una idiota por molestarla, pero necesitaba oír una voz familiar, a pesar de lo avanzado de la hora. Stevie estaba durmiendo.

—¿Cómo va tu resfriado? —le preguntó Carole.

Ella misma se encontraba mejor, aunque seguía estando enferma y conmocionada por los acontecimientos del día. Le daba miedo pensar en lo que podía haber pasado.

—Mejor, creo, aunque no es para tirar cohetes —dijo Stevie—. ¿Qué haces despierta a estas horas?

Carole le contó lo que había ocurrido, cuando el chico del cuchillo había entrado en la habitación.

—¿Qué? ¡No me digas! ¿Dónde puñetas estaba el tío de seguridad?

Stevie se horrorizó, como le había ocurrido a la familia de Carole. Resultaba increíble que hubiese sido víctima de dos incidentes. El suceso saldría en las noticias del día siguiente.

—Salió a comer y no vino su relevo. Casi me muero del susto.

Carole dio un profundo suspiro en su cama, pensando en la suerte que había tenido. Cuando lo pensaba, todavía se estremecía. Se alegraba de que Matthieu hubiese llegado enseguida.

—Voy ahora mismo. Pueden poner un catre en tu habitación. No pienso volver a dejarte sola.

—No seas tonta. Tú estás enferma y yo estoy bien. No van a permitir que vuelva a suceder algo así. Matthieu llegaba en ese momento y ha armado una bronca tremenda. Debe de conservar cierta influencia. Al cabo de cinco minutos el director del hospital estaba aquí en plan servil. Y la policía ha tardado horas en marcharse. Ahora no van a permitir que pase nada. Me he llevado un susto de muerte.

—No me extraña.

La policía había dicho que acudiría al día siguiente para tomarle una declaración detallada. No habían querido disgustarla aún más presionándola justo después del ataque. Además, su agresor estaba detenido, así que ella estaba segura.

—Le recordé del túnel —dijo Carole, con voz aún conmocionada.

Stevie decidió cambiar de tema para distraerla y le preguntó por Matthieu.

—¿Conseguiste que el hombre misterioso arrojara algo más de luz sobre vuestra aventura? —quiso saber Stevie.

—Sí. Yo misma recordé gran parte. También recordé al chico del cuchillo —dijo, volviendo al ataque—. Iba en el taxi que estaba junto a mí en el túnel y salió corriendo. Los terroristas suicidas debieron de decirle que iba a morir. Al parecer no estaba preparado para las setenta y siete vírgenes que iba a tener en el paraíso.

—No, habría preferido matarte. ¡Dios, estoy deseando llegar a casa!

—Yo también —dijo Carole con un suspiro—. En este viaje las he pasado moradas. Pero creo que tengo mis respuestas. Si alguna vez recobro la memoria y aprendo de nuevo a utilizar un ordenador, creo que estaré lista para escribir el libro. Tendré que añadir algo acerca de todo lo que me ha ocurrido. Es demasiado bueno para no usarlo.

—¿No crees que la próxima vez podrías hacer un libro de cocina o uno infantil? No me gusta cómo te has documentado para esta historia.

Sin embargo, las respuestas que había conseguido acerca de Jason y Matthieu eran lo que necesitaba. Ahora lo sabía. Y, lo que era aún mejor, las había recibido de labios de los propios interesados, en lugar de adivinarlas y entenderlas por su cuenta.

—¿Qué noticias tienes de Alan? —preguntó Carole.

Charlar con Stevie la estaba ayudando a relajarse. Resultaba agradable tener a alguien con quien hablar a altas horas de la noche. Echaba de menos eso con Sean. Estaba empezando a recordar pequeños fragmentos de su vida con él. Las cosas que Stevie le contaba de él le habían traído algunos recuerdos.

—Dice que me echa de menos —le respondió Stevie—. Se está poniendo nervioso y quiere que vuelva a casa. Dice que añora mi comida. Debe de haber perdido la memoria también. ¿Qué puede echar de menos, la comida china para llevar o los platos preparados de la tienda de ultramarinos? En cuatro años no le he preparado ni una comida decente.

—No se lo reprocho. Yo también te he echado de menos hoy.

—Iré mañana. Y por la noche duermo ahí.

—Nadie me persigue —dijo Carole para tranquilizarla—. Todos los demás tipos saltaron por los aires. —Y estuvieron a punto de matarla también a ella—. No queda nadie.

—No me importa. Prefiero estar ahí contigo.

—Yo preferiría estar en el Ritz que en La Pitié Salpêtrière. —Se rió Carole—. No dudaría ni un momento. El servicio de habitaciones del hotel es mucho mejor.

—Da igual —dijo Stevie con firmeza—. Me traslado allí. Y si no les gusta, que se fastidien. Si ni siquiera pueden mantener a un guardia de seguridad en tu puerta a la hora de comer, necesitas ahí a un perro guardián.

—Creo que Matthieu se encargó de eso. Parecían tenerle mucho miedo. Esta noche hay montones de guardias en el pasillo.

—A mí también me asusta —dijo Stevie con sinceridad—. Parece un tipo duro.

—Lo es. —Carole recordaba eso de él—. Pero no lo fue conmigo. Estaba casado. Sencillamente no quiso dejar a su mujer. Hoy hemos hablado de ello. Vivimos juntos durante dos años y medio. No quiso divorciarse de ella, así que me marché.

—Una vez tropecé con uno de esos. Son difíciles de conseguir. La mayoría de la gente no lo logra. Nunca volví a hacerlo. Puede que Alan sea a veces un cabrón, pero al menos es mío.

—Sí, supongo que tardé algún tiempo en entender eso con Matthieu. Cuando nos conocimos me dijo que iba a dejarla, que su matrimonio había terminado hacía diez años.

—Siempre dicen gilipolleces así. La última en enterarse es la esposa. Nunca se marchan.

—Permaneció casado con ella hasta el año pasado. Dijo que hice bien en marcharme.

—Eso parece. ¿Y se ha divorciado ahora? —Se sorprendió Stevie.

Nadie se divorciaba a la edad de él, y menos en Francia.

—No, murió. Se quedó con ella hasta el final. Cuarenta y seis años. De un matrimonio supuestamente sin amor. ¿Qué sentido tiene eso?

—Costumbre. Pereza. Cobardía. Sabe Dios por qué se queda la gente.

—Su hija murió cuando yo vivía con él. Y entonces su mujer amenazó con suicidarse. Hubo una retahíla inacabable de excusas, algunas de ellas incluso válidas, aunque la mayoría no, hasta que por fin me rendí. Estaba casado con ella y con Francia.

—Me da la impresión de que no tuviste ninguna oportunidad.

—Él también lo dice ahora. Desde luego, no lo decía entonces.

No le contó a Stevie lo del bebé que había perdido, pero algún día hablaría de ello con Anthony, por si se acordaba. Él nunca le había dicho nada, pero cuando se encontraron en el hospital resultó evidente lo mucho que acabó odiando a Matthieu. Incluso sus hijos se habían sentido traicionados. Aquello había dejado una impresión duradera en su hijo, fuesen cuales fuesen los detalles.

—Cuando volvimos para vaciar la casa, te vi deprimida.

—Lo estaba.

—Parece que estás recordando muchas cosas —comentó Stevie.

En los últimos días, Carole se había remontado a muchos años atrás, y el chico del cuchillo había contribuido a refrescar su memoria.

—Es verdad. Poco a poco me acuerdo de cosas, de sentimientos más que de acontecimientos.

—Por algo se empieza —dijo Stevie.

Mike Appelsohn también la ayudó, salvo por la entrevista con la prensa.

—Espero que te envíen pronto de regreso al hotel —añadió.

Stevie estaba muy preocupada por el riesgo de que quedasen terroristas vivos. Sin embargo, ahora la policía estaba alerta.

—Yo también.

Acto seguido se despidieron y colgaron. Carole permaneció en la cama durante un buen rato pensando en la suerte que tenía, en sus maravillosos hijos, en lo milagrosa que había sido su supervivencia y en lo afortunada que era de tener una amiga como Stevie. Trató de no pensar en Matthieu ni en el chico que había venido para matarla con su aterrador cuchillo. Permaneció en la cama con los ojos cerrados, respirando hondo. Pero, hiciera lo que hiciese, no dejaba de ver en su cabeza al chico del cuchillo y entonces su mente corría hacia la seguridad y protección que Matthieu parecía ofrecerle. Era como si después de todos aquellos años él siguiera siendo un refugio, un remanso de paz, y fuese a protegerla de todo daño. Carole no quería creer eso, pero en algún lugar guardado en la memoria de su corazón seguía creyéndolo. Casi pudo sentir los brazos de él que la estrechaban mientras se quedaba dormida por fin.

13

La policía llegó al día siguiente para tomarle declaración a Carole. El joven detenido era sirio y tenía diecisiete años. Era miembro de un grupo fundamentalista responsable de tres atentados terroristas recientes, dos en Francia y uno en España. Aparte de eso, sabían muy poco de él y Carole era la única persona que podía relacionarle con el atentado del túnel. Aunque gran parte de sus recuerdos acerca del ataque terrorista seguían siendo vagos, como le ocurría con los detalles de su propia vida, sí recordaba con toda claridad haberle visto en el coche situado junto al taxi, atrapado en el atasco. Al ver su cara en la habitación de La Pitié Salpêtrière se acordó de todo. Los ojos de aquel chico la fascinaron mientras se precipitaba contra ella con su cuchillo de hoja curva y alargada.

Los policías la interrogaron durante casi tres horas y le mostraron fotografías de una docena de hombres. Carole no reconoció a ninguno, solo al joven que había entrado en su habitación para matarla. Una de las fotografías le recordó levemente al conductor del coche situado junto al taxi, pero Carole no le había prestado tanta atención como al chico del asiento trasero y no pudo estar tan segura. No tenía la menor duda acerca de la identidad del muchacho que la había atacado; su mirada entristecida se le había quedado grabada. Su ataque se lo había traído a la memoria de nuevo. Las imágenes eran muy nítidas.

También estaban volviendo otros recuerdos, aunque a menudo aparecían desordenados y carentes de sentido para ella. Se hacía una imagen mental del establo de su padre y se veía ordeñando las vacas como si fuese ayer. Oía la risa de su padre, pero por más que se concentrase no visualizaba su cara. No se acordaba de ningún detalle del encuentro con Mike Appelsohn en Nueva Orleans, cuando él la descubrió, pero ahora recordaba la prueba de cámara y haber trabajado en su primera película. Esa mañana se había despertado pensando en ello, pero el día en que conoció a Jason y sus primeros tiempos con él se habían esfumado. También le vino a la memoria el día de su boda y el piso de Nueva York en el que vivieron después de casarse, y tenía alguna imagen del nacimiento de Anthony, pero no se acordaba en absoluto del parto de Chloe, de las películas que había hecho ni de los Oscar que ganó. Y seguía recordando muy poco a Sean.

Todo resultaba inconexo y desordenado, como escenas de una película que se hubiesen eliminado del montaje. Acudían a su mente rostros y nombres, a menudo sin relación entre sí, y luego aparecían sucesos enteros y de una claridad meridiana. Era como un edredón irregular de retales de su vida que trataba sin cesar de arreglar, organizar y ordenar, y, justo cuando pensaba que todo iba bien y que sabía lo que estaba recordando, aparecía otro detalle, rostro, nombre o acontecimiento, y toda la historia volvía a cambiar. Era como un caleidoscopio en continuo movimiento cuyos colores y formas se alterasen sin parar. Resultaba agotador tratar de asimilarlo y entenderlo todo. Durante varias horas seguidas hacía memoria de todo, y luego, durante muchas más, su mente parecía apagarse, como si se hubiera hartado del proceso de cuidadoso examen y selección que ocupaba todas sus horas de vigilia. Hacía esfuerzos por recordarlo todo y, cuando acudían imágenes a su mente, no se cansaba de hacer preguntas, tratando de enfocar con mayor nitidez la lente de su memoria. Era un trabajo a tiempo completo, el más difícil que había hecho en su vida.

Stevie era consciente de lo agotador que resultaba y se sentaba en silencio cuando veía que Carole reflexionaba. Al final, Carole decía algo, pero se pasaba largas horas tendida en la cama con la mirada perdida, pensando en todo ello. Una parte seguía sin tener sentido, como un álbum de fotos sin etiquetas que indicasen quiénes habían sido aquellas personas o por qué estaban allí. Recordaba mucho ciertas cosas; otras, demasiado poco. Todo estaba revuelto. A veces tardaba horas en identificar una escena, cara o nombre y, cuando lo hacía, era una verdadera victoria. Se sentía triunfante cada vez; luego permanecía exhausta y callada durante mucho rato.

A los policías les sorprendió lo mucho que Carole podía recordar. Al principio les informaron que lo había olvidado todo. Eso les sucedía a muchas de las víctimas. Dentro del túnel estaban distraídas, hablando con otros pasajeros o jugueteando con la radio, o bien la conmoción y las heridas sufridas habían borrado todo recuerdo de su mente. La policía y una unidad especial de información llevaban semanas entrevistando a los testigos. Hasta entonces, les habían dicho que Carole no podría aportar nada a su investigación. Sin embargo, las cosas habían cambiado de pronto y ella podía prestarles una ayuda inestimable. Ahora le proporcionaban seguridad adicional en el hospital. Había en su puerta dos miembros de un grupo especial de operaciones y los CRS, con sus botas de combate y su mono azul marino. Estaba bien claro quiénes eran y por qué estaban allí. Las ametralladoras que llevaban lo decían todo. Los CRS eran la unidad más temible de París. Las autoridades recurrían a ellos para disolver disturbios o en caso de ataque terrorista. Su presencia confirmaba la gravedad del suceso que llevó a Carole a La Pitié Salpêtrière.

No había ninguna razón sólida para creer que otros miembros del grupo fuesen a intentar otro ataque contra ella. Por lo que sabían, todos los autores habían muerto en el atentado suicida del túnel, a excepción del único chico que había huido. Carole le recordaba con toda claridad corriendo hacia la entrada del túnel justo antes de que estallara la primera bomba. Su recuerdo de las siguientes era más vago, porque para entonces ella misma había salido despedida del taxi y caía hacia el suelo del túnel. Pero la policía seguía teniendo una preocupación razonable, ya que ella era una víctima muy visible del suceso. Eliminarla sería una ventaja para los terroristas, además de la victoria adicional de matar a una persona conocida para llamar la atención hacia su causa. En cualquier caso, la policía y las unidades especiales de información no tenían deseo alguno de que Carole muriese en territorio francés. Querían hacer todo lo posible para mantenerla con vida, al menos hasta que abandonase Francia. Y, como era estadounidense, también se habían puesto en contacto con el FBI, que había prometido vigilar su hogar en Bel-Air durante los próximos meses, sobre todo una vez que estuviese en casa. Esa perspectiva resultaba aterradora y tranquilizadora al mismo tiempo.

La posibilidad de que Carole continuase estando en peligro no resultaba nada alentadora. Ya había pagado un precio muy alto por su presencia en el túnel durante el atentado suicida. Ahora solo quería recobrar la memoria, salir del hospital y seguir con su vida una vez que llegase a casa. Conservaba la esperanza de escribir su novela. Y ahora todo lo relacionado con su vida, presente y pasado, le parecía más valioso, sobre todo sus hijos.

Matthieu apareció en mitad de la entrevista con la policía. Sin decir nada se coló en la habitación, saludó a Carole con la cabeza y se quedó de pie, observando y escuchando con expresión seria y preocupada. Había telefoneado varias veces a la unidad de información que se ocupaba del caso y al director del CRS. El actual ministro del Interior también había recibido una llamada suya el día anterior. Matthieu quería que la investigación y la protección de Carole se llevasen sin errores ni fallos. Había dejado muy claro que el asunto tenía la máxima importancia para él. No necesitaba explicar por qué. Carole Barber era una visitante importante para Francia y ante el ministro del Interior reconoció que había sido una amiga personal íntima durante muchos años. El ministro no le preguntó por la naturaleza de aquella amistad.

Matthieu estuvo mirándola mientras la interrogaban. Le extrañó lo mucho que recordaba. Podía aportar muchos detalles que antes se le habían escapado por completo. Esta vez a Carole no le importó que Matthieu estuviese allí. Era un consuelo tener cerca a alguien conocido. Él ya no le daba miedo. Su temor inicial cuando la visitó se debía a que percibía que había sido importante para ella, pero ignoraba por qué. Sin embargo, ahora se acordaba de más cosas de su convivencia que de otras personas y sucesos.

Tenía grabados con fuerza en la memoria los puntos culminantes de su vida con él, emergiendo de los mares que los habían cubierto, y también recordaba numerosos detalles, momentos importantes, días soleados, noches ardientes, momentos tiernos y la angustia que sentía ella al ver que no dejaba a su esposa, así como las discusiones que tenían por ese motivo. Las explicaciones y excusas de él destacaban en su mente, además del viaje en velero por el sur de Francia. Carole tenía presentes casi todas las conversaciones que habían tenido mientras navegaban a la deriva cerca de Saint Tropez, y también la pena inconsolable de él cuando su hija murió un año más tarde, al igual que su dolor y desengaño cuando abortó. Esos momentos angustiosos ahogaban todo lo demás. Recordaba la aflicción que él le había causado como si fuera ayer, y el día en que abandonó Francia. Para entonces había renunciado a toda esperanza de tener una vida con Matthieu. Sabiendo todo eso, estar en una habitación con él era extraño. No aterrador, aunque sí desestabilizador. Aquel hombre tenía una expresión austera e infeliz que a Carole le pareció siniestra al principio, pero, ahora que recordaba la historia de ambos, su aspecto sombrío le resultaba familiar. No parecía un hombre feliz y daba la impresión de vivir atormentado por sus recuerdos. Matthieu llevaba años queriendo disculparse, y el destino le había dado esa oportunidad.

Cuando la policía y los funcionarios salieron de la habitación, Carole parecía agotada. Matthieu se sentó junto a ella y, sin preguntarle, le puso en la mano una taza de té. Carole le miró agradecida y sonrió. Casi estaba demasiado cansada para llevársela a los labios. Él vio que le temblaba la mano y le sujetó la taza. La enfermera seguía fuera de la habitación, charlando con los dos miembros del CRS. Habían hecho caso omiso de las protestas del hospital acerca de sus ametralladoras. La protección de Carole era primordial y tenía prioridad sobre las normas del hospital. Las ametralladoras se quedaron. La propia Carole las había visto cuando dio un paseo por el corredor con la enfermera, antes de que llegase la unidad de interrogatorios para tomarle declaración. Al ver sus armas se quedó conmocionada y, sin embargo, al mismo tiempo más tranquila. Como la presencia de Matthieu a su lado, parecía tanto una maldición como una bendición.

—¿Te encuentras bien? —preguntó Matthieu en voz baja.

Carole asintió mientras se bebía a sorbos el té que él le sostenía. Estaba temblando de pies a cabeza.

Había sido una mañana demoledora, aunque menos que el día anterior, cuando entró en la habitación el muchacho del cuchillo. Nunca olvidaría el suceso ni la sensación que tuvo. Había tenido la certeza de que iba a morir, aún más que mientras volaba por el túnel. Ese ataque era mucho más personal y estaba destinado específicamente a hacerle daño a ella, como un misil dirigido contra su persona. Cuando lo pensaba, aún se sentía asustada. Mirar a Matthieu la calmaba. Allí sentado, junto a la cama, parecía muy tierno. Poseía una amabilidad que ella no había olvidado y que resultaba claramente visible en ese momento. El amor que sentía por ella resplandecía en sus ojos. Carole no sabía con certeza si era el recuerdo o un fuego que nunca se había apagado, y no deseaba preguntárselo. Era preferible dejar algunas puertas cerradas para siempre. Lo que se hallaba tras esa puerta en concreto era demasiado doloroso para ambos, o al menos eso creía ella. Matthieu no le había hecho ninguna aclaración acerca del presente, solo acerca del pasado, y eso era suficiente para ella.

—Estoy bien —suspiró, apoyando la cabeza en la almohada y mirándole a los ojos—. Ha sido duro —dijo refiriéndose a la investigación, y él asintió.

—Lo has hecho muy bien.

Matthieu se sentía orgulloso de ella. Carole se había mantenido serena y despejada y se había esforzado por sacar todos los detalles de su destrozado banco de memoria. Había estado impresionante, aunque a Matthieu no le sorprendía. Siempre fue una mujer excepcional. También se portó de forma extraordinaria cuando murió su hija, y un millón de veces más. Nunca le falló en ningún aspecto, algo que no podía decir de sí mismo. Demasiado lo sabía, y en los años transcurridos lo había repasado en su mente innumerables veces. Durante quince años había vivido obsesionado por su cara, su voz y su contacto, y ahora estaba sentado junto a ella. Casi resultaba demasiado extraño para creerlo.

—¿Has hablado con ellos antes? —quiso saber Carole.

Los policías habían sido amables y respetuosos con ella, si bien fueron implacables al exigirle cualquier posible detalle. Pero la forma en que la habían tratado parecía insólitamente tierna y respetuosa y Carole sospechaba que el responsable era él. Los agentes habrían podido pisotearla. Ese era su estilo, pero no lo habían hecho. Habían llevado el interrogatorio con delicadeza.

—Anoche llamé al ministro del Interior.

En última instancia era este quien se hallaba a cargo de la

investigación y el responsable de la manera de llevarla, así como de su posible éxito. Era el mismo cargo que tenía Matthieu cuando se conocieron.

—Gracias —dijo ella, mirándole agradecida—. ¿Echas de menos tu antiguo cargo?

A Carole le parecía natural que así fuera. Matthieu había tenido mucho poder; había sido el hombre más poderoso de Francia. A cualquiera le resultaría difícil renunciar a eso, sobre todo a un hombre. Cuando ella le conoció, le gustaba implicarse en todos los aspectos del poder, motivo por el cual nunca habría podido dejarlo. Le parecía que estaba a su cargo en todo momento el bienestar de su país, ese país que amaba. *Ma patrie*, como tantas veces le había dicho, encendido de pasión tanto por su tierra natal como por sus gentes. Era improbable que eso hubiese cambiado, aunque se hubiera retirado de la política.

—A veces —dijo él con sinceridad—. Es difícil renunciar a una responsabilidad como esa. Es como el amor; nunca se acaba, aunque cambie de dirección. Pero ahora los tiempos son distintos. Hoy en día es un trabajo más duro, no es tan limpio. El terrorismo ha cambiado muchas cosas en todos los países. Ahora ningún dirigente lo tiene fácil. Era más sencillo cuando yo estaba en el gobierno. Sabías quiénes eran los malos. Ahora no tienen rostro y no les ves hasta que el daño está hecho, como te sucedió a ti. Es más difícil proteger el país y a la gente. Todo el mundo está desencantado y algunos, muy amargados. Es difícil ser un héroe. Todos se enfadan con todos, no solo con sus enemigos, sino también con sus dirigentes —añadió con un suspiro—. No envidio a los gobernantes actuales, aunque sí, lo echo de menos —reconoció, regalándole una de sus escasas sonrisas—. ¿Qué hombre no lo haría? Era muy divertido.

—Recuerdo que te encantaba —dijo ella en respuesta, con una sonrisa empañada—. Trabajabas hasta horas imposibles y recibías llamadas durante toda la noche.

Era así como él lo quería. Le gustaba conocer cada detalle de lo que ocurría en todo momento. Había sido una obsesión para él.

Y esa mañana, de pie en la habitación de Carole, había supervisado la investigación como si todavía estuviese al mando. A veces olvidaba que ya no lo estaba. Aún era profundamente respetado por el público y los hombres que le habían sucedido en el cargo. Con frecuencia adoptaba una postura propia sobre cuestiones políticas y los periódicos le citaban a menudo. Le habían llamado varios días antes para conocer su opinión acerca del atentado en el túnel y la forma en que se llevaba el asunto. Él se mostró diplomático, cosa que no siempre hacía. Cuando estaba disgustado por algo o criticaba al gobierno, no tenía pelos en la lengua. Nunca los había tenido.

—Francia siempre fue mi primer amor —contestó él—. Hasta que llegaste tú —añadió en voz baja.

Sin embargo, Carole no estaba segura de que eso fuese cierto. A ella le parecía que había ocupado el tercer lugar, por detrás de su país y su matrimonio.

—¿Por qué te retiraste? —le preguntó Carole.

Volvió a coger su té. Esta vez sostuvo la taza ella misma. Ya se sentía mejor y más tranquila. El interrogatorio la había puesto nerviosa, pero por fin se estaba calmando. Él también se daba cuenta.

—Pensé que ya era hora. Serví a mi país durante mucho tiempo. Había hecho mi tarea. Mi legislatura terminó y el gobierno cambió. Tenía algunos problemas de salud, que seguramente estaban relacionados con el trabajo. Ahora estoy bien. Al principio lo eché muchísimo de menos y desde entonces me han ofrecido cargos menores, como gesto simbólico. No quiero eso. No quiero un premio de consolación. Tuve lo que quería. Pensé que ya era hora de dejarlo. Además, me gusta ejercer de abogado. Me han pedido varias veces que me convierta en magistrado, en juez, pero eso me resultaría aburrido. Es más divertido ser abogado que juez, al menos para mí, aunque también tengo previsto retirarme de eso este año.

—¿Por qué? —preguntó preocupada.

Era un hombre que necesitaba trabajar. A sus sesenta y ocho años tenía el brío y la energía de un hombre mucho más joven. Carole había vuelto a comprobarlo cuando la estaban interrogando. Estaba verdaderamente eléctrico, como un cable vivo. Para un hombre como él no era saludable jubilarse. Era suficiente haber dejado el ministerio; a Carole no le parecía sensato que también dejase la abogacía.

—Soy viejo, querida. Es momento de hacer otras cosas. Escribir, leer, viajar, pensar, descubrir nuevos mundos... Tengo previsto viajar un poco por el Sudeste Asiático. El año pasado estuve en África. Ahora quiero hacer las cosas más despacio y saborearlas, antes de que ya no pueda hacerlas.

—Te quedan muchos años por delante. Sigues siendo un hombre vital y juvenil.

Él se echó a reír ante las palabras elegidas por Carole.

—Sí, juvenil, pero no joven. No es lo mismo. Quiero disfrutar de mi vida y de la libertad que nunca tuve. Ahora no tengo que responder ante nadie. Eso tiene una ventaja y un inconveniente. Mis hijos son mayores, incluso mis nietos son mayores —dijo, y soltó una carcajada; resultaba difícil imaginarlo, pero se dio cuenta de que era verdad—. Arlette ya no está. A nadie le importa dónde estoy ni qué hago, lo cual es triste pero cierto. Más vale que lo aproveche mientras pueda, antes de que mis hijos empiecen a llamar a casa para preguntarle a la doncella si he comido o he mojado la cama.

Faltaba mucho para eso y la imagen que esbozaba de su futuro conmovió a Carole. En cierto modo, también era su caso. Sus hijos eran mucho más jóvenes que los de Matthieu. Carole calculó que el hijo mayor de este debía de contar más de cuarenta años, no muchos menos que ella misma. Matthieu se había casado joven y había tenido hijos pronto, así que no estaba ligado a unos hijos jóvenes, como ella. Pero incluso los de Carole habían acabado sus estudios, eran supuestamente adultos y vivían en otra ciudad. Si Stevie no le hiciese compañía a diario, su casa sería una tumba. No había ningún hombre en su vida, ningún niño en casa, nadie ante quien responder, con quien pasar el tiempo o a quien cuidar, nadie que se preocupase por su hora de cenar o por si cenaba siquiera. Tenía casi veinte años menos que él, pero ahora también era libre. Eso era lo que la había llevado a escribir el libro y a hacer el viaje por Europa, para encontrar las respuestas que no había conseguido hasta entonces.

—¿Y tú? —Matthieu se volvió hacia Carole, con las mismas preguntas en los ojos—. Hace mucho tiempo que no haces una película. Creo que las he visto todas.

Matthieu volvió a sonreír. En muchas ocasiones se había dado el capricho de sentarse en un cine a oscuras para contemplarla y escucharla. Había visto algunas de sus películas tres y cuatro veces, y luego volvía a verlas en televisión. Cuando Carole estaba en la pantalla, su esposa salía de la habitación sin hacer ruido. Lo supo hasta el final. En los últimos años de su convivencia ya no hablaban de ello. Arlette aceptaba su amor hacia Carole y sabía que nunca la había amado a ella de la misma forma ni lo haría jamás. Los sentimientos de Matthieu hacia su esposa eran muy diferentes. Guardaban relación con el deber, la responsabilidad, la camaradería y el respeto. Sus sentimientos hacia Carole habían nacido de la pasión, el deseo, la esperanza y los sueños. Había perdido los sueños, pero conservaba el amor y la esperanza. Eran suyos para siempre y los mantuvo guardados en su corazón como una joya rara y preciosa en una caja fuerte, al abrigo de cualquier daño y de las miradas ajenas. Mientras hablaban, Carole percibía las emociones que aún sentía Matthieu. La habitación del hospital era un hervidero de cosas que no se decían pero se sentían, al menos por parte de él.

—Los guiones que he leído en los últimos años no me han gustado. No quiero hacer papeles estúpidos. Últimamente he pensado en hacer algo que sea muy divertido. Siempre he querido hacer comedia y tal vez lo intente un día de estos. No sé si soy muy divertida, pero me encantaría probar. A estas alturas, ¿por qué no? Por lo demás, quiero hacer papeles que tengan sentido para mí y le aporten algo al público. No veo para qué voy a mantener mi cara en la pantalla solo con el fin de que la gente no olvide quién soy. Quiero ser muy cuidadosa con los personajes que interpreto. El papel tiene que importarme o no valdrá la pena hacerlo. No hay muchos papeles así por ahí, y menos a mi edad. No quise trabajar durante el año en que mi marido estuvo enfermo. Desde entonces no he visto ni un solo guión que me haya gustado. Todos son basura. Nunca he hecho basura y no voy a empezar ahora. No necesito hacer eso. He intentado escribir un libro —le confesó con una sonrisa.

Siempre habían tenido conversaciones interesantes, sobre películas, política, la condición humana y la vida. Matthieu era un hombre sumamente culto, leído y filosófico, con licenciaturas en literatura, psicología y letras, además de un doctorado en ciencias políticas. Tenía muchas facetas y una mente aguda.

—¿Estás escribiendo un libro acerca de tu vida? —preguntó él intrigado.

—Sí y no —contestó ella con una tímida sonrisa—. Es una novela sobre una mujer madura que examina su vida tras la muerte de su marido. He empezado una docena de veces. He escrito varios capítulos, desde distintos puntos de vista, y siempre me quedo atascada en el mismo punto. No acabo de entender cuál es el propósito de su vida, una vez que él ha muerto. Es una brillante neurocirujana y no le ha podido salvar de un tumor cerebral, a pesar de todos sus conocimientos. Es una mujer acostumbrada al poder y al control, y su incapacidad para cambiar el destino la lleva a una encrucijada. Tiene que ver con la aceptación, la rendición y la comprensión de sí misma y del verdadero sentido de la existencia.

Tomó algunas decisiones importantes que aún influyen en su vida. Deja su trabajo y se marcha de viaje, tratando de encontrar las respuestas a sus propias preguntas, las llaves de las puertas que han permanecido cerradas durante casi toda su vida, mientras avanzaba. Ahora tiene que volver atrás antes de poder seguir adelante —dijo, extrañada de recordar tantos detalles del libro.

—Parece interesante —reflexionó él en voz alta.

Al igual que Carole, entendía perfectamente que trataba sobre ella y sobre las decisiones que había tomado, las resoluciones y las bifurcaciones en el camino que había seguido y, sobre todo, la decisión que tomó de abandonar Francia y la relación que se había convertido para ella en un callejón sin salida.

—Eso espero. Puede que algún día sea incluso una película, si es que llego a escribirlo. ¡Me gustaría interpretar ese papel! —exclamó, aunque ambos sabían que ya lo había hecho—. De todos modos, me gusta escribir el libro. Me da la voz narrativa, que es omnisciente, que lo ve todo, no solo diálogo entre personajes y expresiones faciales en una pantalla de cine. El escritor lo sabe todo, o eso se supone, creo. Casualmente, descubrí que yo no. No pude encontrar las respuestas a mis propias preguntas, así que vine a Europa para encontrarlas antes de seguir con el libro. Esperaba que eso me desbloquease.

—¿Y fue así? —preguntó él intrigado, y Carole sonrió con pesar.

—No lo sé. Tal vez sí. El día que llegué a París fui a ver nuestra vieja casa y tuve algunas ideas. Volvía al hotel para escribir un poco y entonces ocurrió lo del túnel. Esas ideas volaron de mi cabeza, junto con todo lo que había habido siempre en ella. Resulta muy extraño no saber quién eres o dónde has estado, qué te importaba. Todas las personas, lugares y acontecimientos que has reunido desaparecen y te quedas sola y en silencio, sin la menor idea de cuál es tu historia o de quién has sido.

Era la peor de las pesadillas y Matthieu no podía imaginarla.

—Ahora está volviendo —continuó ella—, a trozos. Aunque no sé qué he olvidado. Casi siempre veo imágenes y caras y recuerdo sentimientos, pero no sé muy bien qué lugar exacto ocupan, cómo encajan en el rompecabezas de mi vida.

Curiosamente, recordaba más cosas de Matthieu que de los demás, incluso que de sus propios hijos, y eso la entristecía. Apenas se acordaba de Sean, salvo lo que le habían contado y momentos especiales de los ocho años que habían pasado juntos; hasta el hecho de su muerte le resultaba vago. Y lo que peor recordaba era su relación con Jason, aunque sabía que le tenía un cariño dulce y fraternal. Sus sentimientos acerca de Matthieu eran distintos. Su presencia hacía que se sintiera incómoda y le traía recuerdos de alegría y dolor intensos. Sobre todo dolor.

—Yo creo que al final recuperarás la memoria por completo. Debes tener un poco de paciencia. Tal vez este accidente te permita entender las cosas mejor de lo que las habrías entendido de otro modo.

—Tal vez.

Los médicos se mostraban optimistas, aunque no podían prometer una recuperación total. Carole se sentía mejor y avanzaba deprisa, pero todavía había momentos en que se detenía del todo. Habían desaparecido de su cerebro palabras, lugares, incidentes y personas. Carole ignoraba si alguna vez volvería a encontrarlos, aunque los terapeutas la ayudaban. Dependía de otros para que compartiesen su historia con ella y le refrescasen la memoria, como Matthieu había hecho. Y, en su caso, aún no sabía con certeza si eso era positivo o negativo. Lo que Matthieu le había contado hasta el momento la había entristecido. Habían perdido muchas cosas, incluso un hijo.

—Si no recupero la memoria —comentó Carole en tono práctico—, me va a costar muchísimo trabajar en el futuro.

Puede que todo haya terminado para mí. Una actriz incapaz de recordar los diálogos no tiene demasiadas posibilidades de conseguir papeles. Aunque he tenido ocasión de trabajar con muchas así —dijo con una carcajada.

Se había tomado muy bien la pérdida que había sufrido y estaba mucho menos deprimida de lo que temían los médicos y su familia. Aún conservaba la esperanza. Y él también. Carole le parecía extraordinariamente lúcida y llena de vida, dado lo que había ocurrido y las repercusiones en su cerebro.

—Me encantaba verte rodar tus películas. Iba a Inglaterra cada fin de semana mientras hacías la que siguió a *María Antonieta*. Ahora no recuerdo cómo se llamaba. Salían en ella Steven Archer y sir Harland Chadwick —dijo él, tratando de refrescarle la memoria.

De pronto, sin tan siquiera intentarlo, Carole soltó el título de la película:

—*Epifanía*. ¡Dios, qué película tan horrorosa! —dijo con una sonrisa, y luego se quedó atónita por haberlo recordado—. ¡Hala! ¿De dónde ha salido eso?

—Está todo ahí, en alguna parte —dijo Matthieu con ternura—. Lo encontrarás. Solo tienes que mirar.

—Creo que me da miedo lo que pueda encontrar —dijo ella con sinceridad—. Puede que sea más fácil así. No recuerdo las cosas que me dolieron, las personas a las que odiaba o que me odiaban a mí. Los sucesos y personas que quise olvidar... Aunque tampoco lo bueno —dijo llena de nostalgia—. Ojalá recordase más cosas de mis hijos, en particular de Chloe. Creo que la perjudiqué con mi carrera. Debí de ser muy egoísta cuando Anthony y ella eran pequeños. Él parece haberme perdonado; dice que no hay nada que perdonar, pero Chloe es más sincera. Parece enfadada y dolida. Ojalá hubiese pasado más tiempo con ellos.

Con la memoria había venido el sentimiento de culpa.

—Ya pasabas tiempo con ellos. Mucho tiempo. A veces pensaba que demasiado —dijo Matthieu para tranquilizarla—. Te los llevabas a todas partes; nos los llevábamos. Chloe nunca andaba muy lejos cuando estabas trabajando. Ni siquiera querías matricularla en un colegio. Era una niña muy necesitada. Le dieras lo que le dieses, siempre quería algo distinto o más. Era difícil de complacer.

—¿Es eso cierto?

Resultaba interesante ver las cosas a través de los ojos de Matthieu, ya que ella estaba tan confusa, y se preguntó si tendría razón o si influiría en él la diferencia cultural y de género que existía entre ambos.

—Eso pensaba. Nunca pasé tanto tiempo con mis hijos como tú; tampoco su madre, y ella no trabajaba. Siempre estabas pegada a Chloe, preocupada por ella y también por Anthony, aunque yo me llevaba mejor con él. Era más mayor y más accesible para mí, porque era un chico. Cuando estabas aquí éramos muy amigos. Y al final me odió, como tú. Te veía llorar sin parar —dijo con expresión incómoda y de culpabilidad.

—¿Yo te odiaba? —preguntó ella perpleja.

Lo que recordaba, o percibía a partir de los recuerdos que había recuperado, era angustia, no odio, o tal vez habían sido lo mismo. Desilusión, decepción, frustración, enfado. «Odio» parecía una palabra muy fuerte. En aquel momento no le odiaba. Y Anthony se había enfadado al verle, como un niño que se ha llevado una decepción tremenda. Al final, Matthieu no solo les traicionó a ellos. También se traicionó a sí mismo.

—No lo sé —dijo él, después de pensarlo—. Si no, tal vez deberías haberme odiado. Te fallé. Actué mal. Te hice promesas que no podía cumplir. Fui injusto contigo. Entonces me las creí, pero cuando miro atrás, y lo he hecho muchas veces en estos años, me doy cuenta de que estaba soñando. Quise hacer realidad mi sueño y no pude. Se convirtió en una pesadilla para ti y, al final, también para mí.

Trataba de ser sincero con ella y consigo mismo. Llevaba

años queriendo decirle esas cosas y era un alivio hacerlo, aunque doloroso para ambos.

—Anthony no quiso despedirse de mí cuando os fuisteis —añadió—. A él le parecía que su padre os había traicionado y luego yo agravé su dolor. Fue un golpe terrible para ti y tus hijos, y también para mí. Creo que fue la primera vez en mi vida que me vi realmente como un mal hombre. Fui prisionero de las circunstancias.

Ella asintió, asimilando lo que él había dicho. No podía confirmar o negar lo que Matthieu decía, pero tenía sentido. Y, al escucharle, se compadeció de él, sabiendo que también debía de haber sufrido.

—Debió de ser una época dura para ambos.

—Así es. Y también lo fue para Arlette. Nunca creí que me quisiera, hasta que llegaste tú. Puede que ella misma no lo descubriese hasta entonces. Aunque tampoco estoy seguro de que fuese amor verdadero. Le parecía que yo tenía una obligación con ella y supongo que estaba en lo cierto. Siempre me he considerado un hombre de honor, pero no me porté de forma honorable con ninguna de las dos, ni conmigo mismo. Te quería a ti y me quedé con ella. Tal vez habría sido distinto si no hubiese permanecido en el gobierno. Mi segunda legislatura lo cambió todo. Tener una amante no habría supuesto una conmoción tan enorme; otros lo han hecho antes y después en Francia, pero, debido a tu fama, el escándalo habría sido mayúsculo para todos y creo que habría destruido tu carrera y la mía. Arlette se benefició de ello —dijo con sinceridad.

—Y sacó tanto provecho como pudo, si no recuerdo mal —dijo Carole, tensa de pronto—. Dijo que iba a telefonear a los estudios para contarles lo nuestro, y también a la prensa, y luego amenazó con suicidarse.

Aquel recuerdo la asaltó de repente y Matthieu pareció avergonzado.

—En Francia pasan esas cosas. Aquí es mucho más frecuente que en Estados Unidos que las mujeres amenacen con suicidarse, sobre todo por cuestiones sentimentales.

—Nos tenía agarrados por el cuello —dijo Carole sin rodeos.

Matthieu se echó a reír.

—Podría decirse que sí, aunque yo diría una parte distinta de la anatomía, en mi caso. Sin embargo, también me tenía agarrado por mis hijos. Yo pensaba sinceramente que nunca volverían a dirigirme la palabra si la dejaba. Hizo que mi hijo mayor hablase conmigo, como portavoz de la familia. Arlette fue muy lista, aunque no se lo reprocho. Yo estaba muy seguro de que accedería al divorcio. Hacía años que no nos queríamos. Fui un ingenuo al creer que accedería de buen grado a dejarme marchar y mi ingenuidad me llevó a hacerte creer cosas que eran falsas —dijo con aire apesadumbrado, mirándola a los ojos.

—Los dos estábamos en una posición difícil —dijo ella con generosidad.

—Así fue —convino él—, atrapados por nuestro mutuo amor y apresados por mi esposa, por el Ministerio del Interior y mis obligaciones allí.

Al oírle, Carole se dio cuenta de que él pudo tomar decisiones, tal vez duras, pero decisiones a pesar de todo. Él había tomado la suya y ella optó por marcharse. Recordaba haber temido que fuese demasiado pronto para tirar la toalla; durante años se había preguntado si debía haberse quedado, si en ese caso las cosas habrían acabado de forma distinta, si habría podido conseguirle al final. Cuando conoció a Sean y se casó, todo aquello quedó atrás. Hasta entonces se había reprochado dejar a Matthieu demasiado pronto, pero dos años y medio parecía tiempo suficiente para que él cumpliese su promesa y ella se convenció de que nunca lo haría. Siempre había alguna excusa y al final Carole ya no pudo dar crédito a sus palabras. El propio Matthieu se las creía, pero Carole se rindió. Y después del atentado terrorista, Matthieu le hizo el regalo de decirle que había hecho bien. Pese a su memoria llena de lagunas, suponía un enorme alivio oírle reconocer eso. En las conversaciones telefónicas que tuvieron el año después de su marcha, Matthieu siempre le reprochaba haberse marchado demasiado pronto. Sin embargo, Carole sabía ahora que no fue así. Hizo lo correcto. Incluso quince años después se alegraba de saberlo, al igual que se alegraba de conocer las cosas que Jason le había contado sobre el matrimonio de ambos. Empezaba a preguntarse si el atentado del túnel habría sido un extraño regalo. Todas aquellas personas habían venido del pasado para abrirle su corazón. De otro modo, ella nunca habría sabido todo aquello. Era exactamente lo que necesitaba para su libro y para su vida.

—Deberías descansar —le dijo Matthieu por fin, al ver que tenía los ojos cansados.

La investigación policial la había agotado y hablar del pasado de ambos también le resultaba difícil. Y luego Matthieu le hizo una pregunta que le había obsesionado desde que la había vuelto a encontrar. Había entrado varias veces para verla, tranquilo en apariencia y cortésmente preocupado, pero su interés por verla era mucho mayor de lo que parecía. Y ahora que ella estaba consciente y recordaba lo que habían significado el uno para el otro, respetaba su capacidad de decisión.

—¿Te gustaría que viniese a verte otra vez, Carole? —preguntó, conteniendo el aliento.

Ella vaciló durante un buen rato. Al principio, verle la había desconcertado y la había puesto nerviosa, pero ahora había algo reconfortante en su proximidad, como si fuese un ángel de la guarda que la protegiese con sus anchas alas y sus ojos intensamente azules, del color del cielo.

—Sí —dijo por fin, tras una pausa interminable—. Me gusta hablar contigo. No tenemos por qué seguir hablando del pasado. Tal vez podamos ser amigos. Eso me gustaría.

A Carole siempre le había gustado hablar con él. Ya sabía

suficiente y no estaba segura de querer saber más. Había demasiado dolor allí, incluso después de todo el tiempo transcurrido.

Él asintió. Aún quería más, pero no deseaba asustarla. Carole todavía era vulnerable después de todo lo que le había ocurrido. Además, había transcurrido mucho tiempo desde su relación. Era demasiado tarde, por más que le costase admitirlo. Había perdido al amor de su vida. Sin embargo, Carole había vuelto, aunque de una forma distinta. Tal vez, como ella decía, fuese suficiente. Podían intentarlo.

—Vendré a verte mañana —prometió él mientras se ponía en pie sin dejar de mirarla.

Bajo las sábanas, Carole se veía delicada y muy delgada. Él se inclinó para besarla en la frente. Carole sonrió tranquilamente, cerrando los ojos y hablando en un susurro soñador:

—Adiós, Matthieu... gracias...

Él nunca la había amado tanto.

14

Esa misma tarde se presentó Stevie en el hospital con una pequeña bolsa de viaje y le pidió a la enfermera que instalase un catre en la habitación. Tenía previsto pasar allí la noche. Cuando entró, Carole se estaba despertando de una larga siesta. Desde que Matthieu se marchó había dormido varias horas, agotada por la mañana que había tenido y la posterior conversación con él. Había necesitado toda su concentración para sobrellevar ambas cosas.

—He decidido trasladarme aquí —dijo Stevie, dejando su bolsa en el suelo.

Aún tenía los ojos llorosos, la nariz enrojecida y algo de tos, pero estaba tomando antibióticos y dijo que ya no era contagiosa. El resfriado de Carole también había mejorado.

—Bueno, ¿en qué lío te has metido hoy? —preguntó.

Carole le contó que había venido la policía a verla. Stevie se alegraba de ver en su puerta a los dos miembros del CRS, aunque sus ametralladoras le producían escalofríos, cosa que también le ocurriría a cualquier persona que viniese con malas intenciones.

—Matthieu ha estado aquí mientras yo hablaba con los policías y se ha quedado cuando se han marchado —añadió Carole, pensativa.

Stevie la miró con los ojos entornados.

—¿Debería preocuparme?

—No creo. Todo eso pasó hace mucho tiempo. Yo era una cría, más joven que tú ahora. Hemos acordado ser amigos, o al menos intentarlo. Creo que tiene buenas intenciones. Parece un hombre desdichado —contestó Carole, pensando que Matthieu tenía la misma intensidad que recordaba de sus días de pasión, aunque sus ojos tenían una profunda tristeza que no estaba allí antes, salvo cuando murió su hija—. De todos modos, pronto volveré a casa. La verdad es que resulta agradable enterrar los viejos fantasmas y hacerse amigo de ellos. Les quita el poder.

—No estoy segura de que haya algo capaz de quitarle el poder a ese tipo —dijo Stevie con sensatez—. Entra aquí como un maremoto y todo el mundo da un bote de tres metros al verle.

—Fue un hombre muy importante y sigue siéndolo. Llamó al ministro del Interior para hablarle de mí. Así conseguimos los guardias de la puerta.

—Eso no me importa. Es que no quiero que te disguste —dijo Stevie con actitud protectora.

No quería que nada le hiciese daño a Carole, a ser posible nunca jamás. Había sufrido demasiado. Su recuperación ya era bastante dura. No necesitaba afrontar también problemas emocionales, sobre todo los de Matthieu. Desde el punto de vista de Stevie, él había tenido su oportunidad y la había desperdiciado.

—No me disgusta. Me duelen algunas de las cosas que recuerdo de él, pero ha sido muy amable. Me ha pedido permiso para visitarme.

Eso la había impresionado favorablemente. Él no lo había dado por supuesto, se lo había pedido.

—¿Y se lo has dado? —preguntó Stevie con interés.

Seguía sin confiar en aquel tipo. Tenía unos ojos aterradores, aunque no para Carole. Ella le conocía muy bien, o le había conocido tiempo atrás.

—Sí. Ahora podemos ser amigos. Vale la pena intentarlo. Es un hombre muy interesante.

—También lo eran Hitler y Stalin... No sé por qué, pero tengo la sensación de que ese tipo no se detendría ante nada para conseguir lo que quiere.

—Así era antes, pero ahora es distinto. Los dos somos distintos. Él es viejo y todo aquello terminó —contestó Carole con seguridad.

—No estés tan segura —replicó Stevie, poco convencida—. Los viejos amores son difíciles de eliminar.

Desde luego, el de ellos lo había sido. Carole había pensado en él durante años y le había amado durante mucho tiempo. Eso le había impedido amar a nadie, hasta que llegó Sean. Pero ella se limitó a asentir sin decir nada.

Stevie se acomodó en el catre. Al anochecer se puso el pijama y dijo que celebraban una fiesta de adolescentes. Carole se sentía culpable por hacer que su secretaria se quedase con ella en lugar de dormir en el Ritz. Sin embargo, después del incidente del chico del cuchillo, Stevie ya no estaba tranquila si permanecía lejos de Carole. Además, le había prometido a Jason que estaría cerca. Este había llamado una docena de veces, conmocionado por el ataque. Sus hijos también la habían telefoneado. Ahora tenía guardias con ametralladoras en la puerta de la habitación y Stevie la protegía dentro. A Carole le emocionaba ver cuánto se preocupaba Stevie por ella. Estuvieron riendo y charlando como dos crías hasta bien avanzada la noche, mientras la enfermera permanecía fuera y hablaba con los guardias.

—Lo estoy pasando muy bien —dijo Carole en un momento dado, entre risas—. Gracias por quedarte conmigo.

—Yo también me sentía sola en el hotel —reconoció Stevie—. La verdad es que estoy empezando a echar de menos a Alan después de tantas semanas—. Me ha llamado muchas veces. Empieza a parecer realmente un adulto, lo cual es una buena noticia, porque el mes pasado cumplió los cuarenta.

Desde luego, es una planta que florece tarde. Me ha invitado a pasar la Nochebuena en casa de sus padres. Hasta ahora siempre hemos pasado las fiestas por separado. Pasarlas juntos nos parecía a los dos un compromiso demasiado grande. Supongo que eso es un avance, pero ¿hacia qué? Me gusta lo que tenemos.

Ninguno de los dos había estado casado y últimamente él hablaba del matrimonio y hacía planes de futuro para ambos. Eso ponía nerviosa a Stevie.

—¿Qué harías si os casarais? —preguntó Carole con prudencia.

La habitación estaba casi a oscuras, salvo por la luz tenue de una lámpara de noche. Aquello se prestaba a confidencias y preguntas que tal vez no se hubiesen atrevido a hacerse de otro modo, aunque siempre se mostraban bastante sinceras la una con la otra. Sin embargo, algunos temas eran tabú, incluso entre ellas. Aquella era una pregunta que Carole nunca le había hecho, e incluso ahora había vacilado antes de hacerla.

—Suicidarme —dijo Stevie, antes de echarse a reír—. ¿En qué sentido? No lo sé... nada... Detesto los cambios. Nuestro piso es cómodo. A él no le gustan nada mis muebles, pero a mí me da igual. Tal vez pintaría la sala de estar y compraría otro perro.

Stevie no veía por qué iba a cambiar nada, aunque podía ocurrir. El matrimonio le daría a Alan un papel mucho más importante en su vida y por eso no quería casarse con él. A Stevie le gustaba su vida tal como era.

—Me refiero a tu trabajo.

—¿Mi trabajo? ¿Qué tiene que ver el matrimonio con eso, si no me caso contigo? Creo que entonces me mudaría a tu casa.

Ambas se echaron a reír.

—Trabajas muchas horas, viajas conmigo. Pasamos mucho tiempo fuera. Y cada vez que salte por los aires en un túnel, podrías quedarte atrapada en París durante muchísimo tiempo —explicó Carole con una sonrisa.

—¡Ah, te refieres a eso! ¡Vaya, no lo sé! Nunca lo he pensado. Creo que renunciaría a Alan antes de renunciar a mi empleo. De hecho, lo sé. ¡Si mi trabajo contigo le supone un problema, que se vaya al diablo! No voy a renunciar a este trabajo. Nunca. Antes tendrías que matarme.

A Carole le resultaba reconfortante oírlo, aunque a veces las cosas cambiaban de forma inesperada. Eso le preocupaba. Por otra parte, quería que Stevie tuviese una buena vida, no solo un trabajo.

—¿Qué opina Alan? ¿Se queja alguna vez?

—La verdad es que no. A veces protesta un poco si paso mucho tiempo fuera y dice que me echa de menos. Supongo que es bueno para él, salvo que encuentre a otra compañera de dormitorio. Pero es muy tranquilo y también está bastante ocupado. En realidad viaja más que yo, aunque no lo hace por el extranjero sino por California. Que yo sepa, nunca me ha engañado con otra. Tengo entendido que de joven era muy alocado. Soy la primera mujer con la que ha vivido. Hasta ahora la cosa ha funcionado bastante bien, así que ¿para qué arreglar lo que no está roto?

—¿Te ha pedido que te cases con él, Stevie?

—No, gracias a Dios, aunque me preocupa que lo haga. Nunca hablaba del matrimonio. Ahora saca el tema, y mucho últimamente. Dice que cree que deberíamos casarnos. Pero nunca me lo ha pedido. Me disgustaría si lo hiciera. Creo que se lo toma como la típica crisis de los cuarenta, cosa que también es deprimente. No me gusta nada pensar que somos tan mayores.

—No lo sois. Es bonito que se sienta responsable de ti. A mí me disgustaría que no fuese así. ¿Irás a casa de sus padres en Nochebuena?

Carole sentía curiosidad y Stevie gimió desde su catre, al otro lado de la habitación.

—Supongo. Su madre es una auténtica lata. Piensa que soy demasiado alta y demasiado mayor para él. Genial. Pero su padre es majo, y sus dos hermanas me caen bien. Son inteligentes, como él.

A Carole todo aquello le sonaba bien y le recordó que debía llamar a Chloe al día siguiente. Quería invitarla para que fuese a California varios días antes que los demás a fin de que tuviesen algo de tiempo para estar a solas. Pensaba que sería bueno para ambas.

Se quedó tumbada en la oscuridad durante unos minutos, pensando en lo que Matthieu había dicho de ella y en lo difícil y exigente que Chloe había sido incluso de niña. Eso absolvía y aliviaba un poco a Carole, aunque seguía queriendo tratar de compensar a Chloe por lo que esta creía haberse perdido. Ninguna de ellas tenía nada que perder y ambas podían ganarlo todo.

Estaba casi dormida cuando Stevie volvió a hablarle. Quería plantearle otra de esas preguntas que resultaban más fáciles de hacer en la oscuridad. No podían verse desde sus camas. Era como confesarse. La pregunta cogió a Carole por sorpresa.

—¿Sigues enamorada de Matthieu?

Stevie llevaba días preguntándoselo. Tras reflexionar un rato, ella dijo lo que más se acercaba a la verdad:

—No lo sé.

—¿Crees que podrías volver a mudarte aquí?

Stevie estaba preocupada por su trabajo, igual que Carole se preocupaba por perderla a ella. Esta vez Carole respondió deprisa; no había vacilación en su voz.

—No. Al menos no por un hombre. Me gusta mi vida en Los Ángeles. No me iré a ninguna parte —dijo para tranquilizar a su secretaria.

Aunque Anthony y Chloe se habían marchado, le gustaba la casa, la ciudad, sus amigos y el clima. Los inviernos grises de París ya no le atraían, por muy bonita que fuese la ciudad. Ya había estado allí años atrás. No sentía deseos de mudarse.

Ambas se durmieron poco después, con la tranquilidad de que su vida no iba a cambiar. El futuro era seguro, dentro de lo posible.

Cuando Carole despertó a la mañana siguiente, Stevie ya estaba levantada y vestida, y habían hecho su cama. Una enfermera entraba en la habitación con la bandeja del desayuno y la neuróloga la seguía de cerca.

Con una cálida sonrisa, la doctora se situó junto a la cama de Carole. Esta era su paciente estrella y hasta el momento su recuperación superaba todas sus expectativas. Se lo dijo a Carole mientras Stevie escuchaba junto a ella como una madre orgullosa. Tenían mucho que agradecer.

—Aún hay muchas cosas que no recuerdo. Mi número de teléfono, mi dirección. Cómo es mi casa desde fuera. Sé cómo es mi dormitorio y el jardín, e incluso mi despacho. No puedo visualizar el resto de mi casa. Soy incapaz de acordarme de la cara y el nombre de mi ama de llaves. No sé cómo crecieron mis hijos... Oigo la voz de mi padre, pero no puedo verle en mi mente... No sé quiénes son mis amigos. Apenas recuerdo nada acerca de mis matrimonios, en especial el último.

La doctora sonrió ante la inacabable letanía.

—Lo que acaba de decir podría ser una suerte. ¡Yo recuerdo demasiadas cosas de mis dos matrimonios! ¡Ah, si pudiera olvidarlos! —dijo la doctora. Las tres mujeres se echaron a reír y luego volvieron a ponerse serias—. Debe tener paciencia, Carole. Tardará meses, tal vez un año, incluso dos. Puede que algunas cosas pequeñas nunca vuelvan. Puede hacer cosas para ayudarse, fotografías, cartas, pedir a sus amigos que le cuenten cosas... Sus hijos la pondrán al corriente. Su cerebro sufrió un shock tremendo y ahora vuelve a hacer su trabajo. Necesita tiempo para recuperarse. Es como cuando se rompe una película en el cine. Se tarda un poco en volver a introducirla en el rollo y conseguir que se deslice con suavidad.

Salta y brinca durante un rato, la imagen se ve borrosa, el sonido es demasiado rápido o demasiado lento, y luego la película vuelve a correr. Debe tener paciencia durante el proceso. No conseguirá que vaya más deprisa pateando o arrojando palomitas contra la pantalla. Y, cuanto más impaciente se ponga, más difícil le resultará.

—¿Me acordaré de cómo se conduce?

Aunque su habilidad y coordinación motora ya habían mejorado, aún no eran perfectas. Los fisioterapeutas le habían apretado mucho, con buenos resultados. Su equilibrio había mejorado, pero de vez en cuando la habitación daba vueltas a su alrededor o le flaqueaban las piernas.

—Tal vez al principio no, aunque seguramente se acordará con el tiempo. En cada caso, tiene que recordar lo que antes sabía sin pensárselo dos veces. El lavavajillas, la lavadora, su coche, su ordenador... Todo lo que ha aprendido en su vida tiene que volver a introducirse en el ordenador de su cabeza o recuperarlo si estaba grabado. Creo que hay más cosas grabadas de las que cree. Puede que dentro de un año no tenga ninguna secuela del accidente. O incluso dentro de seis meses. O puede que siempre haya alguna cosa pequeña que le resulte más difícil ahora. Necesitará un fisioterapeuta en California, uno que esté familiarizado con los traumatismos cerebrales. Iba a sugerir un logopeda, pero me parece que ya no lo necesita. Tengo el nombre de un excelente neurólogo en Los Ángeles que puede seguir su caso. Le enviaremos a él todo su historial cuando usted llegue allí. Sugiero que le visite cada dos semanas al principio, pero le corresponde decidir a él. Más tarde puede visitarle una vez cada varios meses si no tiene ningún problema. Quiero que si sufre dolores de cabeza acuda a verle de inmediato. No espere a su próxima visita. Lo mismo debe hacer si nota que pierde el equilibrio. Eso podría ser un problema durante un tiempo. Hoy vamos a hacer unos cuantos escáneres, pero estoy sumamente complacida con su evolución. Es usted nuestro milagro aquí en La Pitié.

Otros supervivientes del atentado no habían evolucionado tan bien y muchos habían muerto, incluso después de los primeros días, la mayoría por quemaduras. Los brazos de Carole se habían curado; la quemadura de su cara había sido superficial y se estaba acostumbrando a la cicatriz. A la doctora le había impresionado favorablemente su falta de vanidad. Era una mujer sensata. Carole estaba mucho más preocupada por su cerebro que por su cara. Aún no había decidido si se operaría para librarse de la cicatriz o conviviría con ella durante un tiempo y decidiría más tarde qué le parecía. Le preocupaba el posible efecto de la anestesia en su cerebro, y a los médicos también. La cicatriz podía esperar.

—Aun así no quiero que viaje en avión durante unas cuantas semanas más. Sé que quiere pasar las fiestas en casa, pero me gustaría que pudiera esperar al veinte o al veintiuno, siempre que no haya complicaciones hasta ese momento. Si las hubiera, los planes cambiarían de forma considerable. Pero, tal como están las cosas, creo que estará en casa por Navidad.

En los ojos de Carole y de Stevie había lágrimas. Durante un tiempo, pareció que nunca iba a volver a casa o que no la reconocería si lo hacía. La Navidad de aquel año iba a ser fantástica con sus dos hijos bajo el árbol, y también Jason, que no pasaba las fiestas con ellos desde hacía años. Carole y los chicos estaban encantados.

—¿Cuándo puedo volver al hotel? —preguntó Carole.

Se sentía segura y cómoda en el hospital y abandonarlo la asustaba un poco, pero le gustaba la idea de pasar sus últimos días en París en el Ritz. Ya habían accedido a enviar a una enfermera con ella.

—Veamos cómo salen hoy los escáneres. Tal vez pueda volver al hotel mañana o pasado.

Carole sonrió de placer, aunque iba a echar de menos la sensación de seguridad que le daba la atención médica. Los miembros del CRS se trasladarían al Ritz con ella y la seguridad del hotel se reforzaría a su regreso. Ya estaba convenido.

—¿Qué le parecería si enviase a un médico en el vuelo a California con usted? —añadió la doctora—. Creo que sería buena idea. Se sentiría más tranquila. La presión podría causar algunos cambios capaces de alarmarla, aunque no creo que tenga ningún problema para entonces. Es solo una precaución, y viajará más cómoda.

A Carole y a Stevie les gustó la idea. Stevie no lo había dicho, pero le preocupaban el viaje y la presión, como dijo la doctora.

—Eso sería estupendo —dijo Carole enseguida mientras Stevie asentía con un gesto de aprobación.

—Tengo a un joven neurocirujano que tiene una hermana en Los Ángeles y se muere de ganas de hacer el viaje para pasar las fiestas con ella. Se lo haré saber. Estará encantado.

—Yo también —dijo Stevie, aliviada.

Le aterrorizaba la responsabilidad de estar a solas con Carole en el vuelo, por si algo salía mal estando en el aire. El vuelo duraba once horas, mucho tiempo para preocuparse por ella y no tener asesoramiento ni apoyo médico después de todo lo que había sufrido. Habían hablado de fletar un avión, pero Carole quería viajar en un vuelo comercial; el flete le parecía un gasto innecesario. Al fin y al cabo le habrían dado el alta, solo se sentiría frágil. Quería volver tal como había venido, en Air France, con Stevie a su lado, y también el joven médico con la hermana en Los Ángeles. El viaje le parecía ahora a Stevie muchísimo mejor. Incluso podría dormir, con un médico a mano, nada menos que un neurocirujano.

—Entonces creo que todo está en orden —dijo la doctora, sonriendo de nuevo—. Más tarde le haré saber cómo han salido las pruebas. Creo que pronto podrá empezar a hacer la maleta. Antes de que se dé cuenta estará bebiendo champán en el Ritz.

Sabían que bromeaba, pues ya le habían dicho a Carole que no debía beber alcohol durante algún tiempo. De todos modos no solía beber, así que no le importaba.

Cuando la doctora se marchó, Carole se levantó de la

cama y se dio una ducha. Stevie la ayudó a lavarse el pelo, y esta vez Carole echó un largo vistazo en el espejo a la cicatriz de su mejilla.

—Tengo que admitir que no es demasiado bonita —dijo, frunciendo el ceño.

—Parece la cicatriz de un duelo —dijo Stevie alegremente—. Apuesto a que puedes cubrirla con maquillaje.

—Puede que sí. Puede que sea mi insignia de honor. Al menos mi cerebro no está hecho trizas —comentó Carole, apartándose del espejo.

Mientras Carole se encogía de hombros y se secaba el pelo con una toalla, volvió a decirle a su secretaria que le asustaba un poco dejar el hospital. Se sentía como un bebé que abandona la matriz. Por eso se alegraba de llevarse a una enfermera de regreso al hotel.

Tras secarse el pelo llamó a Chloe a Londres y le dijo que no tardaría en volver al hotel y en estar de camino a Los Ángeles antes de Navidad. Carole también daba por supuesto, como todos, que los escáneres saldrían bien, o al menos que no habrían empeorado desde la vez anterior. De lo contrario no habría nada que sugerir.

—Me preguntaba si te gustaría venir unos cuantos días antes que los demás —le ofreció Carole a su hija—. Tal vez el día después de que yo llegue a casa. Puedes ayudarme a preparar la Navidad y salir de compras conmigo. Creo que no compré nada antes de venir. Sería agradable pasar ese tiempo juntas, y tal vez planear un viaje para las dos en primavera a algún sitio al que de verdad te apetezca ir.

Carole llevaba días pensando en ello y le gustaba la idea.

—¿Nosotras solas? —preguntó Chloe atónita.

—Nosotras solas. —Carole sonrió y miró a Stevie, que levantó el pulgar—. Hemos de recuperar el tiempo. Si tú te animas, yo también.

—¡Nunca pensé que harías eso, mamá! —susurró Chloe, estremecida.

—Me encantaría. Sería un placer para mí, si tú tuvieses tiempo.

Recordó que Matthieu había dicho que Chloe se mostraba muy necesitada y exigente de niña. Sin embargo, aunque así fuera, si eso era lo que deseaba, ¿por qué no dárselo? Las necesidades de cada persona eran distintas y tal vez las de Chloe fuesen mayores que las de la mayoría, por cualquier motivo, tanto si era culpa de su madre como si no. Carole tenía tiempo. ¿Por qué no utilizarlo para causarle alegría? ¿Acaso no estaban para eso las madres? Que Anthony fuese más independiente y autosuficiente no hacía que las necesidades de Chloe fuesen malas, solo distintas. Y Carole también quería pasar tiempo con ella y compartir el regalo que le había sido concedido, su vida. Después de todo eran sus hijos, aunque fuesen adultos. Fuera lo que fuese lo que ahora necesitasen de ella, quería tratar de dárselo, no solo en honor del pasado, sino también del presente y del futuro. Algún día tendrían una familia propia. Ese era el momento de pasar momentos especiales con ellos, antes de que fuese demasiado tarde. Era su última oportunidad y la estaba aprovechando por los pelos.

—¿Por qué no piensas dónde te gustaría ir? Tal vez esta primavera. A cualquier lugar del mundo.

Era un ofrecimiento genial y, como siempre, a Stevie la impresionó su jefa y amiga. Siempre hacía lo que tenía que hacer, para el bien de todos. Era una mujer extraordinaria y era una suerte conocerla.

—¿Qué te parece Tahití? —dijo Chloe de un tirón—. Puedo tomarme unas vacaciones en marzo.

—Me parece fantástico. Creo que nunca he estado allí. Al menos eso me parece. Y si he estado en Tahití, no lo recuerdo, así que será nuevo para mí —comentó antes de echarse a reír—. Ya lo sabremos. En fin, espero volver a Los Ángeles el veintiuno. Tú podrías venir el veintidós. Los demás no llegan hasta Nochebuena. No es mucho tiempo, pero algo es algo. Estaré en París hasta entonces.

Sin embargo, sabía que Chloe tenía que ponerse al día con su trabajo en el *Vogue* británico y trabajar incluso los fines de semana para recuperar el tiempo perdido, así que Carole no esperaba verla hasta justo antes de Navidad en Los Ángeles. Ella misma aún no estaba lo bastante recuperada para ir a verla a Londres. Quería tomarse las cosas con calma hasta su vuelo de vuelta a Los Ángeles, un viaje que supondría una especie de reto, aunque ahora que un neurocirujano viajaría con ellas estaba más tranquila.

—Iré el veintidós, mamá. Y gracias —dijo Chloe.

Carole notó que su agradecimiento era sincero. Al menos, Chloe apreciaba el esfuerzo que hacía su madre. Carole se dijo que tal vez siempre había hecho el esfuerzo y su hija nunca se había dado cuenta, o no era lo bastante mayor para entenderlo y sentirse agradecida. Ahora ambas se esforzaban e intentaban mostrarse amables. Eso ya era un regalo enorme para las dos.

—Te avisaré cuando vuelva al hotel, mañana o pasado —dijo Carole con calma.

—Gracias, mamá. Te quiero —dijo Chloe en tono cariñoso.

—Y yo a ti.

La siguiente llamada de Carole fue para Anthony, en Nueva York. Estaba en la oficina y parecía ocupado, pero se alegró de oírla. Ella le explicó que volvería al hotel y que estaba deseando verle por Navidad. Él parecía de buen humor, aunque le advirtió que no volviese a trabar amistad con Matthieu. Era un tema recurrente en cada llamada.

—Es que no me fío de él, mamá. La gente no cambia. Y sé cómo te amargó la vida. Todo lo que recuerdo de nuestros últimos días en París es haberte visto llorando sin parar. Ni siquiera me acuerdo de por qué. Solo sé que estabas muy triste. No quiero que vuelva a ocurrirte eso. Ya lo has pasado bastante mal. Preferiría verte volver con papá.

Era la primera vez que él decía eso y Carole se sobresaltó. No quería decepcionarle, pero no iba a volver con Jason.

—Eso no va a suceder —dijo ella con calma—. Creo que estamos mejor como amigos.

—Pues Matthieu no es ningún amigo —mascculló su hijo—. Fue un auténtico cabrón contigo cuando vivías con él. Estaba casado, ¿verdad?

Ahora Anthony solo tenía un vago recuerdo de aquello, pero la impresión negativa se había mantenido y era extrema. Habría hecho cualquier cosa por evitar que su madre volviese a sufrir aquel dolor. El simple hecho de recordarlo le hacía daño. Ella se merecía un trato mucho mejor que aquel, de cualquier hombre.

—Sí, estaba casado —dijo Carole en voz baja, temiendo verse forzada a defenderle.

—Eso me parecía. Entonces, ¿por qué vivía con nosotros?

—Los hombres hacen arreglos así en Francia. Tienen amantes además de esposas. No es una situación genial para nadie, pero aquí parecen aceptarla. En aquella época era mucho más difícil divorciarse, así que la gente vivía así. Yo quería que se divorciase, pero murió su hija y entonces su esposa amenazó con suicidarse. Él tenía un cargo demasiado alto en el gobierno para romper su matrimonio sin que eso provocase un gran alboroto en la prensa. Parece una locura, pero resultaba menos escandaloso hacer lo que hacíamos. Dijo que se divorciaría y que luego nos casaríamos. Creo que creía realmente que lo haríamos, pero nunca encontraba el momento para romper su matrimonio. Así que nos marchamos —dijo Carole con un suspiro—. No quería irme, pero tampoco que todos nosotros viviésemos así para siempre. No me parecía bien, ni para vosotros ni para mí misma. Soy demasiado estadounidense para eso. No quería ser la amante permanente de alguien y tener que llevar una vida secreta.

—¿Qué pasó con su esposa? —preguntó Anthony con severidad.

—Murió, al parecer el año pasado.

—Me voy a disgustar mucho si vuelves a tener una relación con él. Va a hacerte daño. Ya lo hizo antes —le advirtió en tono paternal.

—No tengo ninguna relación con él —dijo Carole, intentando tranquilizarle y calmarle.

—¿Hay alguna posibilidad? Sé sincera, mamá.

A ella le encantó la palabra «mamá». Aún le sonaba nueva y llena de amor. Cada vez que alguno de sus hijos la pronunciaba sentía un estremecimiento.

—No lo sé. No me lo imagino. Todo eso pasó hace mucho tiempo.

—Sigue enamorado de ti. Me di cuenta en cuanto entró.

—Si es así, está enamorado del recuerdo de quien era yo entonces. Todos nos hemos hecho mayores —respondió cansada.

Le habían ocurrido muchas cosas desde su llegada a Francia. Tenía mucho que asimilar y aprender de nuevo. Además, tenía que recuperarse. Pensarlo resultaba abrumador.

—Tú no eres mayor. Es que no quiero que te hagan daño.

—Yo tampoco. Ahora mismo ni siquiera puedo pensar en algo así.

—Estupendo —contestó él, reconfortado—. Pronto estarás en casa. Pero no le permitas empezar algo antes de que te vayas.

—No lo haré, pero tienes que confiar en mí —dijo ella, sintiéndose como una madre.

Por mucho que su hijo la quisiera, tenía derecho a tomar sus propias decisiones y llevar su propia vida, y quiso recordárselo.

—No confío en él.

—¿Por qué no le damos el beneficio de la duda de momento? No es que fuese un mal hombre; su situación era un desastre y por lo tanto la mía también. Fui imprudente al meterme en aquello, pero era joven, no mucho mayor de lo que eres tú ahora. Debería haberme dado cuenta de lo que ocurriría. Él es francés. En aquellos tiempos, los franceses no se divorciaban. Ni siquiera estoy segura de que lo hagan ahora. Aquí es una tradición nacional tener una amante.

Ella sonrió y Anthony negó con la cabeza al otro lado del hilo.

—En mi opinión, eso es una mierda.

—Sí, lo era —reconoció ella, recordándolo claramente.

Entonces cambiaron de tema y él le dijo que estaba nevando en Nueva York. La imagen de la nieve acudió a su mente, y de pronto recordó haberles llevado a patinar al Rockefeller Center cuando eran pequeños, un día que ya estaba instalado el gran árbol de Navidad y nevaba. Fue justo antes de que fuesen a París, cuando en su mundo aún estaba todo en su sitio. Jason había venido a recogerles y les había llevado a tomar un helado. Carole recordaba aquellos días como los más felices de su vida. Todo parecía perfecto, aunque no lo fuese.

—Abrígate bien —le dijo Carole, y él se echó a reír.

—Lo haré, mamá. Cuídate tú también. No hagas ninguna locura cuando vuelvas al Ritz, como salir a bailar.

Carole se quedó en blanco. No sabía si su hijo hablaba en serio.

—¿Me gusta bailar? —preguntó desconcertada.

—Te vuelve loca. Eres la reina de la pista. Cuando nos veamos por Navidad te lo recordaré. Pondremos música, o puedo llevarte a una discoteca.

—Eso suena divertido.

Si no perdía el equilibrio y se caía, pensó para sí, consternada al ver cuántas cosas ignoraba todavía de sí misma. Al menos había alguien que se las recordaba.

Charlaron durante unos minutos más y colgó, después de decirle que también le quería. Y luego la llamó Jason. Había entrado en el despacho de su hijo justo cuando Anthony colgaba, y este le dijo que su madre parecía estar bastante bien. Carole se sintió conmovida por la llamada de su ex marido.

—Anthony me ha dicho que está nevando en Nueva York —le dijo a Jason.

—Así es, y con mucha fuerza. Han caído diez centímetros en la última hora. Dicen que esta noche tendremos más de medio metro de nieve. Tienes suerte de volver a Los Ángeles y no venir aquí. Me han dicho que hoy tienen allí veinticuatro grados. Estoy deseando ir por Navidad.

—Yo estoy deseando que estemos todos juntos —dijo ella con una sonrisa cálida y sincera—. Estaba recordando el día que llevamos a los niños a patinar al Rockefeller Center y tú nos llevaste a tomar un helado. Fue muy divertido.

—Ya recuerdas más cosas que yo —dijo él con una sonrisa—. Solíamos llevar a los niños a montar en trineo en el parque. Eso también era divertido.

Lo mismo ocurría con el tiovivo y el estanque para maquetas de veleros. El zoológico. Habían hecho muchas cosas juntos, y Carole había hecho otras a solas con sus hijos entre rodaje y rodaje. Tal vez Matthieu estuviese en lo cierto y no fuese la madre negligente que temía haber sido. Según Chloe, parecía que nunca estaba cuando la necesitaban.

—¿Qué día te darán el alta? —quiso saber Jason.

—Espero que mañana. Hoy me lo dirán.

Entonces le contó que un médico volaría a Los Ángeles con ella y él pareció aliviado.

—Me parece muy acertado. No hagas ninguna locura antes de marcharte. Tómatelo con calma y dedícate a comer pasteles en el hotel.

—La doctora dice que debería caminar. Puede que haga algunas compras navideñas.

—No te preocupes por eso. Todos tenemos el único regalo de Navidad que queríamos. Te tenemos a ti.

Sus dulces palabras volvieron a conmoverla. Por mucho que rebuscase en su memoria, no podía hallar ningún sentimiento romántico hacia él, pero le quería como a un hermano. Era el padre de sus hijos, un hombre al que había amado y con el que había estado casada durante diez años, y que estaba entretejido para siempre en la tela de su corazón, aunque ahora de una forma distinta. Su relación y apego mutuo habían cambiado con los años. Al menos para ella. Con Matthieu era diferente. Carole tenía sentimientos mucho menos relajados y a veces se sentía tensa en su presencia. Con Jason eso nunca le ocurría. Jason era un lugar de cálida luz solar donde se sentía cómoda y segura. Matthieu era un misterioso jardín al que temía ir, pero aún recordaba su belleza y sus espinas.

—Nos veremos en Los Ángeles —dijo Jason alegremente antes de colgar.

Poco después entró la doctora con los resultados de sus escáneres. Mostraban que había mejorado.

—Puede irse —le dijo la doctora, sonriendo satisfecha—. Se marcha a casa... o de vuelta al Ritz, por ahora. Puede abandonar el hospital mañana.

Lo cierto es que les entristecía verla marchar, aunque se alegraban por ella. Carole también se alegraba de irse. Había sido un mes muy poco común.

Stevie le hizo la maleta e informó al departamento de seguridad del Ritz que llegarían al día siguiente. El jefe de seguridad aconsejó que entrasen por la puerta de la rue Cambon, en la parte trasera del hotel. Casi toda la prensa y los paparazzi esperaban en la place Vendôme. Carole quería entrar con el menor alboroto posible, aunque sabía que le harían fotografías tarde o temprano. Por ahora quería un respiro. Sería la primera vez que salía del hospital en un mes, después de estar a las puertas de la muerte. Stevie quería darle tiempo para recuperarse antes de que la prensa atacase. Carole Barber saliendo del hospital de París iba a ser primera plana de los periódicos de todo el mundo. No resultaba nada fácil ser una estrella y, desde luego, no permitía ninguna vida privada. Viva o muerta, el público la consideraba de su propiedad y Stevie debía protegerla de la curiosidad ajena. Los médicos le habían salvado la vida. A los CRS y al departamento de seguridad del hotel les correspondía mantenerla con vida. Así pues, Stevie suponía que su tarea era la más fácil.

Matthieu la llamó esa noche para ver cómo estaba. Por un asunto del bufete se encontraba en Lyon, donde tenía un caso pendiente.

—¡Me marcho a casa! —exclamó con una risa placentera.

—¿A Los Ángeles? —preguntó él abatido, tras un breve silencio.

—No, al hotel —contestó ella, con una carcajada—. Quieren que pase aquí dos semanas más antes de marcharme para asegurarse de que estoy bien—. Envían a un médico a casa en el avión conmigo, y me llevo a una enfermera al hotel. Estaré perfectamente. La doctora acudirá allí a comprobar cómo estoy. Mientras no haga ninguna locura o estupidez, y nadie trate de matarme otra vez, estaré muy bien. Tengo que pasear para recuperar el uso de las piernas. Tal vez pueda hacer ejercicio en la joyería de la place Vendôme.

Carole bromeaba, ya que nunca se compraba joyas, pero estaba muy animada. Matthieu se sintió aliviado al saber que de momento no se marcharía. Quería pasar algún tiempo con ella antes de que volviese a Los Ángeles. Era demasiado pronto para perderla otra vez.

—Podemos ir a Bagatelle y caminar —sugirió, y al oír la palabra Carole recordó haber estado allí con él. Y en los Jardines de Luxemburgo y el Bois de Boulogne. Había una multitud de lugares por los que pasear en París—. Volveré mañana. Te llamaré. Ten cuidado, Carole.

—Lo haré, te lo prometo. Me da un poco de miedo abandonar el hospital. Tengo la impresión de que mi cabeza es de cristal.

Exageraba un poco, pero ahora era muy consciente de su fragilidad y su propia mortalidad y no quería correr riesgos. La perspectiva de alejarse de los médicos que le habían salvado la vida resultaba aterradora. Le tranquilizaba llevarse una enfermera al hotel y Stevie había conseguido una habitación contigua a su suite, por lo que dormiría cerca si Carole tenía un problema, cosa que nadie esperaba. Pero se preocupaban de todos modos, y Matthieu también parecía inquieto a través del teléfono:

—¿Estás segura de que deberías viajar tan pronto?

Tenía un interés personal en que se quedase, pero se preocupaba sinceramente por ella, incluso como amigo.

—Dicen que todo irá bien, siempre que no ocurra nada raro en las próximas dos semanas. Y quiero estar en casa por Navidad con mis hijos.

—Podrían celebrarla contigo en el Ritz —dijo él esperanzado.

—No es lo mismo.

Además, ahora París tenía una connotación desdichada para todos ellos. Sus hijos tardarían algún tiempo en volver a sentirse cómodos en el Ritz y no pensar en los días angustiosos que habían pasado allí esperando a saber si su madre sobreviviría. Sería bueno llegar a casa, sobre todo para ella.

—Lo entiendo. Si te apetece, me gustaría visitarte en el hotel mañana a mi regreso.

—Eso sería estupendo —dijo ella con calma.

Estaba deseando verle e incluso pasear con él. Un paseo parecía bastante inofensivo.

—Nos vemos mañana —dijo Matthieu antes de colgar.

Se quedó pensando en ella y temiendo el día en que volviese a abandonarle, esta vez quizá para siempre.

15

Preparar a Carole para abandonar el hospital fue más arduo de lo que Stevie esperaba. Cuando despertó al día siguiente, Carole estaba cansada y nerviosa por tener que abandonar el capullo de protección que le habían proporcionado. Una vez más, tenía que pasar de oruga a mariposa. Después de que Stevie la ayudase a lavarse el pelo, Carole se maquilló por primera vez y supo disimular muy bien la cicatriz de la mejilla. Stevie la ayudó a ponerse unos vaqueros, un suéter negro, un chaquetón marinero que tenía en el hotel y un par de mocasines de ante negro. Llevaba sus pendientes de diamantes y el pelo recogido en su habitual cola de caballo, lisa y brillante. Volvía a parecer Carole Barber y no una paciente con una bata de hospital, e incluso después del calvario que había sufrido su belleza natural resultaba deslumbrante. Delgada y un poco frágil, se sentó en una silla de ruedas. Los médicos y las enfermeras acudieron a despedirse. La enfermera que iría al Ritz con ellas llevaba puesto el abrigo y empujaba la silla, mientras los dos miembros del CRS que tenían asignados caminaban a ambos lados de Carole con mirada severa, sosteniendo sus ametralladoras. Stevie llevaba el bolso de Carole y el suyo propio. Formaban un grupo de lo más variopinto.

Bajaron en el ascensor y cruzaron el vestíbulo rodeados

por los guardias de seguridad del hospital. El director acudió a estrecharle la mano y desearle lo mejor. Fue una marcha conmovedora. Su propia doctora les acompañó hasta el coche que el Ritz le había enviado, una larga limusina Mercedes. Los dos escoltas, la enfermera, Stevie y Carole desaparecieron rápidamente en el interior. Ella bajó la ventanilla y saludó a la multitud de admiradores de la acera, mientras Stevie se maravillaba ante la ausencia de fotógrafos en las proximidades que les entorpeciesen el paso. Con suerte, entrarían en el hotel con la misma facilidad, por la rue Cambon, y llegarían a la suite de Carole sin incidentes. Esta ya parecía cansada. Levantarse, vestirse y salir a la calle había supuesto toda una conmoción para ella, un gran cambio.

La limusina se deslizó en la rue Cambon y se detuvo ante la entrada posterior del Ritz, que habían abierto especialmente para Carole. Se puso en pie tambaleándose un poco, miró hacia el cielo y sonrió, mientras los miembros del CRS se situaban junto a ella. Caminó por sus propios medios hacia la entrada del hotel, sonriendo al tiempo que aparecían cuatro fotógrafos entre la puerta del hotel y ella. Carole vaciló un instante y luego continuó caminando sonriente. Después de todo, alguien les había avisado. Los miembros del CRS les hicieron señas para que se apartaran y los paparazzi se hicieron a un lado, disparando foto tras foto, gritando su nombre, mientras uno de ellos chillaba «¡Brava!» y le lanzaba una rosa. Ella la cogió, se volvió y le sonrió antes de desaparecer con elegancia en el hotel.

El director la esperaba dentro y la acompañó a su suite. El simple hecho de llegar hasta allí era una tarea más dura de lo que Carole esperaba. Tras recorrer los pasillos en los que se alineaban los guardias de seguridad, llegó a su suite cansada, pero le agradeció al director el enorme ramo de rosas que se alzaba más de un metro encima de una mesa para darle de nuevo la bienvenida al Ritz. Al cabo de unos minutos el hombre salió de la habitación y los miembros del CRS se apostaron en el exterior, mientras los guardias del hotel se situaban a su alrededor. Stevie dejó la bolsa de Carole y le dedicó una mirada severa.

—Siéntate. Se te ve derrotada —dijo preocupada por su amiga, que tenía la cara del color de la nieve.

—Lo estoy —reconoció Carole, sentándose despacio.

Se sentía como si tuviese cien años. La enfermera la ayudó a quitarse el abrigo y luego se quitó el suyo propio y lo dejó a un lado.

—No puedo creer lo cansada que estoy. Lo único que he hecho es salir de la cama y venir hasta aquí en coche, pero me siento como si me hubiese atropellado un autobús —se quejó a Stevie con cara de agotamiento.

—Es que lo que te ocurrió hace un mes fue más o menos eso. Date tiempo.

Stevie aún estaba molesta de ver que alguien había advertido a la prensa de la llegada de Carole. Resultaba inevitable, pero ahora se le echarían encima y la esperarían en cada salida del hotel. Siempre que quisiera salir, tendría que abrirse paso entre ellos. Stevie contemplaba la opción de utilizar la salida de servicio. Lo habían hecho en otras ocasiones, aunque no estaba lejos de la puerta de Cambon y también estaría vigilada. Eso no hacía más que añadir más tensión a la existencia de Carole, algo que no necesitaba en ese momento. Habría sido agradable que nadie se hubiese enterado del traslado del hospital al hotel. Eso era esperar demasiado, con camareras limpiando su habitación, camareros del servicio de habitaciones trayéndole comida y todo el cotilleo interno de un gran hotel, aunque fuese el Ritz. Alguien tenía que contárselo a la prensa. Les pagaban generosamente por hacerlo.

Sin preguntarle, Stevie le dio una taza de té, que Carole cogió agradecida. Se sentía como si esa mañana hubiese escalado el Everest. Y con lo que había sufrido, no era para menos.

—¿Quieres comer algo?

—No, gracias.

—¿Por qué no te acuestas un rato? Creo que acabas de hacer tu ejercicio matutino.

—¡Mierda! ¿Alguna vez volveré a sentirme normal? No estaba tan cansada en el hospital. Me siento como si hubiese muerto.

—Es que has muerto y has resucitado —confirmó Stevie—. Te sentirás mejor al cabo de un par de días, o puede incluso que antes. Necesitas acostumbrarte a tu nuevo entorno y a no estar envuelta en algodones en el hospital. Cuando me quitaron el apéndice hace dos años, me sentía como si tuviese unos noventa años al llegar a casa. Cinco días después estaba bailando como una loca en una discoteca. Dale tiempo, nena. Dale tiempo —la tranquilizó Stevie.

Carole suspiró. Se desanimaba al sentirse tan conmocionada y débil. Sin embargo, lo que le estaba ocurriendo era normal. El paso del hospital al mundo real, aunque se hubiese efectuado de manera suave y dirigido con cuidado, era para ella como ser disparada desde un cañón. Carole entró despacio en el dormitorio y miró asombrada a su alrededor. Vio el escritorio y su ordenador y su bolso encima. Le daba la sensación de haber salido de la habitación horas antes para dar su decisivo paseo. Cuando se volvió hacia Stevie había lágrimas en sus ojos.

—Me produce una sensación extraña pensar que, pocas horas después de salir de esta habitación, estuve a punto de morir. Es como morir y volver a nacer, o tener otra oportunidad.

Stevie asintió y abrazó a su amiga.

—Ya lo sé. Yo también lo he pensado. ¿Quieres que intercambiemos las habitaciones?

Carole negó con la cabeza. No quería que la mimasen. Necesitaba tiempo para adaptarse a lo que había ocurrido, no solo físicamente, sino también desde un punto de vista psicológico. Se echó en la cama y miró a su alrededor. Stevie le trajo el resto del té. Acostada se sentía mejor. Había sido estresante para ella ver a la prensa, aunque no se notase. Nunca se notaba. Parecía una reina mientras saludaba con elegancia a los periodistas y pasaba sonriente por su lado con su largo cabello rubio y los diamantes destellando en las orejas.

Al final Stevie acabó pidiendo el almuerzo para las dos, y Carole se sintió mejor después de comer. Se deleitó con un baño caliente en la gigantesca bañera del cuarto de baño de mármol rosa, y luego se tendió en la cama de nuevo vestida con el grueso albornoz de rizo rosa del hotel. Eran las cuatro cuando llamó Matthieu, y para entonces se había echado una siesta y se encontraba mejor.

—¿Cómo te va en el hotel? —preguntó él con amabilidad.

—Llegar hasta aquí ha sido más difícil de lo que pensaba —reconoció ella—. Cuando hemos llegado estaba molida, pero ya me siento mejor. Ha sido una sacudida tremenda. Además, nos hemos tropezado con varios paparazzi en la puerta trasera. Seguramente al salir del coche parecía la novia de Frankenstein. Apenas podía andar.

—Estoy seguro de que estabas preciosa, como siempre.

—Uno de los paparazzi me ha lanzado una rosa. Ha sido muy amable, pero ha estado a punto de derribarme. La expresión «casi me caigo de espaldas» parece haber adquirido un nuevo significado.

Matthieu se echó a reír ante sus palabras.

—Iba a pedirte que dieras un paseo conmigo, pero me da la impresión de que no te apetece. ¿Prefieres una visita? Tal vez podamos salir de paseo mañana. O con el coche, si te parece mejor.

—¿Te gustaría venir a merendar? —ofreció ella.

No le apetecía que viniese a cenar y tampoco estaba segura de que fuese adecuado. Su relación era endeble, muy afectada por las penas del pasado, así como por el amor que habían compartido.

—Eso me parece perfecto. ¿A las cinco? —sugirió él, aliviado al saber que estaba dispuesta a verle.

—No me iré a ninguna parte —le aseguró Carole—. Aquí estaré.

Matthieu estaba allí una hora más tarde. Vestía un traje oscuro y formal y su sobretodo gris. Esa tarde hacía un frío recio y tenía las mejillas enrojecidas por el viento. Carole llevaba el mismo suéter negro y los vaqueros con los que salió del hospital, los mocasines de ante negro y los pendientes de diamantes en las orejas. A él le pareció exquisita, aunque muy pálida. Pero sus ojos brillaban y se encontraba mejor mientras tomaban té, pasteles y dulces de La Durée, que le había enviado el hotel. Matthieu se había alegrado de ver a la escolta en la puerta de su habitación y a la seguridad del hotel en el pasillo de toda la planta. No pensaban correr riesgos con ella, y más les valía. El incidente del hospital les había servido de advertencia. Carole corría peligro.

—¿Qué tal te ha ido por Lyon? —preguntó ella con una sonrisa serena, contenta de verle.

—Ha sido un fastidio. Tenía una comparecencia que no podía aplazar y he estado a punto de perder el tren de regreso. Las penas y desventuras de un ciudadano y abogado corriente —respondió él con una carcajada.

Carole pareció volver a la vida mientras charlaban. Estaba más animada y se sentía mejor. Matthieu observó con gusto que se comía una docena de dulces y compartía con él un petisú de café. Esperaba que hubiese recuperado el apetito. Estaba muy delgada, aunque no tan pálida como a su llegada. Teniendo en cuenta todo lo que le había sucedido en las últimas semanas, resultaba extraordinario verla allí sentada, con sus pendientes de diamantes y sus vaqueros. Esa tarde le habían hecho la manicura en la habitación. Le habían pintado las uñas de rosa claro, el único color que llevaba desde hacía años. Matthieu admiró en silencio sus largos dedos elegantes mientras se bebía el té a sorbos. Stevie les había dejado solos y se había retirado a su propia habitación con la enfermera. Stevie estaba convencida de que Carole se sentía cómoda a solas con él. Le había dedicado una mirada inquisitiva antes de salir del salón de la suite y Carole sonrió y asintió con la cabeza para indicarle que podía marcharse tranquila.

—Temí no volver a ver nunca esta habitación —reconoció Carole.

—Yo también —confesó él con una mirada de alivio.

Estaba deseando sacarla del hotel y dar un paseo con ella, pero era evidente que Carole no estaba preparada para aventurarse tan lejos, aunque también le habría gustado.

—Siempre que vengo a París me busco problemas, ¿verdad? —dijo con una sonrisa maliciosa, y luego empezaron a hablar de su libro.

Carole había tenido unas cuantas ideas en los últimos días y esperaba poder volver al trabajo una vez que regresase a Los Ángeles. Matthieu la admiraba por ello. A él las editoriales siempre le estaban pidiendo que escribiese sus memorias, pero aún no lo había hecho. Había muchas cosas que quería hacer y por eso tenía previsto jubilarse al año siguiente, para dedicarse a aquello con lo que soñaba antes de que fuese demasiado tarde. El fallecimiento de su esposa le había recordado que la vida era breve y muy valiosa, sobre todo a su edad. En Navidad iría a esquiar con sus hijos a Val d'Isère. Carole dijo con pesar que sus días de esquiar habían terminado. Lo último que necesitaba era otro golpe en la cabeza, y él estuvo de acuerdo. Eso les recordó a ambos cuánto se divertían esquiando juntos durante la permanencia de Carole en Francia. Habían ido varias veces y se llevaron a los hijos de ella. Matthieu era un esquiador consumado y ella también. En su juventud, él había formado parte de un equipo nacional de competición.

Hablaron de muchas cosas mientras fuera caía la oscuridad. Eran casi las ocho cuando Matthieu se puso en pie. Se sentía culpable por haberla tenido despierta tanto rato. Carole necesitaba descanso. Se había quedado durante mucho tiempo y ella parecía cansada, pero relajada. Y entonces, mientras se levantaban, lanzó una exclamación al mirar por las ventanas cubiertas por largas cortinas. Fuera estaba nevando y Matthieu vio que Carole abría la ventana y sacaba la mano, tratando de tocar los copos de nieve. Ella se volvió a mirarle con los ojos desorbitados de una niña.

—¡Mira! ¡Está nevando! —dijo alegremente.

Él asintió y le sonrió. Carole contempló la noche y sintió que la embargaba un sentimiento de gratitud. Todo tenía un significado nuevo para ella y los placeres más pequeños le producían alegría. Ella era la mayor alegría de todas para él. Siempre lo había sido.

—¡Es tan bonito...! —añadió Carole, asombrada.

Matthieu estaba justo detrás de ella aunque sin tocarla. Gozaba de su presencia y temblaba por dentro.

—Tú también lo eres —dijo en voz baja.

Se sentía muy feliz de hallarse allí y de que Carole le permitiese estar con ella. Era un regalo muy valioso.

Entonces Carole se volvió a mirarle de nuevo. La nieve caía detrás de ella.

—La noche que me trasladé a nuestra casa estaba nevando... Tú estabas allí conmigo. Tocamos los copos y nos besamos... Recuerdo que pensé que nunca olvidaría aquella noche, era tan bonita... Dimos un largo paseo a orillas del Sena, mientras la nieve caía a nuestro alrededor... Yo llevaba un abrigo de pieles con capucha... —susurró ella.

—... parecías una princesa rusa...

—Eso me dijiste.

Él asintió mientras ambos recordaban la magia de aquella noche, y luego, de pie ante la ventana abierta del Ritz, se movieron imperceptiblemente el uno hacia el otro y se besaron mientras el tiempo se detenía.

16

A la mañana siguiente, cuando Matthieu la llamó al Ritz, Carole parecía preocupada. Se encontraba mejor y tenía las piernas más fuertes, pero la noche anterior se había pasado varias horas despierta pensando en él.

—Lo de anoche fue una tontería... Lo siento... —dijo en cuanto se puso al teléfono.

La idea la había perturbado durante toda la noche. No quería repetir la historia con él. Sin embargo, los recuerdos de aquella noche lejana fueron tan conmovedores que se dejó arrastrar. Ambos habían sentido lo mismo que sentían años atrás. Ejercían el uno en el otro un efecto abrumador.

—¿Por qué fue una tontería? —preguntó él, decepcionado.

—Porque las cosas son distintas. Eso era entonces. Esto es ahora. No se puede retroceder en el tiempo. Además, no tardaré en marcharme. No pretendía confundirte.

Tampoco quería que él la confundiese a ella. Cuando él se marchó la cabeza le daba vueltas y no precisamente por el golpe recibido, sino por Matthieu y el renacimiento de sus sentimientos hacia él.

—No me confundiste, Carole. Si estoy confuso es obra mía, pero no creo estarlo.

Sus sentimientos hacia ella nada tenían de confusos. Sabía que de nuevo estaba enamorado de ella y que siempre lo había estado. Nada había cambiado para él. Era Carole quien había cerrado la puerta y estaba tratando de volver a hacerlo.

—Quiero que seamos amigos —dijo ella con firmeza.

—Ya lo somos.

—No quiero más besos —dijo Carole.

Trataba de parecer fuerte pero estaba asustada. Conocía el efecto que Matthieu ejercía en ella. La noche anterior lo sintió como un maremoto.

—Entonces no los habrá. Te doy mi palabra de honor —prometió él.

Sin embargo, Carole sabía muy bien lo que significaban las promesas para él. Nunca las mantenía, al menos antes.

—Ya sabemos lo que vale —se le escapó a Carole, y Matthieu lanzó un grito ahogado—. Lo siento. No pretendía decir eso.

—Sí que lo pretendías y yo me lo merezco. Digamos simplemente que mi palabra vale más que antes.

—Lo siento.

Carole estaba avergonzada de sus palabras. No se controlaba como de costumbre, pero eso no era una excusa, tanto si él se lo merecía como si no. No obstante, él no pareció reprochárselo.

—No pasa nada. ¿Y nuestro paseo? ¿Te apetece? Tendrás que ponerte una buena chaqueta.

La nieve de la noche anterior ya se había fundido. Solo había sido una breve ventisca, pero fuera hacía frío. Matthieu no quería que se pusiera enferma.

—Tengo una... o, mejor dicho, la tenía. Le pediré prestado a Stevie la suya.

Recordaba haberla llevado aquella noche en el túnel, pero había desaparecido junto con todas las demás prendas de vestir por la fuerza de la explosión. Cuando la ambulancia la recogió, su ropa estaba hecha jirones.

—¿Adónde quieres ir?

—¿A Bagatelle? —preguntó ella pensativa.

—Excelente. Lo organizaré todo para que tu escolta nos siga en otro coche —dijo Matthieu.

No pensaba correr riesgos y a Carole le pareció muy bien. La cuestión sería salir del hotel. Ella sugirió que se encontrasen enfrente del Crillon, donde ella pasaría de su propio coche al de él.

—Eso suena a espionaje —comentó él con una sonrisa.

Aquello le resultaba familiar; años atrás también se mostraban prudentes.

—Es que es espionaje —dijo ella con una carcajada—. ¿A qué hora quedamos? —añadió, más contenta y a gusto que minutos atrás. Solo intentaba establecer unos límites.

—¿Qué te parece a las dos? Antes tengo reuniones.

—Nos vemos en el Crillon a las dos. Por cierto, ¿cómo es tu coche? No me gustaría nada confundirme —dijo ella entre risas.

Matthieu pensó que el conductor del otro coche se alegraría.

—Tengo un Peugeot azul marino. Llevaré un sombrero gris, una rosa en la mano y un solo zapato.

Carole se echó a reír. Ahora recordaba también su sentido del humor. Él le había proporcionado diversión además de pena. Carole aún estaba irritada consigo misma por haberle besado la noche anterior. No volverían a hacerlo. Estaba decidida.

Carole le pidió a Stevie que solicitara el coche y tomaron el almuerzo en bandejas en la habitación. Tomó un sándwich club, que le supo a gloria, y la sopa de pollo del hotel.

—¿Seguro que te apetece salir? —preguntó Stevie preocupada.

Tenía mejor aspecto que el día anterior, pero salir a dar un paseo suponía un gran paso y seguramente era demasiado pronto. No quería que Matthieu agotara o disgustara a Carole, que parecía cansada y desazonada cuando él se marchó la noche anterior.

—Ya veré cómo me siento. Si me canso demasiado puedo volver.

Matthieu tampoco dejaría que se excediera.

Tomó prestado el abrigo de Stevie, quien la acompañó hasta el coche que aguardaba en la rue Cambon. Llevaba sobre la cabeza la capucha del abrigo y gafas oscuras. Iba vestida con la misma ropa que el día anterior, esta vez con un grueso suéter blanco. Había dos paparazzi esperando en la calle, que la fotografiaron subiendo al coche. Stevie la acompañó a lo largo de dos manzanas y luego volvió caminando al hotel, y Carole siguió acompañada de sus dos escoltas.

Matthieu la esperaba en la puerta del Crillon, exactamente donde dijo que estaría, y ella pasó de su coche al de él sin que nadie se fijara en ella. No la habían seguido. Cuando se reunió en el coche con él jadeaba y estaba un poco mareada.

—¿Cómo te encuentras? —preguntó Matthieu con mirada preocupada.

Cuando se quitó la capucha y las gafas oscuras, él vio que seguía estando pálida, aunque muy guapa. Aún le quitaba la respiración.

—Bastante bien —dijo ella en respuesta a su pregunta—. Un poco insegura al andar, pero me apetecía salir del hotel. Ya me estoy cansando de estar atrapada en la habitación. Estoy comiendo demasiados pasteles por falta de algo mejor que hacer. Parece una tontería, pero es agradable ir a dar un paseo. Es lo más emocionante que he hecho en un mes.

Salvo besarle. Pero no se permitiría pensar en ello en ese momento. Matthieu vio en sus ojos que estaba en guardia y que quería mantener las distancias con él, aunque le había besado en la mejilla al subir. Los viejos hábitos eran difíciles de eliminar, incluso después de quince años. Carole tenía grabado en su ser un hábito de intimidad con él. Estaba enterrado, pero no había desaparecido.

Fueron en coche hasta Bagatelle. Brillaba el sol. Hacía frío y viento, pero ambos iban bien abrigados. Carole se sorprendió al ver lo bien que le sentaba estar al aire libre. Se agarró del brazo de él para afianzarse y caminaron despacio durante largo rato. Cuando volvieron al coche, ella se había quedado sin respiración. La escolta había permanecido lo bastante alejada para que tuviesen intimidad, pero lo bastante cerca para preservar su seguridad.

—¿Cómo te encuentras? —le preguntó él de nuevo.

Temía que hubiesen caminado demasiado y se sintió culpable, pero su compañía resultaba demasiado embriagadora para renunciar a ella.

—¡De maravilla! Me sienta bien estar viva —respondió Carole con los ojos brillantes y las mejillas encendidas.

A Matthieu le habría gustado llevarla a alguna parte, pero no se atrevió. Vio que estaba cansada, aunque relajada. Carole y él charlaron animadamente en el trayecto de regreso al hotel. A pesar de sus planes de «espionaje», él la llevó al Ritz en su coche, mientras el de ella les seguía. Ambos olvidaron detenerse en el Crillon. Estaban en la fachada del Ritz que daba a la place Vendôme, la entrada principal del hotel. Carole se recordó a sí misma que no tenían nada que ocultar. Ahora no eran más que viejos amigos, y ambos viudos. Se le hacía raro que ahora tuviesen eso en común. En cualquier caso, eran libres y no tenían pareja, y él era un simple abogado, no un ministro de Francia.

—¿Quieres subir? —le preguntó Carole, poniéndose la capucha de nuevo. Prescindió de las gafas oscuras porque no vio a ningún paparazzi esperando.

—¿Te apetece? ¿No estás muy cansada? —preguntó él preocupado.

—Seguramente me afectará más tarde. Ahora mismo me encuentro muy bien. La doctora dijo que debía salir de paseo.

A Matthieu solo le preocupaba que hubiesen caminado demasiado, pero Carole parecía muy animada.

—Podemos volver a merendar, sin el beso —le recordó, y Matthieu se echó a reír.

—Desde luego, eso deja las cosas claras. De acuerdo, merendaremos sin el beso. Aunque tengo que reconocer que me gustó —dijo él con sinceridad.

—También a mí —dijo Carole con una tímida sonrisa—. Pero eso no está en el menú. Ayer fue una especie de plato del día antiguo.

Había sido un desliz, por muy dulce que supiese en su momento.

—¡Qué lástima! ¿Por qué no subes con tu escolta? Aparcaré el coche y subiré en un momento.

De esa forma, si un paparazzi al acecho le hacía una foto, no tendría que explicar la presencia de él.

—Hasta ahora —dijo Carole mientras bajaba del coche.

Los escoltas bajaron de un salto del otro automóvil y se adaptaron al paso de Carole. Al cabo de un instante, una ráfaga de flashes se disparaba en su cara. Al principio Carole se quedó sorprendida, aunque enseguida saludó con una amplia sonrisa. Mientras le hacían fotos no tenía sentido ponerse antipática. Había aprendido eso muchos años atrás. Entró deprisa en el hotel, cruzó el vestíbulo y tomó el ascensor para subir a su habitación. Stevie la aguardaba en la suite. Ella también acababa de regresar de la calle. Se puso un cortaviento en sustitución del abrigo que Carole había tomado prestado y dio un agradable paseo por la rue de la Paix. Tomar un poco el aire le sentó muy bien.

—¿Cómo ha ido? —preguntó Stevie cortésmente.

—Ha ido muy bien —contestó Carole.

Se estaba demostrando a sí misma que podían ser amigos.

Matthieu llegó a la habitación al cabo de un minuto. Stevie pidió bocadillos y té para ellos, que Carole devoró en cuanto los trajeron. Su apetito había mejorado y Matthieu vio que el paseo le había beneficiado. Parecía cansada pero contenta mientras estiraba las piernas y hablaban, como siempre, de diversas cosas, tanto filosóficas como prácticas. En los viejos tiempos a él le encantaba hablar de política con ella y valoraba sus opiniones. Carole aún no estaba en condiciones de hacerlo, ni tampoco estaba al día en cuestiones de política francesa.

Esta vez Matthieu no se quedó tanto rato y cumplió su promesa de no besarla. La nieve de la noche anterior había traído una avalancha de recuerdos, y con ellos sentimientos que la habían sorprendido y la habían llevado a bajar la guardia. Ahora sus límites volvían a estar en su sitio y él la respetaba por ello. Lo último que quería era hacerle daño. Carole era vulnerable y frágil, y hacía poco que había vuelto a la vida. Matthieu no quería aprovecharse de ella, solo estar en su compañía de cualquier forma que ella lo permitiese. Se sentía agradecido por lo que tenían. Resultaba difícil creer que quedase algo después de toda la tierra quemada del pasado.

—¿Damos otro paseo mañana? —preguntó él antes de marcharse.

Ella asintió complacida. También disfrutaba del tiempo que pasaban juntos. Estaba en el umbral de la suite y él la miró con una sonrisa.

—Nunca creí que volvería a verte —dijo, saboreando el momento.

—Yo tampoco —reconoció ella.

—Nos vemos mañana —dijo Matthieu en voz baja, y luego salió de la suite.

Al marcharse saludó a los dos escoltas. Salió del Ritz con la cabeza baja, pensando en Carole y en lo agradable que había sido caminar sencillamente con ella agarrada del brazo.

Al día siguiente se encontraron a las tres. Caminaron durante una hora y luego dieron un paseo en coche hasta las seis. Aparcaron durante un rato en el Bois de Boulogne y hablaron de su antigua casa. Matthieu dijo que hacía años que no la veía y quedaron en pasar por allí de camino hacia el hotel. Era una peregrinación que Carole ya había hecho, pero ahora la harían juntos.

La puerta del patio volvía a estar abierta y, mientras la escolta aguardaba discretamente en el exterior, entraron juntos. De forma instintiva, ambos levantaron la vista hacia la ventana de su antiguo dormitorio, se miraron y se cogieron de la mano. Allí habían compartido muchas cosas, habían albergado muchas esperanzas y luego habían perdido sus sueños. Era como visitar un cementerio en el que hubiese sido enterrado su amor. Carole pensó en el bebé que había perdido y le miró con los ojos húmedos. No podía evitar sentirse más cerca que nunca de Matthieu.

—Me pregunto qué habría pasado si lo hubiésemos tenido —dijo en voz baja.

Él supo a qué se refería y suspiró. Vivieron momentos terribles cuando ella se cayó de la escalera y todo lo que ocurrió después.

—Supongo que ahora estaríamos casados —dijo él, con un profundo tono de pesar.

—Tal vez no. Tal vez no habrías dejado a Arlette ni siquiera en ese caso.

En Francia había muchos hijos ilegítimos. Era una tradición que se remontaba a la monarquía.

—Si ella se hubiese enterado, habría muerto —le dijo a Carole con tristeza—. En cambio, casi te mueres tú.

Había sido una tragedia para ambos.

—No tenía que ser —dijo Carole con filosofía.

Aún iba a la iglesia cada año, el día en que murió el bebé. Se dio cuenta de que se acercaba la fecha y apartó la idea de su mente.

—Ojalá lo hubiese sido —dijo él en voz baja, y tuvo que contenerse para no besarla de nuevo.

En lugar de eso, recordando su promesa, la estrechó entre sus brazos durante largo rato mientras sentía su calor y pensaba en lo felices que habían sido en esa casa durante lo que parecía mucho tiempo. Desde la perspectiva de una vida, dos años y medio no eran nada, aunque en aquel momento habían sido el mundo entero de los dos.

Esta vez fue Carole quien volvió la cara hacia él y le besó primero. Matthieu se sobresaltó y vaciló, pero luego dejó que su propia determinación se desvaneciese mientras le devolvía el beso y después la besaba de nuevo. Tuvo miedo de que Carole se enfadase con él, pero no fue así. Sus sentimientos hacia él la embargaban de tal manera que nada habría podido detenerlos. Se sentía arrastrada por una corriente.

—Ahora vas a decirme que no he cumplido mi palabra —la regañó él preocupado.

No quería que estuviese enfadada con él, aunque se sentía aliviado al ver que no lo parecía.

—Soy yo quien no ha cumplido la suya —dijo Carole con calma mientras salían del patio y se dirigían al coche—. A veces me parece que mi cuerpo te recuerda mejor que yo —susurró—. Ser simples amigos no es tan fácil como yo creía —dijo con sinceridad.

—Tampoco lo es para mí —reconoció él—, pero haré lo que tú quieras.

Por lo menos le debía eso. Sin embargo, ella siempre le sorprendía.

—Tal vez deberíamos limitarnos a disfrutar durante las dos próximas semanas, por los viejos tiempos, y despedirnos para siempre cuando me marche.

—No me gusta ese plan —dijo él mientras subían al coche—. ¿Qué tendría de malo que saliésemos juntos otra vez? Puede que estuviésemos destinados a encontrarnos. Puede que esta sea la forma que tiene Dios de darnos otra oportunidad. Ambos somos libres ahora, no hacemos daño a terceros ni tenemos que responder ante nadie.

—No quiero volver a sufrir —dijo Carole con claridad, mientras él arrancaba el coche y se volvía a mirarla—. La última vez sufrí demasiado.

Él asintió. No podía negar eso.

—Lo entiendo —contestó, antes de hacerle una pregunta que le había obsesionado durante años—. ¿Me perdonaste alguna vez, Carole, por fallarte y no hacer lo que dije que haría? Pretendía hacerlo, pero las cosas nunca salían como yo quería. Al final no pude. ¿Me perdonaste por eso y por hacerte tanto daño?

Matthieu sabía que no tenía derecho, pero confiaba en que así fuese, aunque no estaba seguro. ¿Por qué iba a hacerlo? Él no lo merecía.

Carole le miró con los ojos muy abiertos y llenos de sinceridad.

—No lo sé. No me acuerdo. Todo eso ha desaparecido. Recuerdo la parte buena y el dolor. No sé qué pasó después de eso. Lo único que sé es que tardé mucho tiempo en recuperarme.

Era la mejor respuesta que iba a conseguir. Ya era bastante insólito que estuviese dispuesta a pasar tiempo con él en aquellas circunstancias extraordinarias. Que le perdonase era demasiado pedir y Matthieu sabía que no tenía derecho a eso.

Él la dejó en el hotel y prometió volver al día siguiente para llevarla a dar otro paseo. Carole quería volver a los Jardines de Luxemburgo, adonde tantas veces había ido con Anthony y Chloe cuando vivían allí.

Mientras volvía a casa, Matthieu solo podía pensar en los labios de ella contra los suyos. Entró con su llave, cruzó el vestíbulo hasta su estudio y se sentó a oscuras. No tenía ni idea de qué decirle o de si volvería a verla alguna vez cuando se marchase. Sospechaba que ella tampoco lo sabía. Por primera vez, no tenían historia ni futuro; lo único que tenían era cada día que llegaba. No había modo de saber qué sucedería después.

17

Pasear por los Jardines de Luxemburgo con Matthieu le trajo a Carole una lluvia de recuerdos de todas las ocasiones en que había estado allí con sus hijos y con él. La primera vez que visitó esos jardines iba acompañada por él, y después volvió un centenar de veces con Anthony y Chloe.

Recordaron entre risas travesuras de los niños y otros momentos que a ella se le habían escapado hasta entonces. Caminar por París con él le traía a la memoria muchas cosas que de otro modo habrían seguido en el olvido, en su mayoría momentos buenos y tiernos que habían compartido. El dolor que él le había causado parecía ahora un poco más lejano en contraste con la felicidad que recordaba.

Seguían charlando y riéndose cuando bajaron del coche de Matthieu frente a la puerta del Ritz. Carole le había invitado a cenar en su suite y él había aceptado. Matthieu le estaba entregando las llaves de su coche al *voiturier*, con Carole agarrada de su brazo, cuando les sorprendió el destello de una instantánea. Sobresaltados, ambos levantaron la mirada hacia el fotógrafo y Carole sonrió la segunda vez, mientras Matthieu aparecía digno y severo. Ni siquiera en el mejor de los casos le gustaba que le hiciesen fotos, pero desde luego detestaba ser fotografiado por los paparazzi de la prensa del corazón. Cuando vivían juntos siempre fueron prudentes, pero ahora corrían mucho menos peligro. No tenían nada que ocultar, aunque era desagradable que les fotografiasen y hablasen de ellos. Desde luego, ese no era el estilo de Matthieu, que entró en el hotel quejándose. Últimamente utilizaban la puerta principal; era más sencillo que pedir cada vez que le abriesen a Carole la puerta de la rue Cambon. Cuando la fotografiaron llevaba pantalones grises y el abrigo de Stevie, y tenía las gafas oscuras en la mano. Era evidente que la reconocieron, aunque al parecer ignoraban quién era Matthieu.

Carole se lo mencionó a Stevie cuando subieron.

—Ya lo averiguarán —se limitó a decir Stevie.

A Stevie le preocupaba que Carole pasase tanto tiempo con Matthieu. Sin embargo, parecían felices y relajados, y Carole iba recuperando las fuerzas día a día. Al menos estar con él no le estaba perjudicando.

Stevie encargó al servicio de habitaciones la cena para ellos. Carole pidió *foie gras* salteado y Matthieu, un filete. Stevie cenó en su habitación con la enfermera. Ambas comentaron que Carole estaba mejorando. Se la veía más fuerte y había recuperado el color. Y, lo que era más importante, Stevie se daba cuenta de que parecía feliz.

Matthieu se quedó hablando con ella hasta las diez de la noche. Siempre tenían muchas cosas que decirse; nunca se les acababan los temas de conversación interesantes para los dos. La policía se había vuelto a poner en contacto con Carole para pedirle una declaración adicional sobre el atentado del túnel. Querían saber si recordaba algo más, pero no era así. Carole había perdido el conocimiento enseguida, tan pronto como explotó el coche situado junto al de ella. Sin embargo, tenían montones de declaraciones de otras personas. La policía consideraba que, a excepción del muchacho que fue a buscarla al hospital, todos los terroristas habían muerto. No había más sospechosos.

Matthieu le habló de algunos de los casos en los que estaba trabajando en el bufete y volvió a insistir en que quería jubilarse. Carole opinaba que no era una decisión acertada, salvo que encontrase alguna otra ocupación.

—Eres demasiado joven para jubilarte —insistió.

—Ojalá lo fuese, pero no es así. ¿Y tu libro? —preguntó él—. ¿Has pensado algo más?

—Pues sí —reconoció ella.

Sin embargo, aún no estaba preparada para volver al trabajo. Tenía otras cosas en mente, como por ejemplo a Matthieu, que empezaba a ocupar su cabeza día y noche. Carole intentaba resistirse. No quería obsesionarse con él, sino limitarse a disfrutar de su compañía hasta que se fuese a casa. Se daba cuenta de que era bueno que se marchase pronto, antes de que las cosas se descontrolasen entre ellos, como ya había sucedido.

Esa noche volvieron a besarse antes de que él se marchase, tanto por el pasado como por el presente. Sentían una mezcla de hábito y deseo, alegría y tristeza, amor y miedo.

Pasaron el resto del tiempo hablando del trabajo de Matthieu, del libro y la carrera de ella, de sus hijos y de todo lo que se les ocurrió. Nunca paraban de hablar. A ambos les encantaban sus cambios de impresiones. Para Carole suponía un reto tener conversaciones inteligentes con él pues eso la forzaba a exigirle a su mente ser lo que fue antes. A veces aún le costaba encontrar una palabra o un concepto, y todavía no había averiguado cómo manejar su ordenador. Los secretos de su libro seguían encerrados en él. Stevie se había ofrecido a ayudarla, pero Carole insistía en que no estaba preparada. Aquello requería demasiada concentración.

A la mañana siguiente, durante el desayuno, Stevie le trajo los periódicos. Tenía un montón. Carole salía con Matthieu en la primera plana de todos ellos; le habían reconocido y le identificaban por su nombre. En la foto, Matthieu salía sobresaltado y con la cara larga, mientras que Carole estaba preciosa, con una sonrisa amplia y desenvuelta. Habían utilizado la segunda foto, en la que sonreía. Estaba guapa; la cicatriz de la mejilla se veía un poco, aunque no lo suficiente para disgustarla. Y el *Herald Tribune* había hecho los deberes. No solo habían identificado a Matthieu como ex ministro del Interior, sino que era evidente que aquello había despertado la curiosidad de algún reportero celoso, joven o viejo. Habían revisado sus archivos durante el tiempo en que ella había vivido en Francia y comprobaron si existía alguna fotografía de ellos juntos de esa época. Habían encontrado una buena, tomada en una gala benéfica en Versalles. Carole se acordaba muy bien. Tuvieron el buen sentido de no acudir juntos a la fiesta. Arlette estaba allí con él, y Carole había acudido con un actor con el que había hecho una película, un viejo amigo que visitaba París en esos días. Formaban una pareja deslumbrante y fueron el blanco de todas las fotografías. Aunque las admiradoras del actor lo ignoraban, él era homosexual. Fue la coartada perfecta para Carole.

Matthieu y ella se habían reunido en el jardín durante unos minutos, avanzada la noche. Hablaban en voz baja cuando un fotógrafo les descubrió y les hizo una foto. Los periódicos del día siguiente decían simplemente: «Matthieu de Billancourt, ministro del Interior, delibera con la estrella de cine estadounidense Carole Barber». Habían tenido suerte. Nadie lo adivinó, aunque la esposa de él se puso furiosa al ver la prensa del día siguiente.

Las dos fotografías, la de Versalles y la de la puerta del Ritz del día anterior, tenían un pie distinto: «Entonces y ahora. ¿Nos hemos perdido algo?». Carole sabía que nunca obtendrían respuesta a la pregunta planteada. No habían dejado ningún rastro. Habría sido distinto si ella hubiese tenido el bebé, si Matthieu hubiese dejado a Arlette por ella, presentado una demanda de divorcio o dimitido del ministerio, pero nada de eso había ocurrido. Y ahora solo eran dos personas entrando en un hotel, tal vez viejos amigos, o algo más. Él estaba retirado del ministerio y ambos eran viudos. Era difícil sacar conclusiones, sobre todo después de que ella resultase herida en el atentado. Tenía derecho a ver a viejos amigos que había conocido mientras vivía en París. Sin embargo, el pie de foto del *Herald Tribune* planteaba una pregunta interesante, cuya respuesta solo conocían ellos dos.

Matthieu la llamó en cuanto lo vio. Estaba enfadado; era la clase de insinuación que le molestaba. Pero Carole estaba acostumbrada a ello. Había soportado a la prensa del corazón durante toda su vida de adulta.

—¡Qué estúpidos! —masculló él.

—No, la verdad es que han sido muy listos. Deben de haber rebuscado mucho para poder encontrar esa foto. Recuerdo cuándo la hicieron. Arlette estaba allí y apenas me hablaste en toda la noche. Yo ya estaba embarazada —dijo Carole con la voz cargada de resentimiento, ira y pena.

Después habían tenido una pelea, que fue la primera de muchas. Para entonces él le había dado mil excusas y Carole le acusaba de intentar ganar tiempo. En los meses siguientes su convivencia empezó a desbaratarse, sobre todo después de que ella perdiese al bebé. Ella lo había pasado fatal la noche en que hicieron la fotografía en Versalles. Matthieu también lo recordaba y se sentía culpable, cosa que en parte era el motivo de que al ver la fotografía en el *Herald Tribune* se hubiese molestado. No le gustaba nada que le recordasen la pena que le había causado a ella, y sabía que también estaría molesta, a menos que lo hubiese olvidado. No lo había hecho.

—No vale la pena disgustarse —añadió ella—. No podemos hacer nada.

—¿Quieres que seamos más prudentes? —preguntó él con cautela.

—Lo cierto es que no —dijo ella en voz baja—. Ya no importa. Ambos somos personas libres y yo me iré dentro de diez días. No le hacemos daño a nadie. Por si alguien quiere saberlo, somos viejos amigos.

Y, por supuesto, esa misma mañana alguien lo quiso. Llamaron de la revista *People* para preguntar si habían tenido alguna relación sentimental.

—Por supuesto que no —respondió Stevie por Carole, que no cogió la llamada.

Stevie continuó explicándoles lo bien que se encontraba Carole con la esperanza de distraerles. Después de colgar se lo contó a esta.

—Gracias —dijo Carole con calma mientras terminaba de desayunar.

Stevie cogió un cruasán.

—Carole, ¿te preocupa que la prensa lo sepa? —preguntó inquieta.

—No hay nada que saber. Lo cierto es que solo somos amigos. Nos besamos de vez en cuando, pero nada más.

Carole no le habría confesado eso a nadie que no fuese Stevie, y mucho menos a sus hijos.

—¿Y qué pasará ahora? —preguntó Stevie inquieta.

—Nada. Volvemos a casa —dijo Carole, mirando a los ojos a su secretaria.

Stevie vio que Carole creía eso, pero ella misma no estaba tan convencida. Veía el amor en los ojos de Carole. Matthieu había devuelto a la vida algo mágico que había en su interior.

—¿Y luego qué?

—El libro está cerrado. Es solo un epílogo más tierno para una historia que acabó mal hace mucho tiempo —dijo en tono firme, como si tratase de convencerse a sí misma.

—¿No hay continuación para el libro? —preguntó Stevie.

Carole negó con la cabeza.

—Vale, si tú lo dices... Pero a mí, desde luego, me da que es otra cosa. Él aún parece locamente enamorado de ti.

Y Carole no parecía en absoluto indiferente, a pesar de lo que dijese.

—Es posible —dijo Carole con un suspiro—, pero «locamente» es la palabra clave. Entonces los dos estábamos chiflados. Creo que he madurado y he ganado cordura. Nunca tuvimos una oportunidad.

—Ahora es distinto —señaló Stevie—. Puede que entonces no fuese el momento adecuado.

Poco a poco, Stevie había cambiado de opinión acerca de Matthieu y veía lo mucho que a Carole le importaba. Resultaba evidente que los sentimientos de Matthieu hacia ella eran igual de fuertes. A Stevie le gustaba cómo protegía a Carole.

—Ya lo creo. Ya no vivo aquí. Tengo una vida en Los Ángeles. Es demasiado tarde —dijo Carole con gesto decidido.

Sabía que le quería pero no deseaba volver atrás.

—Tal vez estaría dispuesto a mudarse —dijo Stevie en tono esperanzado.

Carole se echó a reír.

—¡Basta ya! No voy a tropezar dos veces con la misma piedra. Fue el amor de mi vida, pero de eso hace mucho tiempo. Una cosa así no se puede mantener durante quince años.

—Tal vez sí. No lo sé. Es que no me gusta nada verte sola. Te mereces volver a ser feliz.

Stevie sentía pena por ella desde la muerte de Sean. Vivía prácticamente recluida. Y, fuera lo que fuese lo que había ocurrido entre ellos antes, el tiempo que pasaba con Matthieu la estaba devolviendo a la vida.

—Soy feliz. Estoy viva. Eso es suficiente. Tengo a mis hijos y mi trabajo. Eso es todo lo que quiero.

—Necesitas más que eso —dijo Stevie con nostalgia.

—No, no lo necesito —dijo Carole con firmeza.

—Eres demasiado joven para rendirte.

Carole la miró fijamente a los ojos.

—He tenido dos maridos y un gran amor. ¿Qué más puedo pedir?

—Puedes pedir una vida feliz. Ya sabes, «y comieron perdices» y todas esas memeces. Puede que las perdices hayan tardado mucho tiempo en llegar en este caso.

—Desde luego. Quince años. Muchísimo tiempo. Créeme, sería un desastre. Entonces me encantaba París, pero ahora no. Vivo en Los Ángeles. Tenemos vidas totalmente distintas.

—¿De verdad? Cuando estáis juntos no paráis de hablar. Hacía años que no te veía tan animada. Desde que murió Sean.

No pretendía convencerla, pero tenía que reconocer que aquel tipo le caía bien, aunque fuese un poco austero y el típico francés. Resultaba evidente que seguía queriéndola. Y ahora su esposa había fallecido. Al menos esta vez era un buen partido y estaba sin pareja, al igual que Carole.

—Es un hombre inteligente e interesante. Brillante incluso. Pero es francés —insistió Carole—. Sería desdichado en cualquier otra parte y yo ya no quiero vivir aquí. Estoy contenta en Los Ángeles. Por cierto, ¿y Alan? ¿Qué novedades hay?

Resultaba evidente que quería cambiar de tema y, en cuanto preguntó, Stevie se puso a la defensiva.

—¿Alan? ¿Por qué? —preguntó con cara de culpabilidad.

—¿Qué significa «por qué»? Solo preguntaba cómo estaba —dijo Carole con una sonrisa—. Vale, suéltalo ya. ¿Qué pasa?

—Nada. Absolutamente nada —contestó ruborizándose—. Está bien. Genial, en realidad. Me dio recuerdos para ti.

—Dices tantas tonterías que te estás poniendo lila —replicó Carole, riéndose—. Algo pasa.

Se produjo un silencio significativo. Stevie no era capaz de guardar sus propios secretos, solo los de Carole.

—Vale, vale. No quería decírtelo hasta que volviésemos a Los Ángeles. Además, aún no me he decidido. Tengo que hablar con él y ver cuáles son las condiciones.

—¿Qué condiciones? —preguntó Carole estupefacta.

Con un suspiro, Stevie se dejó caer en una silla como un globo desinflado.

—Anoche me pidió que me casara con él —confesó Stevie con una sonrisa de apuro.

—¿Por teléfono?

—No podía esperar. Incluso ha comprado un anillo. Pero no he dicho que sí.

—Antes échale un vistazo al anillo —bromeó Carole—. Asegúrate de que te gusta.

—No sé si quiero casarme —gimió Stevie—. Él jura que no se meterá en mi trabajo. Dice que todo seguirá igual que ahora, aunque mejor, con papeles y un anillo. Si lo hago, ¿me ayudarías a organizar la boda?

—Creo que a eso se le llama hacer de dama de honor, si mal no recuerdo. Sería un honor para mí. Creo que deberías decir que sí —se atrevió a sugerir Carole.

—¿Por qué?

—Creo que le quieres —dijo Carole con sencillez.

—¿Y qué? ¿Por qué tenemos que casarnos?

—La verdad es que no tenéis por qué hacerlo, pero es un bonito compromiso. Yo me sentía igual que tú cuando me casé con Sean. Jason me había dejado por una mujer más joven. Matthieu me mintió y se mintió a sí mismo, y me rompió el corazón al no dejar ni a su esposa ni su trabajo. Lo último que quería era volver a casarme, o incluso enamorarme. Sean me convenció y nunca lo lamenté, ni por un instante. Fue lo mejor que he hecho nunca. Eso sí, asegúrate de que Alan sea el tipo adecuado.

—Creo que sí —dijo Stevie, abatida.

—Pues espera a ver qué sientes cuando vuelvas. Podéis tener un largo compromiso.

—Quiere casarse en Nochevieja en Las Vegas. ¿Te parece muy vulgar?

—Mucho, aunque podría ser divertido. Los chicos estarán en Saint Bart con Jason. Yo puedo asistir sin problemas —se ofreció Carole.

Stevie se acercó para abrazarla.

—Gracias. Te lo haré saber. Creo que voy a decir que sí y me da miedo.

—Puede que estés preparada —dijo Carole, mirándola con cariño y tratando de tranquilizarla—. Yo creo que sí. Últimamente hablas mucho de eso.

—Eso es porque lo hace él. Está obsesionado con el tema.

—Gracias por contármelo —dijo Carole de todo corazón.

—Si lo hago, más te vale estar allí para cogerme de la mano —dijo Stevie en tono amenazador, aunque sonreía y parecía contenta.

—Puedes estar segura —prometió Carole—. No me lo perdería por nada del mundo.

Esa noche Carole volvió a cenar con Matthieu. Salieron por primera vez. Fueron a L'Orangerie en la Île Saint Louis, en el Sena, y ella se puso la única falda que había llevado. Matthieu vestía un traje oscuro y se había cortado el pelo. Estaba muy correcto y sumamente guapo, aunque aún estaba furioso por los comentarios del *Herald Tribune*. Parecía la indignación justificada en persona.

—¡Por el amor de Dios! —exclamó Carole, riéndose de él—. Tienen razón. Es cierto. ¿Cómo puedes estar tan indignado?

Carole pensó que parecía una prostituta dando lecciones de moral, aunque no se lo dijo.

—¡Pero nadie lo sabía!

Él siempre se enorgullecía de eso, cosa que a ella le fastidiaba. No le gustaba nada estar escondida, sin poder compartir su vida.

—Tuvimos suerte.

—Y fuimos prudentes.

Tenía razón, lo habían sido. Ambos sabían que habrían podido convertirse en un escándalo mayúsculo en cualquier momento. Era un milagro que no hubiese sido así.

Mientras disfrutaban de la deliciosa cena hablaron de otras cosas. Matthieu esperó hasta el postre para sacar un tema delicado: el futuro. La noche anterior no había podido dormir pensando en ello. Y la indirecta del periódico le dio el impulso que le faltaba. Había llegado el momento. Su relación había sido clandestina durante mucho tiempo y merecían respetabilidad al menos ahora, a su edad. Se lo dijo a Carole mientras compartían una *tarte tatin* con helado de caramelo que se fundía en la boca.

—Ya somos respetables —recalcó Carole—, muy respetables. Al menos yo lo soy. No sé qué has hecho tú en los últimos tiempos, pero yo soy una viuda como es debido.

—Yo también —dijo él remilgadamente—. No he estado con nadie desde que te marchaste —añadió.

Carole le creyó. Matthieu siempre había afirmado que ella era la única mujer con la que había estado, aparte de su esposa.

—El artículo del *Herald Tribune* hace que parezcamos deshonestos y desaprensivos —se quejó él.

—No. Tú eres uno de los hombres más respetados de Francia y yo soy una estrella de cine. ¿Qué esperas que digan? ¿Vieja gloria del cine y político acabado han sido vistos dando un paseo como dos petardos? Eso es lo que somos.

—¡Carole! —exclamó él entre risas, escandalizado.

—Tienen que vender periódicos, así que han intentado que parezcamos más interesantes de lo que somos. O lo han adivinado o han planteado una buena pregunta. Si ni tú ni yo se lo decimos, nunca lo sabrán con certeza.

—Lo sabemos nosotros y eso es suficiente.

—¿Suficiente para qué?

—Suficiente para construir la vida que deberíamos haber tenido años atrás y no tuvimos, porque yo no pude cumplir mis promesas.

Ahora Matthieu lo reconocía de buen grado, pero entonces no era así.

—¿Qué quieres decir? —se inquietó ella.

Matthieu fue al grano:

—¿Quieres casarte conmigo, Carole? —preguntó, cogiendo su mano y mirándola a los ojos.

Ella guardó silencio durante unos momentos y luego negó con la cabeza, haciendo un esfuerzo sobrehumano.

—No, Matthieu, no quiero —respondió con seguridad.

Él se puso serio. Temía que ella dijese eso y que fuese demasiado tarde.

—¿Por qué no?

Matthieu parecía triste, aunque no perdió la esperanza de convencerla.

—Porque no quiero casarme —dijo ella en tono cansado—. Me gusta mi vida tal como es. Me he casado dos veces. Eso es suficiente. Quise a mi difunto marido. Era un hombre maravilloso. Y pasé diez años buenos con Jason. Tal vez no se pueda tener más. Te quise a ti con todo mi corazón y te perdí.

Eso había estado a punto de matarla, pero no lo dijo. De todos modos él lo sabía y llevaba quince años lamentándolo. Carole lo había superado con el tiempo. Él, nunca.

—No me perdiste. Te fuiste —le recordó él, y ella asintió.

—Yo nunca te tuve —corrigió Carole—. Tu esposa sí, y Francia también.

—Ahora soy viudo y estoy retirado —señaló Matthieu.

—Sí, así es. Yo no. Soy viuda, pero no estoy retirada. Quiero hacer unas cuantas películas más, si consigo papeles decentes —dijo animada de nuevo—. Podría tener que viajar a mil sitios, igual que hacía cuando estaba casada con Jason, e incluso cuando estaba contigo. No quiero a nadie en casa que se queje, ni tampoco que me siga a todas partes. Quiero tener mi propia vida. Aunque no vuelva a hacer películas, deseo ser libre para hacer lo que quiera. Por mí, la ONU, las causas en las que creo. Quiero pasar tiempo con mis hijos y escribir ese libro, si alguna vez puedo volver a encender mi ordenador. No sería una buena esposa.

—Yo te quiero tal como eres.

—Y yo también te quiero a ti. Pero no deseo estar atada ni adquirir esa clase de compromiso. Y, sobre todo, no deseo que vuelvan a romperme el corazón.

Eso era lo esencial para ella, más que su carrera y sus causas. Tenía demasiado miedo. Ya sabía que volvía a estar enamorada. Era peligroso para ella y no quería abandonarse a él. La última vez había sido muy doloroso, aunque ahora él ya no estuviese casado.

—Esta vez no te rompería el corazón —dijo Matthieu con cara de culpabilidad.

—Tal vez sí. Las personas se hacen eso unas a otras. El amor es eso. Estar dispuesto a arriesgarte a que te rompan el corazón. Yo no lo estoy. Ya me pasó una vez y no me gustó. No quiero que me lo vuelvan a romper, y menos el mismo hombre que lo hizo la primera vez. No quiero sufrir tanto ni amar tanto. Tengo cincuenta años y soy demasiado mayor para empezar de nuevo.

Carole no aparentaba su edad, pero la sentía, sobre todo desde el atentado.

—Eso es ridículo. Eres una mujer joven. Todos los días se casan personas mayores que nosotros.

Se moría de ganas de convencerla, pero se daba cuenta de que no lo estaba consiguiendo.

—Son más valientes que yo. Pasé por ti, por Sean y por Jason. Eso es suficiente. No quiero volver a hacerlo.

Carole se mostraba inflexible y Matthieu supo que hablaba en serio, aunque seguía decidido a hacerla cambiar de opinión. Cuando salieron del restaurante aún discutían. Matthieu no había conseguido nada. No era así como él esperaba que saliesen las cosas.

—Además, me gusta mi vida en Los Ángeles. No quiero volver a vivir en Francia.

—¿Por qué no?

—No soy francesa, sino estadounidense. No quiero vivir en el país de otra persona.

—Ya lo hiciste y esto te encantaba —insistió él, intentando recordárselo.

Sin embargo, ella lo recordaba muy bien. Por eso él la asustaba. Esta vez Carole tenía más miedo de sí misma que de él. No quería tomar una decisión equivocada.

—Sí, me encantaba. Pero me sentí feliz cuando volví a mi país y me di cuenta de que este no era mi sitio. Eso era parte de nuestro problema. «Diferencias culturales», lo llamabas tú. Eso te permitía vivir conmigo y estar casado con ella, e incluso tener un bebé ilegítimo. No quiero vivir en un sitio en el que piensan de una forma tan distinta de como pienso yo. Al final, sufres al tratar de ser algo que no eres en un lugar que no es el tuyo.

Matthieu vio que el dolor que le había causado era tan hondo que quince años más tarde las cicatrices aún estaban en carne viva, todavía más que la de su mejilla. Las heridas que él le había infligido eran demasiado profundas. Eso había afectado incluso su opinión acerca de Francia y los franceses. Lo único que Carole quería era volver a casa y pasar el resto de su vida a solas y en paz. Matthieu se preguntó cómo la habría convencido Sean de casarse con él. Y luego se vio abandonada de nuevo cuando él murió. Ahora había cerrado las puertas de su corazón.

Hablaron de ello durante todo el camino de regreso al hotel y se despidieron en el coche de él. Esta vez Carole no quiso que él subiese. Le besó ligeramente en los labios, le dio las gracias por la cena y salió del coche deprisa.

—¿Lo pensarás? —le suplicó él.

—No, no lo haré. Ya lo pensé hace quince años y tú no lo hiciste. Me mentiste a mí, Matthieu, y a ti mismo. Te pasaste casi tres años tratando de ganar tiempo. ¿Qué pretendes de mí ahora? —dijo ella con los ojos tristes y muy abiertos.

Matthieu vio que no había esperanza, pero no quiso creerlo.

—Perdóname. Déjame quererte y cuidar de ti durante el resto de mi vida. Juro que esta vez no te fallaré.

—Puedo cuidar de mí misma —dijo ella con tristeza tras bajar del coche, mirándole a través de la ventanilla abierta—. Estoy demasiado cansada para volver a arriesgarme.

Carole se volvió y subió a toda prisa los peldaños del Ritz, seguida de los escoltas. Matthieu la contempló hasta que desapareció. Mientras se alejaba en su coche, de vuelta a casa, lágrimas silenciosas corrían por sus mejillas. Ahora sabía con certeza lo que llevaba semanas temiendo y no había querido creer. La había perdido.

18

A la mañana siguiente, sentada a la mesa del desayuno frente a Stevie, Carole estaba más callada de lo normal. Mientras Stevie tomaba una tortilla de rebozuelos y varios *pains au chocolat*, Carole leía el periódico en silencio.

—Para cuando volvamos a casa voy a pesar ciento cincuenta kilos más —se quejó Stevie.

Stevie se preguntaba si Carole se encontraba bien. Apenas había dicho una palabra desde que se había levantado.

—¿Qué tal fue la cena de anoche? —le preguntó Stevie por fin.

Carole dejó el periódico, se arrellanó en su butaca y suspiró.

—Fue muy bien.

—¿Adónde fuisteis?

—A L'Orangerie, en la Île Saint Louis. Matthieu y yo íbamos mucho por allí.

Era uno de los restaurantes favoritos de él y también se había convertido en uno de sus preferidos, junto con Le Voltaire.

—¿Te encuentras bien?

Carole asintió en respuesta a su pregunta.

—Solo estoy cansada. Los paseos me han sentado bien. Había salido con Matthieu cada día para caminar y charlar durante horas.

—¿Estaba disgustado por lo del *Herald Tribune*?

—Un poco. Ya se le pasará. No sé cómo puede ponerse a dar lecciones de ética. Es un milagro que nadie se enterase antes, aunque éramos muy prudentes en aquellos tiempos. Nos jugábamos mucho. Se le había olvidado.

—Seguramente el interés desaparecerá —la tranquilizó Stevie—. De todos modos, nadie puede probar nada ahora. Ha pasado demasiado tiempo.

Carole volvió a asentir. Estaba de acuerdo.

—¿Lo pasaste bien? —quiso saber Stevie.

Esta vez Carole se encogió de hombros y luego miró a su secretaria y amiga.

—Me pidió que me casara con él.

—¿Que hizo qué?

—Me lo pidió. Que nos casáramos —repitió.

Stevie se quedó atónita y encantada. Sin embargo, Carole se mostraba completamente inexpresiva.

—¡Dios! ¿Qué dijiste?

—Dije que no —contestó Carole con una voz dolorosamente tranquila.

Stevie se la quedó mirando.

—¿De verdad? Me daba la impresión de que aún estabais enamorados y pensé que él trataba de volver contigo.

—Así es. O era.

Carole se preguntaba si él volvería a hablarle. Seguramente estaba ofendido después de lo de la noche anterior.

—¿Por qué le dijiste que no?

Aunque la presencia de Matthieu le preocupó al principio, ahora Stevie estaba decepcionada.

—Es demasiado tarde. Todo eso es agua pasada. Todavía le quiero, pero me hizo demasiado daño. Fue muy duro. Además, no deseo volver a casarme. Se lo dije anoche.

—Puedo entender las dos primeras razones. No se puede negar que te hizo daño. Pero ¿por qué no quieres volver a casarte?

—Ya lo he vivido todo. Me divorcié, me quedé viuda y me rompieron el corazón en París. ¿Por qué tengo que arriesgarme de nuevo a todo eso? No tengo por qué. Mi vida es más fácil así. Ahora estoy a gusto.

—Ya hablas como yo —comentó Stevie, consternada.

—Tú eres joven, Stevie. Nunca has estado casada. Deberías hacerlo por lo menos una vez, si quieres a Alan lo suficiente para adquirir esa clase de compromiso. Yo quería a los hombres con los que me casé. Jason me dejó. El pobre Sean murió, demasiado joven. No quiero volver a empezar, en especial con un tipo que ya me rompió el corazón una vez. ¿Por qué arriesgarme?

Carole le amaba, pero en esta ocasión quería que su cabeza controlase su corazón. Era más seguro.

—Ya, pero no pretendió portarse mal contigo, por lo que yo entiendo. Al menos según lo que me has dicho. Se vio atrapado en su propio lío. Tenía miedo de dejar a su esposa, era un alto cargo del gobierno y le nombraron para otra legislatura, cosa que complicó las cosas aún más. Pero ahora está retirado del ministerio y ella murió. No es probable que vuelva a meter la pata. Y te hace feliz, o eso parece. ¿Estoy en lo cierto?

—Sí —dijo Carole con sinceridad—, así es, pero me da igual que no vuelva a meter la pata. Si se muere, me quedaré destrozada —dijo desolada—. Es que no quiero volver a poner mi corazón en juego. Duele demasiado.

Ya había sido bastante duro perder a Sean y tratar de recuperarse de nuevo. Habían sido dos años. Y cinco años de tristeza tras dejar a Matthieu en París. Cada día, Carole esperaba que él llamase para decir que había dejado a su esposa y nunca lo hizo. Se quedó. Hasta que ella murió.

—No puedes rendirte sin más —dijo Stevie, entristecida. No se había dado cuenta de que Carole se sintiese así—. No es propio de ti abandonar.

—Ni siquiera quería casarme con Sean. Me convenció él.

Pero entonces yo tenía tu edad. Ahora soy demasiado mayor para casarme.

—¿A los cincuenta años? No seas ridícula. Solo aparentas treinta y cinco.

—Me siento como si tuviera noventa y ocho. Mi corazón tiene trescientos doce años. Créeme, ha estado a punto de palmarla más de un par de veces.

—¡Vamos, Carole, no me vengas con esas! Ahora estás cansada porque has pasado por un terrible calvario. Te vi la cara cuando volvimos a París para cerrar la casa. Querías a ese hombre.

—A eso me refiero. No quiero volver a sentirme así. Me quedé destrozada. Cuando me fui de aquí y me despedí de él pensé que moriría. Lloré por él cada noche durante tres años. O dos por lo menos. ¿A quién le hace falta eso? ¿Y si me deja o se muere?

—¿Y si no es así? ¿Y si eres feliz con él, esta vez de verdad, ni robado ni prestado, ni tampoco escondiéndote? Quiero decir realmente feliz, llevando una relación y una vida como es debido. ¿Vas a arriesgarte a perderte eso?

—Sí —respondió Carole sin un atisbo de duda en la voz.

—¿Le quieres?

—Sí. Le quiero, por muy asombroso que resulte, incluso para mí, después de tanto tiempo. Creo que es un hombre maravilloso, pero no deseo casarme con él ni con nadie. Quiero ser libre de hacer lo que me plazca. Sé que suena muy egoísta. Puede que siempre haya sido egoísta. Quizá por eso está enfadada Chloe y por eso me dejó Jason por otra. Estaba tan ocupada dedicándome a ser una estrella de cine que tal vez me perdí lo importante. Creo que no, pero nunca se sabe. Crié a mis hijos y quise a mis maridos. Nunca dejé a Sean ni un minuto antes de que muriese. Ahora quiero hacer lo que me apetezca, sin preocuparme por si ofendo a alguien, le fallo, le cabreo o apoyo una causa que no le gusta. Si me apetece subir a un avión e irme a alguna parte, lo hago. Si no quiero llamar a casa, no lo hago. Y todos contentos. De todos modos, ya no hay nadie en casa. Además, quiero escribir mi libro sin preocuparme por si le decepciono o por si piensa que debería estar en otra parte, haciendo lo que le convenga. Hace dieciocho años, habría dado mi vida por Matthieu. Habría renunciado a mi carrera por él si me lo hubiese pedido. También lo habría hecho si me lo hubiese pedido Jason. Quería tener hijos con Matthieu y ser su esposa, pero de eso hace mucho tiempo. Ahora no estoy tan ansiosa por renunciar a todo. Tengo una casa que me gusta, amigos que aprecio, veo a mis hijos siempre que puedo. No quiero quedarme aquí en París, deseando estar en otra parte, y, lo que es peor, con un hombre que podría hacerme daño y ya lo hizo una vez.

—Creía que te gustaba París.

Stevie se quedó atónita ante sus palabras. Tal vez fuese demasiado tarde. No lo creía, pero Carole casi la había convencido.

—Aunque París me encanta, no soy francesa. No quiero que me digan qué le pasa a mi país, el asco que damos los estadounidenses o que no entiendo nada porque vengo de un país distinto, que además es poco civilizado. Matthieu atribuía la mitad de nuestros problemas a las «diferencias culturales» porque yo esperaba que se divorciara a fin de vivir conmigo. Llámalo anticuado o puritano, pero la cuestión es que no quería acostarme con el marido de otra. Quería el mío propio. Él me lo debía. Pero se quedó con ella.

Las cosas eran más complicadas, sobre todo debido al puesto que él ocupaba en el gobierno, pero su insistencia en que tener una amante estaba bien era típicamente francesa, y eso a ella siempre le disgustó mucho.

—Ahora es libre. No tendrías que enfrentarte a ese obstáculo. Si le quieres, no entiendo qué te detiene.

—Soy demasiado gallina —dijo Carole tristemente—. No quiero que vuelvan a hacerme daño. Prefiero irme antes de que eso ocurra.

—Eso es triste —dijo Stevie apenada, mirando a su amiga.

—Desde luego. Fue triste hace quince años, cuando le dejé. No te lo puedes imaginar. Los dos estábamos destrozados. Los dos lloramos en el aeropuerto. Pero yo no podía quedarme más tiempo, tal como estaba la situación. Y tal vez ahora sería alguna otra cosa. Sus hijos, su trabajo, su país... No le imagino viviendo fuera de Francia. Y yo no quiero vivir aquí, al menos de forma estable.

—¿No podéis buscar alguna solución intermedia? —preguntó Stevie.

Carole negó con la cabeza.

—Es más sencillo no hacerlo. Nadie se sentirá decepcionado ni pensará que tiene menos de lo que merece. No nos haremos daño el uno al otro, ni nos insultaremos, ni nos faltaremos al respeto. Creo que los dos somos demasiado mayores.

Había tomado una decisión y nada iba a cambiarla. Stevie sabía cómo era cuando se ponía así. Carole era terca como una mula.

—Entonces, ¿vas a pasar sola el resto de tu vida, con tus recuerdos y viendo a tus hijos unas cuantas veces al año? ¿Qué pasará cuando tengan sus propios hijos y ya apenas tengan tiempo para verte? ¿Y luego qué? ¿Haces una película cada pocos años o abandonas? ¿Escribes un libro, pronuncias un discurso de vez en cuando a favor de alguna causa que tal vez ni siquiera te importe para entonces? Carole, esa es la estupidez más grande que he oído en mi vida.

—Lamento que opines eso. Para mí tiene sentido.

—No lo tendrá dentro de diez o quince años, cuando te sientas sola y te hayas perdido todos estos años con él. Para entonces puede que incluso haya fallecido y habrás desperdiciado la oportunidad de estar con un tipo al que llevas queriendo casi veinte años. Lo vuestro ya ha superado la prueba de la tragedia y el tiempo. Os seguís queriendo. ¿Por qué no aprovecharlo mientras se puede? Todavía eres joven y guapa, y te queda algo de recorrido en tu carrera. Pero cuando eso desaparezca, estarás muy sola. No quiero ver cómo te ocurre eso —dijo Stevie, muy entristecida.

—¿Y qué se supone que debo hacer? ¿Renunciar a todo por él? ¿Dejar de ser quien soy? ¿No hacer películas? ¿Abandonar la labor que hago para UNICEF y quedarme aquí, cogida de su manita? No es esa la persona que quiero ser de mayor. Tengo que respetarme y ser fiel a mis convicciones. Si no lo hago yo, ¿quién lo hará?

—¿No puedes tener ambas cosas? —dijo Stevie—. ¿Tienes que ser Juana de Arco y hacer voto de castidad para serte fiel a ti misma?

Quería que Carole tuviese en su vida algo más que el trabajo para entidades benéficas, las películas esporádicas y las visitas en vacaciones a sus hijos. También merecía ser amada y feliz, y tener compañía durante el resto de sus días o mientras durase el amor.

—Puede que sí —dijo Carole rechinando los dientes.

Stevie la estaba disgustando, lo cual era exactamente lo que ella esperaba, pero le parecía que sus palabras no le llegaban.

Las dos mujeres volvieron a leer el periódico, mutuamente frustradas. Era raro que discrepasen tanto. Ninguna de ellas le habló a la otra hasta que a mediodía vino la doctora a ver a Carole.

La neuróloga se mostró satisfecha de la evolución de su paciente y de lo mucho que había caminado. El tono muscular de sus piernas empezaba a recuperarse, su equilibrio ya era bueno y su memoria mejoraba exponencialmente. La doctora estaba segura de que Carole podría volver a Los Ángeles en la fecha prevista. No había ninguna razón médica que se lo impidiese. La doctora dijo que volvería a visitarla al cabo de unos días y que debía continuar con lo que estaba haciendo. Le dijo unas palabras a la enfermera y luego dijo que regresaba al hospital.

Cuando la doctora se marchó, Stevie pidió el almuerzo para Carole, pero la dejó sola en la mesa y decidió comer en su propia habitación. Estaba demasiado disgustada por lo que Carole le había dicho para poder charlar con ella. Pensaba que Carole estaba cometiendo el mayor error de su vida. El amor no se presentaba todos los días y, si a Carole había vuelto a lloverle del cielo, Stevie pensaba que era un crimen desperdiciarlo, y, lo que era peor, echar a correr porque tenía miedo de que volviesen a hacerle daño.

Carole se aburrió durante la comida. Stevie había dicho que le dolía la cabeza, aunque Carole sospechaba que no era cierto. Después de caminar de un lado a otro del salón de la suite durante un rato se decidió a llamar a Matthieu al bufete, aunque pensó que tal vez hubiese salido a almorzar. Su secretaria se lo pasó de inmediato. Matthieu estaba comiendo un bocadillo en su mesa. Llevaba todo el día de un humor pésimo. Le había contestado mal dos veces a su secretaria y había cerrado de un portazo la puerta de su despacho después de hablar con un cliente que le había fastidiado. Era evidente que no tenía un buen día. Su secretaria nunca le había visto así y se mostró prudente al decirle quién estaba al teléfono. Él cogió la llamada enseguida, esperando que Carole hubiese cambiado de opinión.

—¿Estás demasiado enfadado para hablar conmigo? —preguntó Carole con voz suave.

—No estoy enfadado, Carole —dijo él con tristeza—. Espero que llames para decirme que has cambiado de parecer. La oferta sigue en pie —añadió con una sonrisa.

Estaría en pie para siempre, mientras él viviera.

—Pues no. Sé lo que me conviene. Me asusta demasiado volver a casarme, al menos por ahora, y no quiero. Esta mañana lo he hablado con Stevie. Ella dice que dentro de diez o quince años cambiaré de opinión.

—Para entonces habré muerto —dijo él, impasible.

Carole se estremeció.

—Más te vale que no sea verdad. ¿Qué era eso, una oferta a corto plazo o a largo plazo?

—A largo plazo. ¿Estás jugando conmigo?

Matthieu sabía que se lo merecía. Se merecía todos los golpes que ella le asestara, después de lo que le había hecho en el pasado.

—No estoy jugando contigo, Matthieu. Trato de encontrarme a mí misma y ser fiel a mis convicciones. Te quiero, pero tengo que ser fiel a mí misma; de lo contrario, ¿quién soy yo? Eso es todo lo que tengo.

—Siempre te fuiste fiel a ti misma, Carole. Por eso me dejaste. Te respetabas demasiado para quedarte. Por eso te quiero.

Era un callejón sin salida para ambos, por él entonces y por ella ahora. Siempre estaban atrapados entre opciones imposibles que tenían que ver con el respeto hacia los demás o el respeto hacia uno mismo y, a veces, con ambas cosas al mismo tiempo.

—¿Quieres cenar conmigo esta noche? —le preguntó ella.

—Me encantaría —contestó él aliviado. Temía no volver a verla antes de que se marchase.

—¿Vamos a Le Voltaire? —le preguntó Carole—. ¿A las nueve?

Era la hora de cenar habitual en París, incluso un poco temprano.

—Perfecto. ¿Quieres que te pase a buscar por el hotel?

—Nos veremos allí.

Carole era mucho más independiente que en los viejos tiempos, pero a él también le encantaba eso. No había nada en ella que no le encantase.

—Con una condición —añadió de pronto.

—¿Cuál es?

Matthieu se preguntaba qué se le habría ocurrido.

—No volverás a pedirme que me case contigo.

—Esta noche no, pero no acepto esa condición a largo plazo.

—De acuerdo. Me parece justo.

La respuesta de Carole le llevó a esperar poder convencerla algún día. Tal vez cuando se recuperase por completo de su accidente o cuando terminase el libro. Iba a pedirle otra vez que se casara con él algún día y confiaba en que al final aceptase. Estaba dispuesto a esperar. Ya habían esperado durante quince años; por un poco más no pasaría nada. O incluso mucho más. Matthieu se negaba a rendirse, dijera lo que dijese ella.

Carole llegó a las nueve en punto a Le Voltaire, en el Quai Voltaire. Los escoltas iban en el coche con ella y Matthieu estaba en el umbral del restaurante cuando llegó. Hacía una noche muy clara, con un gélido viento de diciembre que soplaba a su alrededor. Matthieu la besó en la mejilla cuando ella se acercó y Carole levantó la mirada y sonrió. Matthieu solo quería decirle que la amaba. Le parecía que llevaba toda la vida esperándola.

Se sentaron en un rincón del restaurante, muy concurrido a aquellas horas. Un camarero trajo a la mesa *crudités* y pan tostado y caliente con mantequilla.

Llegaron a los postres sin tocar temas delicados. Después, mientras mordisqueaban unos dulces de moca y chocolate, que según Carole la tendrían despierta toda la noche, Matthieu le dijo por fin lo que pensaba. Había tenido una idea después de hablar con ella esa tarde. Si no estaba dispuesta a acceder al matrimonio, él tenía otro plan.

—Hace tiempo, cuando te conocí, me dijiste que no eras partidaria de vivir con alguien sin estar casada. Eras partidaria del pleno compromiso del matrimonio. Y yo estuve de acuerdo contigo. Al parecer, ya no opinas lo mismo. ¿Qué te parecería un arreglo informal de convivencia, en el que fueses libre de ir y venir? Una especie de política permisiva —le dijo Matthieu con una sonrisa.

Carole continuó comiendo granos de moca. Ya había tomado bastantes para permanecer despierta hasta la semana siguiente, y él también. Pero ¿quién necesitaba dormir cuando el amor y tal vez toda una nueva vida estaban al alcance de la mano?

—¿Qué significa eso exactamente? —preguntó Carole, mirándole con interés.

Por lo menos, Matthieu era creativo, obstinado y decidido, al igual que ella. Ese carácter les había mantenido juntos años atrás. Eso y el mutuo amor que sentían.

—No lo sé. He pensado que tal vez se nos podría ocurrir algo que funcione para los dos. Si he de serte sincero, yo preferiría casarme contigo. Eso se ajusta a mis nociones de decoro, y además siempre he querido casarme contigo. Me encanta la idea de que seas mi esposa y sé que a ti también te encantaba. Puede que ahora no nos haga falta el papeleo ni los títulos, si eso te limita demasiado. ¿Y si vives conmigo en París durante seis meses y yo vivo contigo en California durante los otros seis meses del año? Podrías ir y venir a tu gusto, viajar, hacer tus proyectos, escribir y ver a tus hijos. Te estaré esperando siempre que quieras. ¿Eso te convendría más?

—No me parece justo para ti —dijo ella con sinceridad—. ¿Qué sacarías tú? Pasarías mucho tiempo solo.

—Te tengo a ti, amor mío —contestó él, dándole una palmadita en la mano—. Eso es todo lo que quiero, y el tiempo que puedas dedicarme, sea el que sea.

—No estoy segura de que vivir juntos me parezca bien, ni siquiera ahora, aunque lo cierto es que fuimos felices. Sin embargo, me resultaba demasiado embarazoso no estar casada contigo y podría volver a ocurrirme.

Además, el arreglo que Matthieu sugería no protegería el corazón de Carole de volver a sufrir, ni a ninguno de ellos de dejar al otro. Pero no había forma de garantizar eso. No había garantías. Carole arriesgaría su corazón en cualquier caso. Sin embargo, las palabras que Stevie le había dicho por la mañana no habían caído en saco roto.

—¿Qué quieres tú? —preguntó él con sencillez.

—Me da miedo sufrir.

—A mí también —confesó él—. No hay manera de asegurarnos de que no sufriremos. Si nos queremos, quizá tengamos que arriesgarnos. ¿Y si nos limitamos a ir y venir durante un tiempo y vemos cómo funciona? Yo podría ir a visitarte a Los Ángeles después de las fiestas.

Carole sabía que él se iba con sus hijos, y ella misma quería estar con los suyos. Además, con un poco de suerte, asistiría a la boda de Stevie en Las Vegas en Nochevieja.

—Podría viajar el uno de enero, si te parece bien —sugirió Matthieu amablemente—. Podría quedarme el tiempo que te viniese bien y luego tú podrías venir a visitarme a París en primavera. ¿Por qué no probamos a ir de aquí para allá durante un tiempo en función de tus planes y vemos cómo funciona? ¿Qué te parece?

Sabiendo que estaba dispuesto a casarse con ella, a Carole no le dio la impresión de que él estuviese «probándola». Hacía todo lo posible por complacerla y darle el espacio que quería para ser ella misma.

—Interesante —contestó ella con una sonrisa.

No estaba lista para comprometerse a nada, pero con solo mirarle sabía que le amaba. Más que nunca, aunque de forma más sensata. Esta vez se estaba protegiendo a sí misma. Por no hacerlo se había producido el desastre en que se vio envuelta con él la última vez.

—¿Te gustaría hacer eso? —insistió él, y Carole se echó a reír.

—Tal vez —contestó con una sonrisa, antes de comerse otro puñado de granos de moca.

Matthieu la miró, riéndose por lo bajo. Carole siempre había sido incapaz de resistirse a los granos de moca de aquel restaurante. Eso le recordó viejos tiempos, cuando le tenía despierto toda la noche.

—Te vas a pasar semanas sin poder dormir —la advirtió.

Solo lamentaba que no le tuviese despierto esa noche.

—Lo sé —respondió ella alegremente.

Le gustaba la idea de Matthieu. No le parecía estar vendiendo su alma ni arriesgándose en exceso. Aún podía sufrir porque le amaba, pero quería entrar con cuidado en la relación y ver cómo funcionaba para ambos.

—¿Puedo ir a verte en enero? —volvió a preguntar él.

Se sonrieron. Las cosas iban mucho mejor que la noche anterior. Matthieu se daba cuenta de que se había precipitado. Después de todo el dolor que le causó años atrás, ahora sabía que debía avanzar despacio para volver a ganarse su confianza. Sabía lo importante que era para Carole respetarse a sí misma. Siempre había sido así. Esta vez no estaba dispuesta a traicionarse por la conveniencia de él o para adaptarse a su vida. Estaba cuidando de sí misma, y no por ello dejaba de amarle.

—Sí —dijo ella con voz suave—. Me encantaría que vinieras. ¿Cuánto tiempo podrías quedarte? ¿Semanas? ¿Días? ¿Meses?

—Seguramente podría organizarme las cosas para quedarme un par de meses, pero no tengo por qué quedarme tanto. Depende de ti.

—Veamos cómo va todo —dijo ella, y Matthieu asintió.

Carole quería mantener las puertas abiertas por si decidía echarse atrás.

—Me parece muy bien —dijo Matthieu, queriendo tranquilizarla.

No quería precipitarse y volver a asustarla. También se recordó que Carole acababa de pasar por un terrible calvario y había estado a punto de morir, por lo que ahora se sentía vulnerable y acobardada.

—Podría venir a París contigo en marzo, después de ir a Tahití con Chloe, y tal vez quedarme aquí durante toda la primavera, en función de los demás aspectos de mi vida —se apresuró a añadir.

—Por supuesto.

Carole era ahora la más ocupada de los dos, sobre todo si él se jubilaba. Por lo pronto iba a tomarse un permiso. El momento era ideal para él. En las próximas semanas acabaría la mayoría de sus proyectos y no había asumido ninguno nuevo. Era como si hubiese intuido que ella volvería a su vida.

Matthieu pagó la cena con un talón y fueron los últimos en abandonar el restaurante. Era tarde, pero habían avanzado mucho. Él había sugerido una solución que Carole podía aceptar. El corazón de ella no quedaría protegido de posibles heridas, pero por otra parte no renunciaría a su vida por él. Eso era para Carole aún más importante que antes.

Él la acompañó al hotel mientras el coche de ella les seguía. Estuvo a punto de llevarla por el fatídico túnel cercano al Louvre, pero giró bruscamente en el último momento. Volvía a estar abierto y no quería llevarla por allí. A él casi se le había olvidado, aunque a ella no. Cuando él giró, a Carole se le pusieron los ojos como platos del terror.

—Lo siento —dijo él disculpándose y mirándola con cariño.

No quería hacer nada que la disgustase o asustase, de ninguna forma.

—Gracias —dijo Carole, inclinándose para besarle.

Le gustaban los planes que acababan de hacer y Matthieu estaba contento. Aún no era exactamente lo que él quería, pero sabía que tenía que ganarse su confianza de nuevo, llegar a entender cuáles eran sus necesidades y cómo había cambiado su vida. Estaba dispuesto a hacer lo que fuese con tal de hacerla feliz.

Llegaron al hotel cinco minutos más tarde. Matthieu la estrechó entre sus brazos y la besó antes de salir del coche.

—Gracias, Carole, por volver a darme una oportunidad. No me la merezco, pero te prometo que esta vez no te decepcionaré. Te lo juro.

Ella le besó de nuevo y después Matthieu la acompañó al hotel de la mano.

—¿Nos vemos mañana?

Ella le miró con una sonrisa tranquila.

—Te llamo por la mañana, cuando haya hablado con Air France.

Su escolta la acompañó a su habitación. Matthieu sonreía cuando volvió a su coche. Era un hombre feliz. Y esta vez no iba a estropearlo todo; de eso estaba seguro.

Stevie se despertó a las cuatro de la mañana, vio luz en la habitación de Carole y se acercó de puntillas para comprobar si se encontraba bien. Se quedó asombrada al verla sentada ante el escritorio, inclinada sobre el ordenador. Estaba de espaldas a la puerta y no la oyó entrar.

—¿Estás bien? ¿Qué haces?

A Stevie le chocó ver que Carole, que no había podido utilizar el ordenador desde el accidente, trabajaba ahora en él a un ritmo frenético.

—Trabajar en mi libro —contestó, mirando por encima del hombro con una sonrisa. Stevie no la había visto así desde antes de que Sean enfermase. Contenta, trabajando y animada—. He averiguado cómo poner en marcha el ordenador y volver a abordar la historia. Voy a empezar de nuevo y tirar lo que tenía. Ahora sé adónde voy.

—¡Hala! —Stevie le sonrió a su jefa—. Parece que vas a cien por hora.

—Así es. Me he comido dos cuencos de granos de moca y chocolate en Le Voltaire, suficientes para pasarme años despierta.

Ambas se echaron a reír y luego Carole se volvió a mirarla con expresión agradecida.

—Gracias por lo que has dicho esta mañana. Matthieu y yo hemos averiguado esta noche lo que queremos hacer.

—¿Os casáis?

Stevie la miró entusiasmada y Carole se echó a reír.

—No. Al menos todavía no. Tal vez algún día, si no nos matamos antes uno a otro. Es la única persona que conozco que es más obstinada que yo. Vamos a viajar de aquí para allá durante un tiempo y ver cómo nos va. Matthieu estaría dispuesto a vivir en California la mitad del tiempo. Por ahora vamos a vivir en pecado.

Carole se echó a reír, pensando en lo irónico que resultaba que ahora ella no quisiera casarse y él sí. Se habían vuelto las tornas.

—Funcionará —dijo Stevie alegremente—. Espero que te cases con él algún día. Creo que es el tipo adecuado para ti. Tú también debiste pensarlo, o no habrías aguantado toda esa mierda hace años.

—Ya, yo también lo creo. Solo necesito tiempo. Las pasé moradas.

—Eso ocurre a veces, pero al final vale la pena.

Carole asintió.

—¿Cómo va el libro? —preguntó Stevie con un bostezo.

—Hasta ahora me gusta. Vuelve a la cama; nos vemos por la mañana.

—Duerme un poco luego —dijo Stevie mientras volvía a su propia habitación.

No parecía que eso fuese a ocurrir durante un rato. Carole volvía a estar en marcha.

19

Carole pasó su última noche en París cenando con Matthieu en un restaurante nuevo que él conocía por referencias y quería probar. La comida era excelente, el ambiente era romántico e íntimo y lo pasaron estupendamente. Matthieu ya había hecho planes. Viajaría a Los Ángeles el dos de enero, tras regresar de esquiar en Val d'Isère con sus hijos. Hablaron de sus respectivos proyectos para las fiestas y ella le contó que pasaría algo de tiempo con Chloe antes de que su padre y su hermano llegasen para celebrar la Navidad. No era gran cosa, pero estaba bien para empezar.

—La verdad es que no la privaste de nada, ¿sabes? —la tranquilizó él.

Seguía pensando que el resentimiento de Chloe hacia su madre era poco razonable, dado lo que había visto cuando ella era pequeña. Pero las impresiones que tenía Chloe de aquel tiempo eran distintas.

—Ella cree que sí. Puede que eso sea lo único que importa. El abandono está en la mirada del observador o en su corazón. Dispongo de tiempo para dedicárselo. ¿Por qué no voy a hacerlo?

La velada no resultó nada triste, porque Carole sabía que Matthieu viajaría a California al cabo de dos semanas. Estaba deseando pasar la Navidad con sus hijos y con Jason. Además, confiaba en ir a Las Vegas en Nochevieja para la boda de Stevie. A pesar de eso, Stevie ya había dicho que viajaría a París con ella en marzo o abril. Alan estaba completamente dispuesto a mostrarse comprensivo. Y en algún momento, Carole pensaba que tendría que prescindir de ella durante algún tiempo. Tal vez Matthieu y ella hiciesen algunos viajes por Italia y Francia. Confiaba en haber avanzado mucho con su libro para entonces.

Cuando llegaron los postres, Matthieu se sacó del bolsillo un estuche de Cartier y se lo entregó. Era su regalo de Navidad.

Carole abrió el estuche con cuidado tras observar aliviada que no era el estuche de un anillo, ya que el acuerdo al que habían llegado no resultaba formal de momento. Ya verían cómo funcionaban las cosas. Al abrir la tapa vio que dentro había una bonita pulsera de oro. Era muy sencilla, aunque llevaba tres diamantes. Matthieu había hecho grabar una inscripción en el interior y le dijo a Carole que eso era lo mejor de todo. Para poder leerla ella la sostuvo cerca de la vela que estaba sobre la mesa y al hacerlo se le saltaron las lágrimas. Decía: «Sé fiel a ti misma. Te quiero. Matthieu». Ella le besó y se la puso. Era la forma que tenía él de decir que aprobaba lo que hacía y la amaba tal como era. Era una señal tanto de respeto como de amor.

Carole también le había traído un regalo y Matthieu sonrió al ver que procedía de la misma tienda. Lo abrió con tanta prudencia como ella había abierto el suyo y vio que era un elegante reloj de oro. Carole le había regalado uno años atrás que aún llevaba. Arlette supo que procedía de ella y se abstuvo de hacer comentarios. Era la única joya que llevaba y ella sabía que estaba cargado de significado para él. Carole también había hecho grabar su regalo. En la parte posterior decía: *«Joyeux Noël. Je t'aime. Carole»*. Matthieu estaba tan satisfecho con su regalo como ella con el suyo.

Como el restaurante estaba cerca del hotel, volvieron al

Ritz caminando despacio, seguidos por la escolta. Carole ya estaba acostumbrada a su presencia, al igual que Matthieu. Se detuvieron delante del Ritz y se besaron mientras se disparaba un flash en la cara de los dos.

—Sonríe —le susurró Carole rápidamente.

Él lo hizo y luego ambos se echaron a reír. Los paparazzi volvieron a fotografiarles.

—Mientras te hacen fotos, más vale que sonrías a la cámara —añadió, y él se echó a reír otra vez.

—Siempre parezco un asesino en serie cuando los fotógrafos me cogen por sorpresa.

—La próxima vez acuérdate de sonreír —dijo Carole mientras entraban en el vestíbulo.

No les importaba salir en los periódicos. No tenían nada que ocultar.

Matthieu la acompañó a su habitación y volvió a besarla en el salón de la suite. Stevie ya se había acostado, después de acabar de hacer las maletas. El ordenador de Carole seguía sobre el escritorio, pero no tenía previsto trabajar esa noche.

—Sigo siendo adicto a ti —dijo él con pasión.

Matthieu volvió a besarla. Estaba deseando que llegasen los descubrimientos que iban a hacer cuando él viajase a California para estar con ella. Recordaba muy bien lo maravilloso que era.

—Pues no debes serlo —susurró Carole, en respuesta a su comentario.

No quería la locura que habían compartido en el pasado. Quería algo sosegado y cálido, no la pasión angustiosa que vivieron años atrás. Sin embargo, al mirarle recordó que aquel no era Sean, sino Matthieu. Era un hombre poderoso y apasionado; siempre lo había sido, y la edad no lo había mitigado. Matthieu no tenía nada de tranquilo o tibio. Sean tampoco lo fue, pero era un tipo de hombre distinto. Matthieu era una fuerza motriz, exactamente igual que ella. Juntos poseían una energía que podía iluminar el mundo. Eso era lo que la había asustado al principio, pero se estaba acostumbrado a ello de nuevo.

Ambos llevaban puestos sus respectivos regalos de Navidad. Se sentaron en el salón de la suite y hablaron durante largo rato. Era una de las cosas que mejor hacían, y el resto no tardaría en llegar. Ninguno de los dos se había atrevido a encarar una relación más física. Las heridas de Carole eran demasiado recientes y la doctora le había aconsejado esperar, cosa que les parecía sensata a ambos. Matthieu no quería hacer nada que supusiera un riesgo para ella. Por eso el vuelo le preocupaba.

Matthieu acudiría por la mañana para llevarla al aeropuerto. Saldrían a las siete. Carole tenía que facturar antes de las ocho para coger el vuelo a las diez. El neurocirujano que viajaría con ellas había prometido llegar al Ritz a las seis y media para comprobar su estado antes de salir. Se había puesto de acuerdo con Stevie y le dijo que el viaje le entusiasmaba.

Matthieu abandonó por fin la habitación poco después de la una de la mañana. Carole parecía tranquila y contenta mientras se cepillaba los dientes y se ponía el camisón. Estaba ilusionada con la llegada de él a California y todo lo que tenía previsto hacer antes. Tenía muchas esperanzas puestas en las semanas siguientes. Era toda una nueva vida.

A la mañana siguiente, Stevie la despertó a las seis. Carole ya estaba vestida y desayunando cuando llegó el joven médico. Parecía un crío. El día anterior Carole se había despedido de su neuróloga y también le había regalado un reloj Cartier, uno práctico de oro blanco, con segundero. La doctora estaba encantada.

Matthieu llegó a las siete en punto. Como siempre, iba con traje y corbata, y comentó que Carole parecía una chica joven con sus vaqueros y un holgado suéter gris. Quería estar cómoda durante el vuelo. Se había maquillado por si la sorprendían los fotógrafos. Llevaba su pulsera y los diamantes destellaban contra la piel de su brazo. Matthieu lucía orgulloso su reloj nuevo y anunciaba la hora a todo aquel que quisiera escucharle, mientras Carole se reía. Ambos estaban contentos y relajados.

—Estáis muy monos, chicos —comentó Stevie mientras el botones acudía para recoger sus maletas.

Como siempre, Stevie lo tenía todo organizado. Había dejado propinas para el servicio de habitaciones y las camareras, los conserjes que la habían ayudado y dos subdirectores de recepción. Esa era su especialidad. Matthieu se quedó impresionado al ver cómo conducía al médico fuera de la habitación, llevaba el maletín del ordenador y su pesado bolso, se ocupaba de su propio equipaje de mano, despedía a la enfermera y hablaba con los escoltas.

—Es muy buena —le dijo a Carole mientras tomaban el ascensor hasta el vestíbulo.

—Sí que lo es. Lleva quince años trabajando para mí. Volverá conmigo en primavera y, para entonces, puede que se haya casado.

—¿No le importará a su marido?

—Parece que no. Yo soy parte del trato —aclaró con una sonrisa.

Fueron al aeropuerto en dos coches; Carole en el de Matthieu, y Stevie, el médico y la escolta en la limusina alquilada. Los ya familiares paparazzi hicieron fotos de Carole mientras subía al coche de Matthieu. Ella se detuvo un instante para sonreír y saludar con la mano. Tenía todo el aspecto de una estrella de cine con su brillante sonrisa, su largo cabello rubio y sus pendientes de diamantes. Nadie habría imaginado jamás que había estado herida o enferma. Y Matthieu apenas podía ver la cicatriz mortecina de su mejilla, hábilmente cubierta con maquillaje.

Mientras charlaban de camino al aeropuerto, Carole no pudo evitar acordarse de la última vez que él la acompañó hasta allí, quince años atrás, en una mañana desoladora para ambos. Durante aquel viaje Carole no pudo dejar de sollozar. Entonces creía que nunca volvería a ver a Matthieu. A pesar de las vagas garantías que ella le dio, ambos sabían que no volvería. Esta vez, al llegar al aeropuerto, Carole bajó del coche muy contenta, pasó por los controles de seguridad y fue hasta la sala de espera de primera clase con Matthieu mientras Stevie facturaba las maletas. Air France lo había organizado todo para que Matthieu pasara con Carole, por ser él quien era.

El doctor comprobó con discreción sus constantes vitales media hora antes del vuelo. Eran perfectas. El joven tenía muchas ganas de volar en primera clase.

Cuando anunciaron el vuelo Matthieu la acompañó hasta la puerta de embarque y se quedaron hablando hasta el último momento. Luego, él la estrechó entre sus brazos.

—Esta vez es distinto —dijo Matthieu, reconociendo lo que ella había recordado esa mañana.

—Sí que lo es. Aquel fue uno de los peores días de mi vida —dijo Carole suavemente, mirándole.

Ambos se sentían felices de gozar de aquella segunda oportunidad.

—También de la mía —dijo él, abrazándola con fuerza—. Cuídate cuando vuelvas. No te esfuerces demasiado. No tienes que hacerlo todo a la vez —le recordó.

En los últimos días Carole había empezado a hacer más cosas y a moverse más deprisa. Volvía a ser ella misma.

—El médico dice que estoy perfectamente —replicó ella.

—No tientes a la suerte —la regañó él.

Se acercó Stevie para recordarle a Carole que era hora de subir al avión. Esta asintió y volvió a mirar a Matthieu. Los ojos de él reflejaban la misma alegría que sentía ella.

—Que te diviertas con tus hijos —le dijo él.

—Llamaré en cuanto llegue —prometió ella.

Stevie le había dado a Matthieu los datos del vuelo.

Se besaron, y esta vez no hubo fotógrafos que les interrumpieran. A Carole le costó despegarse de Matthieu. Pocos días antes le asustaba volver a abrirle su corazón y ahora cada vez se sentía más cerca de él. Le entristecía dejarle, pero también se alegraba de volver a Los Ángeles. Había estado a punto de no regresar. Todos eran conscientes de ello mientras ella se apartaba por fin y avanzaba despacio hacia el avión. Carole se detuvo, se dio la vuelta y le miró de nuevo con una amplia sonrisa, que era la que él siempre recordó. Era la sonrisa de estrella con que se desmayaban sus admiradores de todo el mundo. Se quedó mirándole durante unos momentos, dijo en silencio las palabras «*je t'aime*» y luego, con un gesto de la mano, se volvió y subió al avión. Había sido un viaje milagroso y regresaba a casa, con Matthieu en su corazón. Esta vez esperanzada y no desengañada.

20

Felizmente, el vuelo a Los Ángeles transcurrió sin incidentes. El joven neurocirujano comprobó sus constantes vitales varias veces, pero Carole no tenía problema alguno. Tomó dos comidas y vio una película. Luego convirtió su asiento en una cama y se pasó el resto del viaje durmiendo acurrucada bajo la manta y el edredón. Stevie la despertó antes de que aterrizasen para que pudiera maquillarse y cepillarse los dientes y el pelo. Era muy probable que la prensa estuviese esperándola. La compañía aérea le había ofrecido una silla de ruedas, pero Carole la rehusó. Quería salir por su propio pie. Prefería con mucho la historia de una recuperación milagrosa a regresar como si fuese una inválida. A pesar del largo vuelo, se sentía fuerte por fin, después de todas aquellas semanas. Esa sensación se debía en parte a la ilusión de la nueva esperanza que compartía con Matthieu, aunque sobre todo a un sentimiento de gratitud y paz. No solo había sobrevivido al atentado en el túnel, sino que se había negado a dejarse vencer.

Miró por la ventanilla en silencio y vio los edificios, las piscinas, las vistas y puntos de referencia habituales de Los Ángeles. Vio el cartel de Hollywood, sonrió y echó un vistazo a Stevie. Hubo un momento en que creyó que jamás volvería a ver todo aquello. Cuando el tren de aterrizaje tocó la pista y el avión rodó hasta detenerse, a Carole se le saltaron las lágrimas. Le daba vértigo pensar en todo lo que había ocurrido en los dos últimos meses.

—Bienvenida a casa —dijo Stevie con una amplia sonrisa.

Carole la miró y estuvo a punto de echarse a llorar de alivio. El joven médico estaba exultante de alegría por estar en Los Ángeles. Su hermana acudiría a recogerle y pasarían una semana juntos antes de que él volviese a París.

Carole y sus dos compañeros de viaje fueron de los primeros en desembarcar. Un empleado de Air France les esperaba para pasar con ellos los controles de aduana. Carole no tenía nada que declarar, salvo la pulsera de Matthieu. Al final aceptó que le prestasen una silla de ruedas para la larga caminata hasta inmigración. El trayecto era demasiado largo. Ya habían advertido en la aduana que ella pasaría. Carole tenía preparada la declaración, le dijeron el importe que debía y rellenó un talón en cuestión de minutos. Un funcionario comprobó los pasaportes y les indicó con un gesto que podían pasar.

—Bienvenida, señora Barber —le dijo el funcionario de aduanas con una sonrisa.

Entonces Carole se levantó de la silla de ruedas, por si había fotógrafos esperándola cuando cruzase las puertas. Se alegró de haberlo hecho, porque allí la aguardaba una barrera de reporteros, gritando y llamándola por su nombre mientras los flashes estallaban en su cara. Cuando la divisaron se produjo una verdadera ovación. Radiante y fuerte, Carole saludó con la mano y pasó por su lado con paso firme.

—¿Cómo te encuentras?... ¿Se te ha curado la cabeza?... ¿Qué ocurrió?... ¿Qué te parece estar de vuelta? —le gritaron.

—¡Genial! ¡Es genial! —exclamó ella, sonriendo de placer.

Stevie la cogió del brazo y la ayudó a abrirse paso. Los paparazzi la entretuvieron durante más de un cuarto de hora, haciéndole fotografías.

Cuando llegaron a la limusina que las esperaba fuera, Carole parecía cansada. Stevie había contratado a una enfermera para que le hiciese compañía en la casa. Aunque no necesitaba atención médica, no parecía prudente que estuviese sola los primeros días. Carole había sugerido que podían prescindir de ella en cuanto llegasen sus hijos, o al menos cuando apareciese Matthieu. Sencillamente, resultaba reconfortante tener a alguien allí de noche, y Stevie se iba a su propia casa con su hombre, su vida y su cama. Había pasado mucho tiempo fuera y también se alegraba de volver. En particular, dada la proposición de Alan durante su ausencia. Ahora quería celebrarlo con él.

Matthieu fue el primero en telefonear a Carole, justo cuando entraban por la puerta. Llevaba preocupado por ella todo el día y toda la noche. Eran las diez de la noche en París y la una en Los Ángeles.

—¿Has tenido buen viaje? —preguntó él preocupado—. ¿Cómo te encuentras?

—De maravilla. No ha habido ningún problema, ni siquiera en el despegue y el aterrizaje. El médico se ha pasado el rato comiendo y viendo películas.

A su doctora le preocupaba un poco que los cambios en la presurización pudiesen perjudicarla o le provocasen un intenso dolor de cabeza, pero no había sido así.

—Mejor. De todos modos, me alegro de que haya estado allí —dijo Matthieu, aliviado.

—A mí también me ha tranquilizado —reconoció ella.

—Ya te echo de menos —se quejó él, aunque parecía animado.

Carole también lo estaba. Iban a verse muy pronto y su vida juntos empezaría de nuevo, cualquiera que fuese la forma que adoptase. Carole tenía muchas ilusiones.

—Yo también.

—¿Qué es lo primero que vas a hacer? —preguntó Matthieu.

Se sentía emocionado. Sabía cuánto significaba para ella estar de regreso después de todo lo que había sufrido.

—No lo sé. Pasear y mirar, y darle gracias a Dios por estar aquí.

Él también se sentía agradecido. Recordaba la conmoción sufrida al verla por primera vez, conectada al respirador de La Pitié Salpêtrière. Parecía muerta; casi lo estaba. Su recuperación era como volver a nacer. Y ahora, además, se tenían el uno al otro. Aquello era como un sueño para ambos.

—Mi casa está preciosa —dijo Carole, echando un vistazo a su alrededor—. Había olvidado lo fantástica que es.

—Estoy deseando verla.

Colgaron poco después y Stevie la ayudó a instalarse. La enfermera llegó diez minutos más tarde. Era una mujer agradable que se sentía entusiasmada por conocer a Carole. Como todas las demás personas que lo habían leído en la prensa, se había quedado horrorizada por su accidente en Francia y dijo que era un milagro que estuviese viva.

Entonces Carole entró en su habitación y miró a su alrededor. Desde hacía algún tiempo lo recordaba perfectamente. Miró hacia el jardín y luego fue a su despacho y se sentó ante su escritorio. Stevie ya le había instalado el ordenador. La enfermera fue a preparar la comida. Stevie le había pedido a la asistenta que encargase algo de comer. Como de costumbre, había pensado hasta en el último detalle. No había nada que Stevie no hiciera.

Stevie se sentó y comió con ella en la cocina, como hacían con tanta frecuencia. Carole llevaba medio sándwich de pavo cuando empezó a llorar.

—¿Qué pasa? —preguntó Stevie con ternura, aunque lo sabía.

Era un día cargado de emoción para Carole, e incluso para ella.

—No puedo creer que esté aquí. Nunca pensé que volvería.

Por fin podía reconocer el pánico que había experimentado. Ya no tenía que ser valiente. E incluso una vez que había sobrevivido al atentado, el último terrorista había venido para matarla. Era más de lo que cualquier ser humano debería haber tenido que soportar.

—Estás bien —le recordó Stevie.

Le dio un abrazo y luego le puso en la mano un pañuelo de papel para que se sonase.

—Lo siento. Creo que no me daba cuenta de lo alterada que estaba. Y luego lo de Matthieu... Estoy muy conmovida...

—Estás en tu derecho —le recordó Stevie—. Ponte a gritar si quieres. Te lo has ganado.

La enfermera se llevó los platos del almuerzo y ellas se quedaron un rato sentadas a la mesa de la cocina. Y luego Stevie le preparó una taza de té de vainilla y se la dio.

—Deberías irte a casa —le recordó Carole—. Alan debe de estar ansioso por verte.

—Vendrá a buscarme dentro de media hora. Te llamaré para hacerte saber lo que ocurre —respondió Stevie nerviosa e ilusionada.

—Disfruta de él. Puedes contármelo mañana.

Carole se sentía culpable por haberse apropiado de una parte tan grande de su tiempo y su vida. Stevie siempre le había dado muchísimo más de lo que era normal o podía considerarse «obligación». Se entregaba en cuerpo y alma a su jefa y a su trabajo, más allá de lo que haría cualquier ser humano.

Stevie se marchó media hora después, al oír que Alan tocaba la bocina dos veces. Mientras salía corriendo por la puerta, Carole le deseó suerte. Tras deshacer la maleta con ayuda de la enfermera, fue a sentarse en su despacho y se puso a mirar por la ventana. El ordenador la esperaba, pero estaba demasiado cansada para tocarlo. Para entonces eran las tres, y en París era medianoche. Estaba molida.

Esa tarde salió al jardín y llamó a sus dos hijos. Chloe, que llegaría al día siguiente, dijo que estaba deseando ver a su madre. Carole pensó que debía descansar esa noche, pero quería adaptarse a la hora de Los Ángeles, así que no se acostó hasta casi las once; para entonces amanecía en París. Carole se durmió tan pronto como su cabeza tocó la almohada. Se quedó atónita al ver que Stevie estaba ya allí a las diez y media del día siguiente. Se despertó cuando ella echó un vistazo en su habitación con una gran sonrisa.

—¿Estás despierta?

—¿Qué hora es? Debo de haber dormido doce o trece horas —dijo Carole, desperezándose en la cama.

—Lo necesitabas —dijo Stevie mientras abría las cortinas.

Carole vio al instante que había un diamante en su mano izquierda.

—¿Y qué? —dijo, incorporándose con una sonrisa adormilada.

Le dolía la cabeza y esa mañana tenía cita tanto con el neurólogo como con una neuropsicóloga. Trabajaban en equipo con pacientes que habían sufrido lesiones cerebrales. Carole suponía que el dolor de cabeza debía de ser normal tras el cambio de hora y el vuelo. No estaba preocupada.

—¿Sigues estando libre en Nochevieja? —preguntó Stevie, casi balbuceando de emoción.

—¿Vas a hacerlo? —preguntó Carole, sonriendo.

—Sí, aunque estoy algo asustada —reconoció Stevie.

Le tendió el anillo para que lo viese. Era una joya antigua con un pequeño y exquisito diamante que le sentaba muy bien. Stevie estaba encantada y Carole se alegraba por ella. Merecía toda la dicha que la vida le diese después de ofrecer tanto amor y consuelo a los demás, en particular a su amiga.

—Iremos a Las Vegas el treinta y uno por la mañana. Alan ya ha hecho una reserva en el Bellagio para nosotros, y también otra para ti.

—Allí estaré impaciente. Oh, Dios mío, tenemos que ir de compras. Necesitas un vestido —dijo Carole, animada e ilusionada.

—Podemos ir con Chloe. Hoy deberías descansar. Ayer tuviste un día muy largo.

Carole se levantó despacio de la cama y se sintió mejor después de tomar una taza de té y unas tostadas. Stevie fue al médico con ella y por el camino hablaron de la boda. El neurólogo dijo que Carole estaba muy bien y le aconsejó que se lo tomara con calma. Se quedó atónito al darle un vistazo a su historial y leer el informe de la doctora de París, que había hecho un resumen final en inglés para él.

—Es usted una mujer afortunada —le dijo.

Le pronosticó que tendría fallos de memoria durante un período de entre seis meses y un año, que era lo que le habían dicho también en París. El médico no la entusiasmó; prefería a la doctora de París. Sin embargo, no tenía que volver a visitarle hasta un mes después, solo para una revisión. Entonces harían otro TAC como simple medida de control. Además, continuaría haciendo rehabilitación.

El médico que impresionó favorablemente tanto a Carole como a Stevie fue la neuropsicóloga a la que Carole visitó en la misma consulta justo después del neurólogo, un hombre metódico, preciso y muy seco. La neuropsicóloga entró en la sala de exploración para visitar a Carole con la energía de un rayo de sol. Era menuda y delicada. Tenía unos grandes ojos azules, pecas y el pelo de color rojo intenso. Parecía un duendecillo y era muy despierta.

Al entrar se presentó sonriente como la doctora Oona O'Rourke. Era una irlandesa de pura cepa y se notaba en su acento. Carole sonrió al mirar a la doctora, que se subió de un salto a la mesa con su bata blanca y miró a las dos mujeres sentadas frente a ella. Stevie había entrado en la sala de exploración con Carole para prestarle apoyo moral y aportar datos que pudiese haber olvidado o ignorase.

—Bueno, tengo entendido que echó a volar por un túnel de París. Estoy impresionada. ¿Cómo fue?

—No demasiado divertido —comentó Carole—. No era precisamente lo que tenía pensado para mi viaje a París.

Entonces la doctora O'Rourke echó un vistazo a sus gráficas de evolución, comentó la pérdida de memoria y quiso saber cómo iba.

—Mucho mejor —dijo Carole abiertamente—. Al principio fue bastante raro. No tenía ni idea de quién era yo ni de quiénes eran los demás. Mi memoria había desaparecido por completo.

—¿Y ahora?

Los brillantes ojos azules lo veían todo y su sonrisa era cálida. La doctora era un elemento añadido que no habían tenido en París, pero el nuevo neurólogo de Carole en Los Ángeles opinaba que el factor psicológico era importante y se requerían como mínimo tres o cuatro visitas con ella, aunque Carole se estaba recuperando.

—Mi memoria ha mejorado mucho. Aún tengo lagunas, pero no son nada comparadas con la amnesia que tenía cuando desperté.

—¿Ha sufrido ataques de ansiedad? ¿Tiene dificultades para conciliar el sueño? ¿Dolores de cabeza? ¿Comportamiento extraño? ¿Depresión?

Carole respondió de forma negativa a todo, a excepción del leve dolor de cabeza que había tenido ese día al despertar. La doctora O'Rourke coincidió con Carole en que se estaba recuperando sumamente bien.

—Parece que tuvo mucha suerte, si puede llamarse así. Esa clase de lesión cerebral puede ser muy difícil de pronosticar. La mente es algo extraño y maravilloso, y en ocasiones pienso que lo que hacemos es más arte que ciencia. ¿Tiene previsto volver a trabajar?

—Durante un tiempo no. Estoy trabajando en un libro y pensaba empezar a mirar guiones en primavera.

—Yo no me precipitaría. Puede que se sienta cansada durante un tiempo. No se pase con el esfuerzo. Su cuerpo le dirá qué está preparado para hacer y puede que se vuelva en su contra si usted se pasa. Podría volver a tener fallos de memoria si trabaja demasiado.

Esa perspectiva impresionó a Carole y Stevie le dedicó una mirada de advertencia.

—¿Le preocupa algo más? —preguntó.

—La verdad es que no —respondió Carole después de pensarlo un poco—. A veces me asusta lo cerca que estuve de morir. Aún tengo pesadillas.

—Eso me resulta lógico.

Entonces Carole le contó el ataque en el hospital por parte del terrorista suicida superviviente, que había vuelto para matarla.

—Me parece que lo ha pasado muy mal, Carole. Creo que debería tomárselo con calma durante un tiempo. Dese la oportunidad de recuperarse tanto del shock emocional como del traumatismo físico. Lo ha pasado fatal. ¿Está casada?

—No, soy viuda. Mis hijos y mi ex marido vendrán a pasar la Navidad —dijo contenta, y la doctora sonrió.

—¿Alguien más?

Carole sonrió.

—Recuperé un antiguo amor en París. Vendrá justo después de las fiestas.

—Estupendo. Diviértase, se lo ha ganado.

Charlaron durante un rato más y luego la doctora le recomendó algunos ejercicios para mejorar su memoria que parecían interesantes y divertidos. Cuando salieron de la consulta Stevie y Carole comentaron lo alegre, animada y llena de vida que resultaba la neuropsicóloga.

—Es guapa —comentó Stevie.

—Y lista —añadió Carole—. Me cae bien.

Le daba la impresión de que podía preguntarle o decirle cualquier cosa si ocurría algo raro. Incluso había preguntado si podía hacer el amor con Matthieu. La doctora O'Rourke dijo que no había problema y luego le advirtió que debía utilizar preservativos, por lo que Carole se ruborizó. Hacía mucho tiempo que no tenía que preocuparse por eso. La doctora O'Rourke comentó con su traviesa sonrisa que solo le faltaba coger una enfermedad de transmisión sexual después de lo mal que lo había pasado. Carole estuvo de acuerdo y se echó a reír, sintiéndose casi una cría de nuevo.

Al salir de la consulta se sintió aliviada de tener una doctora a la que acudir si acusaba los efectos del accidente de forma distinta ahora que estaba en casa. Sin embargo, hasta el momento se estaba recuperando y se encontraba bien. Tenía muchas ganas de pasar las fiestas con su familia y de asistir a la boda de Stevie, dos acontecimientos que prometían ser divertidos.

Cuando regresaban de la consulta, Carole insistió en parar en Barney's para mirar el vestido de novia de Stevie. Esta se probó tres y se enamoró del primero. Carole se lo compró como regalo de boda, y encontraron unos Manolo Blahnik de raso blanco en la planta principal. El vestido era largo y realzaba la escultural figura de Stevie. Se casaría de blanco. Habían encontrado un vestido verde oscuro para Carole. Era corto, sin tirantes y del color de las esmeraldas. Dijo que se sentía como la madre de la novia.

Chloe no llegaría hasta las siete de la tarde, así que disponían de unas horas para prepararlo todo. En el último momento, cuando Stevie ya salía a buscarla, Carole decidió ir con ella. Se marcharon a las seis. La floristería había entregado a las cinco un árbol de Navidad, decorado por completo, y de pronto el ambiente de la casa se había vuelto navideño.

De camino hacia el aeropuerto volvieron a hablar de la boda. Stevie estaba muy ilusionada, y también Carole.

—No puedo creer que esté haciendo esto —dijo Stevie por enésima vez ese día.

Carole le sonrió. Ambas sabían que era lo correcto y Carole volvió a decirlo.

—No estoy loca, ¿verdad? ¿Y si al cabo de cinco años no lo soporto?

Stevie era una vorágine de emociones.

—No será así y, si ocurriera, hablaremos de ello entonces.

Y no, no creo que estés loca. Es un buen hombre y te quiere y tú le quieres a él. ¿Se toma bien lo de no tener críos? —preguntó Carole preocupada.

—Dice que sí. Dice que conmigo tiene bastante.

—Todo saldrá bien —dijo Carole.

Cuando bajaban del coche sonó su teléfono móvil. Era Matthieu.

—¿Qué haces? —preguntó en tono alegre.

—Estoy en el aeropuerto para recoger a Chloe. Hoy he visto al médico y dice que estoy muy bien. Además, de camino a casa hemos encontrado un vestido de boda para Stevie.

Resultaba divertido compartir sus actividades con él. Después de la pesadilla de París, cada minuto parecía un regalo.

—Me estás preocupando. Haces demasiadas cosas. ¿Te ha dicho el doctor que podías o tienes que descansar?

En París eran casi las cuatro de la mañana. Matthieu se había despertado y decidió llamarla. Carole parecía estar demasiado lejos. Le encantaba oír su voz. Sonaba ilusionada y joven.

—Ha dicho que no tengo que visitarle de nuevo hasta dentro de un mes.

Carole se acordó de pronto de cuando estaba embarazada y apartó el pensamiento de su mente. La entristecía demasiado. Por aquel entonces Matthieu solía besar el vientre de Carole a medida que crecía y le preguntaba siempre lo que le había dicho el médico. Incluso la acompañó a una de las visitas para escuchar el latido del bebé. Juntos habían sufrido mucho, en especial después del aborto y cuando murió la hija de él. Matthieu y ella tenían una historia que les unía incluso ahora.

—Te echo de menos —le dijo él de nuevo, como el día anterior.

Carole había permanecido quince años ausente de la vida de Matthieu y, ahora que había vuelto, cada día se le hacía interminable sin ella. Tenía unas ganas enormes de ir a verla. Al día siguiente se marcharía a esquiar con sus hijos y prometió llamarla desde allí. Le habría gustado que Carole pudiese acompañarles, aunque no estuviese en condiciones de esquiar. Ella nunca llegó a conocer a sus hijos y Matthieu quería que lo hiciese ahora. Para Carole sería una experiencia agridulce. Mientras tanto, estaba deseando pasar más tiempo con sus propios hijos.

Stevie y ella esperaron a que Chloe pasase por la aduana. La joven sabía que Stevie acudiría al aeropuerto, pero se quedó atónita al ver a su madre.

—¡Has venido! —dijo pasmada, echándole los brazos al cuello—. ¿No es una imprudencia? ¿Te encuentras bien?

Chloe parecía preocupada pero encantada, por lo que Carole se sintió doblemente satisfecha de haber acudido. El esfuerzo ciertamente mereció la pena para ver esa expresión de Chloe de sorpresa, alegría y gratitud. La muchacha disfrutaba plenamente del amor de su madre, que era justo lo que Carole había querido.

—Estoy perfectamente. Hoy he visitado al médico. Puedo hacer lo que quiera, dentro de lo razonable, y me ha parecido que venir aquí lo era. Estaba impaciente por verte —dijo mientras rodeaba la cintura de su hija con el brazo.

Stevie fue a buscar el coche. Carole aún no conducía ni tenía previsto hacerlo durante algún tiempo. Los médicos no querían que lo hiciese y ella tampoco se sentía con ánimos de afrontar el difícil tráfico de Los Ángeles.

En el camino de regreso desde el aeropuerto las tres mujeres se pusieron al día y Carole le contó a Chloe los planes de boda de Stevie. La chica se alegró mucho por ella. Conocía a Stevie desde hacía muchos años y la quería como si fuese una hermana mayor.

Cuando llegaron a casa Stevie las dejó a solas. Chloe y su madre se sentaron en la cocina. La joven había dormido en el avión, así que estaba completamente despierta. Carole le preparó unos huevos revueltos y después tomaron helado. Cuando se acostaron era casi medianoche. Al día siguiente salieron de compras. Carole aún no tenía ningún regalo para nadie. Disponía de dos días para comprarlos. Ese año la Navidad iba a ser parca, aunque buena.

Al final del día había comprado todo lo que necesitaba en Barney's y Neiman's, para Jason, Stevie y sus dos hijos. Acababan de cruzar la puerta cuando la llamó Mike Appelsohn.

—¡Has vuelto! ¿Por qué no me llamaste? —preguntó dolido.

—Solo llevo aquí dos días —se disculpó ella—, y Chloe llegó anoche.

—He llamado al Ritz y me han dicho que habías dejado el hotel. ¿Cómo te sientes?

Todavía estaba preocupado por ella. No podía olvidar que solo un mes atrás se hallaba a las puertas de la muerte.

—¡Estupendamente! Un poco cansada, aunque lo estaría de todos modos por el desfase horario. ¿Cómo estás tú, Mike?

—Ocupado. No me gusta nada esta época del año.

Mike le dio conversación durante unos minutos y luego abordó el motivo de su llamada:

—¿Qué haces en septiembre del año que viene?

—Ir a la universidad. ¿Por qué? —bromeó ella.

—¿De verdad? —preguntó él sorprendido.

—No. ¿Cómo voy a saber lo que haré en septiembre? Ya estoy contenta de estar aquí ahora. Casi no lo cuento.

Ambos sabían lo cierto que era eso.

—No me lo digas. Ya lo sé —dijo él.

Carole aún se sentía conmovida por el viaje de Mike a París para verla. Nadie más que él habría viajado desde Los Ángeles para pasar solo unas horas con ella.

—Bueno, niña, tengo un papel fantástico para ti. Te lo advierto: si no haces esta película, abandono.

Mike le dijo quién la hacía y quiénes eran los actores. Ella tenía un papel protagonista con dos actores importantes y una actriz más joven. Carole encabezaría el reparto. Era una película fabulosa con un gran presupuesto y un director con el que ya había trabajado y que le encantaba. Carole no daba crédito a sus oídos.

—¿Hablas en serio?

—Pues claro que sí. El director empieza a rodar otra película en Europa en febrero. Estará allí hasta julio y no puede empezar esta hasta septiembre. En agosto tiene que poner punto final a la posproducción de la otra, así que tendrías tiempo libre hasta entonces para escribir tu libro, si sigues haciéndolo.

—Sí, ya estoy trabajando en él —dijo ella, encantada por lo que oía.

—Una parte de la película se rodará en Europa, en Londres y París. El resto en Los Ángeles. ¿Qué te parece?

—Hecho a medida para mí.

Carole aún no le había contado lo de Matthieu. Sin embargo, lo que Mike acababa de decir encajaba a la perfección con sus planes actuales de pasar tiempo con Matthieu en París y Los Ángeles. Además, durante el rodaje en Londres podría ver a Chloe.

—Te enviaré el guión. Quieren una respuesta para finales de la semana que viene. Tienen otras dos candidatas por detrás de ti que matarían por hacer la película. Mañana te enviaré el guión por mensajero. Lo leí anoche y es genial.

Carole confiaba en él. Siempre le decía la verdad y, además, tenían gustos parecidos para los guiones. Solían gustarles los mismos.

—Lo leeré enseguida —prometió Carole.

—En serio, ¿cómo te encuentras? ¿Crees que estarás en condiciones de hacerlo para entonces? —preguntó él, aún preocupado.

—Creo que sí. Cada día me encuentro mejor y el médico de aquí me ha declarado sana.

—No te esfuerces demasiado o lo lamentarás —quiso recordarle Mike Appelsohn.

La conocía demasiado bien. Siempre se esforzaba demasiado; ella era así. Se mataba a trabajar desde el principio de su carrera, aunque en los últimos años se tomaba las cosas con más calma. Sin embargo, sentía que sus motores volvían a acelerarse. Ya se había tomado un descanso bastante largo.

—Lo sé. No soy tan estúpida.

Carole era muy consciente de lo que había pasado y de lo difícil que había sido. Aún estaría convaleciente durante un tiempo, pero de momento no tenía grandes planes. Matthieu y ella podían tomárselo con calma. Además, iba a escribir el libro a su propio ritmo. Ahora contaba con ocho meses antes de tener que volver al trabajo.

—Bueno, niña, con esta película vas a estar otra vez en marcha —dijo él, encantado por ella.

—Eso parece. Estoy impaciente por leer el guión.

—Te va a volver loca —prometió él—. Si no, me comeré mis zapatos.

Eso era mucho decir. Mike era un hombre corpulento y tenía unos pies enormes.

—Te llamaré el día veintiséis.

El día siguiente era Nochebuena, y Jason y Anthony llegarían procedentes de Nueva York.

—Feliz Navidad, Carole —dijo Mike, conmovido.

Ni siquiera podía imaginarse que ella ya no estuviese allí, que todos hubiesen llorado su muerte. No quería ni pensarlo. Habría sido una tragedia para él y para muchos otros.

—Feliz Navidad también para ti, Mike —dijo ella, y colgó.

Durante la cena Carole le contó a Chloe lo del guión y vio que su rostro se ensombrecía. Era la primera vez que se daba cuenta de hasta qué punto le molestaba su carrera a su hija.

—Si hago la película, rodaremos en Londres. Eso sería genial; podría pasar ese tiempo contigo. Además, puedes escaparte a París mientras estemos allí.

El rostro de Chloe se iluminó al oír esas palabras. La joven sabía cuánto se esforzaba su madre y eso significaba mucho para ella. Fueran cuales fuesen los pecados que Chloe le atribuía, ahora Carole los estaba expiando.

—Gracias, mamá. Sería divertido.

Esa noche cenaron solas. Encargaron comida china y la enfermera fue a buscarla. Carole no quería desperdiciar ni un minuto con su hija. Esa noche Chloe durmió en su cama y se estuvieron riendo como dos crías. Al día siguiente Chloe y su madre fueron a recoger a Jason y Anthony al aeropuerto. Afortunadamente, Stevie no había ido a trabajar. Era el día de Nochebuena y se lo había ganado. No volvería al trabajo hasta el día veintiséis.

El guión que Mike le había comentado llegó por la tarde. Carole le echó un vistazo y a primera vista le pareció estupendo, tanto como su representante le había prometido. Trataría de leerlo por la noche, cuando todo el mundo se fuese a la cama. Sin embargo, ya estaba casi segura de que le agradaría. Así pues, Mike no estaba equivocado; el papel que le ofrecían era fantástico. Se lo había contado por teléfono a Matthieu, que se mostró ilusionado por ella. Sabía que Carole quería volver a trabajar y aquel parecía un papel a su medida.

Anthony y Jason fueron de los primeros en bajar del avión y Chloe les acompañó a casa. En el camino de regreso todos hablaban al mismo tiempo. Hubo risitas y carcajadas, así como anécdotas embarazosas de otras Navidades. Hablaron de la vez que Anthony derribó accidentalmente el árbol cuando tenía cinco años, tratando de atrapar a Papá Noel cuando se deslizase por su chimenea en Nueva York. Había docenas de anécdotas como esa que conmovían a Carole y divertían a los demás. Ya recordaba casi todas las anécdotas.

Al llegar a la casa encargaron pizzas. Cuando los chicos se fueron a sus habitaciones Jason entró en la cocina en busca de algo que beber y encontró a Carole allí.

—De verdad, ¿cómo te encuentras? —le preguntó él en tono muy serio.

Aunque Carole tenía un aspecto más saludable que la última vez que la vio en París, aún estaba pálida. Desde su regreso había hecho muchas cosas. Conociéndola como la conocía, Jason pensó que seguramente se habría excedido.

—Lo cierto es que me encuentro bien —dijo Carole. Ella era la primera sorprendida.

—Desde luego, nos diste a todos un susto de muerte —comentó Jason.

Por supuesto, se refería al atentado y a todo lo que sucedió a continuación.

Su ex marido se había portado de maravilla con ella en aquellos días y Carole todavía se sentía conmovida por todo lo que él le había dicho.

—Yo también me llevé un susto de muerte. Tuve muy mala suerte, pero al final todo salió bien.

—Así es —dijo él, sonriéndole.

Hablaron durante un rato y luego Jason se fue a la cama. Antes de irse a dormir Carole se entretuvo unos minutos en su despacho. Le gustaba esa hora de la noche en la que todo permanecía en silencio a su alrededor. Siempre le había encantado ese instante, sobre todo cuando sus hijos eran pequeños. Necesitaba aquel momento de intimidad.

Echó un vistazo a su reloj y vio que acababan de dar las doce de la noche. Eran las nueve de la mañana en Francia. Habría podido llamar a Matthieu, y quería hacerlo en algún momento, para desearle Feliz Navidad. Pero decidió no llamarlo. Ahora tenían tiempo, mucho tiempo, y él no tardaría en estar en Los Ángeles junto a ella. Se alegraba de volver a tenerle en su vida. Era como un regalo inesperado. Carole se sentó delante de su escritorio, echó una ojeada a su ordenador y vio las últimas anotaciones que había hecho en su libro. Ahora lo tenía ordenado en su cabeza y sabía qué quería escribir.

Miró hacia el jardín, con la fuente iluminada y el estanque. Sus hijos estaban en casa, en sus habitaciones. Jason estaba también allí, como el amigo y hermano afectuoso que era ahora. Entre ellos, la transición del presente al pasado se había efectuado sin contratiempos. Participaría en una película. Además de sobrevivir a un atentado terrorista, había recuperado la memoria. Stevie se casaría al cabo de una semana. Carole cerró los ojos y en silencio dio gracias a Dios por las bendiciones que le concedía. Luego los abrió con una sonrisa. Tenía todo lo que siempre había querido y más. Y lo mejor de todo era que se tenía a sí misma. No se había traicionado en el proceso ni en el transcurso de su vida. Nunca renunció a sus ideales ni a sus valores, ni tampoco a las cosas que le importaban. Era fiel a sí misma y a las personas que amaba. Miró la pulsera que Matthieu le había regalado y volvió a leer la inscripción: «Sé fiel a ti misma». Que ella supiera, lo había sido. Aún no le había contado a su familia lo de Matthieu. Sin embargo, lo haría cuando llegase el momento. Sabía que Anthony seguramente pondría pegas al principio, pero con un poco de suerte se tranquilizaría con el tiempo. Él tenía derecho a opinar y a preocuparse por ella, y ella tenía derecho a su propia vida y a tomar las decisiones que le pareciesen más acertadas.

—¿Qué estás haciendo? —preguntó una voz detrás de ella.

Era Chloe en camisón, de pie en el umbral del despacho. Quería dormir otra vez en la cama de su madre y a Carole también le apetecía. Le recordaba la infancia de su hija. Ya entonces le gustaba mucho dormir con ella.

—Solo estoy pensando —dijo Carole, volviéndose con una sonrisa.

—¿En qué?

—En lo mucho que tengo que agradecer este año.

—Yo también —dijo Chloe en voz baja, y luego se acercó a abrazar a su madre—. Me alegro mucho de que estés aquí.

Luego salió al pasillo dando brincos sobre sus largas y elegantes piernas.

—Venga, mamá, vámonos a la cama.

—Vale, jefa —dijo Carole.

Apagó las luces de su despacho y siguió a su hija por el pasillo hasta su propia habitación.

—Gracias —susurró Carole, levantando los ojos hacia el cielo con una sonrisa.

No cabía duda de que estaban pasando una feliz Navidad.

Primer capítulo del próximo libro de

DANIELLE STEEL

TRUHÁN

que Plaza & Janés publicará en primavera de 2011

1

El pequeño monomotor Cessna Caravan se inclinaba y se balanceaba de forma alarmante sobre las marismas, al oeste de Miami. El avión estaba a suficiente altura para que el paisaje pareciera de postal, pero el viento que entraba por la puerta abierta distraía a la joven agarrada a la correa de seguridad, de modo que solo podía ver una inmensa extensión de cielo debajo de ellos. El hombre sentado detrás de ella le estaba diciendo que saltara.

—¿Y si el paracaídas no se abre? —dijo la muchacha, mirándole por encima del hombro con expresión aterrorizada. Era una rubia alta y hermosa, con un cuerpo espectacular y una cara exquisita. Tenía los ojos muy abiertos de miedo.

—Confía en mí, Belinda, se abrirá —prometió Blake Williams con una expresión de absoluta seguridad. Hacía años que el paracaidismo era una de sus mayores pasiones. Y siempre era una alegría para él disfrutarlo en compañía de alguien.

Belinda había aceptado saltar con él hacía una semana, tomando unas copas en un club nocturno privado muy prestigioso de South Beach. Al día siguiente, Blake contrató ocho horas de instrucción y un salto de prueba con los instructores para ella. Belinda ya estaba a punto para caer en sus brazos. Era solo su tercera cita y Blake había logrado que el paracaidismo sonara tan tentador que, tras su segundo cóctel, Belinda había aceptado, entre risas, la invitación de saltar en paracaídas con él. No sabía en lo que se metía, y ahora estaba nerviosa y se preguntaba por qué se habría dejado convencer. La primera vez que saltó, con los dos instructores que había contratado Blake, se había muerto de miedo, pero también había sido emocionante. Y saltar con Blake sería la experiencia definitiva. Se moría de ganas. Era tan encantador, tan guapo, tan extravagante y tan divertido que, aunque apenas lo conociera, estaba dispuesta a seguirlo y a probarlo prácticamente todo con él, incluso a saltar de un aeroplano. Pero ahora, cuando él le cogió la cara y la besó, estaba aterrorizada otra vez. La pura emoción de estar en presencia de él se lo puso más fácil. Tal como le habían enseñado durante las lecciones, saltó del avión.

Blake la siguió unos segundos después. La muchacha cerró los ojos con fuerza y gritó mientras caía libremente un minuto, y entonces abrió los ojos y lo vio indicándole con gestos que tirara del cordón de apertura del paracaídas, tal como le habían enseñado los instructores. De repente estaban planeando en un lento descenso hacia el suelo y él le sonreía y levantaba los pulgares en señal de triunfo. Belinda no podía creer que lo hubiera hecho dos veces en una semana, pero él era así de carismático. Blake podía lograr que la gente hiciera cualquier cosa.

Belinda tenía veintidós años y era supermodelo en París, Londres y Nueva York. Había conocido a Blake en Miami, en casa de unos amigos. Él acababa de llegar de su casa de Saint Bart con su nuevo 737 para reunirse con un amigo, aunque para el salto había alquilado un avión más pequeño con piloto.

Blake Williams parecía experto en todo lo que hacía. Era esquiador de nivel olímpico desde la universidad; había aprendido a pilotar su jet, con un copiloto presente, dado su tamaño y complejidad. Y hacía años que practicaba el paracaidismo. Tenía extraordinarios conocimientos de arte y poseía una de las colecciones más famosas de arte contemporáneo y precolombino del mundo. Entendía de vinos, de arquitectura, de navegación y de mujeres. Amaba las mejores cosas de la vida y le gustaba compartirlas con las mujeres con las que salía. Poseía un máster en administración de empresas por Harvard y una licenciatura por Princeton; tenía cuarenta y seis años, se había jubilado a los treinta y cinco y toda su vida estaba dedicada al exceso y al placer, y a compartir la diversión con los demás. Era exageradamente generoso, tal como los amigos de Belinda le habían explicado. Era la clase de hombre con el que cualquier mujer querría estar: rico, inteligente, guapo y entregado a la diversión. Y, a pesar del enorme éxito que obtuvo antes de jubilarse, no había en él un gramo de mezquindad. Era el partido del siglo, y aunque la mayoría de sus relaciones de los últimos cinco años hubieran sido breves y superficiales, nunca acabaron mal. Las mujeres seguían queriéndolo, incluso después de que sus fugaces aventuras terminaran. Mientras flotaban en el aire hacia una franja muy apropiada de playa desierta, Belinda le miró con los ojos rebosantes de admiración. No podía creer que hubiera saltado de un avión con él, pero sin duda había sido la cosa más emocionante que había hecho en su vida. No creía que volviera a repetirlo, pero cuando sus manos se unieron en el aire, rodeados de cielo azul, supo que recordaría a Blake y ese momento el resto de su vida.

—¿A que es divertido? —gritó él, y ella asintió.

Todavía estaba demasiado abrumada para hablar. El salto con Blake había sido mucho más emocionante que el de días atrás con los instructores. Y no podía esperar para explicar a todos sus conocidos lo que había hecho y sobre todo con quién.

Blake Williams era todo lo que la gente decía que era. Tenía encanto suficiente para gobernar un país y el dinero para hacerlo. A pesar de su terror inicial, Belinda estaba sonriendo cuando sus pies tocaron el suelo unos minutos después y los dos instructores que estaban a la espera le desabrocharon el paracaídas, justo cuando Blake aterrizaba unos metros detrás de ella. En cuanto se libraron de los paracaídas, él la abrazó y la besó otra vez. Los besos eran tan embriagadores como todo en él.

—¡Has estado fantástica! —dijo él, levantándola del suelo, mientras ella sonreía y reía en sus brazos. Era el hombre más excitante que había conocido.

—¡No, tú eres fantástico! Jamás habría pensado que haría una cosa así; ha sido lo más emocionante que he hecho en mi vida. —Solo hacía una semana que lo conocía.

Los amigos de Belinda ya le habían advertido que no se planteara tener una relación seria con él. Blake Williams salía con mujeres bellísimas de todo el mundo. El compromiso no era para él, aunque antes sí lo hubiera sido. Tenía tres hijos, una ex mujer a la que quería con locura, un avión, un barco y media docena de casas fabulosas. Solo quería pasarlo bien y, desde el divorcio, nada indicaba que deseara establecerse. Al menos en un futuro próximo, lo único que quería era jugar. Su éxito en el mundo de la alta tecnología puntocom era legendario, como el de las empresas en las que había invertido desde entonces. Blake Williams tenía todo lo que deseaba, todos sus sueños se habían hecho realidad. Y mientras se dirigían hacia el jeep que los esperaba, alejándose de la playa en la que habían aterrizado, Blake rodeó a Belinda con un brazo, la atrajo hacia él y le dio un beso largo y arrebatador. Fue un día y un momento que Belinda supo que tendría grabado para siempre. ¿Cuántas mujeres podían jactarse de haber saltado de un avión con Blake Williams? Posiblemente más de las que ella imaginaba, aunque no todas las mujeres con las que él salía fueran tan valientes como Belinda.

La lluvia azotaba las ventanas de la consulta de Maxine Williams en Nueva York, en la calle Setenta y nueve Este. En más de cincuenta años no se había registrado una cantidad de lluvia tan elevada en Nueva York en noviembre. Fuera hacía frío, viento y el ambiente era inhóspito, pero no en la acogedora consulta donde Maxine pasaba de diez a doce horas al día. Las paredes estaban pintadas de un amarillo claro y mantecoso, y decoradas con pinturas abstractas en tonos pastel. La habitación era alegre y agradable; los sillones mullidos donde la doctora se sentaba a hablar con sus pacientes resultaban cómodos y tentadores, y estaban tapizados en un tono beis claro. La mesa era moderna, austera y funcional, y tan organizada que daba la sensación de poder utilizarse para una operación quirúrgica. En la consulta de Maxine todo era pulcro y meticuloso. Ella misma iba perfectamente arreglada y sin un cabello fuera de sitio. Maxine tenía todo su mundo bajo control. Felice, su secretaria, era igual de eficiente y responsable, y trabajaba para ella desde hacía nueve años. Maxine odiaba el caos, cualquier clase de desorden y el cambio. En ella y en su vida todo era tranquilo, ordenado y fluido.

El diploma enmarcado en la pared decía que había asistido a la facultad de medicina de Harvard y se había graduado con honores. Era psiquiatra, una de las especialistas más importantes en traumas, tanto en niños como adolescentes, y una de sus subespecialidades eran los adolescentes suicidas. Trabajaba con ellos y con sus familias, a menudo con resultados excelentes. Tenía escritos dos libros de divulgación sobre el efecto del trauma en los niños pequeños y había recibido buenas críticas. La invitaban a menudo a otras ciudades y otros países para que asesorara después de desastres naturales o tragedias provocadas por el hombre. Había formado parte del equipo asesor para los niños de Columbine después del tiroteo en la escuela; escrito varios artículos sobre los efectos del 11-S y asesorado a varias escuelas públicas de Nueva York. A los cuarenta y dos años, era una especialista en su campo, y como tal era admirada y reconocida por sus colegas. Rechazaba más ofertas para dar conferencias de las que aceptaba. Entre sus pacientes, colaboraciones con organismos locales, nacionales e internacionales, y su propia familia, sus días y su calendario estaban repletos.

Era siempre muy estricta cuando se trataba de pasar tiempo con sus hijos: Daphne de trece años, Jack de doce y Sam que acababa de cumplir los seis. Como madre divorciada, se enfrentaba al mismo dilema que cualquier madre trabajadora: intentar equilibrar sus responsabilidades familiares y su trabajo. Y no recibía prácticamente ninguna ayuda de su ex, que solía aparecer como un arco iris, apabullante y sin avisar, para desaparecer poco después. Todas las responsabilidades relacionadas con sus hijos recaían sobre ella y solo sobre ella.

Maxine miraba por la ventana pensando en ellos, mientras esperaba que llegara el siguiente paciente, cuando sonó el interfono de la mesa. Supuso que Felicia iba a anunciarle que su paciente, un chico de quince años, estaba a punto de entrar. En cambio, la secretaria dijo que su marido estaba al teléfono. Al oírlo, Maxine frunció el ceño.

—Mi ex marido —recordó. Hacía cinco años que Maxine y los niños estaban solos y, en su opinión, se las arreglaban muy bien.

—Perdona, siempre dice que es tu marido... me olvido... —Blake era encantador y simpático, siempre le preguntaba por su novio y su perro. Era de esas personas que no podías evitar que te gustaran.

—No te preocupes, a él también se le olvida —comentó Maxine secamente y sonrió al descolgar el teléfono.

Se preguntó dónde estaría ahora. Con Blake nunca se sabía. Hacía cuatro meses que no veía a los niños. En julio se los había llevado a ver a unos amigos en Grecia, aunque prestaba su barco a Maxine y a los niños en verano. Los niños querían a su padre, pero también sabían que solo podían contar con su madre porque él iba y venía como el viento. Maxine era muy consciente de que los niños parecían tener una capacidad ilimitada para perdonar las rarezas de su padre. Lo mismo que había hecho ella durante diez años. Pero finalmente su falta de moderación y responsabilidad habían pesado más que su encanto.

—Hola, Blake —dijo, y se relajó en la silla. La distancia y la actitud profesional que mantenía siempre se desvanecían cuando hablaba con él. A pesar del divorcio, eran buenos amigos y seguían muy unidos—. ¿Dónde estás?

—En Washington, D.C. Acabo de llegar de Miami. He estado en Saint Bart un par de semanas.

En la cabeza de Maxine se materializó al instante una visión de la casa que tenían. Hacía siete años que no la veía. Fue una de las muchas propiedades a las que renunció gustosamente con el divorcio.

—¿Vas a venir a Nueva York a ver a los niños? —No quería decirle que era lo que debería hacer. Él lo sabía tan bien como ella, pero siempre parecía tener otra cosa que hacer. Al menos casi siempre. Por mucho que quisiera a sus hijos, y siempre los había querido, recibían poca atención, y ellos también lo sabían. Aun así todos lo querían y, a su manera, Maxine también. No parecía haber nadie en el planeta que no quisiera a Blake, o al menos le cayera bien. Blake no tenía enemigos, solo amigos.

—Ojalá pudiera ir a verlos —dijo él en tono de disculpa—. Esta noche me marcho a Londres. Mañana tengo una reunión con un arquitecto. Estoy redecorando la casa. —Y entonces, como si fuera un niño travieso, añadió—: Acabo de comprarme una casa fantástica en Marrakech. Me voy allí la semana que viene. Es una preciosidad, un palacio en ruinas.

—Justo lo que necesitabas —dijo Maxine, meneando la cabeza. Blake era imposible. Compraba casas por todas partes. Las reformaba con arquitectos y diseñadores famosos, las convertía en lugares de interés turístico y entonces se compraba otra. Blake amaba más el proyecto que el resultado final.

Tenía una casa en Londres, una en Saint Bart, otra en Aspen, la mitad superior de un palazzo en Venecia, un ático en Nueva York y, por lo visto, ahora una casa en Marrakech.

Maxine no pudo evitar preguntarse qué iba a hacer con ella. Pero hiciera lo que hiciese, sabía que sería tan asombroso como todo lo que tocaba. Tenía un gusto increíble e ideas atrevidas sobre diseño. Todas las casas de Blake eran exquisitas. También poseía uno de los veleros más grandes del mundo, aunque solo lo utilizara unas pocas semanas al año. Por otra parte, lo prestaba a sus amigos siempre que podía. El resto del tiempo estaba volando por el mundo, en safaris en África o buscando obras de arte en Asia. Había estado dos veces en la Antártida y había vuelto con fotografías impresionantes de icebergs y pingüinos. Hacía tiempo que su mundo había superado el de Maxine. Ella se sentía satisfecha con su vida previsible y bien organizada en Nueva York, entre su consulta y el confortable piso donde vivía con sus tres hijos, en Park Avenue con la Ochenta y cuatro Este. Cada noche volvía caminando a casa de la consulta, incluso en días como aquel. El paseo la resucitaba después de todo lo que escuchaba durante el día y los chicos trastornados que trataba. Otros psiquiatras le derivaban a menudo sus suicidas en potencia. Tratar casos difíciles era su forma de aportar algo al mundo y le encantaba su trabajo.

—¿Y qué, Max? ¿A ti cómo te va? ¿Cómo están los niños? —preguntó Blake, relajado.

—Están muy bien. Jack vuelve a jugar al fútbol este año, y lo hace fenomenal —dijo Maxine orgullosa. Era como hablar a Blake de los hijos de otro. Parecía más un tío simpático que su padre. El problema era que también se comportaba así como marido: irresistible en todos los sentidos y siempre ausente cuando había que hacer algo poco agradable.

Al principio Blake estaba levantando su negocio y, tras su golpe de suerte, simplemente no estaba nunca. Siempre se hallaba en cualquier otra parte divirtiéndose. Quiso que Maxine dejara la consulta, pero ella no pudo. Había trabajado demasiado para llegar a donde estaba. No se podía imaginar sin trabajar y no le apetecía hacerlo, por muy rico que fuera su marido de repente. Ni siquiera era capaz de concebir el dinero que había ganado. Finalmente, por mucho que lo quisiera, no pudo seguir. Eran polos opuestos en todos los sentidos. La meticulosidad de ella contrastaba en exceso con el caos que creaba él. Donde estaba él, había una avalancha de revistas, libros, papeles, sobras de comida, bebidas vertidas, cáscaras de cacahuete, pieles de plátano, refrescos a medio beber y bolsas de comida rápida que había olvidado tirar. Siempre llevaba encima planos de su última casa y sus bolsillos estaban llenos de notas sobre llamadas que tenía que hacer y no hacía nunca. Y al final las notas se perdían. La gente llamaba preguntando dónde estaba Blake. Era excelente en los negocios, pero en todo lo demás su vida era un desastre. Era un fantasma adorable, encantador y simpático. Maxine se cansó de ser la única adulta, sobre todo desde que nacieron los niños. Por culpa del estreno de una película a la que quiso asistir en Los Ángeles se había perdido el nacimiento de Sam. Cuando ocho meses después una canguro dejó caer a Sam del cambiador y el bebé se rompió la clavícula y un brazo, y sufrió una contusión fuerte en la cabeza, Blake estaba ilocalizable. Sin decírselo a nadie, había volado a Cabo San Lucas para ver una casa en venta construida por un famoso arquitecto mexicano que él admiraba. Había perdido el móvil por el camino y tardaron dos días en localizarle. Sam se recuperó, pero, cuando Blake regresó a Nueva York, Maxine le pidió el divorcio.

En cuanto Blake ganó su fortuna el matrimonio dejó de funcionar. Max necesitaba a un hombre a una escala más humana y que estuviera cerca, al menos de vez en cuando. Blake no estaba nunca. Maxine había decidido que, para eso, estaría mejor sola, sin tener que pegarle la bronca cada vez que llamaba ni pasar horas intentando localizarlo cuando a alguno de los niños le ocurría algo. Cuando le dijo que quería el divorcio, él se quedó petrificado. Y los dos habían llorado. Él intentó disuadirla, pero Maxine había tomado una decisión. Se amaban, pero Maxine insistió que para ella el matrimonio no funcionaba. Ya no. Ya no querían las mismas cosas. Él solo quería jugar; a ella le gustaba estar con los niños y su trabajo. Eran muy diferentes en demasiados sentidos. Fue divertido cuando eran jóvenes, pero ella había madurado y él no.

—Cuando vuelva iré a uno de los partidos de Jake —prometió Blake, mientras Maxine contemplaba la lluvia torrencial que golpeaba las ventanas de su consulta. ¿Y cuándo sería eso?, pensó ella, pero no dijo una palabra.

Él respondió a su pregunta no verbalizada. La conocía bien, mejor que ninguna otra persona del planeta. Esta había sido la peor parte de separarse de él. Estaban muy a gusto juntos y se querían muchísimo. En cierto modo, eso no había cambiado. Blake era su familia, siempre lo sería, y el padre de sus hijos. Esto era sagrado para ella.

—Estaré allí en Acción de Gracias, en un par de semanas —dijo.

Maxine suspiró.

—¿Se lo digo ya a los niños o espero?

No quería desilusionarlos otra vez. Blake cambiaba de planes sin más ni más y los dejaba plantados, tal como había hecho con ella. Se distraía fácilmente. Era lo que más detestaba de él, sobre todo cuando hacía sufrir a sus hijos. Blake no tenía que ver la expresión de sus caras cuando Maxine les decía que al final su padre no iba a ir.

Sam no recordaba a sus padres viviendo juntos, pero quería a Blake de todos modos. Tenía un año cuando ellos se divorciaron. Estaba acostumbrado a la vida como era ahora, dependiendo de su madre para todo. Jack y Daffy conocían mejor a su padre, aunque los recuerdos de los viejos tiempos también se habían deslucido.

—Puedes decirles que estaré allí, Max. No me lo perderé —prometió él, cariñosamente—. ¿Cómo estás tú? ¿Estás bien? ¿Ya ha aparecido el príncipe azul?

Ella sonrió. Siempre le hacía esta pregunta. En la vida de

Blake había muchas mujeres, ninguna de ellas permanente y la mayoría muy jóvenes. Y no había absolutamente ningún hombre en la vida de Maxine. No tenía ni tiempo ni interés por ello.

—Hace un año que no salgo con nadie —dijo con sinceridad.

Siempre era sincera con él. Ahora era como un hermano para ella. No tenía secretos con Blake. Y él no tenía secretos con nadie, porque prácticamente todo lo que hacía acababa en la prensa. Su nombre siempre aparecía en las columnas de cotilleos con modelos, actrices, estrellas de rock, herederas y cualquier otra que estuviera a mano. Durante un tiempo salió con una princesa famosa, lo que solo confirmó aquello que Max pensaba desde hacía años. Blake estaba muy lejos de su mundo y vivía en un planeta distinto al de ella. Ella era tierra. Él era fuego.

—Así no llegarás a ninguna parte —la regañó—. Trabajas demasiado. Como siempre.

—Me encanta lo que hago —dijo ella sencillamente.

Esto no era nuevo para él. Siempre había sido así. En los viejos tiempos le costaba mucho que Maxine se tomara un día libre y ahora no era mucho mejor, aunque pasaba los fines de semana con los niños y tuviera un servicio de llamadas para cuando no estaba en la consulta. Al menos esto era una mejora. Ella y los niños iban a la casa de Southampton que tenían cuando estaban casados. Él se la había dejado con el divorcio. Era preciosa, pero demasiado plebeya para él ahora. Sin embargo, era perfecta para Maxine y los niños. Era una casona vieja y laberíntica, cerca de la playa.

—¿Puedo tener a los niños para la cena de Acción de Gracias? —preguntó Blake con cautela. Siempre era respetuoso con los planes de Maxine; nunca se presentaba y desaparecía con los niños. Sabía el esfuerzo que hacía ella para crear una vida sólida para ellos. Y a Maxine le gustaba planear las cosas con tiempo.

—Perfecto. Los llevaré a almorzar a casa de mis padres. —El padre de Maxine también era médico, cirujano ortopédico, y era tan preciso y meticuloso como ella. Maxine lo había conseguido todo con esfuerzo, y él era un estupendo ejemplo para ella y estaba muy orgulloso del trabajo de su hija. Maxine era hija única y su madre no había trabajado nunca. Su infancia había transcurrido muy diferente de la de Blake. La vida de él había sido una sucesión de golpes de suerte desde el principio.

Blake había sido adoptado al nacer por un matrimonio mayor. Su madre biológica, por lo que había averiguado él más tarde investigando, era una chica de quince años de Iowa. Cuando la conoció, estaba casada con un policía y había tenido cuatro hijos. La mujer se había sobresaltado enormemente al conocer a Blake. No tenían nada en común, y él sintió pena por ella. La mujer había tenido una vida difícil, sin dinero y con un hombre que bebía. Ella le explicó que su padre biológico era un joven alocado, guapo y encantador, que tenía diecisiete años al nacer Blake. Le dijo que su padre había muerto en un accidente de coche dos meses después de la graduación, pero que tampoco tenía intención de casarse con ella. Los abuelos de Blake eran muy católicos y habían obligado a su madre a dar a su hijo en adopción después de pasar el embarazo en otro pueblo. Sus padres adoptivos eran buenos y formales. Su padre era un abogado de Wall Street especializado en impuestos y había enseñado a Blake los principios para realizar buenas inversiones. Se aseguró de que Blake fuera a Princeton y después a Harvard para hacer un máster en administración de empresas. Su madre hacía trabajo de voluntariado y le había enseñado la importancia de «aportar algo» al mundo. Blake había aprendido bien ambas lecciones y su fundación subvencionaba muchas obras de beneficencia. Él extendía los cheques, aunque no conociera a la mayoría de las asociaciones a los que iban destinados.

Sus padres le habían apoyado incondicionalmente, pero

habían muerto poco después de que él se casara con Maxine. A Blake le apenaba que no hubieran conocido a sus hijos. Eran personas estupendas y habían sido unos padres cariñosos y leales. Tampoco habían vivido para ver su meteórico ascenso. A veces se preguntaba cómo habrían reaccionado ante su forma de vida actual y, de vez en cuando, a altas horas de la noche, le preocupaba que no lo aprobaran. Era muy consciente de la suerte que había tenido y de su vida de excesos, pero lo pasaba tan bien con todo lo que hacía que a aquellas alturas le habría resultado difícil rebobinar la película y volver atrás. Se había creado una forma de vida que le proporcionaba un inmenso placer y diversión, y no hacía daño a nadie. Le habría gustado ver más a menudo a sus hijos, pero nunca parecía haber tiempo suficiente. Y lo compensaba cuando estaba con ellos. A su manera, era el padre de sus sueños hecho realidad. Hacían todo lo que deseaban y él podía concederles todos los caprichos y mimarlos como nadie. Maxine era la solidez y el orden en el que se apoyaban, y él era la magia y la diversión. En muchos sentidos, él también había sido esto para Maxine, cuando eran jóvenes. Todo cambió cuando maduraron. O cuando ella maduró y él no.

Blake se interesó por los padres de Max. Siempre le había tenido afecto a su suegro. Era un hombre trabajador y serio, con valores y un gran sentido de la moral, aunque le faltara imaginación. En cierto modo, era una versión más severa y más seria de Maxine. Y, a pesar de sus distintos estilos y filosofías de vida, él y Blake se llevaban bien. En broma, el padre de Maxine siempre llamaba «truhán» a Blake. A él le encantaba. Le parecía sexy y emocionante. Últimamente el padre de Max estaba decepcionado con Blake por lo poco que veía a los niños. Era consciente de que su hija compensaba lo que su ex marido era incapaz de hacer, pero lamentaba que ella tuviera que cargar con todo sola.

—Entonces nos vemos la noche de Acción de Gracias —dijo Blake al final de la conversación—. Te llamaré por la mañana para decirte a qué hora llego. Contrataré a un restaurador para que nos prepare la cena. Estás invitada —dijo generosamente, con la esperanza de que aceptara. Todavía disfrutaba de su compañía. No había cambiado nada, pensaba que era una mujer fantástica. Solo habría querido que se relajara y se divirtiera más. Creía que se tomaba demasiado a pecho la ética de trabajo puritana.

Mientras se estaba despidiendo de Blake, sonó el interfono. Había llegado el paciente de las cuatro, el chico de quince años. Maxine colgó y abrió la puerta de la consulta para dejarle pasar. El chico se sentó en uno de los grandes sillones antes de mirarla a la cara y saludar.

—Hola, Ted —dijo ella tranquilamente—. ¿Cómo te va?

Él se encogió de hombros, mientras ella cerraba la puerta y empezaba la sesión. El chico había intentado ahorcarse dos veces. Maxine lo había hecho hospitalizar tres meses, aunque en las últimas dos semanas que llevaba viviendo en casa parecía haber mejorado. A los trece años había empezado a mostrar señales de ser bipolar. Maxine le veía tres veces por semana, y una vez a la semana el chico asistía a un grupo para adolescentes con antecedentes de suicidio. Estaba mejorando y Maxine tenía una buena relación con él. Sus pacientes la apreciaban. Tenía mucha mano y se preocupaba enormemente por ellos. Era una buena psiquiatra y una buena persona.

La sesión duró cincuenta minutos. Después Maxine tuvo un descanso de diez minutos, devolvió algunas llamadas y empezó la siguiente sesión del día con una anoréxica de dieciséis años. Como siempre, fue un día largo, duro e interesante, que exigía una gran concentración. Al terminar, consiguió devolver el resto de las llamadas y a las seis y media regresó a casa caminando bajo la lluvia y pensando en Blake. Se alegraba de que volviera por Acción de Gracias y sabía que sus hijos estarían encantados. Se preguntó si esto significaba que también estaría en Navidad. Como mucho querría que los niños se reunieran con él en Aspen. Normalmente pasaba allí el Fin de Año. Con tantas opciones interesantes y tantas casas era difícil saber dónde estaría en un momento dado. Y ahora que Marruecos se añadía a la lista, sería aún más difícil conocer su paradero. No se lo tenía en cuenta, así eran las cosas, aunque a veces fuera frustrante para ella. Blake no tenía malicia, pero tampoco ningún sentido de la responsabilidad. En muchos aspectos, Blake se negaba a crecer. Esto lo hacía un compañero delicioso, siempre que no esperaras mucho de él. De vez en cuando los sorprendía haciendo algo realmente considerado y maravilloso, y entonces volvía a esfumarse. Maxine se preguntó si las cosas habrían sido diferentes si no hubiera hecho su fortuna a los treinta y dos. Eso había cambiado la vida de Blake y la de todos ellos para siempre. Casi deseaba que no hubiera ganado todo ese dinero con el golpe de suerte con su puntocom. Su vida antes de eso había sido muy agradable a veces. Pero con el dinero todo había cambiado.

Maxine conoció a Blake cuando estaba haciendo la residencia en el hospital de Stanford. Él trabajaba en Silicon Valley, en el mundo de las inversiones en alta tecnología. Entonces hacía planes para su incipiente empresa, que ella nunca comprendió por completo, pero la fascinó su increíble energía y pasión por las ideas que estaba desarrollando. Se conocieron en una fiesta a la que ella no tenía ganas de ir, pero una amiga la había convencido. Llevaba dos días trabajando en la unidad de traumatología y estaba medio dormida cuando se conocieron. Al día siguiente él la llevó a dar un paseo en helicóptero; volaron sobre la bahía y por debajo del Golden Gate. Estar con él había sido excitante y, después de esto, su relación había despegado como un incendio forestal bajo un fuerte viento. Al cabo de unos meses estaban casados. Ella tenía veintisiete años cuando se casaron y durante un año la vida había sido como un torbellino. Diez meses después de la boda, Blake vendió su empresa por una fortuna. El resto era historia. Sin esfuerzo aparente, convertía el dinero en más dinero. Estaba dispuesto a arriesgarlo todo y realmente era un genio en lo que hacía. Maxine estaba deslumbrada con su visión a largo plazo, con su habilidad y con su inteligencia.

Cuando nació Daphne, dos años después de la boda, Blake había acumulado una cantidad de dinero nunca vista y quería que Max abandonara su profesión. Pero ella ascendió a jefe de residentes de psiquiatría adolescente, dio a luz a Daphne y se encontró casada con uno de los hombres más ricos del mundo. Era mucho para digerir y a lo que adaptarse. Y, como resultado de la negación o de un exceso de confianza en la lactancia como método anticonceptivo, se quedó embarazada de Jack seis semanas después de dar a luz a Daphne. Cuando nació el segundo bebé, Blake ya había comprado la casa de Londres y la de Aspen, había encargado el barco y se habían mudado a Nueva York. Poco después, se jubiló. Maxine no abandonó su profesión ni siquiera después del nacimiento de Jack. Su permiso de maternidad fue más breve que uno de los viajes de Blake; para entonces él ya viajaba por todo el mundo. Contrataron a una niñera interna y Maxine se reincorporó a su puesto.

Trabajar cuando Blake no lo hacía era un problema, pero la vida que él llevaba le daba miedo. Era demasiado despreocupada, opulenta y *jet set* para ella. Mientras Maxine abría su consulta y participaba en un importante proyecto de investigación en trauma infantil, Blake contrataba al decorador más importante de Londres para reformar su casa y a otro para la de Aspen, y compraba la casa de Saint Bart como regalo de Navidad para ella y un avión para sí mismo. Para Maxine, todo estaba sucediendo demasiado deprisa, y después de esto ya no aflojó. Tenían casas, niños y una fortuna increíble, y Blake salía en las portadas de *Newsweek* y *Time*. Siguió realizando inversiones, que siguieron doblando y triplicando su dinero, pero nunca volvió a trabajar de una manera formal. Lo que hacía, lo resolvía por internet o por teléfono. Y al final su matrimonio también parecía estar transcurriendo por teléfono. Blake era tan cariñoso como siempre cuando estaban juntos, pero la mayor parte del tiempo sencillamente no estaba.

En un cierto momento, Maxine llegó a pensar en dejar su trabajo y habló con su padre sobre ello. Pero, al final, su conclusión fue que no tenía sentido. ¿Qué haría entonces? ¿Viajar con él de una casa a otra, vivir en hoteles en las ciudades donde no tenían casas o acompañarle en las fabulosas vacaciones que hacía él, en safaris en África, ascendiendo montañas del Himalaya, financiando excavaciones arqueológicas o regatas? No había nada que Blake no pudiera hacer, y menos que le diera miedo intentar. Tenía que hacer, intentar, probar y tenerlo todo. Maxine no se podía imaginar arrastrando a dos críos por la mayoría de los lugares a los que iba él, así que normalmente ella se quedaba en casa, en Nueva York, y nunca se decidió a dejar su trabajo. Cada chico suicida que veía, cada niño traumatizado, la convencía de que lo que ella hacía era necesario. Había ganado dos prestigiosos premios por sus proyectos de investigación y a veces se sentía casi esquizofrénica, intentando quedar con su marido en Venecia, Cerdeña o Saint Moritz donde él frecuentaba a la *jet set*, yendo a la guardería a recoger a sus hijos en Nueva York o trabajando en proyectos de investigación psiquiátrica y dando conferencias. Llevaba tres vidas a la vez. Al final, Blake dejó de suplicarle que lo acompañara y se resignó a viajar solo. Ya no podía permanecer quieto, el mundo estaba a sus pies y nunca era bastante grande. Se convirtió en un marido y padre ausente casi de la noche a la mañana, mientras Maxine intentaba contribuir a aliviar las vidas de adolescentes y niños suicidas y traumatizados y cuidar a los suyos. Su vida y la de Blake no podían estar más separadas. Por mucho que se quisieran, al final el único puente que quedaba entre ellos eran sus hijos.

Durante los siguientes cinco años vivieron vidas separadas, encontrándose brevemente por todo el mundo, cuando y donde convenía a Blake, y entonces Maxine se quedó embarazada de Sam. Fue un accidente que sucedió cuando estaban pasando un fin de semana en Hong Kong, justo después de que Blake volviera de hacer trekking con unos amigos en Nepal. Maxine acababa de conseguir otra beca de investigación sobre jóvenes anoréxicas. Descubrió que estaba embarazada y, a diferencia de las otras dos veces, no se entusiasmó. Era una cosa más con la que hacer malabarismos, un niño más al que criar sola, una pieza más del rompecabezas que ya era demasiado complicado y grande. En cambio Blake estaba loco de contento. Dijo que quería tener media docena de hijos, lo que para Maxine no tenía lógica. Apenas veía a los que tenía. Jack tenía seis años y Daphne siete cuando Sam nació. Tras perderse el parto, Blake llegó al día siguiente, con una caja de la joyería Harry Winston en la mano. Regaló a Maxine un anillo con una esmeralda de treinta quilates, que era espectacular, pero no lo que ella quería. Habría preferido pasar tiempo con él. Echaba de menos su primera época en California, cuando los dos trabajaban y eran felices, antes de que ganara la lotería puntocom que había cambiado radicalmente sus vidas.

Y cuando ocho meses después Sam se cayó del cambiador, se rompió el brazo y se golpeó la cabeza, ni siquiera pudo localizar a su padre hasta dos días más tarde. Cuando finalmente lo encontró, ya no estaba en Cabo, sino camino de Venecia, buscando palazzos en venta, para darle una sorpresa. Para entonces, Maxine estaba harta de sorpresas, casas, decoradores y más casas que nunca podrían habitar. Para Blake siempre había gente a la que conocer, lugares nuevos a donde ir, empresas nuevas que adquirir o en las que invertir, casas que quería construir o tener, aventuras en las que embarcarse. Sus vidas ya estaban desconectadas por completo, hasta el punto de que cuando Blake regresó después de que ella le explicara el accidente de Sam, Maxine se echó a llorar al verlo y dijo que quería el divorcio. Era demasiado. Había sollozado en sus brazos y había dicho que simplemente ya no podía más.

—¿Por qué no lo dejas? —había propuesto él tan tranquilo—. Trabajas demasiado. Dedícate a mí y a los niños. ¿Por qué no contratamos más servicio y así puedes viajar conmigo? —Al principio no se tomó en serio su petición de divorcio. Se amaban. ¿Para qué iban a divorciarse?

—Si hiciera eso —dijo ella con tristeza, apretada contra su pecho—, no vería nunca a mis hijos, como tú ahora. ¿Cuándo fue la última vez que estuviste en casa más de dos semanas?

Él se lo pensó y se quedó atónito. Maxine había dado en el clavo, aunque a él le avergonzara reconocerlo.

—Caramba, Max, no sé. Nunca lo había pensado.

—Ya lo sé. —Lloró más fuerte y se sonó la nariz—. Ya no sé nunca dónde estás. No pude localizarte cuando Sam se hizo daño. ¿Y si hubiera muerto? ¿O si hubiera muerto yo? Ni te habrías enterado.

—Lo siento, cariño, intentaré mantenerme siempre en contacto. Creía que lo tenías todo controlado. —Estaba encantado de dejárselo todo a ella mientras él jugaba.

—Lo tengo. Pero estoy cansada de hacerlo sola. En lugar de decirme que deje de trabajar, ¿por qué no dejas de viajar y te quedas en casa? —No tenía mucha esperanza, pero lo intentó.

—Tenemos tantas casas estupendas y hay tantas cosas que quiero hacer...

Acababa de financiar una obra en Londres, de un dramaturgo joven al que hacía dos años que esponsorizaba. Le encantaba ser un mecenas de las artes, mucho más de lo que le gustaba quedarse en casa. Amaba a su esposa y adoraba a sus hijos, pero le aburría vivir todo el año en Nueva York. Maxine había aguantado ocho años los cambios de circunstancias en su vida, y ya no podía más. Quería estabilidad, regularidad y la clase de vida convencional que Blake aborrecía ahora. Le gustaba empujar los límites exteriores del envoltorio hasta que ya no quedaba envoltorio. Definía el concepto de «espíritu libre» de formas que Maxine nunca habría previsto. Y como de todos modos nunca estaba en casa y estaba ilocalizable casi siempre, pensó que estaría mejor sola. Cada vez era más difícil engañarse para creer que tenía marido y que podía contar con él para algo. Al final se dio cuenta de que no podía. Blake la amaba, pero el noventa y cinco por ciento del tiempo estaba fuera. Tenía su propia vida, intereses y objetivos que prácticamente ya no la incluían a ella.

Así que con lágrimas y aflicción, pero con la máxima urbanidad, ella y Blake se habían divorciado hacía cinco años. Él le dejó el piso de Nueva York y la casa de Southampton, y le habría cedido más casas de haberlo querido ella, pero no quiso. También le había ofrecido un acuerdo económico que habría asombrado a cualquiera. Se sentía culpable por haber sido un marido y un padre ausente los últimos años, pero debía admitir que el arreglo le convenía. No le gustaba reconocerlo, pero, confinado a la vida que Maxine llevaba en Nueva York, se sentía como en una camisa de fuerza dentro de una caja de cerillas.

Ella rechazó el acuerdo económico y solo aceptó la pensión para los hijos. Maxine ganaba más que suficiente en su consulta para mantenerse y no quería nada de él. En su opinión, el golpe de suerte había sido de Blake, no de ella. Ninguno de sus amigos podía creer que en su posición hubiera sido tan justa. No había un contrato prenupcial que protegiera los bienes de él, ya que no tenía ninguno cuando se conocieron. Ella no quiso quedarse nada de él, le quería, quería lo mejor para él y le deseó suerte. Todo esto había contribuido a que al final él la quisiera más que nunca, y habían seguido siendo amigos. Maxine siempre decía que Blake era como tener un hermano descarriado y, tras el impacto inicial de ver que salía con chicas que tenían la mitad de sus años, o de los de ella, se lo había tomado con filosofía. Su única preocupación era que fuera bueno con sus hijos.

Maxine no había tenido ninguna relación seria después de él. La mayoría de los médicos y psiquiatras que conocía estaban casados, y la vida social de Maxine se limitaba a sus hijos. Durante los últimos cinco años su vida había estado llena con su familia y su trabajo. De vez en cuando quedaba con hombres que conocía, pero no había saltado la chispa con nadie desde Blake. Era difícil superarle. Era irresponsable, informal, desorganizado, un padre inepto a pesar de sus buenas intenciones, y un marido desastroso al final, pero en su opinión no había hombre en el planeta más bueno, más honesto, que tuviera más buen corazón o fuera más divertido. A menudo deseaba tener el valor para ser tan despreocupada y libre como él. Pero ella necesitaba estructura, unos cimientos firmes, una vida ordenada y no tenía el mismo anhelo que Blake, o sus agallas, para perseguir sus sueños más disparatados. A veces le envidiaba esto.

No había nada ni en los negocios ni en la vida que fuera demasiado arriesgado para Blake, que era por lo que siempre había tenido tanto éxito. Para eso había que tenerlos bien puestos, y Blake Williams los tenía. Maxine se sentía como un ratoncito en comparación con él. A pesar de ser una mujer realizada, lo era a una escala más humana. Era una lástima que su matrimonio no hubiera funcionado, aunque Maxine estaba inmensamente contenta de haber tenido a sus hijos. Eran la alegría y el centro de su vida, y todo lo que necesitaba por ahora. A los cuarenta y dos años, no estaba desesperada por encontrar otro hombre. Tenía un trabajo gratificante, pacientes por los que se preocupaba mucho y unos hijos preciosos. Por ahora era suficiente, y a veces más que suficiente.

El portero se tocó la gorra cuando Maxine entró en la finca de Park Avenue, a cinco manzanas de su consulta. Era un edificio antiguo, con habitaciones amplias, construido antes de la Segunda Guerra Mundial y de aspecto digno. Maxine estaba empapada. El viento había vuelto su paraguas del revés y lo había desgarrado poco después de salir de la consulta, así que lo había tirado. La gabardina estaba chorreando y sus largos cabellos rubios, recogidos en una pulcra coleta para trabajar, estaban pegados a su cabeza. Ese día no llevaba maquillaje y su cara tenía un aspecto fresco, joven y limpio. Era alta y delgada, parecía más joven, y Blake a menudo comentaba que tenía unas piernas espectaculares, aunque ella raramente las enseñaba con faldas cortas. Solía llevar pantalones para trabajar y vaqueros los fines de semanas. No era de la clase de mujeres que se aprovechan de su aspecto para venderse a sí mismas. Era discreta y recatada, y Blake le había dicho a menudo en broma que le recordaba a Lois Lane. Le quitaba las gafas que se ponía para el ordenador y le soltaba los largos y abundantes cabellos color trigo, e inmediatamente estaba sexy, lo quisiera o no. Maxine era una mujer hermosa, y ella y Blake tenían tres hijos muy guapos. Los cabellos de Blake eran tan oscuros como claros los de ella, y sus ojos eran del mismo color azul que los de ella. Maxine medía metro ochenta y seis, pero él le llevaba una cabeza. Habían sido una pareja espectacular. Daphne y Jack te-nían los cabellos azabache de Blake y los ojos azules de sus padres; en cambio, los cabellos de Sam eran rubios como los de su madre y tenía los ojos verdes de su abuelo. Era un niño guapo y todavía lo bastante pequeño para ser cariñoso con su madre.

Maxine subió en el ascensor dejando charcos tras de sí. Entró en el piso, uno de los dos del rellano. Los otros inquilinos se habían jubilado y hacía años que vivían en Florida. No estaban nunca, así que Maxine y los niños no tenían que preocuparse demasiado por el ruido, y eso era una suerte, con tres niños bajo el mismo techo, dos de ellos varones.

Mientras se quitaba la gabardina en el recibidor y la doblaba sobre el paragüero, Maxine oyó música a todo volumen. También se descalzó, porque tenía los pies empapados, y se rió al ver su reflejo en el espejo. Parecía una rata ahogada, con las mejillas sonrosadas por el frío.

—¿Qué ha hecho? ¿Volver nadando? —preguntó Zelda, la niñera, al verla en el pasillo. Llevaba una pila de ropa limpia en las manos. Estaba con ellos desde el nacimiento de Jack y era un regalo de Dios para todos ellos—. ¿Por qué no ha cogido un taxi?

—Necesitaba tomar el aire —dijo Maxine sonriendo.

Zelda era regordeta, tenía la cara redonda, llevaba los cabellos recogidos en una gruesa trenza y tenía la misma edad que Maxine. No se había casado nunca y era niñera desde los dieciocho años. Maxine la siguió a la cocina, donde Sam estaba dibujando en la mesa, ya bañado y en pijama. Zelda preparó enseguida una taza de té para su jefa. Siempre era un consuelo encontrarla al volver a casa, sabiendo que lo tenía todo bien organizado. Como Max, era obsesivamente pulcra, y se pasaba el día limpiando detrás de los niños, cocinando para ellos y acompañándolos en coche a donde fuera mientras su madre trabajaba. Maxine la sustituía los fines de semana. En teoría, era cuando Zelda tenía el día libre y le gustaba ir al teatro siempre que podía, pero normalmente se quedaba en su habitación detrás de la cocina, descansando y leyendo. Toda su lealtad era para los niños y su madre. Hacía doce años que era su niñera y formaba parte de la familia. No tenía una gran opinión de Blake, al que consideraba guapo y consentido, y un padre pésimo para sus hijos. Siempre había pensado que los niños se merecían más de lo que él les daba y Maxine no podía decirle que estaba equivocada. Ella quería a Blake. Zelda no.

La cocina estaba decorada con maderas decapadas, superficies de granito beis y un suelo de madera clara. Era una habitación acogedora en la que se reunían todos, y había un sofá y un televisor, donde Zelda veía sus culebrones y sus programas de entrevistas. Siempre que se presentaba la oportunidad, comentaba lo que había oído en ellos con entusiasmo.

—Hola, mamá —dijo Sam, mientras dibujaba enfrascado con un lápiz pastel morado, al oír entrar a su madre.

—Hola, corazón. ¿Cómo te ha ido el día? —Le besó en la cabeza y le alborotó el pelo.

—Bien. Stevie ha vomitado en la escuela —dijo tan fresco, cambiando el lápiz morado por otro verde. Estaba dibujando una casa, un vaquero y un arco iris. Maxine no vio nada especial en ello, era un niño feliz y normal. Añoraba a su padre menos que los otros, ya que nunca había vivido con él. Sus dos hermanos mayores eran ligeramente más conscientes de su pérdida.

—Pobre —comentó Maxine del infortunado Stevie. Esperaba que fuera algo que el niño había comido y no una gripe que circulara por la escuela—. ¿Tú estás bien?

—Sí. —Sam asintió y Zelda miró dentro del horno y siguió con la cena. Daphne entró en la cocina. Acababa de empezar octavo y a los trece años su cuerpo estaba desarrollando nuevas curvas. Los tres niños iban a la escuela Dalton y Maxine estaba muy contenta con ella.

—¿Me prestas tu jersey negro? —preguntó Daphne, cogiendo un poco de manzana del plato del que Sam había estado comiendo.

—¿Cuál? —Maxine la miró con cautela.

—El que tiene piel blanca. Emma da una fiesta esta noche —dijo Daphne despreocupada, intentando fingir que no le importaba, aunque era obvio que sí. Era viernes, y últimamente había fiestas casi todos los fines de semana.

—Es un jersey muy llamativo para una fiesta en casa de Emma. ¿Qué tipo de fiesta? ¿Con chicos?

—Bueno... sí... puede... —dijo Daphne, y Maxine sonrió. Ya te daré «puede». Su madre sabía perfectamente bien que Daphne conocía todos los detalles. Y con el jersey nuevo de Valentino de Maxine pretendía impresionar a alguien, seguro que a un chico de octavo.

—¿No te parece que ese jersey te haría demasiado mayor? ¿Por qué no otra cosa? —Aún no lo había estrenado. Estaba haciendo sugerencias cuando entró Jack, todavía con zapatillas de deporte. En cuanto las vio, Zelda gritó y señaló los pies del chico.

—¡Quita eso de mi suelo! ¡Sácatelas ahora mismo! —ordenó, y él se sentó en el suelo y se descalzó, sonriendo.

Zelda se hacía obedecer, no había que preocuparse por eso.

—Hoy no has jugado, ¿verdad? —preguntó Maxine, mientras se agachaba para besar a su hijo. Siempre estaba practicando algún deporte o pegado al ordenador. Era el experto en informática de la familia, y siempre ayudaba a Maxine y a su hermana con sus ordenadores. No había problema que lo asustara y podía resolverlos todos con facilidad.

—Lo han anulado por la lluvia.

—Ya me lo imaginaba. —Ya que los tenía a todos juntos, les habló de los planes de Blake para Acción de Gracias—. Quiere que vayáis todos a cenar la noche de Acción de Gracias. Creo que estará aquí el fin de semana. Os podéis quedar en su casa si queréis —dijo sin darle importancia.

Blake había hecho habitaciones fabulosas para ellos en su ático del piso quince, llenas de obras de arte contemporáneo impresionantes, y equipo de vídeo y estéreo de última generación. Los niños tenían una vista increíble de la ciudad desde sus habitaciones, un cine donde podían ver películas, una sala de juegos con mesa de billar y todos los juegos electrónicos habidos y por haber. Les encantaba quedarse en casa de Blake.

—¿Tú también vendrás? —preguntó Sam, levantando la cabeza del dibujo. Prefería que estuviera su madre. En cierto modo, su padre era un desconocido para él y estaba más contento si tenía a su madre cerca. Pocas veces pasaba la noche allí, aunque Jack y Daphne sí lo hicieran.

—Puede que vaya a cenar, si queréis. Iremos a almorzar a casa de los abuelos, o sea que estaré saturada de pavo. Lo pasaréis bien con vuestro padre.

—¿Llevará a una amiga? —preguntó Sam, y Maxine se dio cuenta de que no tenía ni idea.

A menudo, cuando invitaba a sus hijos, Blake estaba saliendo con alguna mujer. Siempre eran jóvenes, y a veces los niños lo pasaban bien con ellas, aunque, en general, Maxine sabía que consideraban una intrusión su carrusel de mujeres, especialmente Daphne, que prefería ser la mujer dominante en la vida de su padre. Para ella, era un hombre fantástico. Y últimamente su madre lo era cada día menos, algo normal a su edad. Maxine veía cada día a niñas adolescentes que odiaban a sus madres. Se pasaba con el tiempo, y todavía no le preocupaba.

—No sé si va a llevar a alguien o no —dijo Maxine, mientras Zelda hacía un ruidito burlón de desaprobación desde la cocina.

—La última era una tonta del bote —comentó Daphne, y salió de la cocina para registrar el armario de su madre.

Los dormitorios estaban uno al lado del otro a lo largo del pasillo y a Maxine le gustaba así. Estaba contenta de estar cerca de ellos, y Sam a menudo se metía en su cama por la noche con la excusa de que tenía pesadillas. La mayoría de las veces simplemente deseaba acurrucarse contra ella.

Aparte de esto, tenían un salón como es debido, un comedor lo bastante grande para ellos y un pequeño estudio donde Maxine trabajaba a menudo, escribiendo artículos, preparando conferencias o investigando. Su piso no era nada en comparación con el lujo opulento del de Blake, que parecía una nave espacial posada en la cima del mundo, pero era acogedor y cálido, y tenía el ambiente de un verdadero hogar.

Cuando Maxine entró en su habitación para secarse el pelo, encontró a Daphne repasando enérgicamente su armario. Había encontrado un jersey blanco de cachemira y unos zapatos de tacón, unos Manolo Blahnik negros de piel, en punta y con tacones de aguja, que su madre no se ponía casi nunca. Maxine ya era bastante alta, y solo había podido ponerse tacones así cuando estaba casada con Blake.

—Son demasiado altos para ti —advirtió Maxine—. Casi me mato la última vez que me los puse. Busca otros.

—Mammmmá... —gimió Daphne—. Estos me quedarán fantásticos.

En opinión de Maxine, eran demasiado sofisticados para una niña de trece años, pero Daphne parecía tener quince o dieciséis, así que podía permitírselo. Era una chica preciosa, con los rasgos de su madre, la piel clara y los cabellos azabache de su padre.

—Debe de ser una fiesta por todo lo alto la de esta noche en casa de Emma. —Maxine sonrió—. Chicos guapos, ¿eh?

Daphne puso cara de exasperación y salió de la habitación, lo que no hizo más que confirmar lo que había dicho su madre. A Maxine le daba un poco de miedo pensar en cómo sería la vida cuando los chicos entraran en escena. Hasta ahora los niños habían sido fáciles, pero ella sabía mejor que nadie que eso no podía durar siempre. Y si la cosa se ponía fea, tendría que solucionarlo sola. Como siempre.

Maxine se duchó y se puso una bata de franela. Media hora después ella y sus hijos estaban sentados a la mesa de la cocina, mientras Zelda les servía una cena de pollo asado, patatas al horno y ensalada. Cocinaba comidas sabrosas y nutritivas, y todos estaban de acuerdo en que sus brownies, sus galletas de canela y sus panqueques eran los mejores del mundo. Maxine pensaba a veces con tristeza que Zelda habría sido una gran madre, pero no había ningún hombre en su vida, y no lo había habido en años. A los cuarenta y dos años lo más probable era que esa oportunidad hubiera pasado de largo. Al menos podía querer a los hijos de Maxine.

Mientras cenaban, Jack comunicó que iba al cine con un amigo. Ponían una nueva película de terror que quería ver, una que prometía ser especialmente gore. Necesitaba que su madre lo acompañara y lo recogiera. Sam iría a dormir a casa de un amigo al día siguiente y esa noche tenía pensado ver una película en la habitación de su madre, en su cama y con palomitas. Maxine acompañaría a Daphne a casa de Emma antes de dejar a Jack en el cine. Al día siguiente tenía que hacer algunos recados y el fin de semana tomaría forma, como siempre, sin planificación, conforme al ritmo y las necesidades de los niños.

Aquella noche estaba hojeando la revista *People* mientras

esperaba que la llamara Daphne para ir a recogerla, cuando vio una foto de Blake en una fiesta que los Rolling Stones habían dado en Londres. Llevaba del brazo a una famosa estrella del rock, una chica espectacularmente guapa que casi no llevaba nada encima. Blake estaba a su lado, sonriendo. Maxine miró la fotografía un minuto intentando decidir si la fastidiaba, y se confirmó a sí misma que no. Sam roncaba despacio a su lado, con la cabeza en su almohada, el cuenco de palomitas vacío, abrazado a su amado osito.

Mientras contemplaba la fotografía de la revista intentó recordar cómo había sido estar casada con él. Había habido los días maravillosos del comienzo y los días solitarios, llenos de irritación y frustración del final. Nada de eso importaba ya. Decidió que verle con actrices, modelos, estrellas del rock y princesas no la molestaba en absoluto. Blake era una cara de su pasado lejano, y al final, por muy adorable que fuera, su padre tenía razón. No era un marido, era un truhán. Cuando besó a Sam suavemente en la sedosa mejilla, pensó de nuevo que le gustaba su vida tal como era.